Desire
by Nicole Jordan

とこしえの愛はカノン

ニコール・ジョーダン
水野 凜［訳］

ライムブックス

とこしえの愛はカノン

主要登場人物

ブリン・エリザベス・コールドウェル……準男爵の娘
ウィクリフ伯爵ルシアン・トレメイン……外務省の諜報員
グレイソン・コールドウェル……ブリンの兄
シオドー・コールドウェル……ブリンの弟
メレディス……ブリンの友人
エスメラルダ……呪いをかけたロマの子孫
ミセス・プール……メイド長
メグ……メイド
フィリップ・バートン……ルシアンの部下
キャリバン卿……金貨密輸事件の黒幕
レイヴン・ケンドリック……ブリンの友人
ジャイルズ・フレイン……ルシアンの友人（故人）
ウォルヴァートン侯爵デアア・ノース……ルシアンの友人

プロローグ

イングランド、コーンウォール、一八一三年一〇月

衣《きぬ》ずれの音とともにドレスがはらりと床に落ち、ブリンは一糸まとわぬ姿になった。なまめかしい肢体を目にして、ルシアンは息をのんだ。美しく白い肌に蠟燭《ろうそく》の灯《あか》りが金色に揺れ、赤い髪がつややかに輝いている。

誘惑しようとしているのか？　それとも裏切ろうとしているのだろうか？

どちらにしても、まんまと引っかかってしまったようだ。すでに彼女が欲しくてたまらない。だが、本能的に危険を感じてはいる。

ルシアンは作り笑いを浮かべ、ブリンの硬くなった乳首や、悩ましげに少し開かれた腿に視線をはわせた。「誘惑しているのか？」

ブリンは思わせぶりな微笑を浮かべた。「ただのもてなしよ。来てくれてうれしいわ」

嘘《うそ》だ。

つかの間、視線が絡みあった。エメラルド色の目に宿っているのは、はたして罪悪感だろ

6

うか?

美しい妻の顔を探る瞬間は永遠にも思えた。やがて暖炉のほうからパチンという音がし、その音で呪縛《じゅばく》が解けた。

ブリンが優雅に肩をすくめ、マホガニーのサイドテーブルへ歩み寄った。ワインの入ったクリスタルのデカンターとグラスがふたつ、トレイに置かれている。ブリンはそれぞれのグラスにワインを注《つ》ぐと、寝室の反対側にいるルシアンのところへやってきて、ひとつを手渡した。

ワインは血の色をしていた。毒でも盛ってあるのだろうか? あるいは睡眠薬か? ロンドンからここコーンウォールまであとをつけられているとは露知らず、ブリンは不意を突かれてさぞあせっただろうが、それでも毒や睡眠薬を用意するくらいの時間はあったはずだ。

ルシアンはワインをひと口飲んだふりをし、ブリンに目をやった。明らかにほっとした表情をしていた。

なんとわかりやすい女性だ、といまいましさが込みあげる。誘惑にのってたまるものか。ブリンを見ると、緊張しているようすがありありと顔に出ている。彼女はこうした謀略に関してはずぶの素人で、それがこっちとは違うところだ。ぼくはフランスの優秀な密偵や、イングランドの悪辣《あくらつ》な裏切り者と渡りあえるだけの機転をきかせられる。

こうしてぼくがじっと見据えているだけで、ブリンは目を合わせているのに耐えきれず、顔をそむけた。ルシアンは唇を引き結んだ。やはりこの美しい妻は敵と結託してぼくを騙《だま》しているのか？　兄妹で共謀し、血に飢えたナポレオン・ボナパルト率いるフランス軍を援助しているのだろうか？

ルシアンは胸が痛み、息をするのさえ苦しくなった。

「ワインは気に入ったかしら？」ブリンが自分もワインを口にして訊《き》いた。

「ああ。だがワインといえば、やはりフランスのものがいちばんだな」

フランスという言葉に反応したのか、ブリンが小刻みに震えだした。

「寒いのか？」ルシアンは淡々とした口調で尋ねた。

「あたためてくれない？」

誘いかけるまなざしを向けられ、ルシアンは思わずぞくりとした。以前なら、この表情を見るためならば財産の大半をも差しだしていただろう。

ルシアンは無理やり言葉を継いだ。「火を強くしたらどうだ？　ぼくはカーテンを閉めるから」

美しい肢体から視線を引きはがし、ブリンに背を向けて窓辺へ寄った。カーテンを閉めるふりをしながらテーブルの陰でグラスを傾け、絨毯《じゅうたん》にワインを吸わせた。ブリンを信じたいと心の底から願っているが、ここで危険を冒すわけにはいかない。

背中に探るような視線を感じる。ルシアンは心のなかで毒づき、次の窓のカーテンを閉めた。われながら愚かだと思う。自分の妻におぼれているのだから。生き生きとした美しさや、燃えるような赤い髪や、不屈の魂に惹《ひ》かれ、狂おしいほどにブリンを欲している。自制心が働かなくなるほど激しく誰かを求めたのは初めてだ。夢のなかでさえ、いや、夢のなかではとりわけ彼女の虜《とりこ》になっている。

ブリンを牢獄《ろうごく》へ送れば、ぼくは彼女を永遠に失うだろう。

肘掛け椅子のうしろにまたグラスの中身をこぼしながらカーテンを閉め、最後の窓へ移ると、今度はワインを飲むふりをした。窓の外は寒々とした銀色の月が真っ暗な水平線に低く輝き、流れの速い雲がかかっている。眼下の岩肌にあたって波の砕け散る音が聞こえているところをみると、海は荒れているのだろう。

裏切りには似つかわしい夜だ。

室内はあたたかく、静かだった。背後でブリンの近づいてくる気配がして、柔らかな足音が聞こえた。

「まだ怒っているの？」――その悩ましいささやき声を聞くだけで胸が苦しくなる。

もちろんんだ。怒りを覚え、苦々しく思い、そして残念でたまらない。人生で初めて足元にひざまずきたいと思った女性がブリンだったのだから。

ルシアンは無表情を装いながら振り返った。ブリンがルシアンのグラスにちらりと目をやり、中身が三分の一ほどしか残っていないのを見てほっとした笑みをこぼした。ルシアンは胸が張り裂けそうになったが、あえてじっとしていた。こうなれば騙されたふりをして、どこまでぼくをこけにする気か見届けてやるまでだ。

ブリンがルシアンのワインに指を入れ、その手で彼の下唇をなぞる。「どうしたら怒りをおさめてもらえるのかしら？」

「わかっているはずだ」

ブリンの唇がワインで赤く濡《ぬ》れているのを目にして、ルシアンはキスをしたい衝動に駆られた。だが彼女が挑発的なしぐさでゆっくりとルシアンのズボンのウエストから手を入れてきても、彼はじっと我慢した。

反応がないのを見てとると、ブリンはルシアンの手からグラスをとりあげ、自分のグラスのそばに置いた。そしてズボンのボタンをはずしはじめた。

ズボンの前を開けられて、ルシアンの心臓は早鐘を打った。ブリンは妖艶《ようえん》なほほえみを浮かべ、硬くなったものに指を絡めながらひざまずいた。

体がうずき、ルシアンは歯を食いしばった。本来なら妻が積極的なのを喜ぶべきだ。出会った当初から、彼女は愛しあうことに抵抗し続けてきたのだから。この三ヶ月は葛藤《かっとう》の連続だった。

手での愛撫《あいぶ》を続けながらブリンが顔を近づけてきた。下腹部にキスをされ、ルシアンは体がびくんと跳ねた。唇があたたかい。官能的な舌の動きに全身が熱くなる……。

ブリンが情熱の証《あかし》を口に含んだ。ルシアンは苦痛にも似た快感に顔をゆがめ、必死にこらえた。ますます高ぶりが増していく。

彼はなんとかして気持ちをそらそうと努めた。こういう愛し方を仕込んだのは自分だ。体の悦《よろこ》びを教え、情熱のままに振る舞うことを学ばせたのはこのぼくなのだ。

巧みな愛撫に身が震えた。

ブリンはぼくの気持ちを誤解している。跡継ぎが欲しいとか、手軽な夜の相手にしたいという理由だけで彼女を望んでいるわけではない。たしかに最初はそう思っていた。だが、今はブリンのすべてを自分のものにしたいと思っている。それなのに、彼女はどんどん遠い存在になっていく。妻としてぼくの名前を名のり、ぼくのベッドをあたためてはいるが、心はぼくのものではない。

つらい思いとブリンの愛撫に、ルシアンはうめき声をもらした。

「苦痛なの?」ブリンがほほえんだ。

「ああ、苦しいよ」体より心のほうがはるかに痛みを覚えている。

「やめましょうか?」

「いや、続けてくれ」

ルシアンはブリンの燃えるような赤毛に思わず両手を差し入れた。ぼくの心は彼女の魔術から逃れようと抗《あらが》っているのに、体は喜んで応《こた》えてしまう。

この結婚はなにひとつ思いどおりにいかなかった。いさかいの原因を作ったのが自分なのはわかっている。ぼくはいったいどれほどの過ちを犯してきたのだろう。あれほど渋っていたブリンを強引に妻にしたこともそのひとつだ。そのくせ彼女を冷たくあしらい、あえて距離を置いてきた。

そもそも、たとえぼくの容姿と魅力にまいらなかったとしても、富と地位にはひざまずくだろうと考えたこと自体がとてつもない傲慢《ごうまん》だ。ブリンは最初から強く抵抗していたのに、ぼくは手なずけようと考えた。そしてひとたび妻にするや、ベッドをともにして跡継ぎを産めと強要した。

身分の高い相手と結婚するからにはお返しに息子をもうけるのは当然と思っていた。血を分けた子供が欲しかった。万が一、あの悪夢が正夢となって自分が早死にしたとき、子孫を遺《のこ》せるように。

ルシアンは今にも死にそうな気分になった。熱い欲望の波に襲われ、ブリンの髪に差し入れた手を握りしめる。

今のぼくはこれまでにも増してブリンにぞっこんだ。思えば、出会った瞬間より虜になっていた。彼女から逃れるなどできない。

当初から警告されていたにもかかわらず、ぼくはブリンの言葉に耳を貸さなかった。それどころか、かたくななまでに彼女をあきらめず、今では危険なほど執着している。

そんなぼくの気持ちをよく理解したうえで、ブリンはそれを利用しているのだ。

抵抗するすべなどないに等しい。おのれの気持ちを否定しようとすればするほど彼女をわがものにしたいという思いは高まり、そのためなら、とりわけその華やかな笑みを見られるのならば、どんな犠牲をもいとわない気にさえなっている。

ルシアンは固く目をつぶった。妻を助けるため、ぼくは本気で祖国を裏切るつもりなのか？　名誉や信念を犠牲にしてまで？

「ブリン……」

彼は体を震わせた。ブリンの肩をつかむと、彼女も興奮しているのが伝わってきた。見おろすと、恍惚《こうこつ》の表情をしている。ぼくを誘惑するつもりで始めたのだろうが、ブリンもぼくを欲しているのは間違いない。

そう思うともはや我慢ができなくなり、ブリンを立たせて抱きあげ、腰に脚を絡めてきた妻の唇を激しくむさぼった。

そのままベッドへ運んでシルクのシーツにおろし、こちらを歓迎している腿のあいだに身を入れた。

一瞬、ルシアンは手を止めた。ちらちらと揺れる蠟燭の灯りを受けたブリンの顔は、このうえなく美しかった。彼は妻の喉元に手をやった。どうにかして真実を知りたい。この女性の心のなかをのぞいてみたい。

「ルシアン……あなたが欲しい……」ブリンがかすれた声でささやいた。

ぼくも死ぬまできみを求めるだろう。そう思いながら、ルシアンはブリンのなかに入った。

ブリンは喜んでルシアンを迎え入れた。しなやかな両脚を夫の腰に絡め、より奥深くへいざなおうとする。

ルシアンの体が震えた。今は呼吸と引き換えにしてでもブリンが欲しいと思う。

どうしてこんなことになってしまったのだろう。今日のような日が来るとわかっていたら、ぼくは強引に結婚を推し進めただろうか？　そして同じ過ちを犯していたのか？　あれほどはっきりと不吉な夢を見たというのに？

三ヶ月前、あの人気《ひとけ》のない入り江で出会ったときのことを、ブリンはどう思っているのだろう。もしぼくが彼女に対してもっと違った態度をとっていれば、こんな結果にはならなかったのか？

ぼくたちの関係がこんなふうになると、あのときブリンは予想していたのか？　ひょっとすると、あの時点ですでに裏切るつもりだったのだろうか？

ルシアンは絶頂に達し、うめき声をもらした。

真実を知りたい……。

1

コーンウォール地方の海岸、三ヶ月前……。

今日は憂鬱《ゆううつ》な日だ。ブリン・コールドウェルはふつふつとわきあがる怒りを静めようと、深い潮だまりのあたたかい海水のなかに飛び込んだ。兄のグレイソンに対するいらだちは極限に達していた。

毒づきながら海面から顔を出し、気持ちを落ち着けようと仰向《あおむ》けになった。兄と言い争いになり、屋敷の真下にある入り江に逃げて来たのは今日が初めてではない。ここは左右をごつごつとした巨石に囲まれ、背後は崖《がけ》になっているため、誰かにのぞき見される心配がない。暇ができるといつも、そして今日のように心の平和が欲しいときもよくこの入り江に来る。

普段は自分を抑えることも多いが、ここでは自由だ。だが苦しい家計をどうやってやりくりするかとか、末の弟のシオドーを兄の荒っぽい育て方からどうやって守るかといった悩みを忘れられるわけではない。

こうして仰向けになって浮いていると、七月の午後の太陽が顔にあたたかく、しょっぱい海水がささくれだった気分を癒《いや》してくれる。それでも無力感はひしひしと押し寄せてきた。今夜、兄はシオドーを密貿易の仕事に同行させるつもりでいる。いくら考えても、それを止める方法が思いつかない。

「兄さんなんて最低」最近はこの言葉をつぶやくことが多くなった。兄のことは大好きだが、まだほんの子供でしかないシオドーを違法行為に引きずり込むのはそれこそ犯罪だ。

自分の無力さが腹立たしい。一二年前に母が出産で他界したため、ブリンはシオドーを赤ん坊のころから育ててきた。だからこそ、ほかの四人の兄弟や自分たちが逃れられなかった危険な仕事に、シオドーだけは絶対にかかわらせたくないと思っている。

コーンウォールの海岸では密貿易は生活の手段だ。ここで生まれ育ったブリンはほかの住民たちと同じく、生きるために違法行為を受け入れてきた。役人の目を盗んではブランデーやシルクを密輸し、法外な税金を逃れてきたのだ。

だが、密貿易は大いなる危険が伴う。父は数年前の嵐《あらし》の日に、密輸監視船を避けようとして海に命を散らした。この土地にはそうやって死んでいった男性が多い。そしてあとに残された妻や子供たちは、生活の糧を失うはめになる。

それなのに兄は今夜、ブランデーの密貿易の仕事にシオドーを連れていく気でいる。末弟に役割を与え、父が遺した莫大《ばくだい》な借金の返済にひと役買わせるためだ。そのことを思うと暴れたい気分になる。

ブリンはしばらく仰向けに浮かんでいたのち、いらだちを吹き飛ばそうと、もうひと泳ぎした。けれども、気分は少しも晴れなかった。泳ぎ疲れたため岸へ戻ったが、岩場にのぼるあいだも罪悪感や怒りや無力感にさいなまれた。

シュミーズから水滴をしたたらせながら、立ったまま長い髪を絞った。こうして海風を受けていれば、濡れた体もすぐに乾くだろう。コーンウォール地方の海沿いはイングランドでも温暖なことで知られる。

置いておいたタオルに手を伸ばしかけたとき、それがなくなっているのに気づいた。顔をあげて周囲を見まわすと、誰も入って来られないはずの入り江に侵入者がいるのが目に入った。ブリンは凍りついた。心臓が早鐘を打ちだす。

男性が日陰にある巨石のひとつにもたれかかり、こちらを見ていた。白いキャンブリック地のシャツにズボン、よく磨き込まれたブーツという形式ばらない身なりで、クラヴァットはつけていない。だが、彼女をじろじろと眺める目つきはどこか鋭かった。

ブリンは警戒心を抱き、一歩うしろにさがった。こんな崖下の海岸にどうやって入ってきたの？　屋敷への秘密の地下道がある洞窟《どうくつ》も見つかってしまったのかしら？　役人には見えないけれど、政府の密輸監視官がときおりこのあたりを調査しているのは事実だ。

「あなたは誰？　どうやってここに入っていらしたんですか？」ブリンはうわずった声で問いただした。

「ここをおりてきた」男性は顎で崖を指し示した。

「まだひとつ目の質問に答えていらっしゃらないわ」

　男性は背が高く、体つきはしなやかで、カールした濃い色の髪は流行より少しばかり長い。だが日陰から出てきた彼の顔に、ブリンの目は釘《くぎ》づけになった。精悍《せいかん》で上品な顔立ちは息をのむほど美しく、尊大な雰囲気はぬぐえないものの官能的な唇をしている。まつげが長く、晴れ渡った夏の日の海を思わせる深い青の瞳の持ち主だ。鋭い視線に射抜かれ、ブリンは身動きができなくなった。

「ウィクリフだ」男性は畏《おそ》れ入りたまえと言わんばかりの態度で短く答えた。

　そしてブリンは本当に畏れ入った。この人はあの大富豪にして権力者として知られるウィクリフ伯爵ルシアン・トレメインなの？　噂《うわさ》によれば、なかなかの遊び人であり、悪名高い業火同盟《ヘルファイア・リーグ》のリーダー的な存在らしい。ヘルファイア・リーグとは性の饗宴《きょうえん》に興じる放蕩《ほうとう》貴族の会員制クラブだ。

「それだけでは、あなたがここでなにをしているのかはわかりません」ブリンは強気を押し通した。

「友人の屋敷に滞在している」

「ここが私有地なのはご存じですか？」

　伯爵が口元に魅力的な笑みを浮かべた。「海の女神が遊び戯れているところを見たいという誘惑に勝てなかった。さっきまでは幻かもしれないと思っていたくらいだ」

　タオルを差しだされたが、ブリンは警戒してさらに一歩あとずさった。本能が逃げろと叫んでいる。けれども潮だまりを背にして立っているため、逃げるとしたら海に飛び込むしかない。

「怖がらなくてもいい」ウィクリフ伯爵がなだめるように声をかけた。「美しい女性に襲いかかる趣味はない。たとえ薄衣一枚しか身にまとっていない相手だとしても」

「噂で聞いている話とはずいぶん違っていらっしゃるんですね」そこまで言ったとき、ブリンは自分の体を見おろしてはっとした。シュミーズが濡れているせいで胸や下半身が透けて見える。うろたえたブリンは伯爵に近づいてタオルを引ったくり、彼の視線をさえぎろうと体に巻きつけた。

「襲いかかったりはしない。これでもいちおう紳士だ」

「そうでしょうか？　本物の紳士なら、わたしが着替えられるようにこの場を立ち去るはずです」

ウィクリフ伯爵はけだるそうな笑みを浮かべただけで、ブリンの期待に添おうとはしなかった。そのずうずうしい態度に腹を立てたブリンは、伯爵の脇《わき》をかすめ、服や靴を置いてある岩のほうへ裸足《はだし》のまま砂利を踏みしめて大股で進んだ。だが数歩も行かないうちに、左の足の裏に息をのむような鋭い痛みを感じた。わが身の不注意さを呪《のろ》いながら、ブリンは立ち止まった。片足をあげる。貝殻か砂利で切ったらしい。

「血が出ているぞ」背後で心配そうな声がした。

「大丈夫です」

左足をかばいながら進もうとしたとき、ふいにたくましい両腕に抱きかかえられた。

ブリンはショックで息が詰まった。

「なにをするんですか。おろしてください!」彼の腕から逃れようともがいたが、地面におりることはできなかった。ウィクリフ伯爵は背が高くてしなやかな体つきをしているだけでなく、驚くほど力が強いらしい。それに態度も口調も、ブリンの好みよりはるかに傲慢だ。

「じっとしていろ。傷口を見るだけだ」

伯爵はブリンを軽々と運び、自分のほうを向くように岩へ座らせた。ブリンの膝が彼の広い胸に触れそうだ。

怒りをこらえ、彼女は相手をにらみつけた。けれどもウィクリフ伯爵はにやりとして視線をさげた。ブリンは胸があらわになっているのに気づき、慌ててタオルを体に巻きつけた。しかし、膝までむきだしになった両脚を隠すすべはなかった。

ようやく伯爵は傷口を調べだした。優雅な手つきで彼女の左足をそっと持ちあげ、出血の具合を見るために少し横に向けた。そして慎重に砂を払い落とし、親指で傷口をそっと探った。

「深くはなさそうだ」

「大丈夫だと申しあげたはずです。それなのにこんなことをなさるなんて」

伯爵はそれには答えず、ズボンからシャツの裾《すそ》を引き抜きはじめた。

ブリンは驚いて目を見開いた。「なにをしているんです!」

「シャツを裂いて、傷口を縛ろうと思っている。今日は包帯どころかハンカチさえ持ってきていないんだ」

それは最高級のキャンブリック生地で仕立てられた上等なシャツだった。庶民の家庭なら、それ一枚の金額が何週間分もの食費に値するだろう。だが聞いたところによると、ウィクリフ伯爵はそんなシャツを何枚も平気で引き裂けるほどの資産家らしい。

「シャツがだめになってしまいます」ブリンは弱々しい声で抵抗した。

伯爵が再び口元に魅力的な笑みを浮かべた。「正当な理由があるんだからかまわない」

そう言うとシャツの縁を引き裂き、包帯のようにして傷口に巻きはじめた。

ブリンは唇を噛《か》み、かがみ込んでいる伯爵の頭を見おろした。こうしてそばにいるとどういうわけか落ち着かず、胸がどきどきしてしまう。よく見ると、彼の髪はホットチョコレートを思わせる濃い茶色だ。潮風にまじって、清潔で男性的な香りも漂ってくる。

ウィクリフ伯爵もこちらを意識しているふうに見えた。妙にゆっくりとした思わせぶりな手つきで包帯代わりの布を巻いている。足の甲で結び目を作ったあとも、彼はすぐには動かなかった。ふいに彼女を見あげたサファイア色の目は暗く翳《かげ》っている。

ブリンは凍りついた。ああ、どうしよう。男性のこういう表情を見るのは初めてではない。本能のままにわたしを求めている目だ。おぼれた猫みたいにずぶ濡れのわたしを、こんなに魅力的な女には初めて出会ったとでもいうような顔で見つめている。

またロマの呪いだわ。ブリンの心は沈んだ。この二〇〇年近くというもの、一族の女たちはロマの強力な呪いによって男性を恋の虜にしてきた。それなのに今のわたしは、薄衣一枚の姿で遊び慣れた男性とふたりきりになっている。

濡れた髪にあたたかい日差しが感じられるにもかかわらず、ブリンは身震いをした。

「寒いのか？」ウィクリフ伯爵の声が急にかすれた。

「いいえ……申しあげたでしょう、大丈夫だと。わたしのことなどほうっておいてあなたが帰ってくださったら、もっと平気になります」

「紳士としては、きみをこんな状態のまま置き去りにするわけにはいかない。怪我《けが》をしているのに」

「わたしならなんとでもなります」

「まさか歩いて帰るつもりじゃないだろうな。家はどこだ？　ぼくが抱えていこう」

ブリンは答えに詰まった。そんなことをしてもらうわけにはいかない。こんなシュミーズ一枚の格好で、評判のよろしくない伯爵とふたりきりでいるところを人に見られる危険を冒すなんて。たとえそこにある古いドレスを着ていたとしても、彼の腕に抱かれて人前に出ればスキャンダルになるのは必至だ。

ウィクリフ伯爵が立ち去ってくれれば、洞窟を通って屋敷に戻れる。洞窟には、崖の上にある自宅へと続く細い地下道があるのだ。

ブリンは残念そうな表情を浮かべながら、嘘を見破られないように目を伏せた。わたしのことは召使いだと思わせよう。いや、すでにそう思っているかもしれない。レディはシュミーズ姿で泳いだりしないものだ。「見知らぬ方に送ってもらったりしたら、旦那《だんな》様に叱《しか》られます」

「庇護《ひご》者がいるのか？」

どうやら誰かの愛人だと勘違いしたらしい。

「ええ」屋敷の主人が兄のサー・グレイソン・コールドウェルだということは伏せておこう。

「もっと早く気づくべきだった。きみほど魅力的な女性を男がほうっておくわけがない」低い官能的な声で言う。

「お願いですから……どいていただけませんか？」腰かけさせられている岩からおりたいが、ウィクリフ伯爵が目の前に立ちはだかっている。不安を覚えるほど近い距離だ。

「きみはまだ名乗ってさえいないが？」

「名前は……」〝エリザベス〟といいかけて口をつぐんだ。〝エリザベス〟はブリンのミドルネームだが、召使いの名前にしては上品すぎる。「ベスです」

伯爵が眉間《みけん》にしわを寄せ、まじまじとブリンを見た。「なんだかしっくりこないな。そんな名前は海の女神らしくない。ぼくは愛と美の女神《アフロディーテ》と呼ぼう。海からあがってきたきみを見たとき、本当にアフロディーテではないかと思ったんだ」

「いっそ名前など忘れて、さよならを言ってもらえるとありがたいのですけれど」

ウィクリフ伯爵がおもしろそうに目を細めてブリンを見た。「なかなか気の強い女性だ。旦那様とやらは、さぞきみを持て余しているだろう」

「あなたには関係ないでしょう」

「残念ながらそのようだ」ハスキーで魅力的な声だ。ブリンは思わずぞくりとした。

「そこを通してください」呼吸が乱れた。

「いいとも。ただし、ひとつ条件がある」

「条件?」ブリンは警戒し、いぶかしげに相手を見た。そうでなくても憂鬱な一日だったのに、ここでまたプレイボーイのお遊びにつきあわされるのは勘弁してほしい。

「通行料を払えば通してやろう」伯爵はブリンの顎を持ちあげ、指先で唇に軽く触れた。

「ただのキスだ。それ以上はなにもしない」

彼はキスひとつでは満足しないに違いなかった。女性経験が豊富なウィクリフ伯爵とはいえ、忌まわしいロマの呪いに勝てるとは思えない。わたしには男性を魅了してやまない特別な能力がある。祖先よりはからずも受け継いでしまった力のせいで、これまでどれほど絶望感を味わってきたか。

だが、ひとまずこの場は言うなりにならないかぎり、彼を追い払えないだろう。

「キスをしたら立ち去ってくださるんですね?」

「きみがどうしてもと言うなら」

「名誉にかけて誓うと?」

「もちろんだ」

じっと見つめられ、ブリンは目をそらすことができなかった。どうか伯爵が約束を守ってくれますように。

「いいわ、一度だけですよ」こうなったら応じるしかない。

ブリンは覚悟を決めた。喉がからからだ。ウィクリフ伯爵がブリンを岩からおろそうとして腰に両腕をまわした。けれどもただおろすのではなく、いったん抱きあげ、体を密着させたままゆっくりと下に滑らせた。ブリンは息が止まりそうになった。

伯爵は悪びれたふうもなくほほえみを浮かべた。「一度しかチャンスがないなら、記憶に残るキスをしなくては」そう言うと、ブリンを抱き寄せたまま顔を傾けた。

彼の唇はあたたかく、驚くほど柔らかかった。それに思ってもみなかったほど魅惑的だ。身をこわばらせているつもりだったのに、悩ましげなキスに体じゅうの力が抜けていく。下唇を軽く嚙まれ、背中のくぼみをなでられた。それに刺激されて、ふいに高ぶりが込みあげてきた。

思わず開いた唇のあいだに、ウィクリフ伯爵の舌がゆっくりと容赦なく分け入ってきた。なんて甘美なキスだろう。滑らかであたたかい舌の感触に体が震え、下腹部が甘くうずく。

キスが大胆さを増すにつれ、ブリンは自分でも信じられないほどの渇望に襲われた。ときには繊細に、ときには激しく舌を絡められ、全身の神経が燃えあがる。喉の奥から思わず声がもれた。伯爵は彼女に腰を押しあて、ゆっくりと動かしている。胸の先がこすれる感覚に、ブリンは体の芯《しん》が熱くなった。

たくましくあたたかい胸にさらに強く抱きしめられ、下腹部に欲望の証を強く感じた。息をするのも苦しい。そのときウィクリフ伯爵の手が……。

長い指が胸に伸びてきたのに気づき、ブリンの鼓動はいっきに激しくなった。頭の隅でこんなことを許してはいけないという声がしたが、抵抗する力が出ない。彼は手で胸を包み込み、硬くなった先端を巧みに愛撫した。

伯爵がようやく顔をあげたとき、ブリンは震えていた。彼はブリンを抱き寄せたまま、じっと熱い視線を注いだ。

「きみが欲しい」その声はかすれていた。

すぐにここから逃げだすべきだ。わかっているのに体が動かない。まっすぐこちらを見つめる視線にからめとられていた。

ウィクリフ伯爵はブリンのこめかみに垂れさがった濡れた髪をかきあげ、両手をシュミーズの襟ぐりにかけた。タオルが地面に落ち、乳房があたたかい陽光と彼の視線のもとにさらけだされた。

伯爵の青い瞳が熱くブリンを見つめ、おもむろに顔がうつむいた。膨らんだ乳首に柔らかな息がかかる。胸の先端に唇が触れたのを感じ、ブリンは声をもらした。彼が乳首を口に含み、歯で刺激した。

耐えがたいほどの快感が体を貫き、膝に力が入らなくなった。ブリンは伯爵のシルクのような髪に手を差し入れ、頭をつかんだ。岩肌に体を押しつけられたが抵抗せず、頭のなかでだめよと叫んでいる声も無視した。誘惑されているとわかっていたけれど、そんなのはどうでもいい。

腿のあいだに膝を押しあてられ、震える体に衝撃が走った。薄いシュミーズ越しに岩があたって痛かったが、そんなことはおかまいなしにさらなる悦びを求めてウィクリフ伯爵の頭を胸に引き寄せた。

執拗《しつよう》に乳首を責めさいなまれ、ブリンは狂おしいまでの感覚に包まれた。いったいわたしはどうしてしまったの？　男性にこんな激情を呼び起こされたのは初めてだ。ここまで激しい感覚や抑えられないほどの欲望を抱いたことは一度もなかった。わたしは男性を惑わせる側であって、惑わされる側ではない。ロマの呪いの餌食《えじき》になるのはいつも男性のほうだ。

そうだ、呪いのことを忘れていたわ……。

良心の奥底からぼんやりと理性が戻ってきた。いけない。彼は自制心が働かないほど熱くなっている。こんなふうにわたしにのめり込むのは危険だ。このままいけばわたしは処女を失うだろう。わかっていながら続けていれば、そんなつもりはなかったではすまされない。

「お願い……やめてください……約束したはずです」

わずかに残っていた分別を働かせ、ブリンは体を引き離そうとした。だが伯爵にやめる気がないのを知り、愕然《がくぜん》とした。

絶望に襲われてパニックに陥りそうになったブリンは、とっさに彼の股間《こかん》を蹴《け》りあげた。

効果はてきめんだった。ウィクリフ伯爵はうっと息をのみ、うめきながら手を離した。そして苦痛と驚きと怒りの表情を見せたかと思うと、すぐに体を折り曲げ、膝に手をあててあえいだ。

ブリンはその姿を凝視した。彼女のあらわになった胸は動揺のあまり上下していた。淑女たるもの男性の急所など知るよしもないのが普通だが、五人もの男兄弟に囲まれて育ったブリンは喧嘩《けんか》の仕方を心得ていた。股間を蹴る方法は、求婚者に迫られたときのためにと兄のグレイソンが教えてくれたのだ。

何ヶ月かぶりに、兄に対していらだちではなく感謝の念を覚えた。

しかし体を起こした伯爵のハンサムな顔を見て、この怒りに満ちた男性をどうにかしなくてはいけないという問題が残っているのに気づいた。

まだ呪いに縛られているのか目はうつろだが、それでも怖い顔でブリンの胸を見つめている。

ブリンは慌ててシュミーズの襟元を直すと、じりじりと相手から離れた。痛い思いをさせたのは申し訳ないが、呪縛を解くにはそうするしかなかった。

「ごめんなさい。でも、こんなことをしたあなたがいけないんですよ」

ウィクリフ伯爵はまだ息が苦しそうだった。「わかっている。ぼくが悪かった」

思いがけない返事に驚き、ブリンは油断なく相手の目を見ながら衣服の置いてあるほうへ進んだ。

伯爵は苦痛とも自嘲《じちょう》ともとれる表情を見せ、官能的な口元をゆがめた。「謝らなければいけないのはぼくのほうだ。弁解の余地があるとしたら、きみの魅力にわれを忘れてしまったと言うしかない」

本心から謝罪しているの？　ブリンはいぶかしく思いながら急いで服と靴を拾いあげ、それで胸を隠した。

「あなたにはどうしようもなかったのだと思います」

しぶしぶそう答えると、しっかりと衣服を抱きしめて背を向けた。そして足の怪我にもかまわず、崖の縁を横切る石だらけの道を駆けのぼった。

一度だけ立ち止まって振り返った。ウィクリフ伯爵は入り江の岩場からこちらを見あげている。両手を贅肉《ぜいにく》のかけらもない腰にあて、たくましい脚を少し開き、まるで山頂から領地でも検分しているかのような立ち姿だ。

追いかけてくるつもりはないと知り、ほっとした。だが、きっとまたどこかで会うことになる気がする。

ブリンは前に向きなおり、道沿いに生えている低木の茂みの陰に逃げ込んだ。

彼女の姿が見えなくなると、ウィクリフ伯爵ことルシアンは大きなため息をもらした。どういうわけか、まだ動揺している。

使用人を相手に完敗するとは新鮮な経験だ。そもそも女性から肘鉄砲を食らうのは初めてだったし、ましてやあんなふうに自制心をなくしたのにはわれながら驚いた。

ルシアンは妙に楽しくなり、頭を振りながら自嘲気味の笑みをこぼした。女性から拒絶されるのには慣れていない。身分が高かろうが美人だろうが、たいていの女性はやっきになってこちらの気を引こうとする。それなのに、まさかその女性から攻撃されるとは。

まさに降ってわいた出来事だった。ここへは敵国の諜報《ちょうほう》活動を暴く任務の一環として、盗まれた金貨が隠されていそうな洞窟を探しに来たのだ。それなのに、よもや薄衣一枚しか身につけていない、燃える赤毛とエメラルド色の目をした海の女神に出会おうとは思いもしなかった。

ひと目見た瞬間に魅了され、海からあがるようすから目が離せず、その荒削りな美しさに打ちのめされた。柔らかな海風を受けて陽光のなかに立つ姿はさながら太古の女神のようで、息をのんで見入ってしまった。

だが喜ばしいことに彼女は想像上の女神などではなく、まぎれもなく実在する血の通った人間だった。なんと色香のある女性だろう。燃える赤毛、シルクのような肌、海からあがったばかりのしっとりとした細い脚、それにあの目……。

あの緑色の目におぼれてしまいそうだ。

いったいどこの誰だろう？　言葉遣いからするに下級使用人だとは思えない。侍女か、あるいは家庭教師か。だがあれほど美しく、気概のある家庭教師などいるわけがない。正直に言って、彼女の大胆さには少しばかり驚いた。

なにをしても身分を失うことはないという自信の表れなのだろう。あれだけの美貌《びぼう》なら金持ちのパトロンも一目置くに違いない。

たしかに愛人としては申し分ない女性だ。尊大で激しい気性ではあるものの、こちらの激しい欲求を充分に満足させてくれる反応のよさがある。

あのしなやかな脚を腰に絡められ、豊かな美しい髪に顔をうずめ、滑らかな肌をした体にわが身を沈めてみたい。

その場面を想像しただけで血が騒いだ。彼女はベッドでどんなふうに振る舞うだろう。

彼女もぼくを欲していたのは間違いない。あれは熱くなっていた女性の反応だ。ぼくの愛撫に甘く応え、乳首を刺激すると声をもらした……。

先ほどのようすを思い起こしただけで体がほてり、下腹部がうずく。ルシアンは低い声でののしりの言葉を吐いた。こんなふうに満たされない思いに苦しむのは、大人になって以来初めてだ。

さて、どうする。金銭などの面でよい条件を提示すれば、こちらへなびくだろうか？　いずれにしろ、ぼくはすでに彼女に惹かれ、その魅力にまいってしまっている。

彼女の身分が低いのだけが残念だ。ぼくは息子が欲しいと思い、これまで何ヶ月か花嫁にするのにふさわしい女性を探してきた。彼女が相手ならためらわずに求婚するところだ。だが、たとえ子供をもうけられなくても、彼女とだったら睦《むつ》みごともさぞ楽しいだろう。いや、楽しいどころではないかもしれない。すでに我慢できないほど彼女を欲しいと思っているのだから。なんとしても、あの美しい女性をベッドに招き入れたい。

彼女が去っていった崖沿いの坂道を目を細めてにらみながら、ルシアンはじっと考えた。よし、彼女を手に入れよう。この第七代ウィクリフ伯爵ルシアン・トレメインは欲しいものをあきらめたことなどない。

2

ブリンはしぶしぶ馬車を降り、兄が差しだした腕に手をかけた。この地方でいちばん身分の高い貴族であるヘネシー公爵の屋敷は、歓迎の灯火に明々と照らされていた。だが、この屋敷に招待されるのがどれほど珍しく、どんなに名誉であろうが、ブリンは今夜の舞踏会に参加するのがいやでしかたがなかった。

「もうちょっとにこやかにできないのか？　ギロチン台に連れていかれるみたいな顔をしているぞ」兄のグレイソンがからかった。

「家で静かに過ごしているほうがずっとよかったわ」

「わかっているよ。だが、公爵が招待状を出すのは三年ぶりなんだぞ。それを断るのは得策じゃない。しかも、今回は大物のご友人が一緒だからな」

その〝大物のご友人〟であるウィクリフ伯爵のことを思いだし、ブリンは気が重くなった。公爵はロンドンからの客人に敬意を表して、今夜の舞踏会を開いたのだ。

グレイソンが真面目《まじめ》な顔でつけ加えた。「それに、おまえもたまには外出したほうがいい。このままでは世捨て人になってしまうぞ」

「わたしがどうして家に引きこもっているのか、よくわかっているくせに」

「もちろんだ。しかし、世間とのかかわりをいっさい断つ必要はない。避けるべきは言い寄ってくる男どもだけだ。それに呪いがあろうがなかろうが、ウィクリフのようなやつはおまえに熱をあげたりしない。イングランドでも十指に入るほどもてる男だ。興味を示すのは家柄も資産もつりあうご令嬢だけだよ」

その伯爵様がわたしに興味を示したのよ、と思い、ブリンは憂鬱になった。あの手の早い伯爵と遭遇したのは四日前だ。兄には見知らぬ男性が崖のあたりをうろついていたとしか言っていないし、それ以上の事情を話すつもりもない。危うく醜聞に巻き込まれるところだったと知れば兄は心配し、わたしの数少ない楽しみのひとつである水浴びを禁じるかもしれない。兄ときたら、わたしが男性から身を守ることに関しては恐ろしく過保護なのだ。

広々とした玄関広間に招き入れられながら、グレイソンがとがめるような顔でブリンの全身に目を走らせた。「男の気を引くかもしれないという心配は無用だな。それじゃあ、色気もくそもない」

このアイボリー色のドレスは四年も前のもので、無地のモスリンでハイネックになっている。燃えるような赤毛は地味にひっつめ、羽根飾りのついた帽子で隠した。

「だがもしウィクリフの目に留まったら、御意のままに従っておいて損はない」

「それは誰にとって？」ブリンは冷ややかに答えた。

「おれにとってだよ。つまりは、われらが一族にとってということだ」

その口調に苦々しいものを感じ、ブリンは兄を見あげた。四歳年上のグレイソンはブリンとよく似た整った顔立ちをしているが、髪は栗色《くりいろ》だ。ハンサムで爵位があるにもかかわらず、経済的に困窮しているため、世間からよい結婚相手と見なされていない。だが、経済的な問題を抱えているのは本人のせいではなかった。

コールドウェル家は昔から裕福なほうではなかったが、三年前に父が他界したとき、驚いたことに、莫大な借金のあることが判明した。父、サミュエル・コールドウェルは無謀な投資を行ったあげく、次男と三男を海軍将校にするために高利貸しから金を借りていた。利子を支払うだけでも、コールドウェル領から得られるささやかな収入は消えてしまうありさまだった。

領地を相続したグレイソンは債務者監獄に送られる不安を抱えながらも、文句ひとつ言わず立派に五人の弟や妹を支え、一家を路頭に迷わせないために必死に努力してきた。ブリンはその大変さを思い、違法だとわかっていながらも兄の負担を少しでも軽くしようと密貿易を手伝ってきた。女性に適した役割などないが、ときどき見張りを務めたり、たまに品物を運んだりしている。だが、いちばん大きく貢献しているのは密輸品の売却だ。彼女は値段の交渉がうまく、セント・モースやファルマスの商人にかなりの高値で売りさばいていた。

グレイソンは妹をかかわらせたのを後悔していた。しかし、昨年の春に四男のリースが商船員になってからは、ブリンの手助けが欠かせなくなっていた。ブリンにしてみれば、兄には大きな恩があった。グレイソンは長兄として常に庇護してくれたし、しつこい求婚者からかばってもくれた。最近は末っ子シオドーの将来のことで兄のやり方にいらだってはいたが、それでもグレイソンを心の底から慕っている。

兄が他人にこびるのが大嫌いなのをブリンは知っていた。彼女よりもよほど誇りの高い人だ。借金地獄に引きずり込まれたことを、さぞ悔しく思っているだろう。

「わかったわ」ブリンは無理やり笑顔を作った。「せいぜい愛嬌《あいきょう》を振りまいて、相手を王子様だと思ってウィクリフ伯爵にへつらってくるわ」

その言い方にはグレイソンも苦笑いするしかなかった。「別にこびへつらう必要はない。ただその減らず口をしばらく封印して、伯爵様を怒らせないようにしてくれればいいんだ」

ウィクリフ伯爵を怒らせる機会が来ないことを、ブリンも心から願っていた。うまくいけばひと晩じゅう、彼を避けられるかもしれない。あるいはすこぶる運がよければ、わたしが数日前にキスをした裸の人魚姫である事実に気づかれないこともありうる。

ブリンは従僕にショールを預け、グレイソンにエスコートされて舞踏室に入った。すでに大勢の客が集まっている。ヘネシー公爵一家への挨拶《あいさつ》は抜きにしてさっさと女性の控えの間に逃げ込みたかったが、礼儀は重んじるべきだと兄にたしなめられた。

年老いた公爵は出迎えの挨拶のため、家族とともに並んで立っていた。家族の一員ではないが、明らかに貴族だとわかる優雅な雰囲気の男性もまじっていた。ずば抜けて背が高く、恰幅《かっぷく》のよいヘネシー家の人々に比べると引きしまった体つきが際だっている。肩幅の広い体形にしゃれた青の上着がよく似合っていた。ブリンは危険を冒して遠くからちらりとその姿を確かめ、一家の前に出た。

公爵はしょぼしょぼした目をしばたたき、愛情のこもった言葉をかけたあと、その男性にブリンを紹介した。「コーンウォールでいちばん美しいレディだよ」

ブリンは目を伏せたままウィクリフ伯爵に手を差しだし、控えめな態度でぼそぼそと挨拶の言葉を口にした。だが、気づかないでほしいという願いは吹き飛んでしまった。ウィクリフ伯爵のお辞儀がふいに止まったのだ。

手袋越しにもかかわらず、指が触れあっている部分が熱く感じられた。ブリンが手を引こうとすると、相手はわずかに握る力を強めた。手を離してもらえず、ブリンはしかたなく顔をあげた。

ウィクリフ伯爵はサファイア色の目でじっとこちらを見ていた。「ミス・コールドウェル？　お美しい方だ」

「あ、ありがとうございます」

官能的な口元にかすかな笑みが浮かんだ。「どこかでお会いしませんでしたか？」ウィクリフ伯爵は大胆にもブリンの胸元へ目をやった。

「きっと人違いですわ」ブリンはぎこちなく答えた。顔が赤くなったのがわかる。

「そうでしょうか？　ぼくは愛らしい女性の顔はめったに忘れないのですが」

ブリンは精いっぱい冷ややかな態度でにらみ返したが、ウィクリフ伯爵は気づかないふりをした。

「もっと知りあえるよう、ぜひぼくと踊ってもらえませんか？」

ブリンは困り果ててちらりと兄に目をやった。グレイソンは警告とも懇願ともつかない顔でこちらを見ている。「そうおっしゃるなら」ブリンはしかたなく承諾すると、すばやく手を引き抜き、礼儀もかまわずそそくさとその場をあとにした。

グレイソンが友人を捜しに行ったため、ブリンは舞踏室の隅へ行き、ダンスの相手がいない女性や未亡人たちのあいだにまぎれ込んだ。気をとりなおすチャンスができたのにほっとし、知りあいがいつになく愛想のよい挨拶をしてくれるのをうれしく感じた。今夜は呪いのせいでのけ者にされることはなさそうだ。

〝赤毛のエリナー〟の伝説は、この地方では事実として受け止められている。約二〇〇年前、レディ・エリナー・スタナップという名の女性がロマの民の恋人を奪い、そのせいで〝罪のない男性を惑わせて死に至らしめる〟という呪いをかけられた。エリナーの子孫であるブリンもまた同じ呪いを背負っていると信じられているのだ。

しかしロマの呪いがあり、実際に悲劇的な事件に関与していても、ブリンは社交界から追放されているわけではなかった。女性たちはブリンを仲間として歓迎し、たいていの場合は好意を示した。ただし自分たちの息子にとっては危険な存在だと考え、男性陣、とりわけ適齢期の青年をブリンから遠ざけた。

儀礼的な世間話がすむと、ブリンはあとの会話を聞き流しながら、どうしてわたしはウィクリフ伯爵に対して過剰に反応してしまうのだろうと考えはじめた。

　たしかにあの澄みきった青い瞳と官能的な微笑は、最初に出会ったときと変わらず今夜も魅力的だ。けれどもそれだけでは、あんな行動をとってしまった言い訳にはならない。あのとき入り江で意思に反して体がうずいてしまったのを思いだすと恥ずかしくなる。だが、震えるような熱い感覚は今でも鮮明に思いだせた。

　いったいどうしてしまったのだろう？　男性にこんな感情を抱いたのは初めてだ。もっと若いころ、乙女らしい恋に夢中になったことはある。あれは後悔と悲しみが残る出来事だった。だが、そのときでさえもわれを忘れはしなかった。それなのに相手がウィクリフ伯爵となると自制心が働かなくなる……。

　聞くところによると、彼は誘惑をゲームだと考える遊び慣れた放蕩者らしい。わたしは経済的な余裕がないため都会の社交界を知らないが、公爵の孫娘である親友のレディ・メレディスは子爵家に嫁ぎ、一年の大半をロンドンで過ごしている。彼女がまめによこす手紙は、いつも社交界の噂話でいっぱいだ。放蕩貴族や冒険家からなるヘルファイア・リーグの武勇伝や、性の饗宴についても詳しく書かれていた。ウィクリフ伯爵ルシアン・トレメインはそのクラブの創設者のうちのひとりだという話だ。

　彼は醜聞にまみれた女性関係を繰り返し、何年も前から浮き名を流してきた。噂は本当なのだろう。勝ち気な女性を弱気にしてしまうと言われているが、わたしがいい例だ。

　どうしてこれほどウィクリフ伯爵に惹かれてしまうのかは自分でも解せない。いちばん嫌いなたぐいの男性なのに。裕福で仕事もせず、浅薄であるだけでなく、腹立たしいまでに尊大だ。

だが、隣で会話をしている女性たちはそうは思っていないらしい。

「ああ、あと二〇歳若かったらねえ」ミセス・プレスコットがつぶやいた。

「ホノリア、二〇歳若くてもだめよ」友人のミセス・ストブリーが意地悪な笑みを浮かべた。

「彼みたいな男性はお金持ちの美人しか相手にしないもの。悪いけど、あなたはどちらでもないわ」

「全然、悪いと思っているふうじゃないわね、アリス」

ブリンはふたりの視線をたどり、顔をしかめた。次のメヌエットのため、ウィクリフ伯爵が年老いたヘネシー公爵夫人を中央に連れだしている。しなやかでたくましい体つきと優雅な身のこなしはダンスフロアでもひときわ目立ち、女性たちの視線を一身に集めていた。気づけば自分もそのひとりだった。

ブリンはわが身を毒づきながら視線をそらした。伝説の遊び人が女性たちの心をわしづかみにするさまを眺めるくらいなら、ほかに考えるべきことはいくらもある。

ところが困ったことに、人込みのなかから彼女を見つめている、めかし込んだ若い男性と目が合ってしまった。数ヶ月前に呪いの犠牲となり、ブリンに恋をした地元郷士の息子だ。だがリディングがまっすぐ近づいてくるのに気づき、ブリンは慌てて立ちあがった。だがリディングは早足でブリンの行く手をふさぎ、息もつかずににっこりした。

「ミス・コールドウェル、おいでくださるといいなと思って……いいえ、心から願っていたのです。どうか次のダンスをぼくと踊っていただけませんか？」

彼が手をとろうとしてきたので、ブリンは急いで体を引いた。あきらめてくれるよう、なんとか説得するしかない。「ミスター・リディング、わたしと踊るのは賢明とは言えませんわ」

「ゆうべ、あなたの夢を見ました。夢のなかではもっと優しくしてくださったのに……」

そのときリディングの母親が、かわいい息子を救出するために駆け寄ってきた。「オーラン！　その方からすぐに離れなさい！」

「母さん、ぼくはただダンスを申し込んでいただけだよ」

「そんなのはわたしが許しません。とんでもないことになるのはわかっているはずよ」

ミセス・リディングはしつこく息子の袖《そで》を引っぱって向こうへ連れていった。ブリンはほっとしたものの、未亡人たちのとがめるような視線に気づき、屈辱と心痛に顔を赤らめた。

彼女たちは、もう何年も前に早世した求婚者のことでブリンを責めているのだ。だが、それに対して怒りは覚えなかった。自分でも自分が許せなかったからだ。

気まずい思いをしながらここにとどまるよりも退散したほうがいいと考え、ブリンは作り笑いを浮かべると、人込みを縫って舞踏室を出た。図書室へ行けば、兄が帰宅する気になるまで有意義な時間を過ごせるかもしれない。

本棚を眺めていると、ベックフォード著の『初等ラテン語』があるのに気づき、少し元気が出た。来週、動詞の活用についてシオドーに試験をする予定になっていて、こちらも予習しておかなくてはならなかったのだ。頭の回転が速い末弟から家庭教師としての尊敬を得るためには、少なくともレッスン二回分ほど先を勉強しておく必要がある。

ブリン自身は女子向けの典型的な教育を受けた。フランス語、イタリア語、地球儀の使い方、それに初歩的な計算だ。ラテン語、ギリシャ語、歴史、数学は男子向けの教育とされている。そのため、長年雇ってきた家庭教師を経済的理由で解雇して以来、ブリンはそれらの学問を必死に勉強してきた。

長椅子でくつろぎながら読書に集中していると、背後で聞き覚えのある声がした。

「こんなところに隠れていたのか」

ブリンははっとして背筋を伸ばし、警戒しながら肩越しに振り返った。「こんなふうに毎回びっくりさせられるのは好きではないわ」

ウィクリフ伯爵はまるで自分の家のようにつかつかと図書室に入り、長椅子をまわり込んでブリンを見おろした。「ミス・ブリン・コールドウェル。準男爵の娘。上流階級だが、経済上の問題を抱えている。きみが幻ではないとわかり、そのうえ本当の身分を知ることもできて、ぼくがどれほど喜んでいるかわかるか？」

ブリンは顔を赤らめたが、なにも答えなかった。

男らしいまなざしに見つめられ、彼女は自分が女性であるのを強く感じた。ウィクリフ伯爵のそばにいるだけで鼓動が速くなり、熱を帯びた視線に体が熱くなる。

「なぜ嘘をついた？」

「嘘？」

「ベスと名乗ったじゃないか」

「本当のことよ。ミドルネームがエリザベスなの」

「どうしてフルネームを隠したんだ？」

「どうしてですって？」ブリンは用心しつつ相手を見つめた。「あなたが……いえ、わたしがあんなことを許してしまっただけでも充分に恥さらしなのに、さらに正体を明かして恥の上塗りをしたくはなかったからよ」

「だからぼくを騙して、主人がいるふりをしたのか？」

「わが家の当主は兄なの。わたしは五人も男兄弟がいて、いつもならみんなが見知らぬ男性の誘惑から上手に守ってくれるわ」

それを聞き、ウィクリフ伯爵の目に楽しそうな表情が浮かんだ。「上手に嘘をついたものだな。家庭教師か使用人のようにぼくに思わせた」

「嘘じゃないわ。実際に家庭教師をしているもの。末の弟を教えているの」

伯爵は疑わしそうな顔をしている。

「本当よ」ブリンは手にした本を持ちあげ、書名を見せた。

「ラテン語の文法書？」

「弟に昔の言語を教えるために勉強しているの。わたし自身は現代のイタリア語までしか学んでいないから」

「だったら誰か雇えばいい」

「残念ながら、わが家にはそんな贅沢をする余裕はないわ。誰もがミダス王のように触れるものすべてを金に変えられるわけではないのよ。あなたはそうだと聞いているけど」ブリンはこわばった声で答えた。

ウィクリフ伯爵はしまったという顔をした。「すまない。心ないことを言ってしまった」

そろそろ立ち去るのかと思いきや、ブリンの願いは叶《かな》わず、ウィクリフ伯爵は相変わらず長いまつげの下からじっとこちらを見ている。

「きみには驚かされてばかりだ。美しい海の女神かと思った相手が、じつは学問好きの女性だったとは。興味を引かれてやまないよ」

「言っておくけど、わたしにそんな気はないわ。あなたの興味を引きたいなんてまったく思っていないから」

「年はいくつだ？」彼は唐突に問いかけた。

ブリンは唖然《あぜん》として伯爵を見あげた。「女性に年齢を訊くなんて失礼ね。だけど、どうしてもと言うなら教えてあげるわ。二四歳よ」

「なのに未婚なのか？ それだけの美貌と気性の持ち主でありながら？」

「好きで独身を通しているの」

「いったいまたどうして？」本気で不思議がっているらしい。

ブリンは口ごもった。呪いのせいで結婚が怖いなどという話をするのはためらわれた。

「弟を育てる責任があるからよ。だから嫁ぐつもりはないわ。少なくとも弟の将来が安定するまでは」そのあとも結婚する気はないけれど、とは心のなかでつけ加えた。

ウィクリフ伯爵が信じられないとばかりにかぶりを振った。「まさかきみが独身を決意した勉強家だとは想像もしなかった」

「あなたの直感はたいしたことがないわね。わたしを海の女神と見間違えるくらいだから」

その言葉を聞いてもウィクリフ伯爵は怒るどころか、かえってなるほどという笑みをこぼした。それどころかふいにこちらへ近づいてきたため、ブリンは慌てて長椅子の端に身を寄せた。伯爵は許しも求めず、ブリンの隣に座った。

「足の怪我はよくなったのか？」

「ええ……心配してくれてありがとう」ブリンはしぶしぶ礼を言った。

値踏みするようにまじまじと見つめられ、彼女は体をこわばらせて神経質な視線を返した。

「もう行ったほうがいいんじゃないかしら。今夜の主賓が中座していたら、お客様方が寂しく思うわよ」

「一緒に踊ってくれると約束したはずだ」

「ここでは踊れないわ」

「どうして？」

「それは……ひとつには常識はずれだからよ。こんなふうにふたりきりでいるのも本当はいけないことなのに」

「この前はそんなに抵抗しなかった」

ブリンは気を落ち着けようと息を吸った。「たしかに、あの日は誤解を招く態度をとってしまった。でも、わたしはあなたが思っているたぐいの女性ではないわ」

「ぼくが思っているたぐいの女性？」

「あなたの目に留まるのを喜ぶような女性よ。いつもならあんなふしだらな振る舞いはしないのに」

「それは残念だ」

相手が不道徳な笑みを浮かべたのを無視して、ブリンは続けた。「たしかにわたしのとった行動は褒められたものではないけど、それはあなたも同じでしょう。あんなことをするのは放蕩にふける遊び人だけよ」

「きみをレディとしてではなく魅力的な女性として扱ったせいで、ぼくを遊び人だと思ったのか？」

「違うわ、あなたの悪い評判を知っているからよ。こんなコーンウォールの田舎にいても、あなたの武勇伝は聞こえてくるもの」ブリンは冷ややかな目で相手を見た。「残念ながらわたしには社交シーズンにロンドンへ行けるほどの余裕はないけれど、まめに手紙をくれる友達がいるの。あなたの噂話もよく書いてあるわ。これまでに何人もの女性とつきあってきたそうね。だけど、わたしはそのなかのひとりになるつもりはないから」

ウィクリフ伯爵は頭を振りながら、官能的な口元をほころばせた。「きみは本当に変わった人だ。これまでに何人の女性が男女関係を利用して、ぼくを結婚の罠《わな》に引きずり込もうとしたことか」

それは容易に想像がついた。ウィクリフ伯爵といえば、ひときわ端整な容姿ひとつとっても、女性にしてみればぜひとも追いかけたい相手だ。ましてや富も爵位もついてくるとなれば、なんとしても結婚したいと思うのが当然だろう。メレディスの手紙によれば、彼のベッドに忍び込もうとした女性はひとりやふたりではないらしい。

ブリンはきっぱりと言い返した。「どうぞ安心して。あなたの独身生活を脅かすつもりはないわ。それより困っているのはわたしのほうよ。あなたの目に留まったことが世間に知れたら、ばつの悪い思いをする程度ではすまないわ。こんなふうにふたりきりでいるところを見られれば、うしろ指を差されてしまう」

ウィクリフ伯爵がブリンの背後に腕をまわして背もたれにのせた。「そんなに世間が気になるのか？」

「ええ、とても」

彼の指先がうなじに触れる。「炎のような髪の色だな。不思議だ。濡れているときはとび色に見えたのに」

ブリンは狼狽《ろうばい》し、身を硬くした。羽根が触れるかのごときかすかな感触に心がざわめくが、極力気にしないように努めた。

「髪はおろしていたほうがいいな」かすれた声でささやく。「ぼくの枕《まくら》の上に広がっていたら、もっとすてきだろう」

挑発的な誘い文句にいらだちを覚えたブリンは、長椅子から立ちあがり、振り返って伯爵を見おろした。「冗談もたいがいにして」

ウィクリフ伯爵はけだるそうな視線を返した。「冗談なんかじゃない。至って真面目だ。きみをベッドに誘いたい。男なら誰でもそう思うだろう」

ブリンは書物を胸に抱き、いらいらしながら唇を噛んだ。「ええ、本気でそう思っているんでしょうね。わかるわ、男性はみんなわたしにそういう感情を抱くから。でも、それにはちゃんとした理由があるの」

「そうなのか？」

「呪いのせいよ」

「なるほど」まったく信じているようすはない。

「本当よ。地元の人に訊いてみればわかるわ。わたしの祖先に伝説的な美貌の女性がいた。彼女はロマの恋人を奪い、恨みを買って呪いをかけられたの。それ以来、一族の女性はみな男性を惑わせる魅力を持ちながらも、相手に心を捧《ささ》げてしまうと愛する人に死なれる悲運を背負うはめになったのよ」

「きみはその呪いとやらを信じているのか？」

「ええ、もちろん」ブリンは真剣な顔で答えた。「そうとしか説明のつかない出来事が、今までにたくさんあったわ。女性たちは代々、悲しい死を経験している」

「きみもなのかい?」

つらい記憶がよみがえり、ブリンの胸は痛んだ。「一六歳のとき、初めてわたしに求婚してくれた男性は海でおぼれて亡くなったわ。これまで誰もあなたに警告しなかったのが不思議なくらいよ」言葉に苦々しさがにじみでた。

相手がまさかという表情を変えないため、さらにいらだちがつのった。「わたしの言葉を信じなくてもかまわない。誰かに訊けばわかることだもの。だけど、わが一族の女性たちが男性を呪縛する力を持っているのは否定しようのない事実よ。次々と男性を餌食にするの」

「次々とね」伯爵はおもしろそうに聞いてはいるが、くだらないと思っているのがその顔に見え隠れしていた。いや、それは持って生まれた尊大さの表れかもしれない。「つまり、こういうことかい。そのロマの呪いとやらのせいでぼくはきみに夢中になり、やがては死ぬ定めにあると?」

「死ぬとはかぎらない。わたしがあなたを愛さなければすむことだから。だけど、あなたはどうしようもなくわたしに惹かれていくわ」

ウィクリフ伯爵が口元に優しい笑みを浮かべた。「ぼくを見くびってやしないか?」

ブリンは書物を握りしめた。「疑う気持ちはよくわかるわ。でも、ばかげていると考えるのは早計よ」

「だったら証明してくれ」

彼女は眉をつりあげた。「証明?」

「そうだ。呪いが本当に存在するのかどうか試してみよう」

「どうやって?」

「キスをしてみるのはどうだ?」

ブリンは彼をにらみつけた。「もちろん、からかっているんでしょう?」

「いいや」

「この前のキスが充分な証明になったと思うけど? 事の顚末《てんまつ》がどうなったのか、まさか忘れて――」

「忘れるものか。きみはぼくを不能にしようとした」ウィクリフ伯爵は淡々と答えた。

ブリンは顔を赤らめた。「身を守るためにはああするしかなかったの。あなたはわれを忘れて、わたしを放してくれなかった」

「今度は大丈夫だ。本を置いてこっちへおいで」

彼女が身動きせずにいると、ウィクリフ伯爵は問いかけるように片方の眉をつりあげた。

「ミス・コールドウェル、入り江できみと会ったことを知りあいに話してもいいのか? お兄さんにでもいい。きみがあんな格好でうろついていたと知ったら、みんな眉をひそめるだろう」

ブリンは信じられない思いで目を細めた。怒りが込みあげてくる。「脅すつもり?」

「ちょっと背中を押してみただけだ」

「どうして？　復讐《ふくしゅう》？　わたしがあなたの魅力に卒倒するどころか拒絶したから？」

伯爵の口元にかすかな笑みが浮かんだ。「たしかにきみはぼくの股間を攻撃した。だが、違う。復讐なんて考えていない。ただ実験してみたいだけだ。呪いの話を聞いて興味がわいてきた」

ブリンはいらだちを覚え、てこでも動くまいと思った。泰然自若として待っているその態度がまた癪《しゃく》に障る。

ブリンが言うなりにならないと見てとるや、ウィクリフ伯爵は表情を変えた。ゆっくりと包み込むような優しいほほえみを浮かべたのだ。

多くの女性が彼にまいってしまうのもうなずける。不道徳なほど悩ましい微笑だ。全身から発する抗いがたい魅力にこの笑顔が加われば怖いものなしだろう。

ブリンもまた、いけないと思いながらもその魅力に惹かれていた。それにこれ以上抵抗しても、どうせ次の手を打たれるだけだ。

ブリンは折れ、心のなかで悪態をつきながら長椅子に戻った。だが背筋をぴんと伸ばし、ウィクリフ伯爵のほうは見なかった。「あなたほど女性慣れした人なら、わたしにちょっかいを出さなくても、喜んで相手をしてくれる方がいくらも見つかるでしょう」

ウィクリフ伯爵がヴェルヴェットを思わせる柔らかい声で笑った。「がっかりさせたくはないが、これはちょっかいを出しているわけではない。ただのキスだ」

もちろんただのキスよ。でも、それならなぜわたしの胸はこんなに高鳴っているの？

彼が隣にいると思うだけでそわそわと落ち着かないけれど、なんとか冷静を保とうとブリンは自制心をかき集めた。ウィクリフ伯爵が顔を傾け、ブリンの首筋から耳たぶへと唇をはわせた。

「甘くて……綿菓子みたいに繊細だ」

「お願いだから、さっさとすませてほしいものだわ」ブリンは歯嚙みした。

ウィクリフ伯爵が顔をあげ、長い指で彼女の頰に触れた。「歯を食いしばっていてはキスなどできない」笑いを嚙み殺した口調で言う。「協力してくれないと実験ができないだろう？」

「実験なんかしてくれなくて結構よ。わたしは呪いを事実として受け止めているから。それにキスなんてしたくないというのが本音だわ」

「そう言わずに、ぼくにつきあってくれないか。ほら、唇を開いて」

「わたしは本当にキスなんて――」柔らかい唇の感触に言葉がさえぎられた。シルクのように軽くあたたかい感触だ。

ブリンは抵抗しかけたが、感情の高ぶりに言葉がとぎれた。彼の指が頰から喉へと滑りおりる。体が震え、胸の先が硬くなった。舌を差し込まれて、降伏のため息がもれる。

ウィクリフ伯爵の舌が口の奥深くに分け入ってくるのを感じ、ブリンは燃えあがった。彼を求め、こわばった体から力が抜ける。いつの間にか両腕をあげ、伯爵の髪に指を差し入れていた。つややかで柔らかい髪には、キスに負けず劣らず心をかき乱された。

抱き寄せられても抵抗せず、ブリンはウィクリフ伯爵に身を任せた。全身が熱くなり、舌を絡めたキスにかすれ声がもれる。ウィクリフ伯爵が長椅子の背にもたれかかり、ブリンを引き寄せた。

気がつくとブリンは伯爵にしなだれかかり、不条理な欲求に体を震わせていた。硬くてしなやかで男らしい筋肉が肌の下に感じられ、ふいに彼が欲しくてたまらなくなった。まるでこちらが呪いをかけられたみたいだ……。

ブリンは重ねた唇のあいだから苦しげな声をもらした。こんなことをしてはいけない。このまま続ければ大変なことになる。ブリンは必死の思いで伯爵の胸に片手をあて、体を押しのけた。

なんとか長椅子に座りなおしたものの、まだ頭はくらくらし、心臓が激しく打っていた。ウィクリフ伯爵はといえば、至って落ち着いて見える。

彼はおもむろに体を起こし、じっとブリンを見た。そして片手を伸ばして、キスで湿った彼女の唇に触れた。

「呪いがあろうがなかろうが……」かすれた低い声で言う。「きみをベッドに誘いたい」

ブリンはめまいがして、黙ったまま相手の顔を凝視した。ウィクリフ伯爵はあの悩ましい微笑を浮かべている。

呪縛から逃れようと、ブリンはまばたきをした。そしてようやく自分をとり戻し、慌てて長椅子から立ちあがった。本が膝から落ちた。

つかの間ウィクリフ伯爵を見つめたのち、ブリンは黙って足早に部屋を立ち去った。

この数日間で彼女に逃げられたのは二度目だ。ルシアンは困惑と欲望と高揚感がないまぜになった不思議な感覚を覚えた。

もっとも強く感じているのは欲望だろう。冷静を装ってはいたが、先ほどのキスになにも感じなかったかといえばそんなことはない。入り江で出会ったときと同じく体がうずいている。いや、それ以上だ。あの地味なドレスの下になにが隠されているか、もう知ってしまったからだ。

ルシアンは顔をしかめた。呪いの話は信じられないが、ミス・ブリン・コールドウェルのなにかが自分を惹きつけてやまないのはたしかだ。自制心を働かせているふりをしたものの、じつは高まる欲求を抑えるのに必死だった。今もまだ感情は高ぶっているし、体は反応したままだ。

けれどもこの感覚は単なる欲望ではなく、もっと奥が深い。あえて言葉にするなら〝惚《ほ》れた〟というところか。ぼくはのぼせあがっている。燃えるような赤毛とエメラルド色の瞳をした魔性の女性に……。

詩のような仰々しい表現にルシアンは苦笑してかぶりを振った。おおむねレディには大いなる好意を感じるほうだが、たとえブリンほどの美女とはいえ、このぼくがひとりの女性にのめり込むとは思わなかった。やすやすとなびかない姿勢に興味を覚え、なおさら意気込んでいるのはたしかだけれど、この激しい感情はそれだけでは説明がつかない。

彼女が欲しくてたまらない。こうなったら、なんとしてもものにするまでだ。ルシアンは気分が高揚した。

入り江ではブリンのことを誤解していた。先ほどのようすを見ると、本当に男性経験はないのだろう。

キスを迫ったのは、それを探りたかったからだ。操の固い女性かどうか知りたかった。結婚を考えるなら、まずは彼女がこちらを騙していないことを確かめておく必要がある。家名と爵位にかけて、妻となる女性にはある程度の純潔を求めたい。

ルシアンは満足の笑みを浮かべた。花嫁を見つけた。迷いはない。ミス・ブリン・コールドウェルなら美人だし、家柄も悪くないし、男兄弟が五人もいるとは多産の家系らしくていい。そのうえ、なんといっても魂が生き生きとしている。結婚しか頭になく、おべっか使いの財産目当ての女性たちに長年追いまわされたあとでは、それがなんと新鮮に感じられることか。辛辣な物言いをされようがされまいが、ブリンが相手なら絶対に退屈しないだろう。

ぼくの花嫁……想像しただけでもうきうきしてくる。あの美しい肢体に覆いかぶさり、熱く潤んだ目を見ることができると思うと体がうずく。

まだ出会って数日なのに、これほどの一大事を決めてしまうのは正気の沙汰《さた》ではないかもしれない。生涯の伴侶《はんりょ》はもっと熟慮し、理性に従って選ぶものだ。それに今、結婚すれば任務にも支障をきたすだろう。ナポレオンをフランスに追い返し、戦争に終止符が打たれるまで、結婚など考えるつもりはなかった。

だが、今こそ行動すべきときだと本能が告げている。どのみち息子は欲しい。彼女と結婚すれば跡継ぎができるばかりか、望む女性と夫婦生活をともにもできる。それに世の花婿とは違い、ぼくは花嫁となる女性の親密な一面をすでに知っている。

もちろんブリンが求婚を受けるとはかぎらない。ぼくの子供など産みたくないと思うかもしれないし、結婚そのものをいやがることもありうる。ブリンは好きで独身を通していると言った。あれほどの女性が結婚しないというのは、なんとも罪作りな話だ。

抵抗されても説得すればいい。口説き落とす自信はある。考えてみれば、すでにいくらか進展しているとも言えた。見せかけの態度とは違い、彼女はぼくの愛撫に抗えないでいるのだから。

この長椅子で事に及ぶこともできただろう。一瞬、そうしようかと思わないでもなかった。そうなっていたら、ブリンはいやおうなく求婚を承諾したに違いない。だが、せっかくの結婚を当初から醜聞まみれにはしたくなかった。

コーンウォールへ来たのは純粋に任務のためだが、帰りは花嫁と一緒だ。

ぼくの気持ちを高揚させ、望んでいた息子を授けてくれる、燃えるような緑の目をした美貌の女性と。

3

いつもとは違う夢だ。怪我をして横たわっているのはこれまでと同じだが、今日はぼくひとりではない。燃えるような赤毛の美女が、ぎらぎらした目でこちらを見おろしている。彼女の両手は血糊《ちのり》で真っ赤だ。ぼくを殺そうとしているのはきみなのか？

ルシアンは冷たい汗をかきながら目を覚ました。ここはどこだ？　薄暗い部屋を見まわし、ようやく体の力を抜いた。

彼は広大な公爵邸の主賓室でひとりベッドに横たわっていた。金色のブロケードのカーテンの下から薄明かりがもれ入っている。夜明けの時間帯なのだろう。未来の花嫁の姿はなかった。今しがた見た夢のなかでは強烈な存在感を放っていたのに……。

「ただの夢だ」声がかすれた。彼女が本当にぼくを殺しに来たわけではない。

体を起こし、片手で顔をこすった。呪いの話を聞いたせいだろう。だから、いつもの悪夢に海の女神が登場したのだ。ぼく自身が死ぬという悪夢に。

ルシアンは毒づきながらベッドカバーをはねのけ、ベルを鳴らして近侍を呼んだ。そして裸のまま水がたっぷり入った水差しや洗面器が用意された洗面台へ行き、冷たい水を顔にかけた。

死ぬ夢を繰り返し見る理由はわかっている。前回、行方不明になったイングランド人を捜すためフランスへ潜入したとき、危うく死にかけたからだ。殺《や》るか殺られるかの瀬戸際に立たされ、友人だと信じていた男を手にかけた。それ以来、罪悪感にさいなまれている。自分の将来を悲観的に考え、悪夢を見るようになった。夢のなかで、ぼくは誰にも悲しまれず、ひとり孤独に死んでいく。

死そのものが怖いわけではない。ナポレオンに奪われた国々をとり戻そうと一〇数年も続いているこの戦争で、ぼくよりも善良な男たちが大勢亡くなっている。それはわかっていても、あの経験にはショックを受けた。

あのとき、初めておのれの死に直面した。それまでは自分は無敵だと思っていたが、じつはそうではなかった。当然のものとして受け止めていた幸せな人生は永遠に続くわけではない。命ははかなく、そしてかけがえのないものだと思い知らされたのだ。

またこの三二年間の人生で、なにひとつ誇れるものがないことにも気づいた。たしかにフランスの侵略から文明社会を守るため、外務省の諜報活動に携わっている。けれどももし明日死んだら、本当の意味で後世に遺せるものなどなにもない。

あとに遺せるものが欲しい。つまり、息子だ。この数週間でその気持ちはどんどん強くなった。今では魂の叫びのように切実に願っている。

そのためには、まず妻となる女性を見つけなければいけない。

口元に苦笑いを浮かべながら、ルシアンはローブをはおり、サッシュをしめた。花嫁を探すのはなんとも新鮮な経験だ。これまでは結婚という鎖に縛られるのをかたくなに拒み、誘惑のゲームやひとときの関係を好んできた。そのためスキャンダラスな噂となり、社交界からは放蕩者と呼ばれるようになった。

愛人関係は楽しい。けれども、それは相手の女性のほうも同じだ。巧みな男女の駆け引きを彼女たちは遊びだと理解し、結婚を求めたりはしない。今ではぼくも、爵位や財産目当てに気を引こうとする女性たちをかわすのはお手のものだ。

追われる立場から追いかける立場へと変わるのは、なんとも不思議な感覚だ。それに理想の花嫁を見つけるのは思っていた以上に難しい。こちらが賞賛し、尊敬できる相手は、既婚者か貴族社会にはふさわしくない職業の女性たちばかりだった。だが、やっと見つけた。ミス・ブリン・コールドウェル……。

そっとドアをノックする音が聞こえた。ルシアンが返事をすると、近侍が入ってきた。

「お呼びになられましたか？」

「ああ、ペンドリー。今日の午前中は大事な用件があるから、せいぜい立派な格好をしたい。緑の上着にしてくれ」

「かしこまりました」外見を気にされるとは珍しいと言わんばかりに、ペンドリーは片方の眉をつりあげた。

ルシアンはにやりとして、近侍にひげを剃《そ》らせるため椅子に座った。悪夢のせいで暗く沈んでいた気分が、期待感で明るくなった。コールドウェル家を訪問するのは楽しみでもあるが、じつは任務も絡んでいる。うまくいけば一石二鳥になるかもしれない。ちょうどグレイソン・コールドウェルと親しくなる口実を探していたのだ。コーンウォールの海岸一帯は密貿易が横行しており、グレイソンは地元グループのリーダーだと考えられているからだ。

どれほど違法であろうが、ただの密貿易ならばいつもはほうっておく。しかし、今回は国家の脅威となりかねない密輸組織を追いかけている。その組織が扱っている品物はブランデーやシルクなどではなく、盗んだ金貨なのだ。

今回の任務は、英国政府が同盟国へ支払いのために送る金貨を盗難から守り、フランスに密輸されてナポレオン軍の資金となるのを防ぐことだ。

その企《たくら》みにグレイソンが一枚嚙んでいるという情報がある。もしそうなら彼と親しくしておけば、優秀な諜報員の目を欺いてきた首謀者に近づけるかもしれない。現在、容疑者は一〇人ばかりいる。

そもそもコーンウォールに来た目的はそれだった。ヘネシー公爵邸に滞在していれば、グレイソンを調べるチャンスを得られると思ったのだ。

ましてや美しい妹に求婚するとなれば、彼の秘密を探る立派な口実ができる。

ブリンは悲鳴をもらし、はっとして目覚めた。ベッドのなかだった。今しがた見た暗い夢のせいで、まだ心臓が激しく打っている。鮮明な映像だった。しなやかな体つきで背が高く、どぎまぎするほどハンサムで濃い色の髪をした男性が、瀕死《ひんし》の状態で足元に横たわっていた。ウィクリフ伯爵かしら？　わたしの両手にべっとりとついていたのは彼の血なの？

ぞっとして、ベッドカバーから両手を出して早朝の薄明かりのなかで確かめてみた。なにもついていない。汚れひとつない白い手だ。それがわかってもまだ、肌をはいのぼってくるいやな予感を振り払えなかった。

ああ、また同じことが起きるのだろうか？　昔、ある男性の夢を見たあと、彼は海で亡くなった。ロマの呪いのせいで求婚者たちはよくわたしの夢を見るが、こちらが相手の夢を見ることはめったにない。

冷たく湿った汗に、ひとなでされるような恐怖を感じた。今のはただの夢だろうか？　それとも不吉な出来事の前兆なのだろうか？

「ブリンに交際を申し込みたいとおっしゃるのですか？」求婚の許可を求められ、グレイソン・コールドウェルは見るからに当惑していた。

「交際ではありません」コールドウェル家の客間で、ルシアンはグレイソンと向かいあって座っていた。「残念ながらぼくは一週間ほどでロンドンに戻らなくてはならないため、ゆっくり求愛している時間がないのです。だから、できるだけ早く事を進めたいと思っています。どうか結婚をお許しください」

グレイソンは慎重に言葉を探していた。「あなたがブリンに惹かれるお気持ちは理解できます。ただ正直に申しあげますが、ご忠告しておかなくてはいけないことがありまして……あなたがそういう気持ちを抱かれるのにはちゃんとした理由があるのです。ブリンはなんというか、男を惑わせる奇妙な力を持っているんですよ」

「ご本人からそう聞きました」

「あいつはロマの呪いについてもしゃべったのですか？」

「ええ。とても信じる気にはなれませんでしたが。男というのはきれいな女性を追いかけるものです。そして妹さんはすばらしくお美しい方です」

「たしかにそうですが、ブリンの場合は男を惹きつける力が尋常ではないのですよ」

「では、あなたも呪いを信じていらっしゃるのですか？」

グレイソンはしばらく返事をためらっていた。「無関係だとは思っていません。母は呪いの恐ろしさを疑ったことがなく、ブリンがまだ小さいころから気をつけるよう言い聞かせてきました。ところが母が他界し、ブリンがその話を忘れかけたころ、初めての求婚者が海で亡くなったのです。ブリンはそのことで自分を責めました。以来、二度と同じ悲劇を繰り返すまいと、世捨て人のごとき生活を送ってきたのです」

「では、呪いの危険は喜んで引き受けましょう」

「あなたはよくても、ブリンがそうしたいと思うとはかぎりません。ブリンはこれまでに何度も求婚を断ってきました。今回にかぎって、いそいそとよい返事をするとは思えない」

「金銭的には充分なものを用意させていただくつもりでいます。それはご家族に対しても同様です」ルシアンは、掃除こそ行き届いているもののあちこちに傷みの目立つ室内を見まわした。

グレイソンは一瞬、決まり悪そうに顔を赤らめた。「そういう話は好材料になるでしょう。ですが、それでもブリンを説得するのは難しいと思ってください。末の弟を置いていくのもいやがるでしょう。末弟はブリンが育てたようなものですから」

「では、お兄さんとしてはこの結婚に反対はされないのですね？」

「もちろんです。あなたのような身分の高い方を義理の弟にできるのは光栄だと思います。ただわたしがブリンに結婚を強要することはできないと申しあげているだけです。あれは頑固ですから」

ルシアンはかすかにほほえみ、ひとり言のようにつぶやいた。「存じあげていますよ」

ブリン・コールドウェルは手入れのされていない庭のベンチに座っていた。末弟のシオドーと思われる少年も一緒だ。ルシアンはリンデンの木のそばで足を止め、ふたりのようすをうかがった。

ブリンは色あせた小枝模様のモスリン地のドレスに、強い日差しを避けるためか、顔を覆うほどつばの広いボンネットをかぶっていた。だが、それでもそこはかとない魅力が漂っている。会うのは何度目かだというのに、やはり無性に抱きたい気持ちがわいてきた。ほかの女性に対してそんな気持ちになったことはほとんどない。

シオドーはひょろりとした少年で眼鏡をかけており、顔色は青白く、鶏のとさかかと思うほど真っ赤な髪をしている。いかにも不本意そうに詩の一節を音読していたが、やがて抗議の声をあげて姉を見た。

「ミルトンの詩なんか読んでなんになるのさ」

「知識が増えて、世界観が広がるわ」ブリンが穏やかに答えた。「化学の本ばかり読んでいては、幅広い知識が身につかないわよ」

「今、実験がいちばん大事なときなんだ」

ブリンはからからと笑った。「わたしも大事なことを教えているわ。でもあなたはここで新鮮な空気を吸っているより、あの地下牢みたいな実験室に引きこもって道具を吹き飛ばすほうが好きなのね」

「もう何週間もそんなことはしてないよ」

「それはよかっただわ」ブリンは顔をしかめ、弟の印象的な赤毛をくしゃくしゃにした。「あと一〇分我慢したら、昼食まで実験室にこもってもいいわよ」

それを聞いてシオドーはにっこりとし、もう一度詩集を開いた。

ルシアンはふたりのやりとりに思わず見惚れた。弟や妹にこのような愛情を注げる貴族女性は片手ほども知らない。彼女ならきっといい母親になるだろう。

どうやらこちらに気づいたらしい。ブリンが顔をあげ、春の草原にも似たみずみずしい緑色の目をルシアンに向けた。そして警戒するようにすばやく立ちあがった。

人がいるのに気づき、シオドーの声が尻すぼみにとぎれた。

「ウィクリフ伯爵、どうしてここに?」少なくともブリンの言葉遣いは丁寧だった。

ルシアンはのんびりとした笑みを浮かべ、前に進みでた。「ミス・コールドウェル、ふたりだけで少し話がしたい」

「今、弟の勉強を見ているところなの」

少年が甲高い声をあげた。「いいよ、姉さん。ぼくならあっちへ行くから」

ブリンがちらりと弟をにらんだ。「この子は弟のシオドーよ」

ルシアンが握手の手を差し伸べると、シオドーはびっくりしたあとうれしそうな顔になった。「ミスター・コールドウェル、きみは化学が好きらしいね」

「はい、大好きです」

「ぼくは王立協会に知りあいがたくさんいるんだ」一流の科学者だけが参加できる学会の名前をルシアンは軽い調子で口にした。「今年の頭には王立研究所でミスター・ジョン・ドルトンの講演を聴いたよ」

少年は目を丸くした。「ミスター・ドルトンをご存じなんですか?」

「パトロンのひとりになる栄誉にあずからせてもらっている。彼は『化学哲学の新体系』という本を書いたんだ」

「知ってます! 原子の重量について書かれた本ですよね。ぼくは今、ミスター・ドルトンが発見した元素のひとつを分離する実験をしてるんです。えっと……」

少年はしゃべりすぎたと思ったのか、慌てて口をつぐんだ。

「シオドーにとっては憧《あこが》れの学者なの。毎晩、その本を枕の下に入れて眠っているくらいだから」姉が説明を加えた。

「では、さぞや会ってみたいだろうね。今度、きみがロンドンへ来たときに紹介してあげよう」

シオドーはぱっと顔を明るくしたが、すぐに暗い表情に戻った。「ロンドンへ行くことなんてないんです」

ブリンがルシアンに視線を向けた。彼はブリンが眉根を寄せているのに気がついた。「いつか機会があるかもしれないよ。ところで、ちょっとお姉さんを借りてもいいかな?」

「ええ、もちろん」シオドーは姉に尋ねもせずに了承した。

弟の姿が見えなくなると、ブリンはルシアンに厳しい顔を向けた。「守るつもりもない約束をして、あんなふうに期待を抱かせるのはかわいそうだわ」

「どうして守るつもりがないと思うんだ?」

「あなたのような人が、よく知りもしない子供のことを気にかけるとは思えない」

ルシアンは穏やかに答えた。「ミス・コールドウェル、弟さんを思うきみの気持ちには心を打たれる。だが、安心してくれ。ぼくは守れない約束はしない。シオドーは聡明《そうめい》な少年だ。そんな賛美者がいると知ればドルトンは喜ぶだろうし、ぜひよい刺激になりたいと思うだろう」

ブリンの顔が悲しげに曇った。「たとえそうでも、わたしたちにはあの子をロンドンへやる余裕がないの」

「そのうち状況が変わるかもしれない」ルシアンは曖昧《あいまい》に答えた。そして、彼女が次の言葉を挟まないうちに話題を変えた。「シオドーは本が好きなのか?」

その質問に、ブリンの表情が緩んだ。「まるで本の虫よ。毎日、少しでも外へ出させようとするのがひと苦労なの。あんな蒸気やらにおいやらが充満した暗い部屋に閉じこもっているのは不健康だわ。でも、あの子は実験となると夢中になってしまって」

「自分が習ってもいないことを教えるのは大変だろう?」

かすかに頬を染めるようすがかわいらしい。「もっと高等な教育を受けていたらよかったのにと思うわ。昔からいた家庭教師は何年か前に辞めてもらって、それ以来、新たな教師を雇うことも、あの子が望む学校へやることもできずにいるから」

「本当に学校へ行きたがっているのかい? そりゃあ、珍しい子供だ」ルシアンは愉快に思って訊いた。

「本当よ」ブリンは誇らしげに答えた。「科学者になるのがあの子のいちばんの夢なの。いつかケンブリッジ大学へ行って、化学の勉強をしたいと願っているわ」

「それくらいなら叶えられるかもしれない」

ブリンがいらだたしそうな顔でルシアンを見た。「そんなわけがないでしょう。わたしを夢見る少女だと思っているの？」

「可能性はあるかもしれないぞ。ぼくがシオドーの教育費を出そうと申してでたらどうする？」

ブリンはまた警戒心もあらわに、ルシアンをにらんだ。「交換条件はなに？」

「交換条件があると思うのか？」

「あなたはそういう人だもの。これまでに二度、卑怯《ひきょう》にもわたしを脅してキスを奪っている。あなたが純粋な厚意から教育費を出してくれると思うほど、わたしはまぬけではないわ。それだけのことをするからには、代わりになにかを要求してくるはずよ」

たしかにキスの件については反論の余地がないが、それにしても自分への評価が低いことにルシアンは顔をしかめた。「相変わらず気性の激しい人だな。いいだろう、率直に言おう。きみを妻にしたい」

ブリンは明らかに衝撃を受けたらしく、一歩うしろにさがった。

逃げる獲物は追いかけたくなるのが男の本能だが、ルシアンはじっと我慢し、穏やかな表情のままその場を動かずにいた。

「ぼくの頭にいきなり角でも生えたみたいな顔をしなくてもいいだろう？　結婚してほしいと言っているだけだ」

「結婚ですって？」声がかすれている。「どうしてまた？」

「そろそろ身を落ち着けて子供を持つべき年だからだ」これは正直な答えだ。

「でも、どうしてわたしと？」

「それは……」ルシアンは品定めするようにまじまじと彼女の姿を眺めた。今はまとめている印象的な赤毛、生き生きとした緑の目、豊かな胸、魅惑的な体と細い脚を隠しているハイウエストのドレス……。「鏡を見ればわかるだろう？」

ブリンがいらだちもあらわに頭を振った。「話したはずよ。わたしがよく見えるのはまやかしなの」

ルシアンは思わずこぼれそうになる笑みを噛み殺した。これほど心に響いてくる魅力がまやかしであるものか。彼女を欲しいと思う気持ちは本物だ。

「そんなことはない。たしかにきみの美貌には心を奪われた。でも、それ以外にも魅力的なところはたくさんある。たとえば知性とか機知に富んだところとか。それに弟さんへの愛情もすばらしい。きみはさぞいい母親になるだろうね」

ブリンはさらにいらだちをつのらせたようだ。「こんなに早く決めてしまっていいの？たった三回顔を合わせただけだというのに」

たしかに不思議だ。どうしてブリンを探し求めていた花嫁だと思ったのだろう？　けれども、本能的に彼女のことが理解でき、情熱的な性格に惹かれた。きっと刺激たっぷりの関係になるに違いない。「直感だと思ってくれ」

「その直感は間違っているわ。あなたとわたしでは絶対にうまくいかない。わたしは伯爵夫人なんかには向いていないの」

「どうしてそう思うんだ？」

「社交的ではないからよ。ずっと家に引きこもって暮らしてきたし、あなたがあきれたとおり学問好きだわ。世間の人からは男まさりの変わり者だと言われている。いつも兄の仕事を手伝っているから……」ブリンは余計なことを口走ってしまったとばかりに言葉を切った。「それはいけない」

からかうような口調で言われ、ブリンが顎をあげた。「笑いたければ勝手にどうぞ。とにかく、わたしはよき妻になんてなれないから」

彼女のことを考えるとき、〝よき妻〟のイメージはわいてこない。どちらかというと高嶺《たかね》の花とされる高級娼婦《しょうふ》だ。乱れたシルクのシーツや、熱いひとときばかりが心に浮かぶ。ブリンの姿を見るだけで、そんな時間をともにしてみたいと願ってしまう。

「いわゆる〝よき妻〟には興味がない……」ルシアンは言いかけて口をつぐんだ。「ぼくが求めているのは違う意味での〝よき妻〟だが、その点では申し分なさそうだな。キスをしたからわかる。しかも一度ならずね。きみならベッドでもすばらしい相手になってくれるだろう」

ブリンはぱっと頰を染め、言葉に詰まった。けれども、しばらくすると無表情を装った。「妻にするなら当然、貞淑な女性を望んでいるでしょう。でも、その期待には添えないわ。わたしはすぐに男性をたらし込むことで有名なの」

ルシアンは相手の唇に目をやり、キスの味を思いだした。違う、彼女は純潔だ。「きみは事実を誇張している」

ブリンはさらに顔を赤くした。「あなたと結婚したくないと言っているのは誇張ではないわ。遊び人を夫にしたいとは思わないから」

「そんなのは尾ひれのついた噂だといずれわかる」

「あなたはヘルファイア・リーグを作ったひとりなんでしょう？　スキャンダラスなことばかりしている貴族の一員だと聞いているわ」

「たしかにぼくも若いころは無謀なことをした。でも、ここ数年はおとなしいものだ」

「申し訳ないけど、そんな言葉は信じられないわね」辛辣な口調で言う。

「お望みなら、ぼくのよい点をいくらでもあげてみせるが？」ルシアンは笑いがこぼれそうになるのを隠せなかった。

「結構よ」

ブリンはゆっくりと息を吸い込み、まだほかにも反論する点を見つけたとばかりに眉をひそめてルシアンを見た。「あなたと結婚したら、ロンドンで暮らすんでしょう？　わたし、ロンドンは好きではないの」

「行ったことがあるのか？」

「二度ばかり。もう何年も前だけど」正直に話せと無理強いされたとでもいうように、いかにも言いたくなさそうにつけ加えた。

「たったの二度ではよくわからないだろう」

「そうかもしれない。でも、わたしには田舎暮らしが性に合っているの」

「デヴォンシャーに先祖代々の領地がある。なかなかいい田園地帯なんだ」

「それより、ここコーンウォールがいいのよ。海が好きだから」

「ウェールズに海の眺めがすばらしい城を所有している」

いらだちを抑えようとしてか、ブリンが唇を引き結んだ。それを見てもルシアンは、その唇を開かせたいという思いしかわいてこなかった。彼女の腰に腕をまわして唇を重ねたい。魅惑的な体を隅々まで味わい、シルクのごとき繊細な炎を燃えあがらせてみたい。

「そういうことではないの。わたしはここを離れたくないから、結婚などしたくないと言っているの。シオドーを置いては行けないわ」

「シオドーが寄宿学校に入るとしたら？　たとえばイートンとか、ハローとか、ウェストミンスターとか」

ブリンは黙り込んだ。しばらくしてつんと顎をあげたところを見ると、いちばん弱い部分を突かれたのだろう。

「そういう条件で釣ろうとするのは卑怯よ」葛藤しているのが手にとるようにわかる。

「珍しい話ではないし、それになにより現実的だ」ルシアンは穏やかに否定した。「とりわけきみのような状況にある女性にとっては、身分や財産を手に入れるために結婚するのはよくあることだ」

「わたしはどちらにも興味がないの」

「経済的に苦しくては幸せになれないだろう?」

「なれるわ。実際、わたしは幸せだし」

「きみのお兄さんはそうでもなさそうだったな。充分な金額を用意させてもらうつもりだと伝えたら、大いに興味を示された」

ブリンがルシアンをにらみつけた。「ウィクリフ伯爵、わたしをお金で買うつもり? 繁殖用の牝馬《ひんば》みたいに」

「牝馬よりはるかに丁重に迎えるつもりだ。ぼくの妻にして伯爵夫人になるわけだから。たいていの女性なら大喜びするだろう」

「それなら、そういう女性に求婚すればいいでしょう」

ルシアンが黙っていると、ブリンは大きなため息をついた。「あなたの申し出は光栄に思うわ。だけど、求婚は受けられない」

ここで身を引くわけにはいかない。ルシアンは前に進んだ。一瞬、ブリンが逃げだすかと思ったが、ルシアンが手をとっても彼女はその場を動かなかった。ただ彼がブリンのてのひらを返して口元へ持っていき、敏感な手首にキスをすると、どぎまぎしているのがわかった。

ブリンが震えるのを見て、ルシアンは満足した。

「もっと時間をかけて考えてみてくれ」彼は緑の目をじっと見つめた。

「時間なんて……必要ないわ。先ほど言ったことが答えよ」

「ぼくはあきらめない。明日、もう一度来るよ。そのときまでにきみの気が変わっていることを願っている」

ウィクリフ伯爵の背中を見送りながら、ブリンは不信と動揺に心を引き裂かれていた。彼の自信満々な態度も癪に障るし、手慣れたキスに反応してしまう自分も腹立たしい。ウィクリフ伯爵は女心を手玉にとる遊び人、圧倒的な魅力を放つ悪魔なのだ。そんな相手からのあからさまな誘惑なんて即座に拒絶するべきだと思う。だけど彼の唇が手首に触れると体がほてり、印象的な青い目で見つめられると心が揺れてしまう。ウィクリフ伯爵は、自分の研ぎ澄まされた魅力をもってすればわたしを落とせないわけがないと思っている。ああ、なんて傲慢で腹の立つ人だろう。

けれど、彼の自信にはもうひとつ理由がある。ウィクリフ伯爵は自分が有利な一手を打ったのを承知しているのだ。もし本当にシオドーの教育費を出してくれるのなら……。

ブリンは苦悩の声をもらしながらベンチに座り込み、ほてった頬に両手をあてた。突然の求婚にまだショックがおさまらない。

結婚する気はなかった。あえて危険を冒す必要などないと思っているからだ。自分が普通の女性とは違うことも、将来を好きに決められないことも、子供のころよりわかっていた。物心ついたころから、男性を愛するなと教えられてきた。わが身が危ないのではない。相手の命が危険にさらされるのだ。

〝おまえの一族に生まれた女たちは、その美しさゆえに呪われるであろう。その者たちが愛した男たちは、みな死ぬはめになる〟

呪いなどばからしいと一蹴《いっしゅう》できたらどんなにいいだろう。だがそう思えないほど、代々にわたり多くの悲劇が起きてきた。

母、グェンドリン・コールドウェルも恐ろしい運命に苦しんだひとりだ。母は奇妙な事故で婚約者を亡くした。ろくに雲も出ていない日に落雷に遭ったのだ。母はもう誰も愛さないと心に決め、ブリンの父と結婚した。そして六人の子供をもうけ、最後の出産で命を落とした。そのときの赤ん坊は、当時一二歳だったわたしが育ててきた。

わたしは呪われた祖先から、赤毛と伝説的な美貌を受け継いでいる。それなのに母の教えを忘れ、初めて求婚してくれた若者に娘らしい恋をしてしまった。

その彼が海でおぼれ死んだとき、初めて呪いは本当だと悟ったのだ。

それ以来、男性の気を引かないために最大限の注意を払って生きてきた。鮮やかな色の髪は束ね、慎み深いどころか堅苦しいドレスを選んだ。人目につかないよう家に引きこもり、世間からのけ者にされるのにも甘んじ、世捨て人のような暮らしを送ってきた。求婚されるのを避けるため、陰でこそこそ噂されているのを知りながら、あえて世間に呪いを信じさせてきたのだ。

誰にも求婚なんかされたくない。よく知りもしない男性に熱をあげられ、永遠の愛を誓われても困るだけだ。その気持ちには応えられない。なにかあったらと思うと怖くて、求婚を受けるなどできないからだ。悲劇を招きかねない危険は冒さないほうがいい。

ときには将来を悲観し、愛のない人生を送るのかという思いに痛烈な孤独を覚えることもあるが、そんなときは自分のせいで亡くなった求婚者を思いだすようにしている。そうすれば、やはり自分は誰も愛してはいけないのだと思い知らされる。

そもそもわたしは今の人生に満足している。めそめそと孤独を感じる暇も、呪いのせいでのぼせあがっている若者たちの相手をする余裕もない。今はとにかくシオドーの勉強を見てやり、家族が路頭に迷わないよう兄の密貿易を手伝うので精いっぱいだ。

ブリンはため息をついた。自分が違法な仕事に関与していることを、さっきは危うくウィクリフ伯爵にしゃべってしまうところだった。事情を理解できないよそ者に密貿易について知られるわけにはいかない。ましてや相手は権力者だ。うっかり話せば面倒が起こる。

なにはともあれ今は、また現れた求婚者をどうするか考えなくてはいけない。じっとこちらを見つめていた目を思いだし、ブリンは体を震わせた。ウィクリフ伯爵はわたしを妻に望んでいる。洗練された抗いがたい魅力の下に、強い決意が見てとれた。真剣なのだろう。だからこそ怖い。

今朝、彼が死ぬ夢を見たばかりだ。たとえ本当は求婚を受けたい気持ちがあったとしても、あの不吉な夢を無視することはできない。

4

ブリンはウィクリフ伯爵からの求婚をただ無視するわけにはいかなかった。夕食のあと、兄のグレイソンがその話題を持ちだしたからだ。シオドーはいつものごとくデザートが終わるや地下の実験室に戻ってしまい、食堂にはグレイソンとブリンのふたりだけが残された。数少ない使用人の負担を減らすため、最近は厨房《ちゅうぼう》に近い小食堂を使っている。

グレイソンが探るような目で彼女を見た。夕食のあいだはとりとめもない話をしていたのだが、どうやら今は真剣な話しあいの場を持とうとしているらしい。なにを言われるのかと思うと不安になり、ブリンはワインをひと口飲むと、兄が話を切りだすのを待った。沈黙のときが流れた。

三人の弟が家を出てからというもの、食事中の会話は少なくなった。父が他界し、家計がこれほど逼迫《ひっぱく》する前に、二歳年下のアーサーと三歳下のステファンは海軍に入隊した。そして去年、一八歳になったリースがひと山あてようと商船の船員になった。

独立した兄弟四人のなかで、父が投資に失敗した被害をもっとも大きくこうむったのがこのリースだ。お金がないため海軍将校になることができず、三人の兄たちのように大学への進学すら叶わなかった。だが当の本人は勉強嫌いだったため、それを苦にしているようすはない。だが、シオドーは違う。学校へ行かせてもらえないと知ったら、さぞ絶望するだろう。

「ブリン？」

その声に、ブリンははっとわれに返った。

グレイソンが力なくほほえんでいた。「こっちの声が耳に入らないほど物思いにふけっているとは、おまえらしくもないな」

「ごめんなさい。なんて言ったの？」

「二度、訊いたぞ。ウィクリフになんて返事をした？」

やはりその話題かと思い、ブリンは顔をしかめた。「もちろん断ったに決まっているわ」

「少しは考えてみなかったのか？ウィクリフといえば誰もがうらやむ結婚相手だ」

「そうかもしれないけれど、わたしは興味がないの」

「どうして？」

「理由はいくらでもあるわ」

グレイソンは表情をこわばらせたが、黙ってワイングラス越しに彼女を見ていた。だがしばらくすると、いつになく苦々しい口調で話しはじめた。「これは借金を清算するいいチャンスなんだ。あっさり断ってしまう前に、家族のことを考えてみたらどうだ」

不条理な非難の言葉にブリンは息をのんだ。言い返そうとしたが、グレイソンの話はまだ続いた。淡々としているだけに説得力がある。

「ブリン、おれはもう生活費を工面するのに疲れた。ろくに修理もできないから屋敷は傷みが激しい。唯一の収入源だというのに、漁船や乗組員を維持するのさえままならないありさまだ。借金の額が大きすぎるんだよ。金貸しからは返済を迫られているし、やんわりと脅されてもいる。このままでは、いつ債務者監獄に送られてもおかしくない」

ブリンは黙り込んだ。自分もできるかぎり手伝っていると、ここで反論してもしかたがない。兄の絶望的な気分はよく理解できたからだ。借金にどっぷりと首までつかり、大切な先祖伝来の家財を売り払ったり、気心の知れた使用人たちを解雇したりせざるをえないのは、さぞ屈辱的だっただろう。妹や弟たちに充分なことをしてやれない罪悪感や、日々、生活費の心配をしなくてはならないつらさもあるはずだ。

それに、兄もまた自分の人生を犠牲にしている。悲しいことに結婚をあきらめ、好きだった女性がほかの男性と結婚するのを見ているしかなかった。

「これまでだって何度も求婚を断ってきたわ。そのときは反対しなかったくせに」

「条件のよさが比べものにならない。ウィクリフほどの大物はもうつかまらないぞ」

「まるで魚みたいね」

下手な冗談に、グレイソンは黙って顔をしかめた。

「シオドーを置いて家を出るわけにはいかないわ。それは兄さんだってわかっているでしょう？　せめてあの子の将来が安泰だとわかるまではね」

「おまえがウィクリフと結婚すれば、あいつの将来は安泰だ。教育資金を出すと言ってくれたからな。最高の家庭教師を雇うことも、学校へやることもできる。いいか、ウィクリフはその気になれば学校を丸ごと買えるほどの財産を持っているんだ。もうおまえが家庭教師のまねごとをする必要はない」

これには傷ついた。シオドーの勉強を見てやるために、今まで必死に努力してきたのだ。ブリンは平静を保とうと、ゆっくり呼吸をした。「あの子に学校はまだ早いわ。なかには意地悪な男の子もいるもの」

「そうかもしれない。だが、それで鍛えられもする。勉強ばかりしていればいいってもんじゃないからな。それに一生、守ってやれるわけじゃないだろう？　おまえは過保護なんだ」

ブリンはグラスに目を落とした。過保護という点については、これまで何度も言い争いになってきた。ことシオドーに関して、ブリンはどんな母親よりもはるかに心配性だった。なんといっても、生まれ落ちたその日から育ててきたのだ。

「結婚しろと言うのは簡単よ。兄さんが彼の妻になるわけじゃないんだから」

グレイソンはしごく真面目な表情で妹の顔をのぞき込んだ。「充分に好感の持てる相手だと思うけれどね。見た目が気に入らないわけではないだろう？　世の女性はみなウィクリフを見てうっとりしている」

「その魅力が問題なのよ。じつは今朝……ウィクリフ伯爵の夢を見たの。彼が死ぬ夢よ」

グレイソンが妹をまじまじと見つめた。「ただの偶然だろう」

「よくわかっているくせに。わたしのせいでウィクリフ伯爵を死なせるわけにはいかないわ。

もう後悔するのには耐えられない」

「結婚したからといって、やつが死ぬとはかぎらない。おまえが愛情を感じないように気をつけていればすむ」

言うは易しだ。ブリンは暗い気持ちになった。彼の魅力には抗いがたい。「危険は冒したくないの」

「やつは危険を承知で引き受ける気だ」

「知っているわ。わたしが警告したのに、ウィクリフ伯爵はせせら笑っていたもの」いらだちが声に出た。「どうしてわたしの話を信じてくれないのかしら。呪いがなければわたしになんて見向きもしなかっただろうし、ましてや求婚なんてありえなかったのに。彼はわたしのことをなにも知らないのよ。もちろん密貿易のことも。違法な行為に手を染めていると知ったら、妻にしようとは思わないでしょうね。話すのは得策じゃないと思って黙っていたけれど」

「ああ、やめたほうがいい。今日、知ったんだが、ウィクリフは外務省の仕事をしているらしいぞ」グレイソンが難しい顔をした。

「仕事ってどういう？」

「英国政府の職員なんだ」

ブリンは驚いて両方の眉をつりあげた。「たいそうなお金持ちという噂なのに、どうして仕事をする必要があるの？」

「必要なんかないだろうね。どうしてかと訊かれてもわからないが、刺激でも欲しかったんだろう。いずれにせよ、ウィクリフは当局の人間だ。あまり反感を買いたい相手じゃない」

「あの威張った態度も腹立たしいのよ。ウィクリフ伯爵は権力を振りかざすのを楽しんでいるわ。あんな傲慢な人はほかに知らない。結婚しろと命じさえすれば、わたしが喜んで従うと思っているんだから」

グレイソンがちらりと同情の色を浮かべた。「自尊心が傷つく気持ちはわかる。おれも同じだよ。だが、家が悲惨な状況にある点も忘れないでくれ」

穏やかな口調にかえって悔しさが込みあげ、ブリンは唇を嚙んだ。誇りの高さが欠点なのはわかっている。けれども、誇りを捨てるのは屈辱的だ。どうしてこんなに無力なのだろう。他人の気まぐれに翻弄《ほんろう》されて生きるのはごめんだ。「忘れてなんかいないわ。でも、お金を積まれれば服従すると思われるのは我慢できない。彼は子供を産ませるためにわたしを買う気でいるのよ。だけど、わたしは売り物じゃないわ」

「ウィクリフは息子が欲しいんだよ、ブリン。男なら誰でもそう思うものだ」

ブリンは意固地になって黙りこくった。

「子供なんかいらないと？」

自分の子を授かったらどんなに幸せだろうとは思う。だが、生涯、母親になるのはあきらめて、シオドーを育てることで満足すると決めたのだ。「そんなことは言っていない。だけど、彼の子供はごめんだわ。だいたい考えてみて。わが子の父親を殺してしまったら、わたしがどんな気持ちになると思う?」

「おまえなら殺してしまわないようになんとかするだろう」グレイソンはそっけなく答えた。

「兄さん、ちゃかしてすむ話じゃないのよ!」

「わかった、わかった。すまない」ブリンが黙り込むと、またグレイソンが口を開いた。

「返済が終わったら、おれはもう密貿易に携わる必要がなくなる。つまりシオドーも、ということだ」

その言葉にブリンは思わず姿勢を正した。「あの子を連れだすのはやめるというの?」

「もちろんだとも。あいつを船に乗せるのは、リースたちがいなくなって、乗組員を監督する人間が必要になったからだ。仕事を教えるなら、早いに越したことはないからな。だが借金があるうちは、大事な収入源のひとつをあきらめるわけにはいかない」グレイソンは妹の目をのぞき込んだ。「シオドーを密貿易にかかわらせないのが、おまえのたっての願いだろう?」

「そうよ。違法なことはなにひとつさせたくないし、海へ出したくもないわ。あの子は危険な仕事には向いていないの。だいいち、兄さんに連れだされるたびに具合が悪く――」

グレイソンは何度も聞かされてきた文句の言葉をさえぎった。「だったらウィクリフに感謝するんだな。シオドーを危険から救いだす機会を与えてくれたんだから」

たしかにそれは一理あるかもしれない。「結婚すべきだと本気で思っているの?」

「ああ。少なくともシオドーのためにはなる」

その淡々とした言葉に真実が含まれていることを悟り、絶望感が込みあげた。「わかった、考えてみるわ」

とにかくひとりになりたい。ブリンは椅子を押しさげ、だしぬけに立ちあがった。そして、ひと言も発さずに小食堂をあとにした。

寝室に入るとドアを閉め、海岸を見渡せる窓辺に立った。岩場の向こうに広がる海を見ていると、やりきれなさに胸がふさがる。

兄の意見が正しいのだろうか？　危険は承知のうえで結婚すべきだと？

ブリンはじっとしていられず、寝室のなかを行ったり来たりしはじめた。結婚を承諾させるために鼻先に人参《にんじん》をぶらさげるとは、ウィクリフ伯爵も紳士とは呼べない行為を平然とやってのけるものだ。だが万が一、結婚するにしても、夫となる人が彼では相手が悪すぎる。

できれば正反対の種類の男性を選ぶべきなのだ。視線ひとつでどぎまぎさせられる男性ではなく、なんの愛情も感じない静かでおとなしい人がいい。それなら恋に落ちる心配もない……。

ブリンは厳しい顔で鏡台へ行き、宝石箱をとりだした。たいした価値もないアクセサリーのなかに、高価な品が一点まじっている。ブリンは先祖代々伝わるロケットのふたを開け、〝赤毛のエリナー〟ことレディ・エリナー・スタナップの肖像画を見た。二〇〇年ほど前に、そのたぐいまれなる美貌と燃えるような赤毛で次々と男性を惑わせ、呪いをかけられた伝説の祖先だ。

彼女がふしだらな行動を慎んでくれていれば、あとに生まれた女性たちはこんな悲しみを味わわずにすんだのにと何度思ったことか。だが、呪いから逃れることはできない。ウィクリフ伯爵は懐疑的だが、本当は彼もすでに呪縛にとらわれている。だからこそ、わたしに結婚を同意させようとやっきになり、こちらがいくら反論しようが警告を発しようが、すべからく無視するのだ。

ブリンはロケットを握りしめた。金線細工が肌に食い込んで痛い。無性に相談相手が欲しかった。結婚をすすめる兄ではなく、誰か別の人がいい。

亡き母なら間違いなくやめろと言うだろう。だが、エスメラルダなら?

エスメラルダというのはロマの年老いた女性で、呪いをかけた張本人の子孫だ。一〇〇年ほど前から彼女の属するグループは、この地方へ来たときはコールドウェル家の土地にテントを張る。〝赤毛のエリナー〟が犯した罪の贖《あがな》いになればと、それを許可されてきたのだ。

初めての求婚者が死亡したとき、悪夢の解釈をしてもらおうとエスメラルダに会いに行った。エスメラルダの説明はわかりにくく、相反する意味を含んでいたが、彼の死がブリンのせいであることだけは確信できた。

しかし、今回はエスメラルダに頼れない。どこにいるかわからないからだ。コーンウォールからロンドンに続く土地のどこかを放浪しているのだろう。

ブリンはロケットのふたを閉じ、宝石箱に戻した。今朝の夢は必ずしもウィクリフ伯爵の死を意味しているのではなく、気をつけろというただの警告なのかもしれない。もしそうなら……。

本当は結婚などしたくはないが、はたして選択肢はあるのだろうか？　わたしが求婚を受ければ、兄は債務者監獄行きの不安から解放される。そのうえシオドーは希望どおりの教育を受け、わたしが願っていた将来を手に入れられる。もし求婚を断れば、シオドーは家庭内での不充分な勉強しかできず、あの子の人生は危険にさらされる。いずれは密輸という犯罪社会にのみ込まれてしまうだろう。

良心がうずき、ブリンは固く目をつぶった。シオドーのためには結婚を了承するしかない。ウィクリフ伯爵の妻となり、息子を産むしか選ぶ道はないんだわ。ああ、なんてことかしら。

ブリンは目を開け、重い決断に顔をあげた。いいわ、結婚しよう。借金の清算と引き換えに彼の跡継ぎを産むのよ。

だが、油断は許されない。ウィクリフ伯爵の誘惑を許してはいけないし、わたしが惑わせてもいけない。ふたりのあいだになんらかの感情が生ずる事態は絶対に避けなくてはならないわ。

ブリンは深々と息を吸った。こうなったらなんとかしてみせよう。あとは、危険な関係に足を踏み入れたことを彼が後悔するはめにならないよう願うばかりだ。

5

翌日の午後、ブリンは客間で正式にウィクリフ伯爵と面会した。求婚の話は先延ばしにしたかったが、そんなわけにはいかなかった。ウィクリフ伯爵が単刀直入に切りだしたからだ。

「昨日の件は考えなおしてもらえただろうか？」

「ええ」ブリンはこわばった口調で答えた。「わかっていると思うけど、家族のためを思うと断れないだけよ」

「では、妻になってくれるんだね？」

「ええ」

「それは光栄だ」まるで当然の答えが返ってきたと言わんばかりの愉快そうな口調だ。

その自信たっぷりな態度を見て、またいらだちが戻ってきた。ブリンはゆっくりと息を吐いた。わたしとの結婚には危険が伴うことを、もう一度納得させなければならない。「本当は断りたいところなの。どうかわかって。手遅れにならないうちに、この結婚はあきらめたほうがいいわ」

「ミス・コールドウェル、ぼくは息子が欲しい。法的に認められた跡継ぎが。あいにく、そのためには結婚するしかない。なるべくならレディが望ましいのだが」

「でも、わたしじゃなくてもいいでしょう？　あなたならどんな女性であれ選び放題だと聞くわ」

「きみがいいんだよ。その点ははっきりさせたつもりだが？」ウィクリフ伯爵が口元にゆっくりと微笑を浮かべた。こちらの警戒を解くためだろうが、つられるわけにはいかない。わたしの気を引こうとすれば、それが命取りになるかもしれないのだ。

「わたしもはっきりと言ったはずよ。あなたのわたしに対する気持ちはまともじゃないわ、ウィクリフ伯爵」

「もうすぐ結婚するんだから、そんな堅苦しい呼び方はやめてくれ。ぼくの名前はルシアンだ」

ブリンはじろりと伯爵の顔を見た。「悪魔《ルシファー》？」

彼の目にちらりと楽しげな表情が浮かんだ。「もっとひどい名前で呼ばれたこともある」

ブリンは怒るまいとして天井を見あげた。「どうしたら呪いの怖さをわかってもらえるのかしら」

「残念ながらぼくは迷信を信じない」

「たとえそうでも、証拠を見ればわかるわ。わたしの言葉が信じられないなら、教会の記録を調べてちょうだい。わが一族の女性たちは代々愛する男性と死別しているから」

「以前にもそう言ったね。だが、それはたまたまだろう」

「あなた、わたしの夢を見るでしょう？」

ウィクリフ伯爵が急に不可解な表情になった。思いあたるふしがあるのだろう。

「その夢はたまたまではないの。わたしには男性の夢に入り込んでしまう力があるのよ。祖先の女性たちもそうだった」

ウィクリフ伯爵は部屋を見まわし、壁の肖像画に目を留めた。「ご親戚《しんせき》かい？」悲しげな黒い目をした赤毛の上品な女性が描《か》かれている。

「母よ」

「美しい人だ。これなら呪いなどなくても男たちは彼女の夢を見るだろうし、熱もあげるだろう」

ブリンは両のこぶしを握りしめ、ゆっくりと息をついた。どうやらウィクリフ伯爵を説得するのは無理らしい。「わかったわ。呪いを無視するのなら勝手にどうぞ。でも、わたしに同じことを求めないで。初めて求婚してくれた男性はわたしが好意を持ったせいで亡くなった。同じ過ちを繰り返すわけにはいかないのよ。あなたが死んで良心が痛むような思いはしたくないもの。わたしたちは条件が折りあったから結婚するだけ。それ以上の関係にはなれないわ」

ウィクリフ伯爵は一瞬、考え込んだ。「便宜上の結婚で充分だ」陽気な声で言う。「恋愛結婚に興味はないからね。ぼくはただ息子が欲しいだけだ。だが呪いが怖いわけではないから、きみがぼくに好意を持ってくれてもちっともかまわない」

「どうしてわかってくれない――」

喧嘩はよそうとばかりに、ウィクリフ伯爵が片手をあげてブリンの言葉をさえぎった。

「きみの警告は受けとった。ぼくの身になにがあっても責任は問わない」

そっけない言葉とは裏腹に、顔は穏やかにほほえんでいる。だが、ブリンの気持ちは少しも楽にならなかった。また、そのあとでふいに話題を変えられたのも不愉快だった。

「結婚式について少し話しあっておきたい。結婚特別許可証をとろうと思うんだが、それでいいかな？」

ブリンは顔をしかめた。「教会で結婚しないのはおかしいわ」

「式は教会で挙げればいい。ただ予告の手続きを踏む手間を省きたいだけだ。来週の金曜日はどうだろう。今日から六日後だ」

「六日後ですって！」ブリンはぽかんと口を開け、啞然としてウィクリフ伯爵の顔を見た。

「六日あればロンドンから特別許可証をとり寄せられる」

「そんなに急ぐ必要はないでしょう」

「申し訳ないが急ぎの用が入っているので、あまりゆっくりしていられないんだ」

「どうせ仕立屋の予約かなにかでしょう？」

刺《とげ》のある言葉にウィクリフ伯爵が目を細めたのがわかったが、ブリンは謝らなかった。彼の高飛車な態度が癪に障ったし、せわしなくていいかげんな結婚式の計画にも反発を覚えた。

「そんなに急いで結婚すると、世間から軽率だと思われてスキャンダルになるわ」

「ぼくの身分では、その程度じゃスキャンダルにもならない。伯爵ともなると、規則を曲げることもできるようになる」

「身分の低い者とは違って、と言いたいわけね」

その言葉には答えず、ウィクリフ伯爵は優雅に立ちあがった。「きみは船酔いをするほうかい？」

「いいえ。どうしてそんなことを訊くの？」

「コーンウォールへは海路で来たんだ。船はファルマスの港に停泊させてある。ロンドンへも船で戻ろうかと思ってね。馬車を使うより速いし、はるかに快適だ」

ウィクリフ伯爵と一緒に旅をしなくてはいけないのかと思うと、奇妙な動揺が込みあげてきた。ああ、どうしよう。もうすぐ彼の妻になるんだわ。結婚話は着々と進みつつある。

「それでかまわないか？」ウィクリフ伯爵が尋ねた。

「どちらでもかまわないわ」ブリンは小さな声で答えた。頭が混乱している。

「わかった」ウィクリフ伯爵に手をとられ、ブリンははっとした。彼はこちらの視線をとらえたまま、彼女の手にキスをしている。動揺が頂点に達した。

ブリンは急いで手を引いた。唇の触れた感覚がまだ肌に残っていた。

「慌ただしい訪問で申し訳ないが、婚礼の支度をしなくてはならないので、これで失礼する」

「どうぞ、帰ってもらって結構よ。会う時間はなるべく短いほうがいいから」

ウィクリフ伯爵が青い目を少し細めてブリンを見た。「幸せな結婚に水を差すことになる。お互いに辛辣な物言いはやめよう」

「幸せな結婚がいちばんだと思っているのね」ブリンは冷ややかに答えた。「言ったはずよ。わたしはあなたと仲のいい夫婦になるつもりはない。冷たい関係を保つほうがあなたの身のためなの」

「だが、それでは楽しくない」ウィクリフ伯爵がさらりと言い返した。

「女性を口説くのは得意なんでしょうけど、わたしは絶対に落ちないわよ」ブリンはかたくなに言い張った。

ウィクリフ伯爵はいつものごとく口元に官能的な微笑をたたえた。「きみの気が変わるよう、全力を傾けて努力するよ。正直に言うと……」愉快そうな口調だ。「ますますやる気がわいてきた」

それからの六日間はあっという間に過ぎた。ブリンは迫りくる結婚を恐れる気持ちと、心配しすぎだと自分をなだめる気持ちのあいだで揺れ動いた。

傲慢なウィクリフ伯爵は足しげくコールドウェル邸を訪ね、せっせと魅力を振りまいた。そのかいあって結婚式が近づくころには、長男と五男の心をしっかりつかんでいた。とりわけシオドーはすっかりなついてしまい、ウィクリフ伯爵をあがめるようになっていた。精魂込めた実験室によくやってくるというのが理由のひとつだ。金銭的なことで屈辱感を味わっているはずのグレイソンでさえ、なんの屈託もなく会話しているふうに見えた。

ブリンだけが打ち解けるのを拒んだ。なにがなんでもウィクリフ伯爵とは距離を置くつもりだった。あの抗いがたい魅力と誘いかける微笑に負けてしまうわけにはいかない。

婚約者である以上、たまにはともに過ごさないわけにもいかなかったが、ふたりきりになるのは避けた。一緒にいるときはどぎまぎするような視線に不屈の精神で耐え、そばにいないときは彼や結婚については考えないよう努めた。

結婚までの日にちが短いことには、少なくともひとつだけ利点があった。式の支度や弟のための先々の準備や荷物の用意に追われ、不安を感じる暇がなかったのだ。

ブリンは自分に言い聞かせた。すべては取り越し苦労になるかもしれない。ウィクリフ伯爵を愛さなければ、結婚しても悲劇的な結果は訪れない。形ばかりの夫婦になればすむ話だ。

最近は彼の夢を見ることもない。日増しにつのる不安は、おそらく結婚を控えた女性にありがちなただの憂鬱なのだろう。


だがルシアンのほうは、より鮮明にブリンの夢を見るようになっていた。自分の死と夫婦の契りが絡みあった内容だ。さすがのルシアンも戸惑いを覚えた。夢のこともあるが、花嫁となる女性についての周囲の反応も気になったからだ。

滞在している屋敷の主人であるヘネシー公爵は、婚約の話を聞いて見るからに心配そうな顔になった。

「ほかにいくらでも女性はいるのだから、わざわざミス・コールドウェルを選ばなくてもいいだろうに。あの一族にはきみが知っておくべき過去の出来事が――」

「存じあげていますよ。でも、ぼくにはとても事実だとは思えないのです。公爵が信じていらっしゃることのほうが驚きですよ」

ヘネシー公爵は不安げな目でルシアンを見た。「わたしも普段は迷信など信じないが、彼女の母親を知っているからな。じつは昔、求婚したことがあったのだ。今になってみれば、呪いを逃れられてよかったと思っておる。まあ、きみの気持ちが決まっているなら、わたしに止める権利はないが」

「ぼくの気持ちはもう決まっていますよ」ルシアンははっきり答えた。

地元の貴族たちも困惑を隠せないらしかった。面と向かって忠告してくる者はいなかったが、ルシアンに信じられないという目を向け、陰で噂した。村人も動揺しているようすだった。近侍のペンドリーはよほど心配になったのか、主人の機嫌を損なうのを覚悟のうえで、公爵家の使用人たちから聞いた噂話をルシアンに伝えた。なかにはブリン・コールドウェルが魔女だという非難めいた話まであった。

だがルシアンは噂話を一笑に付し、婚礼の支度を続けた。迷信に屈するのが気に入らず、ブリンに言われた教会の記録も調べなかった。まだ遅くはないから婚約解消を考えてみてはどうかと許嫁《いいなずけ》となった彼女から言われたときには、きっぱりと心配を振り払うことに決めた。呪いなど信じるものか。ぼくはブリン・コールドウェルを妻にしたいのだ。迷信を恐れて、彼女をあきらめたりはしない。

　なんという巧みな愛撫だろう。彼の唇が顔から首筋、そして胸へと滑りおり、湿ったあたたかい口が乳首を含んだ。ブリンは快感を得ようと背中をそらした。彼女の望みをわかっているのか、彼は腿のあいだに軽く触れた。彼を求めて体が熱く震える……。

　ブリンははっとして目が覚めた。夢のせいでまだ体がほてっている。ルシアン……いや、ウィクリフ伯爵にキスをされ、愛撫された。

　思い返すと体が震えた。ウィクリフ伯爵が死ぬような悪い夢ではない。もっと官能的な夢だ。彼が欲しくて今なお下腹部がうずいている。

　予知夢であるはずがない。まだ結婚していないのだから……。

　じわじわと現実を思いだし、ブリンは慌てて体を起こした。今日は結婚式の当日だった。もうすぐウィクリフ伯爵の妻になるのだ。ブリンは恐慌状態に陥りそうになり、依然として動悸《どうき》が激しい胸に上掛けを押しあてた。とんでもない間違いを犯したのでなければいいのにと思いながら。

　夢を頭から追い払い、平常心で一日を過ごそうと努めたが、朝食はほんのわずかばかりを飲み下すのが精いっぱいだった。そのあと、今ではひとりしか残っていないメイドの手を借りて風呂に入り、手持ちのなかではいちばん上等な薄いピンクのシルクのドレスを着た。

鏡に映る自分の姿を見て、ブリンは唇を噛んだ。よく眠れなかったため目の下にはくまができ、顔は幽霊のごとく青白い。それでも胸のうちに抱えている激しい動揺を思うと、こんな状態でもまだましだと思う。

女性にとって婚礼の日は、いくらか不安はあるかもしれないが特別な一日のはずだ。だが今は、喜びも甘い期待もない。ただ孤独と恐怖を感じているだけだ。

たとえ呪いのことがなくても、結婚はこれまでの人生に終止符を打つ行為にしか思えない。今日を境に少女時代は終わる。永遠に故郷を離れ、家族のもとから去るのかと思うと絶望感が込みあげてくる。明日の早朝には、夫となった男性とともにロンドンへ旅立つのだ。

「どうしてこんなことに」ブリンは鏡に映る生気のない顔に向かってつぶやいた。

よく知りもしない男性と結婚するために、すべてをあとに残して、愛する人たちと別れなければならないのだ。アーサーとステファンとリースにはさよならさえ言えなかった。三人とも結婚式には参列しない。そんなに速く手紙を届ける方法がないからだ。だがいずれにしても、帰省の許可はおりなかっただろう。

涙が込みあげそうになった。家族から離れることと、けっして愛してはいけない男性と生涯をともにすることのどちらがより不幸だろう？

いずれにしても避けがたい瞬間は刻々と近づいている。一時間もすれば兄にエスコートされて村の教会へ行き、司祭によって結婚式が執り行われる。そのあとウィクリフ伯爵が資金を出してヘネシー公爵が手配し、公爵家の使用人たちが準備した披露宴が午後いっぱい続くのだ。

今夜はヘネシー公爵の屋敷でもウィクリフ伯爵の船でもなく、ここコールドウェル邸で一夜を過ごすことになった。わたしのために兄がそうするよう主張してくれたのだ。ありがたいと思う。

新婚初夜がどういうものになるのか、これまではあまり考えないようにしてきた。ウィクリフ伯爵がどれほど女性関係に自信満々だろうが、男性であることに変わりはない。彼がロマの呪いのせいでわれを忘れ、誰かが止めに入る必要が生ずるかもしれない。いざとなれば兄を呼べると思うと、いくらかは安心だ。それでもベッドをともにする現実は避けられない……。

そっとドアをノックする音が聞こえ、ブリンはわれに返った。シオドーだ。一張羅の上着はすでに小さく、短くなった袖から細い腕が突きだしている。

シオドーはブリンの姿を見ると、驚いて口をすぼめた。「姉さん、すごくきれいだ」

「それは身内のひいき目よ」ブリンは努めて軽い口調を装い、弟を部屋へ招き入れた。

「なにか手伝えることがないかと思ってさ。もう荷物は詰めたの?」

愛してやまない末弟の顔を見ていると、おのずと笑みがこぼれた。「まあ、あなたがそんなところに気がつくなんて。わたしのために雲の上からおりてきてくれてうれしいわ」

シオドーはにやりとしたが、笑みはすぐに消えた。「本当は……これを渡そうと思って来たんだ」シオドーは手を広げ、黄色っぽい液体の入った小瓶を見せた。「ぼくが調合したたんだ。呪いを消せるかもしれない薬さ」

ブリンは小瓶を受けとってふたを開け、つんとしたにおいに顔をしかめた。「いったいなにが入っているの？『マクベス』で魔女が調合したような、コウモリの翼とヒキガエルの舌？」

「化学薬品を何種類かまぜあわせただけだよ。香水みたいに肌につけて。やけどはしないと思うから」

「それを聞いてほっとしたわ」ブリンは眉をひそめた。「どうもありがとう。これならさすがのウィクリフ伯爵もひるむでしょうね。ロマの呪いは信じていないらしいけど、そんなのはかまわないからひと瓶丸ごと伯爵に振りかけてみるわ」

「呪いを信じないのはよくないよ。世の中には科学で説明できないこともあるんだ」至って真剣な表情で言う。

用事がすんでもう出ていくかと思ったが、シオドーはさらに真面目な顔になった。「姉さん、ウィクリフ伯爵と結婚するのはぼくのためだよね。ぼくを学校に行かせるためなんでしょう？　だからありがとうを言いたかったんだ」

ブリンは胸が熱くなり、喉が詰まった。「なにを言っているの。伯爵夫人になるのはわたしの夢だったのよ」

シオドーは探るような目でブリンを見た。「いつもぼくに嘘はつくなと言ってるくせに」

「そうよ」ブリンは笑顔を装った。「心配してくれなくても大丈夫。今はちょっと変なふうになっているだけだから。きっとマリッジ・ブルーね。よくあることらしいわ」

「結婚しなくちゃならないんだったら、相手がウィクリフ伯爵でよかったと思うよ。立派な人だもの」

「それはそうでしょう。なんといっても、新しい実験道具を買うと約束してくれたものね」

ブリンは無理をしてからかい口調で言った。

「学校の最初の休暇にロンドンへ招待するってことも約束してくれたよ。ねえ、行ってもいい？」シオドーはハロー校への入学が決まり、新学期に合わせてもうすぐ向こうへ発《た》つ予定になっている。

「もちろんよ！　あなたが遊びに来てくれるほどうれしいことはないわ」ブリンは熱を込めて答えた。「きっとロンドンでは暇を持て余すと思うの。メレディスしか知っている人はいないのに、彼女は出産のためご主人の領地に行っているから。ロンドンへ戻ってきても、きっと赤ちゃんの世話で忙しいでしょうし」

シオドーは年齢よりはるかに大人びた表情でブリンを見た。「姉さんが寂しいのはいやだな」

ブリンは込みあげてくるものをのみ込んだ。「寂しいわけがないじゃない。あなたが幸せだとわかっているのに」

ブリンはシオドーを引き寄せ、ドレス姿にもかまわず強く抱きしめた。涙があふれそうだ。

やがて必死の思いでシオドーを放し、一歩うしろにさがった。「さあ、もう部屋に戻りなさい。わたしに身支度をさせてちょうだい。結婚式に遅れるのは失礼でしょう?」

泣き崩れてしまうのを恐れ、ブリンはシオドーの眉に母親のようなキスをすると、せわしなく追いだした。

シオドーが出ていったあと、ブリンはドアに額を押しあて、あふれそうになる涙をこらえた。だが、すぐにまた気をとりなおした。自己憐憫《れんびん》に浸るつもりはない。家族のためにウィクリフ伯爵と結婚すると決めたのなら、それを受け入れて生きていくまでだ。

顔をあげてゆっくりと息を吸い込むと、ブリンは腹を決めたことにほっとしながら身支度を終えた。

けれどそれでも愛する家族と別れるつらさや、将来への不安は消えなかった。

6

教会は人であふれ返っていた。ほとんどは、友人か新郎新婦の幸せを願う善意の見物人だ。だが、なかには好奇心丸だしの野次馬もいた。よくない噂のある女性をわざわざ妻に選んだ物好きな伯爵殿の顔を拝みに来たというわけだ。ブリンは夫となる男性とともに司祭の前に並んだ。きっとわたしが黒魔術でウィクリフ伯爵を誘惑したと、参列者の誰もが考えているのだろう。

式のあいだブリンはずっと、背が高くてきざなほどハンサムな新郎のほうを見ないように努めた。今日のウィクリフ伯爵は鋭い青い目と同じ色合いの、体にぴったり合った上着を着ている。複雑な形に結ばれた真っ白なクラヴァットが、貴族的な顔立ちを引き立てていた。そのような姿は目にしないほうが無難だ。だが、女性たちがねたましく思っているのはわかっていた。

誰とでも喜んで代わってあげるのに。司祭が抑揚をつけて唱える誓いの言葉を聞きながら、ブリンは絶望的な気分になった。これで赤の他人と結婚という絆《きずな》で結ばれてしまう。

ウィクリフ伯爵から金の指輪をはめられ、ブリンは顔をしかめた。けれども誓いの言葉の重みを本当に悟ったのは、夫となった男性からキスをされたときだった。ひんやりとした唇が軽く重なっただけだったが焼けつくように感じられ、とうとう夫婦になってしまったという思いに頭を殴りつけられた気がした。

これで生涯、よきときも悪《あ》しきときもこの人の妻となったわけだ。たぶん〝悪しきとき〟が続く見込みのほうが大きいだろう。

気が重くなり、顔をそむけた拍子に足がふらついた。

ウィクリフ伯爵がすばやく手を伸ばして彼女の肘を支え、一瞬ふたりの視線が絡まった。彼の目に妻を所有した勝利の喜びが見え、ブリンはうろたえた。

さりげなさを装いながら腕を離し、ブリンはかすれた声でささやいた。「あなたが今日という日を後悔しないことを願っているわ」

「後悔なんてしないよ」落ち着いた声だ。ブリンが抱えているような悩みはなにひとつないふうに聞こえる。

教会記録簿に署名するときは手が震えた。ブリンは内心で自分の意気地のなさを叱りつけると、背筋を伸ばして口元に笑みを張りつけ、列席者からのいつ終わるとも知れない祝福の言葉を受けはじめた。

そのあと、一行はヘネシー公爵の馬車でコールドウェル邸に戻った。庭園では公爵家から派遣された大勢の使用人たちが披露宴の準備を整えて待っていた。何時間も続く宴会は苦痛以外のなにものでもなかった。七月下旬の午後は暑く、海から涼しい潮風が吹いてはいるものの、ブリンは頭がくらくらした。よき友人であるウィクリフ伯爵に贈るヘネシー公爵の挨拶に始まり、延々と続く新郎新婦への乾杯を、ブリンは不屈の精神で耐え抜いた。高価なシャンパンや、やっとの思いで飲み下したさまざまな飲み物は、どれも砂のような味がした。なにより夜のことを考えると、どんどん気が重くなった。少しずつ客人たちが帰りはじめるころには、新婚初夜の義務を思い、ブリンは恐慌状態になりかけた。

自分を臆病者《おくびょうもの》だとは思わないが、夫婦生活を恐れているのは認めないわけにいかない。たとえ相手が夫だとはいえ、男性に身を任せるという考え方そのものが受け入れられなかった。あまりに長いあいだ男性を避けて生きてきたため、拒絶するのが第二の性《さが》になってしまっている。

今夜、きっとウィクリフ伯爵は欲望のままに振る舞うだろう。それに抵抗できなかったらどうすればいいの？　彼に軽く触れられるだけでどぎまぎしてしまうのに。そんな調子で手慣れた誘惑の罠に落ちたりしたら大変なことになる。

披露宴も終わり、ヘネシー公爵夫妻がいとまごいの挨拶をしたとき、太陽はすでに水平線にかかっていた。気がつくと新郎新婦のテーブルに座っているのは、ブリンとルシアンとグレイソンの三人だけになっていた。シオドーはとっくに宴会に飽き、実験室へ逃げ込んでいる。兄が立ちあがって彼女を抱きしめたとき、もう当分は会えないかもしれないという思いが押し寄せ、涙が込みあげそうになった。兄から勇気をもらおうと、ブリンはいつもより長く抱きついていた。

グレイソンは妹の頰にキスをすると一歩うしろにさがり、まっすぐウィクリフ伯爵を見た。「こいつをよろしく頼む」厳粛な面持ちで言う。

「傷つけはしないと約束する」伯爵がさらりと答えた。

グレイソンは夫のそばで居心地が悪そうにしているブリンに目を向けた。「おれが必要になったらいつでも呼んでくれ」

ブリンは無理に笑みを作った。「ええ、わかったわ」

グレイソンは大丈夫だとばかりに妹の手を握りしめ、もう一度、額にキスをしてから立ち去った。

「お兄さんはきみを守ろうと一生懸命だな」

「理由があってのことよ」

「きみをとって食いはしないよ、ブリン」

「そうね」ブリンは小さな声で答えた。「そのときが来ても、今の言葉を覚えていてくれるといいんだけど」

ウィクリフ伯爵はその言葉には応じず、庭に出るドアのそばに控えていた使用人に声をかけた。

その男性使用人は薄い箱を持ってきた。「ありがとう、ペンドリー」

またふたりきりになるのを待ってウィクリフ伯爵は箱をブリンに差しだし、物問いたげな彼女に答えるように言った。「結婚記念の贈り物だ」

ブリンはいぶかしく思いながらもそれを受けとり、箱を開けて息をのんだ。なかにはエメラルドのネックレスとブレスレットとイヤリングのセットが入っていた。

「きみの美しい目によく映えると思ったんだ」ウィクリフ伯爵が優しい声で言った。

ブリンは努めて無表情を装った。もしお世辞や贈り物で警戒を解いてもらえると思っているなら大きな間違いだ。

「物で釣ろうとしても無駄よ、ウィクリフ伯爵」ブリンはぎこちなく言い、箱をテーブルに置いた。

「ルシアンと呼んでくれ」

夫となった男性は庭園の向こうに広がる海に目をやった。水平線が金色に輝いている。

「美しい夕暮れだな。まだ部屋に入るには時間が早い。もっと着慣れたドレスに替えてきたらどうだ？　汚れてもかまわない古いものがいい」

ブリンは探るように彼の顔を見た。「なぜ？」

「海岸を散歩しよう」

いったいなにを思ってそんなことを言いだしたのだろう？　だが、彼女としても恐れている瞬間はできるだけ先延ばしにしたかった。

ブリンは誘いに応じることにした。できるかぎり時間をかけてドレスを着替えていると、生まれてから二四年間使ってきたベッドに広げてあるネグリジェがどうしても目についた。

階段をおりていくと、ウィクリフ伯爵が踊り場で待っていた。手にはバスケットを持ち、毛織りの毛布を何枚か腕にかけている。

「イチゴとシャンパンだ」

「こんな時間にピクニックを？」ブリンは目を丸くした。

「そんなところだ。ふたりだけでお祝いしようと思ってね。今夜ぐらいは一時停戦だ」

どう答えていいかわからなかった。停戦などしたくない。警戒を解くのは気に入らなかった。だがブリンは抵抗せずに手を引かれるまま庭へおり、芝地を横切って崖へと向かった。

遠く水平線にかかる太陽が真っ赤な玉と化し、眼前に広がる海を金色の炎に輝かせている。

ウィクリフ伯爵は崖の端で立ち止まり、その眺めに見入った。これほどすばらしい景色なら、心を奪われてもしかたがないだろう。

ふたりは岩だらけの海岸へ続く細い道をおりていった。いつも独占している人気《ひとけ》のない入り江へ向かっているのだと察し、ブリンの胸に動揺と警戒心が込みあげた。必要もないのに腕を支えられるのも不安を誘われる。目隠しをされていても歩けるからと言うのはさすがに控えたが、腕はそっと引き抜いた。

ふたりが初めて出会った潮だまりのそばに砂地を見つけ、ウィクリフ伯爵は毛布を広げた。

ブリンが座ると、彼はバスケットからシャンパンをとりだした。「きみもどうだい？」

「ええ、いただくわ」今宵《こよい》を乗りきるためには気つけの一杯も必要だ。

ウィクリフ伯爵はふたつのグラスにシャンパンを注ぐと、片肘をついて隣に寝そべった。

ブリンは身を守るように膝を胸に引き寄せ、黙ってグラスに口をつけた。

少なくとも景色は申し分なかった。風はなぎ、岩を洗う波の音に神経が癒される。

ウィクリフ伯爵が口を開いた。「この地方はいつ来てもあたたかくて驚くよ」

「そうね」ブリンはしぶしぶ返事をした。「このあたりはイングランドでいちばん温暖な気候の場所だもの。椰子《やし》の木も育つし、一二月でも薔薇《ばら》が咲くわ」

「たしかに、ここの薔薇はきれいだ。とびきり美しい一本を見つけることができて、ぼくは幸せだよ」

彼が自分を見あげているのに気づき、ブリンはちらりと視線を向けた。「お世辞を言っても、わたしには通じないわよ。女性を口説くのはお手のものでしょうけど、わたしは落ちないわ。戦利品のひとつになるつもりはないの」

「きみを戦利品だなんて思っていない」

「そうかしら?」

「ぼくの美しい花嫁だと思っている」

ブリンは顔をしかめた。

「もう一度言っておくけど、わたしたちは条件が折りあったから結婚しただけよ。わたしの気を引こうとする必要はないわ。自分の役割はちゃんと引き受けるつもりでいるから。あなたがシオドーの教育費を出してくれるかぎり、妻としての務めは果たすわ」

ウィクリフ伯爵が口元にかすかな笑みを浮かべた。「ただのお務めじゃつまらない。もっと楽しいものにしてあげよう」

ブリンは言い返したかったけれど、毅然《きぜん》とした態度を保とうと決め、唇を引き結んだ。イチゴをすすめられたが、それにも手をつけなかった。

ウィクリフ伯爵はイチゴをひとつつまみ、汁気たっぷりの果物をかじった。「シオドーのためなら、きみはわが身を犠牲にするのもいとわないんだな」

愛する末弟のこととなると口をつぐんでいるのが難しかった。「あの子のためならなんだってできるわ」ブリンは力を込めて答えた。

「ずいぶん年が離れて見えるが」

ブリンはグラスに目を落とした。「母はリースを産んだあと体調を崩したの。何度か妊娠はしたんだけど……」そこまで言いかけ、ふと口ごもった。あまり個人的な話題には触れたくない。「結局、シオドーの出産で命を落としたわ」

「それできみが育てたわけか？　きみだってまだほんの子供だっただろう」

「一二歳になっていたから、育てられない年ではなかったわ」

「きみみたいなお姉さんがいてシオドーは幸せだ」ブリンが黙っていると、ウィクリフ伯爵は力ない声で打ち明けた。「ぼくはずっときょうだいが欲しかった。ひとりっ子だからね」

ブリンは意識的に心を閉ざした。子供のころの話や、親しみを感じてしまう話はなにひとつ聞きたくなかった。彼に対する態度を和らげるわけにはいかない。「無駄な努力はやめたら？　わたしは別にあなたのことを知りたいとは思っていないの」

不作法な言葉にも怒ったりせず、ウィクリフ伯爵は穏やかに答えた。「喧嘩をするためにきみをここへ連れてきたんじゃない」

「じゃあ、なんのため？」

「慣れた場所ならリラックスしてできるんじゃないかと思ってね」

「リラックスしてできる？」

「今日一日、きみはずっとぼくのそばにいるのが落ち着かないようすだった。ここだったら緊張せずに初夜を迎えられるかもしれない」

ブリンは愕然としてウィクリフ伯爵を見おろした。「ここで初夜を過ごすつもりなの？」

「ほかにいい場所があるかい？」

「もちろんよ！　そういうことは寝室でするのが普通でしょう！」

「ぼくたちの結婚は普通じゃない。どちらかというと、かなり変わった部類に入る」

ブリンは呼吸を落ち着け、反論にかかった。「誰かに見られたらスキャンダルになるとは思わないの？　それとも、そんなのはどうでもいいと言うつもり？」

「誰にも見られやしない。もちろん暗くなるまで待つよ」

すでに夕闇《ゆうやみ》が迫っていた。ブリンはシャンパンをあおった。どうかこれで動揺がおさまりますように。「それでも危険に変わりはないわ」

「裸同然の格好で泳いでいるよりはましだと思うが？」

ブリンは追いつめられて頭を振った。こっそり泳ぎを楽しむのと、浜辺で新婚初夜を過ごすのとはまったく次元が違う。「まさか、ここでわたしに脱げとは言わないわよね？」

「どうして？　この前は裸に近い格好を見せてくれたじゃないか」

「夜は寒いわ」ブリンは弱々しい声で抵抗した。

「毛布を何枚か持ってきた。それに、ぼくがきみをあたためてあげよう」

ウィクリフ伯爵はイチゴの皿をどけ、体を起こした。ブリンは緊張した。「きみは冒険好きなのかと思っていた」

「こんなのはやりすぎよ」

ブリンが怒るのを見て、ウィクリフ伯爵は口元をほころばせた。「ぼくはきみの夫だよ、ブリン。それに女性は結婚すると、独身のときよりもっと多くのことが許されるようになる」彼は言葉を切った。「夫婦生活がどういうものかは知っているのか？」

「そこまでうぶじゃないわよ。親しい友達はみんな結婚しているもの。だいたいのことは聞いているわ」

「じゃあ、子供を作るためには男女の営みが欠かせないとわかっているんだね」

どうしてそんなに子供が欲しいのだろうとは思ったが、また打ち明け話を聞かされてはたまらないと考え、ブリンはあえて尋ねなかった。「ええ、知っているわ、ウィクリフ伯爵」

「ルシアンだ。言ってごらん」

「ルシアン」ブリンはしかたなく口にした。

「それでいい。もう一杯どうだい？」

「ええ、いただくわ」

　飲みすぎているのは承知していたが、自制する気になれなかった。ルシアンが計画どおりに事を推し進めるつもりなら、こちらにも相当な勇気がいる。

ルシアンはグラスにシャンパンを注ぎ、クラヴァットをほどいた。「なにも心配はいらない。ぼくが全力を傾けて、初めての経験を楽しいものにしてあげるから」

「わたしが心配するのにはそれなりの理由があるのよ。あなたは呪いを信じていないみたいだけど、わたしにはわかっている。あなたはさらにわたしに執着するようになるわ。いったんわたしとあなたが……」

「体の関係を持ってしまったら？」

「ええ」

「呪いにかかるのは、それを信じる人間だけだとぼくは思っている」

「だったら、せめてわたしの気持ちを理解してちょうだい。あなたは経験豊富だからわからないでしょうね。だけど、わたしは不安なの」

「初めてだから？」

　ブリンは唇を噛んだ。頬が赤くなったのがわかる。「そうよ」

　ルシアンは思いやりに満ちた目を向け、低く愛情のこもった声で言った。「ぼくは女性じゃないから、本当にきみの気持ちがわかっているわけではないと思う。でも、約束するよ。けっして不愉快な経験にはさせない」

　彼女は体をこわばらせ、そっと視線をそらした。優しくされると、つい気を許してしまいそうになる。「別にそんな約束はしてくれなくても結構よ。身を任せることには同意しているもの。それ以上のものなんていらないわ」

「申し訳ないが、それは違う。きみは妻になることに同意したんだ」

ブリンは言葉に詰まった。そのとおりだ。妻になり、そして息子を産むことを受け入れた。それには夫婦の営みを避けては通れない……。

ルシアンが上着を脱ぎはじめたのを見て、ブリンの心は張りつめた。シャツがそれに続く。彼の存在を強く感じ、ブリンは落ち着かなくなった。翳りゆく薄明かりのなかでも筋肉質の胸が見てとれる。

「もう少し……先に延ばしてはだめかしら？　わたしにとってあなたは知らないも同然の人なのよ」

ルシアンは抵抗する気も失《う》せる柔和な目をした。「早いほうがいい。そうすれば怖がるようなことではなかったとわかる」

「怖がってなんかいないわよ。ただ、あなたと親密な関係になりたくないだけ」

「どうして？　ぼくの外見に気に入らないところでもあるのか？」

「そういうわけじゃないわ。外見の問題じゃないの」

「じゃあ、なんだい？」

あなたといると自分の弱さをひしひしと感じるからよ。あなたの傲慢さが癪に障るからよ。あなたは女性なら誰でも自分に熱をあげるはずだと思っている」

「そんなことはない。本当だ」ヴェルヴェットを思わせる深みのある渋い声で言う。

ブリンが黙っていると、ルシアンは手を伸ばし、彼女のきちんと結いあげた髪からほつれたひと筋の巻き毛をもてあそんだ。「睦みごとの悦びに興味はないのか？　本当の女性になるのはどういうことか、知りたいとは思わない？」

「ちっとも」ブリンは嘘をついた。

ルシアンは、心にもないせりふを言っているんだろうとばかりに指先でブリンの耳をなぞった。

「男に触れられて体が熱くなった経験は？」

あなただけよ。うなじをなでられ、ブリンは唇を噛んだ。

「誓って言うが、絶対に不愉快な思いはさせない。最初は違和感があるかもしれないが、それだけだ。きっと結婚生活のそういう一面も悪くはないと思うはずだ」

ブリンはあえてルシアンの目を見なかった。だが、心地よい愛撫に毅然とした態度を保つのが難しくなっていた。

ルシアンはまだうなじをなでている。「髪をおろさせてくれないか。お願いだ」

〝お願いだ〟という言葉にほだされ、ブリンはためらった。いやだと言いたいところだが、彼は夫なのだからそれくらいする権利はあるだろう。「あなたがそうしたいのなら」

「それはうれしい」ルシアンは体を起こし、ブリンの背後に膝をつくと、髪に挿したピンを引き抜きはじめた。繊細な指使いにブリンは息を凝らした。麝香《じゃこう》の香りのまじった清潔なにおいがし、たくましい胸のぬくもりが伝わってくる。ルシアンは豊かな髪をおろし、指を差し入れた。その優しく官能的なしぐさに、ブリンはとろけそうになった。

ルシアンが彼女の肩におろした髪をすき、ドレスのボタンをはずしはじめた。ブリンは身をこわばらせた。だが首筋にあたたかく湿った舌が触れるのを感じ、思わずぞくりとした。彼は髪に鼻先を入れ、肌に歯を立てている。

体の奥底に感じる快感に不安を覚え、ブリンはさらに身をこわばらせた。ルシアンは新妻の心をほぐすように柔らかい唇をうなじにさまよわせながら、ドレスを肩から滑りおろし、コルセットを緩めた。シュミーズの胸元をさげると胸があらわになった。

「ルシアン……」ブリンは抵抗した。

「きみに名前を呼ばれると、とてもいい響きだ」

両手で胸を包み込まれ、ブリンははっと息をのんだ。

「ぼくの前ではなにも恥ずかしがらなくていい。きみの体は愛撫を喜んでいる。ほら、こんなに鼓動が速くなって、乳首が硬くなっているじゃないか」

胸の先を指でもてあそばれると苦痛にも似た快感が走り、ブリンは胸をそらした。「どうだい、いいだろう？　唇の感触もきっと好きになるはずだ……」

ルシアンが手からグラスをとり、脇に置いた。ブリンは毛布に体を横たえさせられた。酒のせいで感覚がふわふわし、血の巡りが速くなっている。両方の乳首を順番に舌でなぞられて唇で吸われ、思わず声がもれた。つんと立った先端に息を吹きかけられると、官能的な感覚に体が震えた。

ルシアンは妻の目を見つめながら、自分のズボンをおろした。

迫りつつある暗闇のなかで夫の情熱の証を目にして、ブリンはぼんやりとした感覚に漂いながらもショックを受けた。

「これも体の一部にすぎないんだ。触ってごらん」

ブリンは導かれるままにおずおずと触れ、滑らかであたたかい感触に息をのんだ。男性そのものだと思ったが、それほど怖いとは感じない。そっと握ってみると、ルシアンが小さくうめいた。

ブリンは驚き、慌てて手を引いた。「痛かった?」

かすれた笑い声がもれた。「とても心地よい痛みだった」

ルシアンは熱を帯びた目をしてブリンに覆いかぶさり、今度は胸ではなく唇にキスをした。そして緊張で身を硬くしている妻の口元でささやいた。「ぼくに任せてごらん。きみの舌に触れたい」

ブリンは唇を開いた。押し寄せる絶望感とは裏腹に、絡みあう舌の感触にわれを忘れそうだった。経験豊かな甘い誘惑にはとても太刀打ちできそうにない。頭ではいけないと思っているのに、体は魔法のようなキスにじらされている。

情熱的なキスをされながら抱きしめられているうちに、熱い感覚が込みあげてきた。身震いするほどの欲望を覚え、腿に力が入り、全身が敏感になっている。ルシアンに不思議な魔法をかけられてしまったかのようだ。こんな魔法ならずっとかけられたままでいたい。ブリンは夫の首に両腕をまわし、我慢できずにキスを返した。

ためらいがちに舌が差し込まれたのに気づき、ルシアンは勝利の喜びにも似た感情がわき起こるのを感じた。不慣れながらも一生懸命に舌で探ってくるようすがいじらしい。ルシアンはブリンの豊かな髪に指を差し入れ、与え方や奪い方を教えながら甘いキスを堪能《たんのう》した。

手を滑りおろし、ドレスの布地越しに腿のあいだに触れると、ブリンは小さな声をもらした。妻が体をこわばらせたのに気づき、ルシアンはなだめるように腿をさすった。

「力を抜いて」彼はささやいた。「高まっている女性は男を体のなかに受け入れると快感を覚えるものなんだ。だから、きみにもそうなってほしい」

暗闇のなかでもブリンが物問いたげな視線を向けたのがわかった。「これ以上感じるのは……無理だわ」

ルシアンは笑いながら妻の首筋に顔をうずめた。「無理じゃないよ。これから教えてあげよう」

スカートをたくしあげられて素肌を夜気にさらされてもブリンは抵抗しなかったが、ルシアンが腿の内側に手をはわせると体に力を込めた。

妻の気をそらそうと唇で乳首を刺激しながら、ルシアンは湿った分け目に指を滑り込ませた。

ブリンの体がもう充分に潤っているのを知って、ルシアンは我慢できなくなった。だが彼女にとっては初めての経験なのだから、今夜は心ゆくまで満足してほしい。

悩ましい声をもらしているところを見ると、望みは叶いつつあるらしい。芯を探りあてると首にしがみついてきた。ルシアンは体を震わせている妻に優しい声をかけ、敏感になっている部分を刺激し続けた。ブリンは頭をうしろへ倒し、腰を浮かせてもだえている。

ルシアンはあたたかく湿った秘所へと指を差し入れた。すすり泣きの声がもれる。指の数を増やしてさらに奥を探ると、ブリンは熱い息をこぼし、腿でその手を挟み込んだ。

彼は胸の先端をさいなみながら、規則的に指を上下させた。ブリンは自分でも止められないとばかりに、それに合わせて腰を動かしはじめた。

背中をそらし、身をよじり、体のなかで膨れあがった情熱を本能的に解放しようとしている。ほてった肌がさらに熱を帯び、呼吸がせわしなくなった。次の瞬間、ブリンは絶頂を迎えた。

ルシアンは誇らしい気分になり、驚きのまじった声をもらしているブリンに唇を重ねた。そして顔にもキスをし、彼女の快楽のうねりがおさまるまでしっかり抱きしめた。ルシアンの下半身は痛みを感じるほどうずいていたが、ブリンが落ち着くのをじっと待った。

暗闇でありながら、ブリンがうろたえた目を向けているのが感じられた。

「これがあなたの言っていた悦び？」彼女はかすれた声で言った。

ルシアンはほほえんだ。「そうだよ。でも、まだそれ以上の快感がある」

「本当に？」声が小さくなった。「これ以上はとても耐えられそうにないわ」

「大丈夫だ。男女がひとつになると、もっと深みを見ることができる。きみにそれを教えたい」

ブリンは返事をしなかった。歓迎してはいないのかもしれないが、受け入れる覚悟はできたのだろう。

ルシアンは彼女の額にかかった髪をかきあげながら、腿のあいだに分け入り、ふとためらった。

ブリンの顔を見ていると、不思議と優しい気持ちが込みあげてくる。ぼくの妻。生涯をともにすると決めた相手。今まで多くの女性と関係を持ってきたけれど、ブリンだけは特別だ。ぼくの体は彼女を欲してやまないが、心もこれまでに経験がないほど彼女を求めている。まずいことなのかもしれない。こうして色香にあふれた妻を抱いていると、先日の夢を思いだす……。

ルシアンは眉をひそめた。ブリンの言うとおりなのだろうか？　ぼくはもっとブリンに執着するようになるのか？

彼はかぶりを振った。今はそういう不安材料については考えたくない。ブリンはぼくの妻であり、ぼくを魅了してやまない幻のごとき女性なのだ。このひとときはブリンの神秘を堪能し、彼女を自分のものにしたい。

ルシアンはブリンの耳元でささやいた。「きみが欲しい……」

そして脚を巧みに割り込ませ、ゆっくりとブリンの腿を開かせた。そっと体を沈めると、小さな悲鳴が聞こえた。ルシアンは彼女の体が慣れるまで動かずにいた。

もう少し深く入ろうとすると、ブリンの呼吸がつらそうになった。「いいから力を抜いてごらん」

力が緩んだのを感じ、ルシアンは徐々に深く腰をおろしていった。上気した頬やまつげにそっとキスをしながらじっと待っていると、やがてブリンの体の奥が熱くなるのが感じられた。

「大丈夫かい?」もう自分を抑えるのが難しくなっていた。

「ええ」ブリンがかすれた声で言う。

ルシアンはぐっと我慢し、少し腰を浮かせた。充分に潤ってはいるが、なんといっても未経験なのだ。妻を快楽へと導こうと、ルシアンは自制心を総動員してゆっくり動きはじめた。

もはやブリンは抵抗するそぶりを見せなかった。ルシアンが深く入ると脚を開いて受け入れ、彼が体を引くと腰を浮かせてついてくる。焼けつく欲求にルシアンは歯を食いしばった。

ブリンもまた同じ渇きを覚えていた。身を焼かれるようなうずきにさいなまれている。痛いのではなく熱いのだ。ルシアンとひとつになった感覚に体が小刻みに震えていた。

硬くなった乳首にキスをされ、鋭い快感が体を貫いた。体の芯が白く輝き、張りつめた興奮が渦を巻きながら込みあげてくる。じらされるのがもどかしく、ブリンは夫に体を押しつけた。

それに応えんばかりに、ルシアンが奥深くまで体を沈めた。ブリンは泣きそうな声をあげ、無我夢中で懇願した。ルシアンの動きが力強さを増したとき、ふいになにかがはじけた。

　まるで爆発したみたいな感覚だった。無意識のうちにブリンはルシアンの頭を自分の胸に引き寄せ、その体にしがみついた。暗闇に燃え盛る炎のような嵐に耐えるのが精いっぱいだ。初めて愛の営みによる絶頂を知った喜悦の声が宵闇に響くなか、ルシアンは高みを求め、より深く自分を突き立てた。ブリンは恍惚感にぼんやりとしながらも、夫が体を震わせて彼女は自分のものだとばかりに激しく動くのを感じた。ブリンの体は喜んで彼を受け入れた。やがてルシアンの震えがおさまった。

　ブリンは目を閉じたまま、ぐったりとしていた。

　永遠とも思えるときが流れたあと、ブリンはルシアンが顔に優しくキスをしてくれているのに気づいた。ふたりはまだ結ばれたままだ。頬に熱い息がかかるのを感じながら、ブリンは耐えがたいまでの悦びにいまだ体を痙攣《けいれん》させていた。

「そんなにいやな経験じゃなかっただろう？」ルシアンが親しげな優しい声で言った。

「そうね」彼の言うとおりだったと思うと、ブリンは悔しかった。

　ルシアンがよく通る低い声で笑った。ふたりを包む夜気のごとく頼もしく聞こえる。やがて彼がそっと体を離し、ブリンを抱き寄せた。

　ブリンは痛みに顔をしかめながら、夫のたくましい胸に顔を寄せた。ぬくもりが心地よく、男性的な麝香の香りが刺激的だ。それになんて情のこもった抱きしめ方をする人だろう。だが先ほどの熱い関係を思えば、これは穏やかなほうかもしれない。

恥ずかしい姿をルシアンに見られなくてよかったと思う。優しい暗闇のせいで理性も道理もどこかへ吹き飛び、みだらな振る舞いに及んでしまった。

これほど熱く燃えあがるとは思わなかった。こんな快感がこの世に存在するとは驚きだ。だけど、なんといっても彼は官能的で魅力的な人なのだから……。

ブリンははっとした。

ルシアンはいとも簡単にわたしの警戒心を解いてしまった。人を和ませる優しさとあふれんばかりの性的魅力を駆使し、ほかの女性と同様にわたしのこともあっさり征服してしまったのだ。

ブリンは固く目をつぶった。今は呪いのことは考えたくない。せめてこの甘いひとときが終わるまでは……。

彼の陰に隠れてしまいたいと思い、ブリンはルシアンの胸にさらに強く顔を押しつけた。

「あなたに口説かれたのに、すげなくした女性はいなかったの?」

「きみだよ」穏やかな口調だが、愉快そうにも聞こえる。「きみくらいしか思いつかないな。いや、母がいたか。ぼくがいくらおべっかを使っても、母は騙されなかったからね」

ルシアンは自虐的な冗談も言える人らしい。ちょっと驚きだ。けれども、同時に不安も覚えた。彼のいいところなど、これ以上知りたくない。好意を持ってしまうのが怖かった。

とはいえ初体験のわたしを気遣い、優しくしてくれたのには感謝している。今もルシアンはそっとわたしの肩をなでている……。

だが、こんなふうに親しくなるのは好ましくない。ブリンは少しずつ体を離し、下腹部の奥に鈍痛を感じて顔をしかめた。

「そろそろ帰ろうか。本物のベッドで寝たいだろう?」ルシアンが彼女の心を読みとったかのように言った。

ブリンは体を起こして服を着ようとしたが、まだ動揺が残っているせいで手がうまく動かなかった。ルシアンが彼女の手をそっとどけ、ドレスを着るのを手伝った。ブリンは唇を噛んだ。彼はこれまで相当遊んできたみたいね。暗闇のなかだというのに、わたしが下着を身につけるのを手慣れたようすで手伝っている。

ブリンはそれを口には出さず、じっとされるがままになっていた。だが、こめかみにキスをされたときには思わず身を引き、慌てて立ちあがった。腿にひと筋流れるものがあった。それがなにかに気づき、ブリンは先ほどの熱いひとときを思いだした。

「待ってくれ。ランタンがある」

バスケットを開く音が聞こえ、四角いランタンに火が入った。ブリンはまぶしさに目を細め、夫の裸の上半身を見て視線をそらした。よく鍛えられた筋肉質の胸にはっとし、体がうずいてしまったからだ。

ルシアンはシャツを着たあと、シャンパンとイチゴとグラスをバスケットに戻した。そして毛布をたたんで上着と一緒に持ち、ランタンをブリンに手渡した。

「先を歩いてくれないか」

崖沿いの道をのぼり、芝地を横切って庭に入り、薄灯りのともった図書室のフレンチドアへ向かうあいだ、ブリンは一度もルシアンのほうを見なかった。

大理石の石段に足をかけようとしたとき、ふいにルシアンが立ち止まった。

「ブリン、待て」緊迫した声で言う。

ブリンは足を止め、ランタンの灯りのなかに人影が現れたのに気づいてぎょっとした。まさかこんな場所に誰かがいようとは思ってもみなかった。

「デイヴィスです」都会風のアクセントだ。

背が高くて恰幅のいい、白髪まじりの上品な印象の男性だった。ルシアンは誰だかわかったらしく、緊張を緩めるのが伝わってきた。

「やあ、デイヴィス」彼は平然とした口調で言った。「きみがわざわざロンドンからここまで来るとは、よほどの事情だな」

「はい、残念ながらよい知らせではありません」男性はちらりとブリンに目をやった。「できればふたりだけでお話ししたいのですが」

「わかった。ブリン、彼は秘書のミスター・ヒューバート・デイヴィスだよ。デイヴィス、こちらは妻のレディ・ウィクリフだ」

デイヴィスが深々とお辞儀をした。「お会いできて光栄です」

ブリンは小さな声で礼儀正しく返事をし、夫の顔を見あげた。ルシアンが短くほほえんだ。

「野暮用ができてしまった。すまないが先に行っていてくれないか。すぐに追いつく」

この場は従うしかなさそうだ。事情がわからないまま、ブリンは寝室に向かった。なんだろうと興味もわいたが、不安も覚えた。

ふと鏡をのぞき込み、自分のしどけない姿を見てぎょっとした。髪はおろしたままだし、ドレスはしわだらけだ。ブリンは頬を紅潮させた。

こんな格好を夫の秘書に見られたのかと思うと、さらに顔が赤くなる。誘惑にはのるまいと固く心に決めていながら、あんな破廉恥な行為に及んでしまったのは恥ずべきことだ。

ブリンは腿の内側を水で洗い、見なりを整えようと髪を結いあげてピンで留めた。服をどうするかで、はたと迷った。ネグリジェに着替えようか、それともこのままルシアンを待とうか。

どちらにするか決めかねてなんとなく本を開いてみたが、読書には集中できなかった。ふと気づくとルシアンのことばかり考えている。今夜の彼はすてきだった。だが、体の関係を持ってしまったことで不吉な出来事が起こらないかという心配もある。

三〇分も経《た》つと待ちきれなくなった。ブリンは立ちあがり、ルシアンはどうしたのだろうと思いながら部屋のなかを行ったり来たりしはじめた。

階下へようすを見に行こうかと考えたとき、そっとドアをノックする音が聞こえ、ブリンはどうぞと声をかけた。驚いたことに、入ってきたのはミスター・デイヴィスだった。

「奥様、失礼をお許しください。旦那様からご伝言を預かってまいりました」

「伝言?」

「残念だが大事な用事で出かけなければならなくなった、と」

「わからないわ。こんな夜中に、どんな用事があるというの？」ブリンは眉をひそめた。

「やむをえない仕事なのです。ウィクリフ卿《きょう》は船に乗るためファルマスへ出発されました。奥様は馬車でロンドンへ向かうようにとのことです。わたしがお供し、ロンドンでお世話するよう言いつかっております」

ブリンは表情をこわばらせた。「自分で話しに来る時間ぐらいとれたでしょうに」

「緊急の用件なので。本当にすまないとおっしゃっていました」

本心からの言葉かどうかは疑わしいと思ったが、皮肉を言うのは我慢した。「いつごろ帰ってらっしゃるの？」

「申し訳ないのですが、わからないのです。少なくとも数日、あるいは一週間ぐらいはかかるかもしれません。ロンドンまでは長い旅路になりますから、明日の朝は早い出立が望ましいかと。ウィクリフ卿の旅行用の馬車でまいりましたので、奥様さえかまわなければ夜明けごろ荷物を積ませていただきます」

「わかったわ、ミスター・デイヴィス」ブリンはぼんやりと答えた。

秘書は一歩さがり、深くお辞儀をして立ち去った。ブリンはうしろ姿を見送りながら、事態の展開にショックを受け、傷つき、怒りを覚えていた。

新婚初夜の新妻をひとりぼっちにするほどの緊急の用事がどこにあるというのかしら。しかも別れの挨拶さえしに来ないとは、なんて失礼な人なの。

7
ロンドン

「もうすぐウィクリフ卿のお屋敷に到着します。奥様、お疲れではありませんか？」この二時間でミスター・デイヴィスが口を開いたのはこれが初めてだ。

「大丈夫よ、ありがとう」ブリンは嘘をつき、体の凝りをほぐすために身じろぎした。たしかに贅沢な馬車だし、スプリングもよくきいているが、三日間も乗っていれば疲れるに決まっている。

お堅く控えめなミスター・デイヴィスとふたりだけの旅は孤独でもあった。結婚式の翌日にコーンウォールを出発して以来、この年輩の紳士は礼儀正しく距離をとり、主人に関する質問にはいっさい答えなかった。

気を紛らせることがなにもないため、ブリンは気がつくといつも孤独と不安に浸っていた。家族や故郷に別れを告げるのは想像していた以上に胸が痛んだ。とりわけシオドーを置いていくのがつらかった。たとえ実の母でもこんなには悲しまないのではないかと思うほどだ。

さらに悪いことに、暇な時間を持て余しているせいで、つい新婚初夜を思いだし、夫となった男性のことを考えてしまった。どれほど頭から追い払おうとしても、あの一夜が忘れられない。女性の扱いがうまいだろうとは思っていたが、あの夜の営みは詩人でさえも言葉に表現できないほどの驚きだった。絶頂感ひとつをとってみても、夢で味わった感覚をはるかにしのいでいる。思いだすだけで体がうずいてしまうくらいだ。

そんな自分にいらだち、ブリンは唇を嚙んだ。毅然としていようと心に決めたのに、あのときはいつの間にかわれを忘れてしまった。ルシアン・トレメインは遊び慣れた放蕩者なのだと考えてみても、たいした慰めにはならない。愚かな小娘みたいにわたしは彼の手に落ちたのだ。

そのうえルシアンは挨拶のひとつもせず、わたしを秘書に任せて立ち去った。わたしを使用人に世話をさせておけばいい馬や犬のごとく扱ったのだ。せめて礼儀正しく、さよならのひと言ぐらい告げに来てくれてもよかったのに。しばらく実家に滞在していればいいと気遣いを見せてくれたらもっとすばらしかった。

ブリンは心のなかで毒づいた。望みもしない夫婦の契りのあと、相手が急にどこかへ行ってしまったからといって、動揺したり傷ついたりするのはおかしいわ。平然としていればいいのよ。それどころか、ルシアンに対して怒りを持続できるのを喜ばしく思うべきだわ。

夫が思いやりのない人ならば嫌うのは簡単だ。好きになってしまう恐れがないからだ。あの夜は危ういところだった。熱いひとときをともに過ごしたせいで、思わず心を許してしまいそうになった。

あのときはルシアンに対していくらか優しい感情を抱いたかもしれないし、ほんの一瞬、ふたりの将来を楽観的に考えもしたが、その気持ちはもう打ち砕かれた。お堅い秘書にわたしを押しつけ、さっさといなくなるような人なのだから。

ブリンは深々とため息をついた。落ち込みやすい性格ではないはずだが、今は悶々《もんもん》と悩んでいた。

馬車がロンドンの高級住宅街メイフェアに入ると、ブリンはわくわくした。ここは社交界でもとりわけ裕福な人々が家を構えている地区だ。馬車が停《と》まったため、彼女は新しい住まいがどんなところなのか見ようと身を乗りだした。

たそがれのなかにそびえ立つ屋敷を見あげ、ブリンは呆然《ぼうぜん》とした。堂々とした石造りの灰色の建物は宮殿と見まごうばかりだ。これほど壮大な屋敷には慣れていないため、何人もの従僕がいっせいに馬車に駆け寄ってきたときは戸惑いと不安を覚えた。

屋内も外観に負けず劣らず贅沢な造りだった。やけに広い玄関広間にはたくさんのシャンデリアが燦然《さんぜん》と輝き、大理石がつややかに光っている。使用人たちが軍隊のごとく序列の順に並んでいた。手前から執事、メイド長、料理長や園丁頭といった上級使用人、そのあとがお仕着せを着た従僕と制服姿のメイドだ。

執事とメイド長は慇懃《いんぎん》無礼《ぶれい》だった。名前はよく聞きとれなかったが、わざとらしい冷淡な態度はいやがおうでも目についた。ブリンがボンネットをとったとき、メイド長が彼女の髪を見て顔をしかめたのも目に入った。

ブリンは手を伸ばしてシニョンのほつれ毛を直したかった。長旅のあとで、さぞ乱れているだろう。それでなくても、まとまりにくい髪なのだ。ましてや赤毛は異教徒に多いので昔から偏見の目で見られている。メイド長の反応は気にしないようにするしかないだろう。それに冷淡な態度をとる気持ちもわからないではなかった。屋敷の主人が突然結婚したのはショックに違いない。それに加え、古くよりいる使用人は権限を侵されるのを嫌うものだ。新しい女主人を心から歓迎できない心境は理解できる。

このような場面でどう振る舞うのが礼儀作法にかなっているのかわからず、ブリンはとりあえず執事に手袋と外套《がいとう》を手渡した。本来なら夫がこの場にいて、新妻が新居になじめるよう気を遣うべきなのに。

幸いにもミスター・デイヴィスが気まずい状況に介入してくれた。「屋敷のなかをご案内しましょうか？　それとも、先にしばらくお休みになりますか？」

ブリンは感謝のほほえみを浮かべた。「疲れてはいないけれど、着替えをすませてから案内してもらいたいわ」

「奥様、侍女はお連れにならなかったのですか？」メイド長が刺のある口調で訊いた。

「ええ」ブリンは対抗して冷ややかな声で答えた。もう何年も侍女を雇う余裕がなかったことは知られたくない。

メイド長は表情をこわばらせたが、ブリンは悪びれずに肩を怒らせ、負けるものかと相手を見据えた。こんな嫌味に耐えるいわれはない。夫がそばにいないとはいえ、わたしはウィクリフ伯爵夫人なのだ。望まない結婚ではあるけれど、この身分の高さは魅力的な条件のひとつだった。

メイド長が先に折れた。彼女は目を落として、どのお部屋をご用意しましょうかとミスター・デイヴィスに尋ねた。

「ウィクリフ卿は〝金の間〟をとおっしゃっていました」

「かしこまりました。奥様、どうぞこちらへ」メイド長はすっぱいプルーンを口にしたかのような顔をした。

上階へ向かう途中にも、至るところに優雅な家具が置かれていた。上品で趣味がよく、けっしてけばけばしくはない。ブリンはメイド長についてアイボリーとゴールドでまとめられた広い寝室に入り、内装のすばらしさに思わずため息をつきそうになった。

「この〝金の間〟には居間と化粧室もついてございます。ここは亡くなられたレディ・ウィクリフがお使いになっておられました。旦那様のお母様でございます。わたしはその方に長年お仕えしてきました」

「まあ、なんてすてきな部屋なの」ブリンはひとり言のようにつぶやいた。「ミセス……ごめんなさい、名前はなんといったかしら？」

「プールでございます」むっとしているのがわかる。

これはわたしの失態だ。彼女をさらに怒らせてしまった。これからは気をつけよう。

ブリンは申し訳なさそうにほほえみを浮かべた。「ありがとう、ミセス・プール。もうさがっていいわ」

メイド長はじろりとブリンを見たが、あからさまに反抗するのは得策ではないと考えたらしく、短くお辞儀をして退去した。

ひとりになると、ブリンは大きなため息をもらした。あのメイド長みたいに頑固に抵抗してくる使用人たちの信頼を勝ちとるには、かなりの努力が必要になりそうだ。だが、今のわたしにはその気力がない。

ブリンは寝室を見まわし、改めて圧倒された。高窓のひとつへ近づいて外を見おろすと、立派な広場が見えた。ルシアンが裕福だとは聞いていたが、ここまでとは思わなかった。この部屋はまるで女王の寝室だ。

このような世界で生きていくのかと思うと気が重かった。高貴な身分には生まれついていないし、贅沢で堅苦しい生活を送りたいとも思っていない。この大邸宅に比べると実家の屋敷はみすぼらしかったが、たとえ家具が傷んでいようともあの家は笑いと愛に満ち、ここよりずっと居心地がよかった……。

コーンウォールのことを思うと、また悲しみがぶり返してきた。こんなことで今後うまくやっていけるのかしら？　もう故郷の家や、家族や、ぬくもりが恋しくてしかたがない。

ブリンは体を震わせ、身を縮こめた。八月だというのにロンドンは寒い。南部にあるコーンウォールに比べるとずっと気温が低いらしい。

だがブリンはすぐにまた厳しい表情に戻り、今は自己憐憫に浸っている場合ではないと自分を叱った。くるりと向きを変えてドレスを脱ごうとしたとき、小さくノックの音が聞こえた。

「誰？」

そっとドアが開き、メイドの制服を着た金髪の年若い女性がおずおずと入ってきた。オービュッソンの絨毯に目を落としたままだ。

「メグと申します」メイドは消え入りそうな声で言った。「奥様のお手伝いをするよう、ミセス・プールに言いつかってまいりました」

「ありがとう、メグ。でも、手伝いはいらないと伝えてちょうだい」

メイドが唇を震わせはじめたのを見て、ブリンは驚いた。「どうしたの？　大丈夫？」

「お願いです、奥様、わたしを送り返さないでください。奥様のお怒りに触れることをしたとミセス・プールに思われてしまいます」

不安に満ちたメイドのようすを見て同情心がわき、ブリンは優しい声で話しかけた。「怒ってなんかいないわ、メグ。わたしはただ身のまわりのことを自分でするのに慣れているだけなの。ここ数年、実家はいささか苦しい状況にあったから、侍女をつける贅沢はあきらめるしかなかったのよ。だけど本当を言うと、手伝ってもらえるととても助かるわ」

「ああ、奥様、ありがとうございます」メグは女王をあがめるかのごとく何度もお辞儀をした。「わたしはレディのお世話には慣れていません。でも、覚えは早いほうです。本当です、あのミセス・プールでさえそう言ってくださるくらいですから。命じられればなんでもいたします。どんなことでも……」息が切れたらしく、そこでいったん言葉を切り、大きな目で女主人を見あげた。「まずはなにをいたしましょうか？」

ブリンはほほえみを浮かべた。「では、背中のボタンをはずしてくれる？」

ブリンは背中を向けたものの、メイドの手つきはぎこちなく忍耐を強いられた。ミセス・プールのように態度の冷たい古参も、メグのように経験が少なくて怯《おび》えている新米も、我慢して受け入れるしかない。

それにしても、伯爵家の大所帯に慣れるのは思った以上に大変そうだ。

ドーヴァー

独房はじめじめとして臭かった。この数百年間に監禁されてきた死刑囚たちの体臭が染みついている。ルシアンはハンカチで鼻を覆いたい衝動に駆られた。

政府の密使が何者かに襲われて殺されたという知らせを聞き、ルシアンはコーンウォールから船でまっすぐここドーヴァーへ来た。密使は、スペインに駐留しているウェリントン将軍に宛《あ》てた親書を布袋に入れて持っていた。連合国へ金貨を送る日程や場所を記した重要な手紙だ。そのあと予定を変更する間もなく、馬車で輸送中だった二〇万ポンド相当の金貨が盗まれ、警備兵は無惨にも全員が銃で撃ち殺された。

すぐさま捜査が開始され、諜報員たちが手がかりを求めて周辺の酒場や宿屋や船着き場をくまなく調べた。その結果、愚かにも親書が盗まれたことを知っていると吹聴《ふいちょう》していた男が逮捕された。ただし当人は、密使の殺害には関与していないと主張している。

ルシアンはその男を尋問するため、腹心の部下をひとり連れてきた。

「こら、起きろ。面会だ」看守が怒鳴った。

わらの寝床の上でぼろぼろの毛布がもぞもぞと動き、看守が蹴飛ばすとうめき声が聞こえた。「こいつがネッド・シャンクスです」

図体《ずうたい》のでかい男がのそのそ毛布からはいだし、脇腹を押さえて立ちあがった。逮捕される際、かなり痛い目に遭ったらしい。ランタンの灯りを向けると、汚い顔に痣《あざ》ができ、片目が開かないほど腫《は》れあがっているのが見てとれた。脂っぽい髪には乾いた血の塊がついている。

ルシアンの部下であるフィリップ・バートンの姿に気づくと、男の顔が恐怖に凍りついた。怪我をさせたのがバートン本人だからだ。

ルシアンは看守に言った。「席をはずしてくれ」

三人だけになると、ルシアンは黙ってシャンクスを眺めた。沈黙が続くとシャンクスは落ち着かなくなり、やがて大きな体にしてはおかしなほど高い声であせって説明しだした。

「おれはなんにも知らねえんです。なんで逮捕されたのかさえ見当もつかねえ」

ルシアンは穏やかな声で答えた。「きみが逮捕されたのは、政府の密使が殺害され、彼が持っていた布袋が盗まれたからだ。そしてきみは事件について知っていた」

「知ってたといっても、そっちの旦那に話した程度のことしか知りません。本当です。それ以上はなんにも知らねえ」

「もう一度、話してくれないか。別の人間が新たな視点に立って話を聞けば、なにかわかるかもしれないとミスター・バートンが言うものでね」

シャンクスは怯えた目でちらりとバートンを見た。「ダチのブーツって野郎が酒を飲んで、仕事が入ったからもうすぐたんまり金を手にできると自慢していたんです」

「酒場の〈ボーズヘッド〉で？」

「そうです。そんでおれは、やつが誰かに会いに行くときあとをつけたんです。おれは馬屋の陰に隠れました。暗かったからよくは見えなかったし、話もあんまり聞こえなかった」

「それでも相手の男を見たんだな？」

「ちょっとだけ。貴族なのは間違いありません。ブーツがなんとか卿と呼んでたから。たしか、キャリバン卿とかなんとか」

その名前が出るだろうと予想してはいたが、実際に耳にするとルシアンはぎくりとした。キャリバンとはシェークスピアの『テンペスト』に登場する怪物の名前であり、英国外務省が追っている密輸組織の首領の偽名でもある。

「そのキャリバン卿とやらはなにを話していた？」

「いついつに密使が通るから、おまえはこうしろといったことです。街道のどこに潜んでろと指示していました。よっぽどその布袋が欲しかったとみえて、ずいぶんな金額を提示してました。布袋を盗《と》ってきたら二〇ポンドやるとか」

「布袋になにが入っているのか、ブーツという男は知っていたのか？」

「命にかけて誓いますが、おれが知ってるのはそれだけです。ブーツから聞いた以外はなんも知らねえ」

「ブーツは二日前、裏通りで首を絞められて殺されているのが発見された。それは聞いたか？」ルシアンはさらに穏やかな声で言った。「キャリバン卿の仕業だと思われる」

シャンクスの顔が真っ青になった。

沈黙ののち、ルシアンは口を開いた。「キャリバン卿というのはどんな男だ？」

「さあ、マスクをしてたから。でも、旦那みたいな上等そうな上着を着てました」

「なにか特徴はなかったか？　よく考えてみてくれ。どんな小さなことでもいい。正体をあばく手がかりになるかもしれない」

シャンクスは眉根を寄せた。「特徴といっても……そうだ、指輪をしてたな」

「どんな指輪だ？」

「金の指輪です。左手にはめてたんですが、ちらりと赤く光ったのを見たんで」

バートンが初めて口をきいた。「指輪のことなんかなにも言っていなかったじゃないか」

シャンクスが警戒する顔になった。「今、思いだしたんですよ。そういえば、あれを盗んだらたいそうな金になるはずだと、前にブーツが話してました」

「どんな指輪だったか思いだせるか？」ルシアンは尋ねた。

「ブーツが言うには、なんでも竜の頭の形をしてて、目に赤い石がはめ込まれてたとか」

「ルビーか？」

「たぶん。おれは遠かったから、ちゃんと見てねえんです」

ルシアンは黙って相手の顔を見据えた。おそらくそれ以上は本当に知らないのだろう。

「ありがとう、ミスター・シャンクス。大いに参考になった」

「旦那」シャンクスはおどおどした目でもう一度バートンをちらりと見た。「おれはどうなるんで？　こんな男でも心配してくれる女房がいるんです」

「ぼくもだ」ルシアンはつぶやいた。「もう帰っていいぞ、ミスター・シャンクス」

「は？」シャンクスがきょとんとした。バートンも驚いていた。

ルシアンはポケットに手を入れ、金貨をひとつかみとりだした。「謝礼だ」

シャンクスは反射的に受けとり、びっくりした顔で金貨をまじまじと見た。

「今後、もしキャリバンや死んだブーツについてなにか情報をつかんだら、どんな些細《ささい》なことでもかまわないから〈ボーズヘッド〉の主人に知らせてほしい。そうすればぼくの耳に届く手はずになっている」

「もちろんです、旦那」

相手がその気になったのを見てルシアンは微笑を浮かべた。「キャリバンの逮捕に協力したら、いくら報奨金がもらえるか知っているか？　二〇〇ポンドだぞ」

シャンクスがあんぐりと口を開けた。いつまでも唖然としている男を残し、ルシアンはランタンを手にしたバートンのあとに続いて独房を出た。

ふたりはバートンの屋根つきの馬車に黙って乗り込み、宿泊先へ向かった。

「帰してしまってよかったんですか？」年下の部下が尋ねた。

「むやみに脅してもしかたがない。殴ったところで知らないものは吐きようがないだろう。痛い目に遭わせるより、強欲な心理を利用するほうがうまくいくときもある」ルシアンは静かに説明した。

「覚えておきます」バートンがこわばった声で答えた。

「きみのやり方を非難しているわけじゃない。シャンクスを見つけたのはお手柄だった。きみのおかげで国賊に一歩近づけたわけだからな。だが、シャンクスは殺してしまうより生かしておいたほうが使い道がある。こうしておけば、あの男は風の噂を聞いただけでもわれわれに報告しようとやっきになるだろう」

「あなたが追いかけている相手がキャリバンという男なのは間違いないのですか？」

「ああ、たしかだ」ルシアンは苦虫を嚙みつぶした顔で言った。

その正体不明の敵にはさんざん苦い思いを味わわされてきた。殺人、窃盗、反逆罪と、その男が犯した犯罪をあげたらきりがない。だがなにより、社交界の若者たちを引き込み、国を裏切らせているのが腹立たしい。そのせいでぼくは、キャリバンの手先となった幼なじみをこの手にかけなければならなかった。そのときの記憶は今でも脳裏に焼きついている。

「外務省に共犯者がいるのは間違いありません。そうでなければ密使の行動が敵に知られるはずがない」バートンがこぶしを握りしめる。「目の前に裏切り者がいるのに、なにもできないのが悔しくてなりませんよ」

「そうだな」ルシアンは言葉少なに答えた。体をむしばむ自責の念を感じているのはこちらも同じだ。

バートンがつらそうな目を上司に向けた。「ぼくは免職されても当然です。あのときすぐに輸送日程の変更を思いつくべきでした。そうしたら金貨は盗まれず、警備兵たちも殺されなかったはずです」

ルシアンは首を振った。バートンは優秀な部下だが、どんなに優れた諜報員でも間違いを犯すことはある。だいたい自分はなにをしていたのかと思うと責任を痛感させられるし、腹が立ってしかたがない。コーンウォールでぐずぐずと求婚している場合ではなかった。さっさとロンドンに戻っていれば、密使が殺されたとわかったとき、すぐに手を打てた。そうすれば金貨の強奪は防げただろうし、罪もない男たちを何人も死なせずにすんだ。後悔は一生、引きずるだろう。

犯人の足取りがまったくつかめないため、金貨がすでにフランスへ送られてしまったかどうかはわからない。グレイソン・コールドウェルが事件に関与しているかもしれないと考え、すぐに部下を派遣してコーンウォール一帯の海岸を調べさせてはいるが、おそらく今回はあそこが中継地点ではない気がする。同盟国であるオーストリアとプロイセンとロシアに送るべき金貨はすでにフランスに渡り、ナポレオン軍を潤しているのかもしれない。

ルシアンははらわたが煮え繰り返り、苦悩にさいなまれていた。だが感情を隠し、冷静に振る舞う訓練は積んでいる。「きみを免職にするなら、ぼく自身も辞職しなくてはいけなくなる。個人的な都合で任務を離れていたんだからな」

「それはまったく別の話です。結婚式のほうが大事でしょう」

「いや、任務より優先すべき事柄などなにもない」その言葉は新たな決意でもあった。

ルシアンは窓の外に目をやった。結婚を決めた相手とはいえ、女性を口説いていたのは任務をないがしろにした言い訳にはならない。たとえわずかでもナポレオン軍に余計な資金が渡れば、戦争の勝敗を決しかねないからだ。ヨーロッパ全土が専制君主の足元にひざまずくか、同盟軍がついに敵を打ち砕くかの違いになりうる。

あのコルシカ人に殺人と破壊をやめさせ、悲劇的な戦争に終止符を打つことは、ひとりの男の私的な都合よりはるかに重要だ。新婚初夜のベッドから引きずりだされる形で妻を残してきたのは残念に思わないでもないが、今は個人的な欲求にとらわれているときではない。

それに正直なところ、ブリンと距離を置くことができていくらかほっとしてもいる。わずか数日でこれほど心を奪われてしまったのに不安さえ感じる。呪いなど信じていないが、どうしてここまで彼女をわがものにしたいと思うのか、なぜ夫婦の契りであれほどの満足感を覚えたのかは自分でもよくわからない。

あの夜は、自分が別れの挨拶を言いに行けばなにかしらの説明をしなくてはならなくなると思い、秘書をブリンのもとへやった。彼女の兄が事件にかかわっているかもしれないのに、金貨強奪の捜査に携わっていると打ち明けるつもりはない。

けれどもひと言も告げずに船に乗ったのが、本当は怖かったせいなのは自分でもわかっている。ブリンに会って体に触れてしまえば、コーンウォールを立ち去れなくなる気がしたのだ。今はあの生気にあふれた美しさや覇気に満ちた魂がぼくの心の大半を占めているが、こうして離れていれば忘れる努力もできる。

いや、はたしてそうだろうか？

結婚して以来、ブリンのことで頭がいっぱいだ。眠りについたあとでさえ、彼女の夢ばかり見ている。これまで特定の女性の夢など見たことがなかったのに、愛を交わして以来、目をつぶるだけでブリンの姿が浮かんでくる。

ルシアンは心のなかで悪態をついた。こんなはずではなかった。妻にぞっこんになるなんて愚かなまねをするつもりはなかったのに。今はブリンにうつつを抜かしている場合ではないし、この状態を続けるつもりもない。

彼女はさぞ怒っているだろう。ぼくは強引に結婚を迫っておきながら、突然姿を消したのだから無理もない。だが自分の怠慢が原因で何人もの人間が死んだというのに、妻のご機嫌伺いをしている場合ではない。

ルシアンは厳しい表情になった。今後は結婚生活より国事を優先し、任務に集中するのだ。

「そんなことを訊きに行く必要はないわ」階下から女性の甲高い声が聞こえてきた。「すぐにおりてくるよう彼女に伝えなさい！」

居間でくつろいでいたブリンは、高飛車に命令する声を耳にし、自分への訪問客だろうかと驚いた。まだこの屋敷に来て二日目の午後だ。これまでのところ、孤独と退屈だけを友としている。すべて召使い任せの手持ち無沙汰な生活は初めてだ。

今日は青いモスリンの簡素なドレスを着ているが、そのしわを手早く直し、髪がまだほつれていないのを確かめると、ブリンは大階段をおりていった。階下では背が高く威厳に満ちた白髪の女性がいらいらしながら待っていた。

「話があるの」女性は言い放つと、ついてくるのが当然とばかりの態度でさっさと玄関広間の隣にある客間へ入った。

ブリンは当惑して執事のネイスミスを見た。「いったいどなたなの？」

驚いたことに、常に真面目くさった顔をしている執事がわずかに眉をひそめ、かすかに同情の表情まで浮かべた。「申し訳ございません、奥様。お会いになるかどうか伺いにまいろうとしたのですが……あの方は旦那様の大おば様にあたるレディ・アガサ・エッジコムです。お気持ちが進まないのでしたら、そのように申しあげてまいります」

「ありがとう、ネイスミス。でも、大丈夫よ」

ブリンは顎をあげ、客間に入った。レディ・アガサは闘いに備えるように背筋をぴんと伸ばし、こちらを向いていた。

「いったいどういうこと？」手にした新聞を大仰に振っている。「大おばのわたくしが、ルシアンの結婚をよりによって新聞の社交欄で知るはめになるとは！」

「急な話だったのです。きっとお知らせする時間がなかったのだと思いますわ」相手の不作法な態度を思えば、よくぞここまでと思えるほどブリンは我慢強く答えた。

「どうしてそんなに急ぐ必要があったの？　あなた、まさか身ごもっているわけじゃないでしょうね」

あまりに単刀直入な物言いにブリンは目をしばたたいた。「いいえ、妊娠なんてしていません。もっともそれがあなたになんの関係があるのかよくわかりませんけれど」

「もちろん関係がありますとも！　わたくしは一族の長なのよ！」レディ・アガサは目を細め、嫌悪の表情でブリンをにらみつけた。「なんなの、その生意気な態度は。わたくしはこんな無礼を大目に見るつもりはないわよ。必ずやルシアンの耳に入れますからね」

「なんでも好きにおっしゃってください。そもそも、もしわたしたちの結婚がお気に召さないのなら、それは夫に話すべきことです」

「〝もし〟ですって？　ええ、気に入りませんとも！　あの子はこの家の格式や爵位の重みをまるでわかっていない。だいたいあなたはいったいどこの誰なの？　言ってごらんなさい！」

「実家はコーンウォールのセント・モースにあります。父の名はサー・サミュエル・コールドウェル、母はミス・グェンドリン・ヴォーン・コーンウェルです」

「やっぱり、思ったとおりだわ！　あの子はそんな田舎まで行って、どこの馬の骨とも知れない相手と結婚したわけね。それにいったいその髪はなに？　そんな色の髪をしているのは恥知らずな女の証拠よ！」

ブリンは背筋を伸ばした。「わたしに不満をぶつけにいらしただけなら、どうぞお引きとりください。そうでないのでしたら、喜んでお茶を振る舞わせていただきますわ」

レディ・アガサの顔が真っ赤になった。「あなたの相手をするくらいなら、未開人とお茶を飲んだほうがずっとましだわ！」

ブリンは相手がドアを通れるよう、わざとらしく脇へどいた。

レディ・アガサは憤然としてブリンをねめつけた。ボンネットの羽根飾りが怒りで震えている。「最悪の事態を心配していたのよ。あなたを見てよくわかったわ。ルシアンは性悪女に騙されたのね。まあ、なんてずる賢い人！　だけど、そんな悪巧みは絶対にうまくいきませんからね！」

それだけを言い残すと、レディ・アガサは衣ずれの音をさせながら足早に部屋を出ていった。

ブリンはその場に立ち尽くしていた。自分の体が震えているのに気づいたが、驚きはしなかった。これだけ怒りに駆られていれば当然だろう。それに少し動揺してもいる。

それからずいぶん経ったころ、ブリンは自分がひとりではないのに気づいた。ドアのそばに誰か立っている。ブリンは顔をあげた。感情を押し隠そうとするあまり、表情がこわばった。

「あらあら、レディ・アガサが来ていたのね」ハスキーな声の若い女性だ。

なんという美貌だろうとブリンは思った。つややかな黒髪に、真っ青な瞳をしている。

訪問者はほほえみながら言葉を続けた。「慰めになるかどうかわからないけど、彼女は誰に対してもああいう態度なの。だから気にしなくていいわ。とても難しいところがある人だから。うちのおばと同じよ」

コーンウォールを離れて以来初めてあたたかいほほえみに出合い、ブリンは怒りが和らぐのを感じた。

「入ってもいいかしら？　ネイスミスが出てくるのを待つべきだとは思ったのよ。でもレディ・アガサの怒鳴り声が聞こえたから、援軍が必要かと思って入ってきてしまったの」

「どうぞ入って。気づかなくてごめんなさい」

客間に入ると、女性は手袋をした手を差しだした。「わたしはレイヴン・ケンドリック。ルシアンの友人よ。彼はわたしの代理後見人なの。本当の後見人は少し前にアメリカへ帰ってしまったから。わたしは夏のあいだ祖父の田舎の屋敷に滞在していたの。だけどルシアンが結婚したと聞いて、あなたを歓迎しようとロンドンへ戻ってきたのよ。ちょうどよかったみたいね……」ミス・ケンドリックは顔をしかめ、レディ・アガサが立ち去ったほうを肩越しに見た。「親戚はあまり好意的じゃなさそうだもの。残念ながら誰も両腕を広げてあなたを迎え入れはしないと思うわ。少なくとも最初のうちはね。みんなこの家の財産が欲しいから、ルシアンが一生独身だったらいいのにと思っているのよ」

「どのみち歓迎されるとは思っていなかったけれど、彼の大おば様と会って、もっと覚悟しておくべきだったと思い知らされたわ」

「レディ・アガサほどの強敵はいないから大丈夫よ。ルシアンなんか鬼婆《おにばば》と呼んでいるくらい」

「わたしもそう呼びたいわ」

レイヴンはからからと笑い、愉快そうにブリンを見た。「きれいな方だと聞いていたからとり澄ましているのかと思ったら、全然そうじゃなさそうね。あなたのことを好きになりそう」

ブリンは思わず笑みをこぼした。「まだ会ったばかりなのに、そんなことがわかるの?」

「あら、わたしは人を見る目があるのよ。だいたいロンドン社交界の気どった雰囲気は好きじゃないわ。わたしは西インド諸島で育ったの。向こうはこんなに堅苦しくなかったし、伝統にうるさくもなかった」

「わたしは性悪で恥知らずな女らしいから、一緒にいると悪影響を受けるかもしれないわ」

「あなたが性悪女なら、わたしたちはいい組み合わせよ。わたしはレディ・アガサからずっと跳ねっ返りと言われてきたもの。何度、あの高慢で思いあがった態度を打ち負かしてやりたいと思ったことか。さっき、あなたがしたみたいにね。でも誰も彼女には逆らえないのよ、ルシアン以外は」

ブリンは声をあげて笑った。「ミス・ケンドリック、どうぞ座って」

「ありがとう。レイヴンと呼んでちょうだい。それともし気が変わっていないなら、ぜひお茶をご一緒させていただきたいわ」

ブリンがドアのほうに目をやると、うやうやしく控えていた執事が小さくうなずき、姿を消した。

レイヴンはチンツ張りの長椅子に、ブリンはその向かいの椅子に腰をおろした。「ルシアンはまたロンドンを離れているのね。結婚式が終わったばかりなのに、新妻をひとりにして狼《おおかみ》の群れのなかに置いていくなんてひどい話だわ。だけど、仕事だからしかたがないわね。今度はどちらへ行ったの？」

夫の行き先にまったく心あたりがないと思われるのがいやで、ブリンは言葉を濁した。

「はっきりとは言わなかったの。ただ、急な仕事が入ったとだけ」

「世界中を飛びまわっている人だものね」レイヴンはブリンの心を見透かしたかのように同情のこもった目をした。「冷たくされたなんて思ってはだめよ」

ブリンは苦々しい思いを隠し通せず、答えを避けた。

レイヴンはそれを察したらしく、きっぱりと言った。「大丈夫、あなたはひとりぼっちじゃないから。ルシアンったら本当にろくでなしよね。その点はわたしが埋め合わせてあげるわ」

「いつもそんなに率直な話し方をするの？」ブリンはレイヴンのざっくばらんな言葉に戸惑いながらも惹かれるものを感じた。

レイヴンが笑った。「いつもはもっと始末に負えないわ。あなたが相手だから淑女らしく振る舞っているだけ。ここだけの話だけど、わたしはなにをしてもスキャンダルになりにくいの。公爵と婚約しているし、祖父は子爵なので、わがままが許されるのよ。うぬぼれじゃなくて、わたしならあなたを社交界に引き入れてあげられる。やる気満々だから覚悟してね。あなたはわたしが守ってあげるわ」

ブリンは笑いながら答えた。「わかった、腹はくくったわ」

「この時期、ロンドンの社交界は人が少ないけれど、ほかにも楽しいことはいっぱいあるのよ。乗馬はするの？」

「いいえ、ごめんなさい」

「わたしは毎朝、公園で馬を走らせているの。あなたが一緒に行ってくれるなら喜んで速度を落とすわ。でもそれよりもまず、オックスフォード通りでわたしの嫁入り支度の買い物を手伝ってくれないかしら？　いつもおばが同行してくれるんだけど、どうも趣味が合わなくて。いろいろ助言してもらえたら助かるわ」

「わたしでよければ喜んで」

「それにもちろん、あなたもドレスをたくさんそろえないと。ウィクリフ伯爵夫人として社交界で認められるにはおしゃれも大事よ」

ブリンは顔をしかめた。「たしかに一、二枚は新しいドレスが欲しいけれど、たくさんはいらないわ」

「それが違うのよ。レディ・アガサみたいな暴君を黙らせようと思ったら、そういうものが必要になるの。ただでさえ突然の結婚で世間の噂になっているのに、ウィクリフ伯爵は妻にドレスも買い与えていないらしいなんて言われたら困るでしょう？　だいたいその程度の贅沢くらいルシアンにとってはなんでもないの。こんな冷たい仕打ちを受けたんだから、せいぜい償ってもらわないとね」

これにはブリンも思わず笑ってしまった。まったくそのとおりだ。敵意に満ちた人たちばかりのロンドンで新しい友人ができたことを、ブリンは心からありがたいと思った。ここにやってきて初めて、孤独を忘れられて楽しみが見つかった。

8

固い決意を抱いてロンドンへ戻ってきたルシアンだったが、自宅の玄関まで来ると期待に胸が躍った。ブリンに会いたくてたまらない。そんな気持ちは打ち砕いてしまおうと心に決めたはずなのに。美しい妻を追いかけて任務に支障をきたすまねは二度としないと誓ったのだ。

「おかえりなさいませ、旦那様」執事が出迎え、主人が通れるよう一歩うしろにさがった。

「やあ、ネイスミス」ルシアンは執事に帽子と手袋を渡しながらあたりを見まわし、ブリンの出迎えがないと知って落胆しそうになる気持ちを抑え込んだ。「妻は？」

「お出かけでございます」

ルシアンは片方の眉をつりあげた。この一週間のあいだに秘書からブリンの近況を知らせる手紙が二通届いているが、こんな夜遅くに出かける用事があるとは書かれていなかった。

「ミス・ケンドリックとご一緒に、シンクレアご夫妻宅の夜会においでです」

「そうか」ダミアン・シンクレアは親しくしている友人であり、夏のあいだもロンドンに残る数少ない貴族のひとりだ。ルシアンと同じく政府のために働き、個人的な都合では放棄できない職務を担っているからだ。ただし、シンクレアの専門は諜報ではなく経済だ。

「旦那様もおいでになりますか？　よろしければ馬車をご用意しますが？」

一瞬迷ったが、ルシアンは首を振った。もう一〇時近いし、ブリンとは距離を置こうと決めている。帰宅するなり妻のもとへ馳《は》せ参じたのでは、誓いを守ることにはならない。「いや、もう外出はしない。今夜は書斎で過ごすよ」

「かしこまりました」

執事は主人の先を歩いて書斎に入り、ランプをつけてグラスにブランデーを注いだ。八月ともなれば夜もあたたかいため、暖炉に火は入れなかった。

ルシアンはクリスタルのグラスを受けとり、執事をさがらせるとお気に入りの革の肘掛け椅子に座り込んだ。だが考えることが多すぎて、せっかく自宅に戻ったのにあまり安らぎは感じられなかった。

この一週間というもの、怒りといらだちは増すばかりだった。殺人および金貨強奪事件の捜査はいっこうに進まず、正体不明の犯人キャリバンの追跡は行きづまっている。

彼はわが身のふがいなさに腹を立てていた。密輸組織の首領を必ずつかまえてみせると決意したにもかかわらず、今は次の事件を未然に防ぐための消極的な対応しかとれていないのが実情だ。部下に命じて新たな輸送計画を立てさせ、ひと握りの関係者にのみ情報を伝えるようにしたが、それだけでは強奪や殺人を完全に防ぐことはできない。

ルシアンは目をつぶった。警備兵たちの遺体がごみくずのように道に転がっている光景が頭を離れない。思いだすだけでもぞっとする。

ブランデーをあおり、胃が焼けつく感覚をじっと味わった。考えてみれば、彼は昔から罪悪感とともに生きてきた。六年前に放蕩貴族の浮ついた生活から抜けだし、外務省の諜報部に入ったのはそれが理由だ。大勢の男たちが命を散らしていくなか、自分だけが生きている事実に漠然とした恥の意識を覚え、諜報員になることで良心を慰めようとしたのだ。

これまで多くの友人たちの死を見てきた。軍人としてフランスとの戦争で命を落とした者もいるし、危険な諜報任務で殉職した者もいる。だがそれらよりもつらかったのは、フランスでのあの出来事だ。友人だったはずのジャイルズをこの手で殺したことだ。

そのときのことを思いだし、ルシアンは自責の念に口元をゆがめた。それまでは運に恵まれ、何度も危険な状況にさらされながらも無傷で生き延びた。しかし、ジャイルズには危うく殺されるところだった。それ以来、運勢が変わった。本能的にそう感じるし、夢のなかで思い知らされることもある。昨晩もまた悪夢を見た。両手を血で濡らしたブリンがそばに立ち、ルシアンは息絶えていく夢だ。

彼はグラスをにらんだ。なにをくだらないことを考えている。ブリンは暗殺者ではなく、どこにでもいる普通の美しい女性だ。ただし、気を許せば任務を忘れさせてしまうほど魅力的でもある。

だが、二度と同じ過ちは犯さない。ブリンとは心理的に距離を置き、ベッドでも淡々と接しようと決めている。息子が欲しいから夫婦生活は続けるが、肉体的に男女の営みを楽しむことと、精神的に彼女の虜になってしまうことは別物だ。

それでも、もうすぐブリンに会えると思うと平静ではいられない。ルシアンは無意識のうちにブランデーの残りを飲み干した。剣を切り結ぶような刺激的な会話を交わし、ときにはちらりと笑みを引きだし、うまくいけば笑い声さえ聞けるかもしれないと思うと楽しみでしかたがない。あの刺を含んだちゃめっけが好きでたまらないし、生き生きとした姿が恋しい。

一度、死の淵《ふち》を見たことで命が惜しくなり、生きているのを実感したいと願うようになった。ブリンはそれを味わわせてくれる。あの色香にあふれた美しさや、覇気のある魂や、燃える赤い髪を見ているとぞくぞくする。

危ない感情なのはわかっている。呪いがあろうがなかろうが、ブリンは危険な存在だ。けれども深くはかかわるまいと決めたにもかかわらず、ブリンを望む気持ちを止められない。彼女をこの腕に抱いて燃えあがらせたいと、つい願ってしまうのだ。

「旦那様が書斎でお待ちでございます」玄関広間でブリンを迎えた執事が言った。

ショールを手渡しかけて、ブリンは凍りついた。ルシアンが帰っているですって？　一瞬恐慌状態に陥り、自分の部屋へ逃げ込もうかと思った。だが帰宅したことはどうせすぐに伝わるだろうし、わたしは臆病者ではない……けれど、状況が普通でないのも事実だ。夫とはいえ、よく知りもしない男性と向きあわなくてはならない。しかも相手は結婚を強要し、そのくせすぐに姿を消すような人だ。

この一週間、ずっと押し殺していた怒りがぶり返してきた。

ブリンは気を強く持ち、書斎へ向かった。ルシアンは火の気のない暖炉の前に座っていた。振り向いた顔を見て、ブリンの鼓動は速くなった。記憶にあるとおりの澄んだ青い瞳にはっとし、相変わらず端整な顔立ちに目が釘づけになる。いまいましい人だ。

つかの間、彼の目が再会の喜びに輝いたかに見えたが、すぐにまた無表情に戻った。ルシアンは手にしたグラスを掲げた。「やあ、ブリン」

声がかすかに動揺しているようにも聞こえる。上着を着ておらず、クラヴァットをだらしなく緩めていて、いつもの優雅さは感じられない。目に暗い翳が漂っているところを見ると酔っているのだろうか。ブリンは部屋のなかばで立ち止まり、あえて近づかないようにした。

「おかえりなさいを言ってくれないのかい？」低く甘ったるい声で言う。

「冗談じゃないわ」ブリンは冷たく答えた。親密な雰囲気にならないよう気をつけようと心に誓っている。数日前、またルシアンの夢を見た。恐ろしい夢だ。無邪気に夫の腕に飛び込んだりすれば、あれが正夢になってしまう。

ルシアンは考え込んだあと、目を細めてドレスに視線を落とした。襟ぐりが深くて腕があらわになった、水色のシルクのイヴニングドレスだ。

「買ったのか？」

彼の視線が胸のあたりをさまよっているのに気づき、ブリンは身をこわばらせた。「かまわないでしょう？　伯爵の妻らしくするには新しいドレスが必要だとレイヴンに言われたのよ。それにあなたはいくらまでなら使ってもいいとも言わずに、さっさと行って――」

ルシアンは手を振って言葉をさえぎった。「もちろんかまわないよ。妻がみすぼらしい格好をしているのは好まない」

以前の服装のことを言われているのだと思い、ブリンは言い訳をしたくなったが、唇を引き結んで我慢した。

ぎこちない沈黙のあと、ルシアンが口を開いた。「今夜は楽しかったかい？」

「それなりに」

「それなりに？」

ブリンは返事に詰まり、肩をすくめてみせた。伯爵夫人という身分とレイヴンのおかげできらびやかな社交の場へ招かれはするが、本当を言うとその贅沢さに少しばかり圧倒されていた。コーンウォールではすべてがもっと地味だった。だが、それをルシアンには話したくない。

「なかにはいい人もいるわ。ヴァネッサ・シンクレアなんかはとくにそう。でも、たいていの人は非難がましい目でわたしを見る。レイヴンがいてくれなかったら、この一週間はきっと途方に暮れていたでしょうね。ライオンの巣に置き去りにされたわたしを彼女が助けに来てくれたの。本当に感謝しているわ」

ルシアンは長いまつげに縁どられたまぶたをなかば閉じた。「あんなふうに突然きみをひとりにしてしまってすまなかった」

「それで謝罪はすんだと思っているの？　せめてどこにいるのか書いた手紙の一通ぐらいはくれてもよかったはずよ」ブリンは冷たく言い放った。

「ぼくの居場所はデイヴィスが知っている」

「まあ、うれしいこと。妻より使用人のほうがあなたの行動に詳しいわけね」

なにを考えているのかつかみがたい表情のまま、ルシアンはいつまでも返事をしなかった。ブリンも黙ってにらみ返した。内心は穏やかではない。今夜のルシアンは、結婚式の夜にわたしを夫婦の契りへといざなった人とはまったく別人だ。あのときの魅力や優しさはどこにも感じられず、冷たくてよそよそしい。もう充分にわたしを怒らせておきながら、さらに冷淡な態度で傷つけてくる。

「仕事は片づいたの？」ブリンは感情を押し隠し、静かに訊いた。

ルシアンの表情が硬くなった。「だいたいはね」

「それは残念。また出かけても、わたしはちっともかまわないのに」

こちらをじろりと見たところからすると、おそらくむっとしたのだろう。彼の表情が険しくなったが、ブリンは謝らなかった。夫婦関係を続けていくつもりなら、今はルシアンを無視するしかない。彼の行動を気にかけるようになれば、ふたりの将来は安全ではなくなる。

状況が優勢なうちに、毅然とした態度のまま寝室に引っ込みたい。「あなたはあまりご機嫌うるわしくなさそうだし、わたしは疲れているから、そろそろさがらせてもらうわ。まだ話を続けたければ明日の朝にしてちょうだい」

「いや、もう話はない」ルシアンが落ち着いた声で言った。

ブリンが背を向けたそのとき、うしろから声をかけられ、どきりとして振り返った。

ルシアンの目はサファイアのように冷たい輝きを放っていた。「ベッドへ入る支度をして待っていろ。ぼくもすぐに行く」

尊大な言葉にブリンはこぶしを握りしめた。「あんな仕打ちをしておきながら、まだわたしに喜んで迎え入れてもらえると思っているなら、大きな――」

「別に歓迎してくれなくてもかまわない」ルシアンが楽しくもなさそうな笑みを浮かべた。

「ぼくはきみの夫だ。忘れたのか?」

「忘れられたらよかったのに」ブリンは苦々しく言い残し、急いで書斎をあとにした。

ルシアンは急にまずくなった酒をにらみつけた。なんともひどい対応をしたものだ。ブリンが怒っているのはわかっていたはずなのに、自分を抑えるので精いっぱいで、誇りを傷つけられた彼女を慰められなかった。

生身のブリンと対峙《たいじ》する心の準備ができていなかった。書斎に入ってきた彼女の姿を見たとたん激しい動揺に襲われ、この場で押し倒すことしか考えられなくなってしまった。なんてことだ。ひと目見たときから夢中になってはいたが、まさかここまでのぼせあがるとは思ってもみなかった。

ルシアンは小声でののしった。ブリンは妻で、愛人ではない。ひとたび結婚してしまえば、男は妻に魅了されたり、惑わされたりはしなくなるのが普通だ。

彼はうめき声をもらした。距離を置くのは思っていたよりはるかに難しそうだ。だが、どうにかして意志の力で感情を抑え込むしかない。今のぼくの生活に妻にうつつを抜かしている余裕はないのだ。ブリンに対しては心を閉ざし、身を慎む以外にないだろう。

今夜、夫の権利を主張するのは性急かもしれない。彼女の怒りがおさまるのを待つのが賢明な気もする。だが、それには長い時間がかかるかもしれない。息子はどうしても欲しかった。そしてぼくには時間がないかもしれないという予感がする。

やはり悠長には待てない……。

ルシアンは険しい顔でまた酒をあおった。美しい妻と向きあい、その魅力にわれを忘れることなく愛を交わすためには気つけ薬のひとつも必要だ。

ブリンは憤然としながら、寝室で眠そうなメグに髪をとかしてもらっていた。ふいに背後からルシアンの声が聞こえ、ふたりは驚いた。

「髪はもうそれでいい。妻とふたりにしてくれ」

互いの寝室をつなぐドアから入ってきたのだろう。メグが盾になってくれたらと願ったが、それは無理な話だ。メイドはブラシを落とし、慌てて寝室を出ていった。

ふたりきりになると、ブリンは夫から目をそらした。ルシアンはブロケード地のローブを着ている。濃紺のローブがサファイア色の目を引き立てていた。その格好を見れば、なにをしに来たのかは一目瞭然《りょうぜん》だ。

夫と目を合わせるどころか存在さえも無視しようと、ブリンは背を向け続けた。ネグリジェに突き刺さる視線を感じる。

ルシアンの手がゆっくりと髪に触れたのに気づき、ブリンはびくりとした。自分の鼓動があまりに大きく、彼の足音が聞こえなかった。

「なんの用？」ブリンは体をこわばらせて頭を引いた。

「ぼくの希望ははっきり伝えたはずだ。息子が欲しい」ルシアンが静かな声で言った。

ブリンは振り向いて彼をにらんだ。「はっきり伝わってくるのは、あなたがわたしを所有物として見ていることだけよ。命令すればいつでも従わせられると思っているのね」

「きみは所有物じゃない。ぼくの妻だ」

彼女は立ちあがり、ルシアンと向きあった。「しらじらしい。繁殖用の牝馬ぐらいにしか考えていないくせに。あるいは手軽な夜のお相手かしら？」

「それは違う」

「だったら、わたしがいやがっているのに、なぜここへ来たの？」

「きみとベッドをともにするためだ、ブリン」

「わたしに選択肢はないわけ？」

ルシアンは表情を変えなかった。「結婚の誓いを交わしただろう？」

「ああ、そういえば聖なる誓いを述べたわね。あなたはなんとまあ、あのときの言葉に忠実なこと」

皮肉を無視し、ルシアンは淡々とした表情でブリンを見つめた。「ベッドへ行くぞ」口調は柔らかいが、言葉は傲慢だ。彼女は頑として動かなかった。

「いやだと言ったら？」

つかの間、沈黙が流れた。「きみに拒否する権利はない。ぼくの妻なのだから」

ブリンは表情を険しくした。わたしは誇り高いほうだ。それが欠点になるときもある。だけど今の言葉にどれほど怒りを覚えようが、この争いに勝てないのはわかっている。イングランドの法律では、妻は夫の意のままになる所有物でしかないからだ。妻には夫婦関係を拒む権利がない。しかし、だからといって喜んで応じないといけないわけではない。

彼女は刺すようなまなざしを向けたが、ルシアンが動じるようすはなかった。彫像を思わせる表情をしている。

さらに沈黙が続き、一瞬ごとに緊張が高まった。次にルシアンが口を開いたとき、その声は低く、誘惑の響きがあった。

「もうわかっているだろう。きみはぼくに抗えない。それはぼくも同じだ」

ブリンは絶望感に襲われた。そう、それが問題なのだ。だが、ここで欲求に負けるわけにはいかない。互いの身を守るためには、彼に興味がないふりをするしかなかった。ブリンはつんと顎をあげ、夫に冷めた目を向けた。

ルシアンは無表情を装いながら、妻の冷たい表情を見つめた。つややかで豊かな赤い髪が肩を覆っている。その姿を見ているだけで体の奥がうずいた。ルシアンは歯を食いしばり、すぐにでもブリンを腕のなかに引きずり込みたい衝動を抑えた。早くすませてしまったほうがいい。さもないと炎のような欲望に自制心を焼き尽くされてしまう。

「こういうことには早く慣れたほうがいい。きみが妊娠するまで、ぼくは毎晩ここへ来るつもりだ」

「妊娠するまで？」

その言葉にひと筋の希望を見いだし、ブリンは目を細めた。「妊娠したら、わたしは解放されるの？」

長い沈黙のあと、ルシアンが答えた。「それがきみの望みなら、好きにすればいい。跡継ぎさえできれば、ぼくに〝夜のお相手〟は必要なくなる」

「約束して」

ブリンは毅然とした態度を保ちながらベッドへ行き、ルシアンに背を向けてシーツに潜り込んだ。しばらくのち、彼女はマットレスがたわむのを感じた。ルシアンがベッドに腰をおろしたのだ。ネグリジェの袖を引っぱられ、ブリンは体をこわばらせた。

「これは邪魔だ」

「脱ぐ気はないわ。妊娠が目的なら、着たままでも充分でしょう？」

「ベッドのなかでまでいがみあうことはない。妊娠のための行為をもっと楽しむべきだ」

「わたしは楽しみたいなんて思っていないわ。ただ早くすませてほしいだけ」

「いいだろう」

ローブを脱ぐ音がした。ルシアンがベッドカバーを引きさげ、隣に横たわった。

ブリンは体を震わせた。背中に触れる彼の肌があたたかく、薄い布地を通して興奮が伝わってくる。

腕に触れられ、ブリンは思わず身を引きそうになるのをこらえた。ルシアンは黙ったまま腕から腰、そして腹へと指をはわせている。やがてその手でネグリジェの上から胸に触れた。乳房を包み込み、つんと立った乳首をゆっくりと愛撫する。

じっとしているのが難しくなり、ブリンは思わず息を深く吸い込んだ。優しさのかけらもない愛撫だが、それでも体が反応してしまう。

夫の手が下へ伸び、ネグリジェを腰までたくしあげた。ブリンは唇を噛んだ。彼は尻から腰を通って下腹部へと手を動かしていく。見透かされていると知りつつも、ブリンは潤っているのを隠そうと膝を固く閉じた。それでもルシアンは彼女の腿のあいだに指を入れ、さらに奥へと進めた。

ブリンの体がかっと熱くなった。敏感な部分に触れられ、思わずその手に腰を押しつける。受け身のままでいるのは不可能だ。

静寂のなか、ブリンの息遣いだけが響いた。

ルシアンが愛撫をやめ、妻の体を仰向けに寝かせた。

「こっちを見ろ」声がかすれている。

ブリンは言われたとおりにした。暗い目をした端整な顔立ち、筋肉質でしなやかな体、そして彼女を求めている下腹部……あたたかい八月の夜だというのにブリンは震えを感じた。関係を結ぶのは今夜が初めてではないが、この人はやはりわたしの知らない男性だ。

夫が覆いかぶさってきたとき、ブリンは不用意にも期待に身をこわばらせた。

ルシアンはゆっくりと腰をおろし、容赦なく奥深くまで入ってきた。体のなかに男性としての夫を感じ、思わず声がもれる。

ブリンは固く目をつぶり、顔をそむけた。こうしていると自分の無力さをひしひしと思い知らされる。だがルシアンが腰を動かしはじめると、抵抗する気持ちはどこかに消え、体がほてってきた。

ルシアンがキスをした。ブランデーの甘い香りがする。ブリンは逃げようとしたが、彼はさらに深く体を沈め、舌を奥深くへと分け入らせた。

意思に反して、ブリンの体はルシアンを求めはじめた。夫の動きに応じてあえぎ声がもれる。

彼はさらに熱くキスをしながら速度をあげた。身もだえするブリンの腰を両手で押さえ、激しく情熱をぶつけてくる。ブリンはせつない声をあげ、無我夢中で彼の肩にしがみついた。込みあげる快感に体が燃えるように熱くなった。

そのとき突然、全身が小刻みに震えだし、ブリンは絶頂の悦びに悲鳴をあげた。

ルシアンが快楽の極みを迎えたのもよくわからないほど、彼女は頭がぼんやりしていた。

ようやく夫の動きが止まったときも、まだブリンの息は荒かった。ルシアンの体重がのしかかってきた。耳元で激しい息遣いが聞こえる。

抵抗もむなしく体が反応してしまったことに怒りを覚え、ブリンは強く目をつぶった。今夜は初めてのときよりも深い悦びを得た。ルシアンは無感情だったのに、わたしは彼を喜んで受け入れてしまった。ルシアンは本当に悪魔みたいな人だ。わたしを自在に操れる。

ブリンは怖くなり、夫を押しのけようとした。

「どいてくれない？　重いわ」なにごともなかったかのようなそっけない口調を精いっぱい装った。

妻の急な変化が信じられないとばかりに、ルシアンはゆっくりと頭を持ちあげ、そのまましばらく動かなかった。だがブリンの冷ややかな視線を浴びると、黙って体をどかした。

ブリンは手早くネグリジェの裾を足首までさげ、シーツを胸元に引きあげた。「もう気はすんだでしょう」

ルシアンはまだブリンを見ていたが、やがて手を伸ばすと彼女の顎をつかみ、冷たい目を向けた。

「ぼくと愛しあうのを楽しまなかったとは言わせないぞ。きみは氷をも溶かすほど熱くなっていた」彼は低い声で言った。

刺のついた矢が体に突き刺さったかのような痛みを覚え、ブリンは体を震わせた。「あれが愛の交歓だなんて言わないでほしいわ」

「じゃあ、ただのセックスだ。それで満足か？　覚悟しておくがいい。ぼくは毎晩、ここへ来てきみを楽しませる」

　ブリンが言い返す間もないうちにルシアンはベッドを出て、つかんだローブをはおりながら寝室を横切り、自分の寝室へ戻って乱暴にドアを閉めた。

　ブリンはシーツを胸に押しあて、ベッドに転がった。心の
急に寂しさと惨めさが込みあげてくる。ルシアンを遠ざける全身で感じていた。

どうしてわたしがこんなやりきれなさを味わっているの？

涙をこらえようと、ブリンはベッドの天蓋《てんがい》を見あげた。〝ただのつけようとしたのに、ぼくは毎晩、ここへ来てきみを楽しませる〟

　ブリンは顔をゆがめ、震えながら息を吸い込んだ。彼が約束を守って毎
たら、いったいどうなってしまうのだろう。

9

翌週は夜を除けば、ルシアンと顔を合わせる機会はほとんどなかった。別々の生活を送っていることにブリンは満足していた。上流階級ではこういう結婚はよくある話だ。ただし妻が夫を避ける理由が呪いだという点は、たしかに少々変わっている。

日中、ルシアンはめったに家にいなかった。レイヴンの言葉から察するに、おそらに出かけているのだろう。ホワイトホールに事務所があり、外務省の仕事をして

聞いている。

どうやら特殊な仕事をしているらしいと気づいたのは、レイヴンと一緒

い物に出かけたときだった。ブリンは手にとったアイボリーのレースを

もとの場所に戻した。

「どこがいけないの？」レイヴンが知りたがった。

「ここよ。編み目が飛んでいるわ。染めもよくなくて、模様じゃないのよ。もっとましなレースを探しましょう」

店をあとにして、荷物を抱えた従僕を従え道を歩いているとき、レイヴンがブリンにどう

トや小さな鞄《レティキュール》、それに上着や外套もそろえた。

正直なところ、なんという無駄遣いだろうと思ってしまう。湯水のごとく浪費しているお金のごく一部でもあれば、故郷ではさまざまなことができるのにと思うとはがゆかった。セント・モース教区にある古い石造りの教会は今にも崩れそうだし、実家の屋敷は傷みが激しい。村人たちの漁船は修理代が捻出《ねんしゅつ》できないためぼろぼろだ。レイヴンがすすめるドレスが一枚でもあれば、実家の兄はみすぼらしい生活から抜けだし、それなりの体裁を整えられる。

だが与えられた役を演じるには、たしかに美しいドレスが必要だ。レイヴンの言ったとおり、社交界の暴君を黙らせるためにはおしゃれも大事だった。ルシアンが属する派手な社交界の仲間入りをしたいと切望しているわけではないし、伯爵夫人という役に立たない飾り物になりたいわけでもないが、シオドーのために、あるいはいずれ生まれてくる赤ん坊のためにも、社交界でそれなりの地位を築いておきたい。

それに誰にも言えないことだが、長年、世間から疎まれて暮らしてきた身としては、自分の過去を知らない人々に受け入れられるのはうれしいものだ。たとえラテン語の文法の勉強でもいいから暇つぶしが欲しいとは願わずにすむようになった。

レイヴンに外へ連れだされるうちに、少しずつ知りあいもできた。そろそろ囚人みたいに家に引きこもるのをやめ、呪いに縛られない人生を生きるべきときなのかもしれない。だが、振る舞いにはよくよく気をつけ、話しかけられたときだけ答えるようにし、節度を保った交際をするつもりだ。

レイヴンの友人には好ましい人が多いし、なかには頭の切れる魅力的な人もいる。個性的な美貌と、躍動感あふれる魅力を備えたレイヴンのまわりには、いつも蜜蜂《みつばち》のごとくハンサムな若者たちが群がっていた。困ったことに、ブリンは壁の花に徹しようとしているのに、その若者たちの目が彼女のほうを向くようになったのだ……。

ルシアンは妻が男たちから賞賛されているのが気に入らなかった。ある日の午後、自宅へ戻ると、ブリンが客間で五、六人もの男友達にとり囲まれているのを見かけた。女性はレイヴンだけだ。

滑稽《こっけい》なほど高い位置にクラヴァットをつけ、やけにめかし込んだ若者が、ブリンの美しいエメラルド色の瞳をたたえる自作の詩を朗読していた。だがきちんと韻を踏んでいなかったため、客人たちはそれを聞いて眉をひそめたり、からかうように笑ったりした。

「みなさん、意地悪だなあ」若者がにこにこと抗議した。

「そうね。ミスター・ピカリングがせっかくお作りになったのだから、もっと褒めてさしあげるべきだと思うわ」低い声だが、ブリンがほほえんでいるのが伝わってくる。

戸口に立ち止まったまま、ルシアンは理不尽な嫉妬《しっと》を覚えた。この一週間はなんとかブリンへの気持ちを抑え込んできたが、こうして黄水仙の色のドレスを着ている彼女を目にすると、そのみずみずしさと美しさに思わず胸のうちがざわめいた。また、妻がこんなに何人もの男たちに賞賛されていると思うと、珍しいことに男としての本能的な所有欲も込みあげてきた。

ルシアンが部屋に入るなり、急に客人たちの声がやんだ。ルシアンは嫉妬を隠してにこやかな表情を作り、ブリンのもとへ行って頬にキスをした。

「友達を紹介してくれないのか？」陽気に声をかけ、ブリンがびくりとして顔を赤らめたのには気づかないふりをした。

黙り込んだブリンに代わってレイヴンが紹介役を買ってでた。楽しい雰囲気はいっきに堅苦しいものに変わった。ルシアンは長椅子にいるブリンの隣に座った。男たちがちらちらと用心深い顔でこちらを見ている。

やがて客人は、ひとり、またひとりと辞去していった。最後のひとりが帰ると、レイヴンが顔をしかめて立ちあがった。「最近はちっとも一緒に過ごしてくれないのね。寂しいわ」

「残念ながら忙しくてね」

「結婚したばかりなのを忘れているみたいね。まさかあなたがこんなに新妻をほうっておく人だとは知らなかったわ」

ルシアンがちらりとブリンを見た。「その新妻は別に気にしていないふうだぞ。なんといっても大勢の男友達が集まり、エメラルド色の瞳をたたえる詩を朗読してくれるくらいだからな」

ブリンは冷ややかな目でルシアンを見返し、長椅子から立ちあがった。「レイヴン、今日は一緒にいてくれてありがとう。もう大丈夫よ。玄関まで送るわ」

レイヴンについて客間を出ようとしたとき、低い声で名前を呼ばれ、ブリンはどきりとした。声を聞いただけで動揺している自分が悔しい。

「きみは自分の立場をわかっているのか?」

皮肉の言葉に、ブリンは眉をひそめて振り向いた。「悪いことはなにもしていないわ」

「あんなふうに男たちをはべらせておけば、相手は誤解するに決まっているだろう」

ブリンは傷ついた。だが、たしかにルシアンの言うとおりだ。今日は少し調子にのりすぎた。男性と親しくなるのは危険だということをもっと考えるべきだった。

彼女は背筋を伸ばし、話題を変えた。「今日にかぎってわざわざわたしたちと過ごす気になったなんて、いったいどういう風の吹きまわしかしら?」

「自分の家に帰ってくるのに理由がいるのか?」

「めったに帰ってこないもの。だからなにか理由があるのかと思っただけよ」

「きみへの招待状を持って帰ってきたんだ。次の土曜日、大おばのレディ・アガサ・エッジコムがぼくたちのために園遊会を開いてくれるそうだ」

ブリンは驚いてルシアンを見つめ返した。「わたしたちのため? この前会ったとき、レディ・アガサは断じて結婚を認めないようすだったわよ。わたしのことを娼婦みたいに言ったわ」

ルシアンはそっけなく口元をゆがめた。「考えを改めるよう説き伏せたんだ。結局大おばは、ぼくに絶縁されたくなかったらきみを伯爵夫人として認めるしかないと納得した」

「それだけではちっとも安心できない。あなたの大おば様はきっとすばらしく愛想のいい振る舞いをされるでしょうからね」

皮肉たっぷりの言葉にルシアンは表情をこわばらせたが、穏やかな声で話を続けた。「親戚をかばうわけじゃないし、とくに大おばはどうでもいいが、きみのほうこそ慎重に行動して、ぼくたちの結婚を非難されないように注意しろ」

ブリンは冷たくほほえんだ。「わたしがどう行動しようが、どのみち非難されるのよ。そんなふうに言うなら、あなたのほうこそもっと慎重に結婚を決めるべきだったわね」ぴしゃりと言うと、そのまま客間を出た。

けれどもすぐにはレイヴンのそばへ行かず、気を落ち着けようと立ち止まった。ルシアンに行動を慎めと言われたのが腹立たしくてしかたがない。表面的にはどう見えたにせよ、自分から意図的に誤解を招く振る舞いをした覚えはないからだ。昔を思えば、詩のひとつやふたつなどかわいいものだ。

男性が本気でわたしにのぼせあがったらどうなるか、ルシアンに見せつけてやりたい。そういう男性の姿を見れば、ルシアンも呪いの存在を信じるだろう。

だがもちろん横暴な夫に仕返しをしていっときの満足を得るためだけに、ほかの男性を犠牲にするわけにはいかない。

ブリンはまた、ルシアンが出てくる不吉な夢を見ていた。彼に危害を及ぼそうとしているのはブリンではなく、細身の剣を握りしめた男だ。

不意の攻撃に虚をつかれたルシアンはとっさにうしろに飛んでよけ、危うく難を逃れた。男は凶暴な顔でルシアンを追いかけ、何度も剣を突き立てようとする。

丸腰のルシアンは切っ先をかわしながらすばやく逃げ、テーブルの反対側へまわり込んだ。男はテーブルを押しのけ、さらに剣を突きだした。

今度はルシアンにも心の準備ができていた。すばやく横に飛びのくと、男が手にした剣の柄を握り、それを奪おうとした。

男はルシアンの手を振り払おうとするが、うまくいかない。ふたりは歯をむき、息を荒らげ、剣の柄を握ったまま長いあいだにらみあった。ついに男が叫び声をあげ、ルシアンに体あたりした。ふたりはバランスを崩してテーブルに倒れ込み、床に落ちた。

ルシアンが脇へ転がり、立ちあがった。手には剣の柄が握られている。男は床に倒れたま ま、うめき声をもらした。胸からどくどくと血が流れだしている。

ルシアンは剣を床に落とし、死にかけている男のそばに膝をついてそっと頭を持ちあげた。

「ジャイルズ……」ルシアンの表情は怒りに満ちていた。

「ルシアン、許してくれ……こうなってよかったんだ……どうか……」

最後の言葉が終わらないうちに、男は激しく咳《せ》き込んで大量の血を吐いた。

ブリンは目を覚ました。ルシアンを気遣い、胸が痛んだ。友人を殺してしまった彼の苦悩と絶望が痛いまでに感じられる。

「死ぬな……」

くぐもったうめき声が聞こえ、ブリンは枕に頭をのせたまま振り向いた。ルシアンが寝ていた。ふたりとも眠り込んでしまったらしい。

悪夢を見ているのか、ルシアンはもだえ苦しんでいた。

ブリンはかわいそうに思い、そっと彼の肩に手を触れた。だが、それが間違いだった。ルシアンはがばりと身を起こし、ブリンの手首をきつくつかんだ。

そのまま青い目でこちらを凝視していたが、ようやくここがどこだかわかったようだ。ベッド脇のランプに照らしだされた顔は混乱しきっていた。いつもなら、今ごろは自分の部屋に戻っているはずだからだろう。

彼はやけどでもしたかのようにブリンの手首を放し、自分の顔をぬぐった。

「ルシアン、ジャイルズというのは誰なの?」ブリンは静かに訊いた。

ルシアンがぎくりとした。「誰からその名前を聞いた?」声がかすれている。

「誰からも聞いていないわ。夢に出てきたの」

ルシアンはぴくりとも動かなかった。嘘だと思っているのだろう。

「きみの思い違いだ。ジャイルズはもう死んでいる」

それだけ言うとルシアンはベッドから起きあがり、ローブをつかんで自分の部屋に入った。そして彼女をひとり残し、静かにドアを閉めた。

ブリンはじっと横たわったままでいた。まだ気が動転している。また予知夢を見たのだろうか? いいえ、違う。ジャイルズという男が登場したあの暗い夢は未来ではなく、ルシアンの過去に起きた現実だ。じくじくと膿《う》んでいる彼の良心の傷に触れてしまった気がする。

無関心を装ってはいたが、ブリンは自分が社交界にどう受け入れられるのかひどく気にしていた。そのため土曜日は朝からそわそわと落ち着きがなかった。初めて公の場で評価を受けるのだ。

その日は園遊会日和の快晴だった。約束の午後二時、ルシアンは玄関広間でブリンを待っていた。

ブリンは彼の視線を感じながら大階段をおりた。今日の衣装なら非難はされないはずだ。翡翠色《ひすいいろ》のジャコネット地を使ったハイウエストのドレスに、花模様のショールを両腕にかけた姿は、いささかおとなしすぎるほどだ。こめかみからカールした髪を少し垂らし、残りは地味なシニョンにまとめあげ、翡翠色のリボンがついたしゃれた小さな帽子ですっぽりと頭部を覆っている。

文句を言いたければどうぞと思いながら、ブリンはルシアンの視線に耐えた。彼は黙って腕を差しだし、待たせておいた馬車へとブリンをエスコートした。

馬車に乗り込み、ブリンはようやくルシアンの服装を観察する余裕ができた。いつものように青い上着ともみ革のズボンを優雅に着こなし、狭い馬車のなかで一緒に座っていると息苦しくなるほど印象的で端整な顔立ちをしている。

初めのうちはほとんどしゃべらなかったが、やがてルシアンが園遊会で顔を合わせそうな客人、とくに親戚の説明をしはじめた。ルシアンにはロンドンだけでも一〇人以上のいとこやまたいとこがいるらしい。

　夫とは他人行儀な関係を保とうと決めていたが、思わず興味が頭をもたげた。「レイヴンが教えてくれたんだけど、あなたがいちばん気の合う又従兄弟《またいとこ》はイングランド人じゃないんですって？」

　ルシアンが苦笑いを浮かべた。「そうだ、ニコラス・サビーンはアメリカ人だよ。ついこの前まで、名前を偽ってイングランドに滞在していた」

「なぜ、名前を偽る必要があったの？」

「海賊行為の罪で告発されていたからだよ。ニコラスは冒険家だからな。それで英国海軍と衝突し、いろいろあってイングランド人の女性と結婚したんだ」

「こちらの女性と一緒になられた話は聞いたわ。どういう顛末だったの？」

「これがなかなかおもしろい話でね。でもそのあいだ、ぼくはほとんどイングランドにいなかったから、詳しい話は知らないんだ。レイヴンに訊いてみるといい。最近はずいぶん仲よくしているみたいじゃないか」

　ブリンは黙り込んだ。ルシアンとは礼儀を保つうえで必要なこと以外はしゃべらないと決めていたのを思いだしたからだ。

　ブリンは短い言葉を返し、窓の外を流れる景色へ目を向けた。ルシアンが唇を引き結んだのがちらりと見えたが、それは無視した。

エッジコム領はロンドン郊外のリッチモンド近くにあり、テムズ川に面している。目的地が近づくにつれブリンの緊張は増した。はたして親戚の人たちの軽蔑《けいべつ》を含んだ視線や、知人たちの値踏みする目に耐えられるだろうか。

ふたりが到着したころには、すでに多くの客が屋敷の裏庭をそぞろ歩いていた。エッジコム領の庭園は格式張っていた。堂々としたイチイと銀梅花の並木があり、ところどころに彫像や大きな壺《つぼ》が置かれている。庭園の向こうには完璧《かんぺき》に手入れされた芝地が川まで続き、客が楽しめるようにとボートやアーチェリー場も整備されていた。

レディ・アガサは相変わらず冷たい目でブリンをにらみつけたが、前回とは違い余計なことは口にしなかった。ただし儀礼的に歓迎の挨拶は述べたものの、そのときの表情たるやすっぱいレモンを食べたような顔だった。

社交辞令的な世間話が終わると、ルシアンはブリンの腕をとって庭園を歩き、多くの客人に妻を紹介してまわった。いとこやまたいとこも来ていた。年齢や性別はさまざまだ。ルシアンはどの客人にも愛想よく挨拶し、おもねる言葉は上手に聞き流し、好き嫌いの感情はいっさい顔に出さなかった。

驚いたことに、ルシアンは誇らしげにブリンを紹介した。それどころか、彼女をかばうそぶりさえ見せた。常に体温を感じるほどそばに寄り添い、さりげなくブリンの腰に手をあてている。ブリンはルシアンのそういう態度を初めてありがたく思った。ふたりの関係がよそよそしいものであるにもかかわらず、彼はわたしを親戚筋の非難や攻撃から守ろうとしてくれている。

ブリンは自分たちが注目の的になっているのに気づいた。ブリンだけではなく、ルシアンもそうだ。当人は知らぬ顔だが、女性たちが熱いまなざしを送っている。

最初の三〇分ほどは無事に過ぎた。もう一度レディ・アガサとの接近があったが、彼女の冷ややかな態度は多少和らいでいるふうに見えた。それでもルシアンに促されてその場を離れたとき、ブリンはまわりにも聞こえるほど大きな安堵《あんど》の息をもらした。

「ほっとしたかい?」ルシアンがわかっているとばかりにささやいた。

「ええ。でも、心配したほどではなかったわ。少なくとも、生きたまま丸のみにはされなかった」

ルシアンが苦笑した。「大おばにそんなことができるものか。きみなら、相手がレディ・アガサだろうが誰だろうが大丈夫だよ」

夫に褒められ、ブリンはどういうわけか元気が出てきた。そのとき川面《かわも》が日差しを反射して光るのが見えた。岸辺には柳が立ち並び、空には綿雲が流れている。古い油絵みたいに牧歌的な風景だ。

「すてきな眺めね。向こうに行ってみてもいいかしら?」

「どうぞ」

ブリンはルシアンの腕に手をかけ、川に向かって歩きだした。

「海と川は違うけれど、水のある景色が好きなの。いつでも好きなときに泳げたあのころが懐かしいわ」

「なんといっても、きみは海の女神だ。さぞ水のなかでのびのびしたいだろう」

愉快そうな口調に聞こえたので顔をあげると、ルシアンが優しい目で彼女を見ていた。

「今ここで泳ぐわけにはいかないが、そのうちにまた来よう。そのときはひそかな楽しみにふければいい」

不覚にもほのぼのとした雰囲気になってしまったのに気づき、ブリンは表情をこわばらせた。ルシアンの顔からも笑みが消えた。

「おいで、まだほかにも会わせたい客がいる」

屋敷を振り向いたとき、金髪の紳士が芝地をこちらに向かって歩いてきた。ルシアンがうれしそうに挨拶した。

「ブリン、親友のクルーン伯爵デア・ノースだ。おっと、今はウォルヴァートン侯爵だな。先日、おじいさんが亡くなって爵位を継いだんだ」

ウォルヴァートンが笑みを浮かべ、ブリンの手にキスをした。「お目にかかれて光栄です。ついにルシアンが観念したと聞いてはいたのですが、こんなにすてきな方がお相手ならわかる気がしますよ。噂をはるかにしのぐ美しさだ」

ブリンは短くほほえんだ。そもそも男性の気を引くつもりはないし、ましてやクルーン伯爵……いや、ウォルヴァートン侯爵のような相手ならなおさらだ。彼は超一級の遊び人であり、ヘルファイア・リーグの創設者のひとりでもある。数々の武勇伝はコーンウォールにまで聞こえていた。

「わたしもあなたのことはいろいろ伺っておりますわ。噂以上の方ですのね」

ウォルヴァートンがけだるそうににやりとした。ルシアンとはまた違った魅力の持ち主だ。

「噂ほどひどい男ではありませんよ」

ルシアンがおもしろそうに笑った。「絶対に信じてはだめだ。イングランドの女性の半分はこいつにうっとりし、もう半分はあまりの醜聞に恐れをなしているくらいだからな」

ウォルヴァートンがブリンにウインクをしてみせた。ブリンは思わず笑いそうになるのをこらえた。本当に危ない男性だ。

「お姉さんや妹さんはいらっしゃらないのですか?」ウォルヴァートンが尋ねた。

「男兄弟ばかりが五人います」

「それは残念だ」

そのときレイヴンがやってきた。ブリンに頰を合わせて挨拶をすると声をあげた。「まあ、クルーン! 違うわ、今はウォルヴァートンだったわね。いつ新しい領地の視察から戻ったの?」

驚いたことに、ウォルヴァートンはレイヴンの頰に兄がするようなキスをした。「今朝、帰ってきたばかりだ。ぼくがいなくて寂しかったかい?」

「もちろんよ。ほかにわたしの乗馬を褒めてくれる人なんていないもの。あなたがいなくて、ロンドンの女性たちはさぞ退屈だったでしょうね」

「そうだとうれしいが。ハルフォードはどこだい？」

レイヴンが屋敷を指し示した。「お友達となにか話しているわ。わたしはアーチェリーをやってみたくてしかたがないのに、彼はできないんですって」婚約者であるハルフォード公爵はレイヴンの趣味にはまったく関心を示さないらしい。「ブリン、一緒に来て。ピカリングに教えてもらうんだけど、初心者がひとりじゃ寂しいわ」

ブリンはちらりとルシアンに目をやり、レイヴンにうなずいた。

女性ふたりがアーチェリー場にいる男性たちと合流するのを、ルシアンはウォルヴァートンと並んで見ていた。この前、詩を朗読していた若造とブリンがまた一緒に過ごすのは気に入らないが、日中、公の場でたわいもないスポーツを楽しむのを止めるわけにもいかない。

ましてやブリンはロンドンに来たばかりで、新しい友人が欲しいときだ。

それに関して、ルシアンは良心の呵責《かしゃく》を覚えていた。妻をほうっておいてばかりで、新しい環境に慣れる手助けをなにもしていない。だがブリンのためにも、そして自分のためにも、距離を置いたほうがいいと考えたのだ。彼女と一緒にいると板挟みになってしまう。ブリンのベッドを訪れたいという思いは、今や抑えがきかないほど強くなっている。彼女に夢中なのだが、それが怖い。

小さな咳払《せきばら》いが聞こえた。気がつくと、ウォルヴァートンがいつになく真面目な顔でルシアンを見ていた。

「おまえは昔から女性の趣味がいいが、それにしても結婚するとはな」

ルシアンは肩をすくめた。ポーカーフェイスは得意だが、親友であるウォルヴァートンには通じない。それなら正直に話すまでだ。「息子が欲しいんだ」

「コーンウォールには仕事で行ったのかと思っていた」

「仕事だよ」

「なのに女性に色目を使われて、結婚するはめになったのか？　噂ではそう言われている」

「逆だ。ぼくが結婚を迫った」

「なるほど」ウォルヴァートンがブリンに目をやった。「彼女を手に入れたくなる気持ちはわかるよ。ただ美しいだけじゃなく……なにかがある。魔性を秘めた女性だ」

女性の魅力にうるさいウォルヴァートンがそういう褒め方をするのは珍しい。「ほかの女性とは違うんだ。ブリンと出会って以来、下半身でばかりものごとを考えているよ」

「おれが聞いた話とはずいぶん違うな。おまえのほうが彼女を避けているという噂だぞ。毎晩、クラブで遅くまで過ごしているそうじゃないか。公の場にふたりで姿を見せたのも今日が初めてだ。不幸な結婚生活を送ってるらしいと言われている」

「それは事実だ。ぼくが強引に結婚させたものだから、ブリンは怒っている」親友が鋭いまなざしをこちらへ向けた。「少なくともぼくが妻を避けているという噂はなんとかできそうだな」

ウォルヴァートンが顔をしかめた。「ヘルファイア・リーグのほうもよろしく頼むぞ。ダミアンは結婚して以来さっぱりおれたちと遊ばなくなった。愛という名の不治の病に冒されてしまったみたいだ」

ルシアンは当時を思いだしてうなずいた。ダミアン・シンクレアといえばかつてはヘルファイア・リーグの中心的存在であり、長年、浮き名を流してきた男だが、足の悪い妹の話し相手《コンパニオン》を務めていた美しい未亡人と恋に落ちた。

「申し訳ないが、ぼくはすでにヘルファイア・リーグを離れつつある」

「名誉のためにか？」

「まあ、そういうことだ。爵位と家名を大事にしたい」

ウォルヴァートンは大げさにため息をついてみせた。「遊び人には受難の時代だな。おまえが抜けるのは寂しいかぎりだ」

重い雰囲気を吹き飛ばそうと、ルシアンはアーチェリー場へ目を向けた。「まさかとは思うが、ブリンには手を出すなよ」

「もちろんだ。友人の妻をこっそり盗んだりはしない。それくらいの誇りはある」

ルシアンはうなずいた。ウォルヴァートンは陽気な男だが、じつは深い知性と豊かな感情を隠し持っている。敵の妻を寝とることならあるかもしれないが、友人はけっして裏切らない人間だ。それについては命をかけてもいいくらい確信がある。

「おまえの奥方はずいぶん人気があるな」

親友の視線の先をたどると、ブリンが男たちに囲まれているのが見えた。みな、ブリンの関心を引こうと必死だ。

ルシアンはむっとした。彼女の魅力に惹かれる気持ちは理解できる。だがそう思っても、おもしろくないのに変わりはない。嫉妬を抑えられない自分にも腹が立った。

ふいに取り巻きの男たちがうしろにさがった。ふたりの若者が喧嘩を始めたようだ。この距離からでも原因はブリンらしいことがわかる。

ルシアンはブリンにいらだちを覚えながら、やむ気配のない喧嘩をじっと見ていた。一方が手を出し、やがて殴りあいになった。止めに入ったブリンが押し倒されそうになって……。込みあげる恐怖でわれに返ったルシアンは、彼女を守ろうと駆けだした。まだ殴りあっている男たちのうちの片方の首をつかみ、ぐいとうしろに引いた。

あとをついてきたウォルヴァートンがもうひとりを押さえ込み、レイヴンがふたりに向かって怒鳴りはじめた。

「いいかげんにしなさい、ふたりとも。こんな騒動を起こして恥ずかしくないの!」

「レディ・ウィクリフはぼくが教えるんだ」ホガース卿が情けない声で言った。ルシアンにうしろから襟をつかまれ、苦しそうに顔をゆがめている。

「彼女はぼくに頼むと言ったんだぞ」ピカリングがぶつぶつと文句を言った。

ブリンは脇で震えていた。ルシアンがじろりとそちらを見ると、罪悪感からか顔を真っ赤にして視線を避けた。

ふつふつと怒りがわいてきた。ルシアンは他人の妻を巡って争ったふたりの若者を殴りつけたい衝動に駆られた。騒動の原因となったブリンにも腹が立っている。

だがホガースが呟き込みはじめたため、ルシアンは襟首をつかむ手を緩めた。

今はしゅんとしている両人に向かって、レイヴンはまだ怒りをぶちまけていた。どちらも怪我をしている。ひとりは唇が切れ、もうひとりは間違いなく明日には痣になっているであろう目元をしていた。

ようやくレイヴンが黙ると、ウォルヴァートンが雰囲気を和らげようと軽い口調で一同に声をかけた。「さあ、そろそろなにかつまみに屋敷へ戻りませんか?」

「そうね、もう余興は充分だわ」レイヴンはまだぷりぷりしていた。

客人たちはそれぞれに散っていった。当のふたりも一方は片足を引きずり、もう一方は腹の虫がおさまらない顔で立ち去った。

ルシアンはブリンの腕をつかみ、脅すような口調で言った。「慎重に行動しろと言ったはずだ」

「わたしはただアーチェリーを教わっていただけよ」ブリンが反抗的に顎をあげた。

ルシアンは怒りを抑え込むしかなかった。「そんなにアーチェリーがしたければ、ぼくが教えてやろう」

「あら、不思議。どういうわけだか、急に興味が失せたわ」

ブリンは腕を振りほどき、背を向けて立ち去った。

ルシアンはひそかに毒づいて、あとを追いかけたい衝動をこらえた。普段は嫉妬に駆られて激怒したりしないが、ブリンのことになると歯止めがきかなくなる。

腰をかがめて弓を拾い、矢をつがえて弦を引き、鋭い音とともに放った。矢は的のど真ん中にあたった。

振り返り、まだウォルヴァートンがいるのに気づいた。同情にも似た表情を浮かべている。

「あまりうらやましくはないな。結婚がそういうものなら、おれは遠慮しておくよ」


帰りの馬車のなか、ルシアンはようやくブリンとふたりきりになり、アーチェリー場での騒動について問いただす機会を得た。今日の喧嘩は客人たちのあいだでちょっとした醜聞になっている。「慎重に行動すると約束したのに、どうして園遊会が始まって一時間もしないうちにあんな事態になったのか説明してくれないか?」

ブリンが傷ついた顔で彼を見た。いくらか怒りもあるらしい。「わたしが挑発したと思っているの?」

ルシアンは返事に詰まった。すべて彼女が悪いわけではないのだろう。若者ふたりが自分を巡って喧嘩をするように、ブリンがわざと仕向けたとまでは思っていない。だがのぼせあがっているふたりを遠ざけ、争いの原因を作らないよう気をつけていれば騒動は避けられたはずだ。「ああ、そう思っている」

「それは違うわ。以前、話したはずよ。呪いのせいで男性はわたしのそばにいると愚かな振る舞いをするようになるの」

「それなら男をそばに来させなければいい」

「いっさいつきあうなというの？」

「スキャンダルを避けろと言っているんだ。妻が世間の笑い物になるのはうれしくない」

「だったら、わたしなんかと結婚するべきじゃなかったわね。そう忠告したはずよ」

ルシアンはいらだち、渋い顔をした。「いったいどういうつもりだ？　結婚を無理強いしたぼくへの復讐なのか？　ぼくに仕返しをするために妻であることをないがしろにして、せっせと夫の顔に泥を塗っているのか？」

「まさか、そんなわけがないでしょう。すべては呪いのせいよ」

「ぼくは呪いなんて信じない」

「じゃあ、考えを改めたほうがいいわ」

ルシアンは警告するように目を細めた。「今まではなんとか我慢してきたが、忍耐にも限界がある」

ブリンが小ばかにした目を向けた。「その忍耐が切れたらどうなるのかしら？　わたしを叩《たた》く？　それともどこかに監禁して、パンと水しか与えない？」

「手に負えない妻を服従させる、もっと楽しい方法もあるぞ」

彼女は体を震わせたが、すぐに顎をあげた。「わたしはあなたの妻かもしれないけれど、それで支配できると思ったら大間違いよ」それだけ言うと黙り込んだ。

座席の隅にかたくなな態度で座っているブリンの美しい顔を見て、ルシアンは厳しい表情になった。どうしてここまで関係が悪化してしまったのだろう？　結婚したときは、こんなふうに喧嘩ばかりするはめになるとは思ってもみなかった。

ブリンの冷たさを溶かし、毅然とした態度を崩したい。いっそこの場で押し倒せたらどんなにいいか……。

ルシアンはわが身に毒づき、妄想を頭から追い払った。そんなことをしても、いっときブリンを燃えあがらせることはできるかもしれないが、彼女への思いが断ちきれるわけではない。

彼は決意も新たに窓の外に目をやった。その顔はブリンに負けず劣らず毅然としていた。


ブリンはドアの前に立って呼吸を整えた。園遊会から戻ると、ルシアンは服を着替えると言って自室に入っていった。ブリンは迷ったあげく、頭からピンを抜いて髪をおろし、こうしてルシアンの部屋に続くドアの前に立っている。

彼は呪いなど信じないと言った。だけど、呪いが実際に存在するとわたしは証明できる。ただし、それには危険が伴う。いったん始めてしまえば、とり返しがつかなくなるかもしれないからだ。

アーチェリー場での出来事には、呪いの恐ろしさをひしひしと感じさせられた。レイヴンの華やかな振る舞いに比べたら、わたしの行状など至って慎み深いものだったはずだ。それにもかかわらず、ふたりの若者はレイヴンではなく、わたしを巡って喧嘩を始めた。これで呪いの力を無視できるとしたら、愚かにもほどがある。

彼に呪いの力を信じさせるのは容易ではないだろう。けれども、ルシアンもほかの男性と変わりないと本人にわからせなければ。いいえ、結婚して親密な関係を持っているだけに実際のところはさらに危険にさらされている。なんとかしてそれをルシアンに理解させ、わたしを避けるよう仕向けなければならない。

ぐずぐずしていたら勇気がくじけると思い、ブリンはドアを開けた。ルシアンの寝室に入るのは初めてだ。深緑色と金色でまとめられ、男性的な優美さが漂う部屋だ。大きなベッドが広い場所を占めている。ルシアンは洗面台のそばに立ち、タオルで顔をふいていた。彼はシャツを着ていなかった。滑らかな肌をした背中がたくましく、ブリンは息をのんだ。彼女が入ってきたことに、ルシアンは気づいていなかった。

そっとドアを閉めた。ブリンは気持ちを落ち着け、ルシアンが振り返り、動きを止めた。一瞬、青い目に驚きが浮かんだが、すぐ無表情に戻った。

「ドアを間違えたのか?」彼は淡々とした口調で言った。

「いいえ。背中のボタンがはずせないの。手伝ってくれる?」

ルシアンがけげんそうな顔をした。「なぜメイドを呼ばない?」

「わざわざ彼女の手をわずらわせるほどじゃないから」

「でも、ぼくの手はわずらわせるのか?」

それには答えず、ブリンはゆっくりと妖艶にほほえんでみせた。ルシアンの表情が固まった。「お願い」

ルシアンは髪をおろしたブリンの姿をしばらく眺めたあと、黙って近づいてきた。ブリンが背中を向けると、荒々しい手つきで髪をどけた。

ブリンはルシアンのいらだちを感じとり満足を覚えたが、口には出さなかった。彼はむっつりと黙り込んだままボタンをはずしている。

「ありがとう」ブリンは低くかすれた声で礼を述べ、彼に向きなおった。

ふたりの距離は互いの体のぬくもりを感じられるほど近かった。ルシアンが悩ましい気分になっているのは間違いない。サファイアにも似た目にそれが表れている。

「いったいなんのまねだ？」

「証明しようとしているだけ」

「なにを？」

「呪いの力は強大だということを。わたしは園遊会であのふたりを挑発していない。本当にその気なら、もっと違った振る舞いをしていたわ」

「今みたいにか？」

「ええ」

ルシアンの目を見つめたまま、ブリンは誘うように下唇を噛み、ドレスの襟ぐりに手をかけた。

シルクの胸元が引きさげられ、シュミーズ越しに胸の盛りあがりがあらわになった。ルシアンは激しく動揺した。彼女はここでドレスを脱ぎ、ぼくを刺激する気なのだ。そしてぼくの体は痛いほどに反応している。

「もういい」ブリンの思いどおりになるつもりはなかった。

「いいえ、まだよ」

ブリンはシュミーズも引きさげ、先端が薔薇色の豊かな胸をルシアンの視線にさらした。

彼は口のなかがからからに乾いた。

「わたしに抗えると本気で思っているの?」誘惑するかのごとくなまめかしい声で言う。

ルシアンは息を吸い込んだ。ここで誘惑に負ければ、どこまでものめり込んでしまうだろう。今でさえ彼女が欲しくて自分を見失いそうになっているのに。

「きみは火遊びをしている」

「そうね。でも、やけどをするのはあなただわ」

そうだ、やけどをするのはぼくだ。ブリンの豊かな赤い髪が、白い肩とあらわになった乳房にかかっている。危ないとわかっていながらも、手を伸ばさずにはいられない。

「ルシアン、気をつけたほうが——」

ブリンが最後まで言い終わらないうちに、ルシアンは彼女の体を乱暴に引き寄せ、唇をふさいだ。

荒々しいキスだった。怒りと欲望で頭に血がのぼっている。彼女の唇は炎のようだ。舌を分け入らせて奥を探るにつれ、身を焦がされて所有欲が燃えあがっていく。

ブリンがキスに応えはじめた。初めのうちは身を硬くしていたが、ふいに唇を開き、彼の舌を受け入れたのだ。ルシアンはもはや我慢ができなくなった。

思わず苦悩のうめき声がもれた。もっと彼女が欲しい……。

ルシアンは両手でブリンの肩をつかみ、身をかがめて胸にキスをした。ブリンはさらに刺激を求めて背中をそらしている。ルシアンが乳首を口に含むと、ブリンは彼の頭をつかんだ。

彼女のせわしない息遣いが聞こえた。「ほら……あなたはもう自分を止められなくなっている……」

ルシアンははっと顔をあげ、歯を食いしばって体を引き離した。呼吸が荒く、体が震えている。

ブリンはルシアンの端整な顔に葛藤を見てとり、勝利と絶望という相反するふたつの感情に襲われた。彼の目は欲望を超えた、もっと野蛮で本能的な感情に燃えている。

彼女は震える手でドレスを引きあげ、胸を隠した。

「これでわかった？」どうか今の出来事で身にしみて感じてくれますように。「あなただって呪いの力から逃れられないのよ。わたしのそばにいたら抵抗できなくなるの」

ルシアンがこぶしを握りしめた。「きみはぼくの自制心を見くびっている。ぼくはきみの魅力に屈しない。呪いなど存在しないことを証明してみせるよ。二度ときみには触れない」

それこそまさにブリンがルシアンから引きだしたい言葉だった。これで彼はわたしを避けるようになる。だが、そう思うと無性に寂しかった。

それに完全に避けられては困る理由もあった。ブリンは嘲笑《ちょうしょう》を浮かべ、疑《うたぐ》り深い目をしてみせた。「それじゃあ、もう夜はわたしの部屋に来ないということ？　それでは妊娠するという妻の役目を果たせなくなるわ」

ルシアンは顔を曇らせ、沈黙していた。

ブリンは気持ちを落ち着けようと、深く息を吸った。「跡継ぎが欲しいんでしょう？　わたしも最近は子供が欲しいと思うようになっているの。妊娠したらわたしを解放すると約束してくれたわよね。だから早く妊娠すれば、それだけ早くわたしたちは互いから自由になれる。でも、今夜わたしのベッドに来るときは、どうぞその自制心を忘れないでね」

とどめのひと言を残し、ブリンは精いっぱいの気品をたたえながら部屋を出ていった。

欲望の名残が消えていくのを感じながら、ルシアンはまだ震えていた。いったいぼくはどうしてしまったんだ？　さっきはブリンを抱くことしか考えられなくなっていた。もし彼女がぼくの自制心の欠如を嘲《あざけ》らなければ、あのまま無我夢中で強引に事を進めていただろう。強姦《ごうかん》さえしかねないほど、生々しい欲望に襲われていた。

ルシアンは渋い表情を浮かべ、体から力を抜こうと努めた。これほど自分を無力に感じたのは初めてだ。

ルシアンは声に出してののしりの言葉を吐いた。次にまたブリンに触れたら、ぼくはどうなってしまうのだろう。炎のような髪に緑の目をした魔性の女性におぼれていくのか？

10

ブリンはまたもやルシアンの夢を見ていた。彼の舌が慈しむように秘所を刺激している。とても優しい愛撫だ。

彼女は悦びに腰を浮かせ、体を貫く鋭い快感にすすり泣きをもらした。高みにのぼりつめそうになったとき、ルシアンが顔をあげた。

「お願い……」彼とひとつになりたい。

ルシアンはその気持ちをわかってくれた。

熱い息で素肌を焦がしながら、キスは腹部から胸、そして首筋へとのぼっていく。ルシアンを受け入れるうれしさにブリンは身を震わせた。彼は深く腰を沈めて……しばらくじっとしていた。

ルシアンの唇がそっと頬に触れた。甘いキスにブリンはため息をもらした。優しく見つめられると泣きたくなる。体の奥からルシアンを求める気持ちが込みあげ、ブリンは彼を抱きしめた。

ルシアンが力強く体を動かしはじめた。動きが速まるにつれ、甘くせつなく激しい悦びがわき起こり、ブリンの体が震えだした。ルシアンが最後にもう一度情熱をぶつけて自分自身を解放すると、ブリンもまた歓喜の瞬間を迎え、悲鳴にも似た声をあげた。

ブリンは一瞬で目を覚ました。まだ体が震えている。隣を見たが、ルシアンの姿はなかった。ひとりぼっちだ。

あの優しい愛撫はただの夢だった。わたしが冷淡な態度で彼を遠ざけたのだから当然だ。自分の頬に手をやり、涙で濡れているのに気づいて驚いた。夢のなかのルシアンは愛情に満ちていた。わたしが求めてやまない夫の姿だ。

ブリンは固く目をつぶり、夢を思いだしながら枕を抱きしめた。あんなふうに彼を愛したかった。

だが、それは許されない。よそよそしい関係を続けるのは茨《いばら》の道かもしれないが、そうする以外の選択肢はないのだから。

それからの一週間、ルシアンは一度も寝室を訪ねてこなかった。これは安堵すべきことだとブリンは自分を慰めた。だが、彼に避けられていると思うと寂しさもつのった。

気が重いのは、ルシアンとの関係がぎくしゃくしているからだけではなかった。園遊会のときのような騒動を二度と起こさないため、ブリンはあまり社交の場に顔を出さないようにしていた。たまに外出するときは女性の友人たちと一緒にいるよう心がけた。ピカリングとホガースのふたりとは口をきいていない。

そのせいで孤独を感じていたが、それとは別に奇妙な憂鬱も覚えていた。あのあと月のものがきたのだ。それはつまり妊娠しなかったということであり、不安定な結婚生活が依然続くことを意味する。ここのところルシアンは寝室に来ないが、それもなんとかしなくてはいけない。

ひとつだけ、いっとき寂しさがまぎれる出来事があった。結婚式から一ヶ月近くが経ったころ、兄のグレイソンがハロー校からの帰りだと言ってロンドンの屋敷を訪ねてきたのだ。

あまりのうれしさにブリンは大階段を駆けおり、玄関広間にいたグレイソンに抱きついた。

「おいおい、息ができないぞ」彼は笑いながら、首にしがみついているブリンの体を離した。

執事や従僕たちに見られているのに気づいたブリンは、グレイソンの手をとってすぐそばの客間に引っぱっていき、ふたりだけになるためにドアを閉めた。

「シオドーのことを話して。もう一ヶ月にもなるのに、兄さんったらろくに手紙もくれないんだもの」

「家を切り盛りするのに忙しかったんだ。うちがあれほど居心地がよかったのはおまえのおかげだったと初めて気づいたよ」

ブリンはじれったくなった。「シオドーはどうしていた？」

「安心しろ。あいつはちゃんと学校になじんでいた。楽しそうにしていたぞ。おれが帰るときも、なんとかという化学薬品の効果について教師と話していたし」

「楽しそうにしていたの？　本当に？」

「幸せいっぱいな感じだったな」グレイソンがブリンの顔をのぞき込んだ。「おまえはどうだ？　幸せか？」

ブリンは肩をすくめ、その話題を避けた。「わたしは幸せなんて望んでいないわ。それより、もっとシオドーの話を聞かせてちょうだい」

彼女は長椅子にいるグレイソンの隣に座り込み、末弟の学校生活に対する感想や、履修科目や、果ては持っていった靴下の数まで根掘り葉掘り尋ねた。そして三〇分ほども過ぎたころにようやく納得し、少し前に執事が気をきかせて運んでくれた紅茶をすすめた。

話題が今夜の予定に及ぶと、グレイソンはどういうわけか気まずい顔をした。「もしウィクリフさえよければ、泊めてもらえるとありがたいんだが。宿代を出すのはもったいない」

「もちろんよ。どうぞ泊まっていって」ブリンはグレイソンを大歓迎し、不機嫌な声でつけ加えた。「ルシアンがどう思おうと関係ないわ」

ブリンはベルを鳴らして執事を呼び、グレイソンの古ぼけた馬車と馬の世話を頼むと、みずから彼を客用寝室へ案内した。メイド長とはまだ確執があったため、余計なひと言で楽しい再会のひとときを台無しにされたくなかった。

兄が少し休みたいだろうと考え、ブリンは六時に夕食の席でまた会いましょうと告げた。

「六時というのはロンドンでは早すぎるけど、慣れたやり方を通しているの」

「ウィクリフも一緒か？」その質問にはどこかわざとらしさがあった。

「まだ帰ってこないと思うわ。いつも夕食はひとりでとるの。ルシアンはあまり家にいないから」

グレイソンは再びブリンの顔をのぞき込んだが、結婚生活についてはそれ以上尋ねなかった。だが、ひとつ奇妙な質問をした。「ウィクリフは外務省でどんな仕事をしている？」

「よく知らないのよ。その話はしたことがなくて」

「諜報部にいるという噂を耳にしたんだ。つまり、やつは諜報員か？」

「ええ、そう聞いているわ」ブリンは困惑した。「どうしてそんなことを？」

グレイソンが肩をすくめた。「ただの興味本位だよ。じゃあ、六時に」

「ええ」

ブリンは自室でしばらく読書をしたあと、ディナー用のドレスに着替え、グレイソンを捜しに行った。寝室にいなかったため、一階の各部屋を見てまわることにした。客間にも食堂にも姿はなく、ようやく見つけた先はなんと書斎だった。机の前に座り、なにやら引き出しのなかを探っている。

「兄さん？」

グレイソンはぎょっとし、ばつの悪そうな顔をした。

「なにをしているの？　それはルシアンの机よ」

「その……なにか書くものがないかと思ってね」

「紙とペンなら部屋にあったでしょう」

「そうか？　気がつかなかった」

グレイソンは奥に手を差し入れたあと引き出しを閉め、椅子から立ちあがった。兄がなにかをポケットに滑り込ませたのに気づき、ブリンは緊張した。わたしの目を節穴だと思っているのかしら？「なにを隠したの？」

彼の顔が真っ赤になった。「たいしたものじゃない」

「嘘をついてもだめよ」悪さをした末弟を叱っている気分だ。「見せて」

グレイソンはいつまでも渋っていたが、やがてポケットからなにかを出した。「目くじらを立てるほどのものじゃないよ」

それはウィクリフ家の印章がついた指輪だった。「ルシアンの印章つき指輪《シールリング》じゃないの」

「ちょっと借りるだけだ」

「なんのために？」

「手紙に押すためだ」

「だったらルシアンに頼めばいいじゃない」

「頼めるわけがないだろう」グレイソンは皮肉たっぷりの口調で言った。「それじゃ密輸品を扱っている証拠をわざわざ差しだすようなものだ。そんなことをしたらどうなる？　ウィクリフは政府の役人なんだぞ。動かぬ証拠がありながら、見て見ぬふりをしてくれると思うか？」

ブリンは難しい顔つきになった。「どうしてまだ密貿易を続けているのよ。借金の返済が終わったら足を洗うと言ったじゃない。わたしがルシアンと結婚したことで、お金は充分入ってきたでしょう」

「いろいろあるんだ」グレイソンはブリンと目を合わせようとしなかった。

彼女は深いため息をついた。「兄さん、ルシアンに無心するのだけは絶対にごめんだから。わたしはお金とわが身を引き換えにして彼と結婚した。それだけで充分だわ。これ以上、ルシアンに感謝なんてしたくない」

「大丈夫だ。どうせ金で解決できる問題じゃないから」

ブリンはグレイソンの腕に手をかけ、顔をのぞき込んだ。「じゃあ、なんなの?」

「たいしたことじゃない。ただ、ブランデーの輸入許可証にウィクリフの印があると助かるだけだ。つかまりそうになったときに役人の目をごまかせる」

「そんな危険は冒さなければいいじゃない。密貿易をやめればすむ話よ」

「おれもそのつもりだ。それも近いうちに。だが、まだ浮き世のしがらみが残っている。どうしてもあとひとつ仕事をするしかない。誓って言うが、これが本当に最後だ。ただし、その最後の仕事がいちばん危険なんだ」

兄の目に懇願の色が浮かんだのを見てブリンは驚いた。こんなに困っている姿は見たことがない。

グレイソンの必死な態度に押され、ブリンはしばらくじっとにらんでいたが、やがておもむろに首を振った。

「だめよ……やっぱり黙ってシールリングを使うのはいけないわ。それを引き出しに戻して」

グレイソンが表情をこわばらせた。「頼むよ、ブリン。つれないことを言うな。こうするしかないんだ」

「わたしは真剣よ。もしどうしても持ち去るというなら、ルシアンに話すしかないわね」

グレイソンは長いあいだ、妹の顔を凝視していた。「それだけはやめてくれ、ブリン。身の破滅だ。ウィクリフはおれが密貿易をしているんじゃないかと疑っている。役人をコーンウォールの海岸へやって、証拠の品が出るまで徹底的に捜索させるかもしれない。そうなれば、たとえ妹がウィクリフと結婚していようが、おれは監獄行きだ。おまえはそれでもいいのか？」

「いいわけがないでしょう。だからといって――」

「おれの身だけじゃすまされない。おまえやシオドーがなんだって」

ブリンは不安で鼓動が速くなった。「シオドーがなんですって？　どういうこと？」

グレイソンは深く息を吸い、頭を振った。「なんでもない。おれがつかまったら、おまえたちにも悪い影響が及ぶという意味だ。心配するな、ちゃんと片をつけるから。だが、そのためにはちょっとだけ指輪を拝借するしかない」

「兄さん……」

「頼む、ブリン。おれを信用してくれ」

ブリンはじっとグレイソンの表情を探った。やがて彼が目をそらした。

「こうするしかないんだ。わかってくれ。おれだって追いつめられていなければ、ここまではしない」

それに答えようとしたとき廊下から話し声が聞こえ、ブリンは凍りついた。振り返ると、ルシアンが戸口に立っていた。

ブリンは先ほどのグレイソンと同じく、ばつの悪さで顔が真っ赤になった。そもそもこんなところにいるべきではなかった。

愛想よく挨拶し、グレイソンと握手をしているルシアンを見ながら、ブリンは不安に襲われた。いつから話を聞いていたのだろう。ルシアンの表情を見るかぎり、疑っているようすはない。そうは思っても、ルシアンが振り向くとブリンは動揺した。

「あの、あ、兄さんに家を案内していたのよ」思わず口ごもった。「これから夕食なの」

「一緒に食べてもかまわないかな?」

「も、もちろん」ブリンは作り笑いを浮かべた。

そのあとはグレイソンとふたりきりになる機会がなく、不可解な言葉の意味を問いただすことも、指輪を返せと迫ることもできなかった。

驚いたことにルシアンはにこやかに主人役を務め、率先して会話を盛りあげた。一方、ブリンは考えごとに気をとられ、あれこれ悩みながら食事をつついていた。密貿易は許されない行為には違いないが、他人のものを盗むとなると話はまったく別だ。

それでも兄が面倒に巻き込まれているなら、黙ってほうっておくわけにはいかない。ましてやシオドーがかかわっているとなればなおさらだ。いったいなにがどうなっているのか、なんとしても兄から話を聞きださなければ……。

だが、ふたりだけで会話をする機会はなかなか巡ってこなかった。食事が終わると、ブリンは赤ワインを楽しむ男性ふたりを残して客間に移り、いらいらしながら歩きまわった。やがてルシアンとグレイソンも合流したが、ふたりは延々とスポーツの話をしていた。

どうやら兄はふたりきりになるのを避けているらしいと気づき、ブリンはあきらめて寝室へさがった。男性ふたりは夜遅くまでビリヤードに興じていた。

翌朝、ブリンはいつになく早い時間に目が覚めた。夜が明けて間もないころだった。敷石を踏む蹄《ひづめ》の音が聞こえてくるのに気づき、慌ててショールをはおると階段を駆けおりた。玄関ではグレイソンが出発の準備をしていた。

ブリンの姿に気づき、グレイソンが顔をあげた。

「兄さん、なにか忘れていない？」ブリンは鋭く尋ねた。

グレイソンはほほえみを浮かべ、荷物の積み込みを指示している執事をちらりと見た。

「すまない。まだ別れの挨拶を言っていなかったな」彼はブリンの額にキスをしながらささやいた。「ここで怒鳴るなよ。使用人たちが見ている」

「ちゃんと説明してくれないなら大声をあげるわよ。いったいどんなことに巻き込まれているの？」ブリンもささやき返した。

「解決できない問題じゃない。心配させるつもりはなかったんだ」

「兄さん……」いらだちがつのった。「昨日の品物はどうするつもり？」

グレイソンがポケットに手を入れ、妹に指輪を渡した。「ほら」

ブリンは冷たい金属のシールリングを握りしめ、従僕たちに怪しまれないように笑顔を作った。「今度、こんなことをしたら……」

「わかっている。おれの頭を魚の餌《えさ》にくれてやると言いたいんだろう？　だがおまえにはわからないだろうが、指輪のおかげで命拾いをしたよ」

グレイソンはブリンの頰にもう一度キスをし、別れの挨拶をした。ブリンは兄の背中を見送りながら身震いをした。命拾いをしたというのは事実だろうか？

玄関のドアが閉まるやブリンは身を翻し、指輪を戻しておこうと書斎へ急いだ。

ちょうど引き出しに手をかけたとき、ルシアンの声が聞こえた。「捜し物なら手伝おうか？」

ブリンはびくりとして振り返った。いつ見てもはっとさせられる青い目が刺すようにこちらを見ている。なんと言い訳をすればもっともらしく聞こえるだろうかと、ブリンは必死に考えを巡らした。

「きみはやけにこの書斎が気になるらしいな」

「そ、そんなことはないわ。イヤリングがひとつ見つからないの。昨日、ここで落としたんじゃないかと思って」

ルシアンが近づいてきたためブリンはあとずさりした。肩におろしたままの髪から、ネグリジェの上にはおったショール、そしてなにも履いていない足へと彼の視線が移動していく。さぞだらしなく見えていることだろう。

「靴ぐらい履いたらどうだ」ルシアンが目の前で立ち止まった。

ブリンは唾《つば》をのみ込んだ。「い、急いでいたの。兄さんにさよならを言いたかったから」

「そんな格好で家のなかをうろうろしていたら、従僕たちが目の色を変えるとは思わなかったのか？」

「ちゃんと隠しているわ。イヴニングドレスのほうが露出が多いくらいよ」息が詰まりそうだ。

ルシアンの輪郭の整った唇に笑みが浮かんだ。「イヴニングドレスを着るときはそんなふうに髪をおろしたりしないだろう？それではまるでベッドから抜けだしてきたばかりに見える。少しは哀れな従僕たちに気を遣ったらどうだ？」笑みが消えた。

女性と見れば誘惑の視線を投げかけていたころの癖でついほほえんでしまったものの、妻を相手にそんな必要はないと思ったのだろう。

ルシアンは渋い表情で手を伸ばし、ブリンの顔にかかったひと筋の髪を脇へ払った。その指がこめかみに触れたのを感じ、ブリンはびくりとした。彼が誘うつもりでいるのではないとわかってはいるが、触れられたところが熱い。

彼女は不安を覚えながら夫の視線を受け止めた。ルシアンはぴくりとも動かない。呪いをかけられたかのように、せつない目をしている。

ブリンははっとした。呪いの拘束を解かなくてはいけない。

ルシアンの視線が唇におりたのに気づき、ブリンは冷ややかな笑みを浮かべた。なにかにとりつかれたかのように、ルシアンが彼女の下唇に親指をはわせる。「きみはまるで氷の女王だな。男ならなんとしてもその氷を溶かしたいと思ってしまう」彼はかすれた声で言った。

ブリンの鼓動が速まった。気をしっかり持たないと、本当に溶かされてしまいそうだ。彼女はよそよそしい態度を崩すまいと必死になった。「そう思うのはあなただけじゃないわ。男性はみんなそうよ」

ルシアンは燃える石炭に触ってしまったとでもいうように、急いで手を引いた。せつない表情も消えた。

「今日は出かける」そっけなく言うと、背を向けて書斎を出ていった。

ブリンは震えながらため息をついた。ふいにここへ来た用事を思いだし、机の引き出しに指輪をしまった。そして強く目を閉じた。まだ心臓が激しく打っている。

ルシアンに嘘をつくのはつらい。裏切りは軽蔑すべき行為だ。でも、今はどうしようもない。ルシアンがどういう行動に出るかわからない以上、兄の身を危険にさらすようなまねはできないからだ。違法行為に手を染めている兄だが、肉親であるのに変わりはない。夫よりも結びつきは強いのだ。

本当にそうだろうか?

11

ルシアンはひらりとパンチをかわし、強烈な一発を敵に食らわした。戦っている相手はかつてのプロボクサーで、名高い〝ジェントルマン・ジャクソン〟だ。リングのまわりには見物人が集まり、固唾《かたず》をのんで試合の成り行きを見守っている。ボンド通りにある〈ジャクソンズ・ルーム〉はイングランドでも有名な拳闘のジムだ。ふたりは上半身裸で息を荒らげながら、素手ですでに六ラウンド戦った。肩がぎしぎしと痛み、体にはいくつも痣ができているが、試合はルシアンが優勢だ。

ルシアンは相手の顎に鋭いパンチを見舞った。元チャンピオンはその一撃でよろめき、ロープに倒れ込んだ。

ジャクソンは足元をふらつかせながら両手をあげ、にやりとした。「降参だ。もう終わりにしよう」

ルシアンは残念な気持ちを押し隠しながらうなずき、ジャクソンと握手した。対戦相手からの褒め言葉や、見物人からの賞賛を受け流すにも忍耐がいる。気持ちはまだ血に飢えていたからだ。だが、ルシアンはおとなしくタオルで額の汗をぬぐった。

暴力をふるえば性的欲求は解消されると言われているが、今の自分にはなんの効果もないらしい。鬱屈した気分もさっぱり晴れない。ここのところ毎晩、幻のように美しい妻を思って悶々と苦しんでいる。日中はどうでもいい仕事で一日を埋めるか、このジムのような場所で体を酷使していた。

欲望には屈しないと決意したのに、ブリンへの思いはつのるばかりだ。そこに今は新たな苦しみも加わった。ある疑惑だ。

今朝、ブリンが書斎にいるのを見つけたとき、もしかすると自分はとんでもない思い違いをしていたのかもしれないと感じた。今まで、グレイソンは反逆行為に携わっている疑いがあるが、ブリンは関与していないと思っていたのだ。しかし二日続けて書斎で彼女の姿を目にしたことで、そういえば昨日ふたりの顔にはうしろめたそうな表情が浮かんでいたと気づいた。こうなってくると、はたしてブリンを信用していいものかどうか真剣に考えなければならない。

ルシアンは胸のうちでののしりの言葉を吐いた。もどかしいことにコーンウォールへ派遣した部下からは、グレイソンがクロだという報告はあがってきていない。単なる密貿易以上の悪事を働いている証拠はなかった。さらに困った話だが、金貨強奪や密輸組織の首領のキャリバンに関する新たな手がかりも見つかっていない。それだけでも腹立たしいのに、わが家で自分の妻を見張らなければならないのかと思うと抑えきれない怒りが込みあげてくる。

耐えがたいほどの暗い感情に突き動かされ、先刻はジャクソンと戦った。けれども、いらだちはいっこうにおさまらない。

ルシアンは歯を食いしばり、タオルをベンチにほうり投げた。シャツに手を伸ばそうとしたとき、ウォルヴァートンがやってくるのが目に入った。その顔に笑みはない。

「どうした？　拳闘は野蛮なスポーツだと思っているんじゃなかったのか？」

「思っているよ。フェンシングのほうが垢抜《あかぬ》けている」

「話し相手が欲しいだけなら、今日のぼくはやめておけ。不機嫌きわまりないぞ」

「だったら、なおさら不愉快な思いをさせることになるな。申し訳ないが、ある話を小耳に挟んだ。おまえも知っておきたいだろう」

「なんだ？」

「園遊会での騒動を覚えているか？」

記憶がよみがえり、ルシアンは顔をしかめた。「当然だ。ふたりの若造が、どちらがブリンにアーチェリーを教えるかでもめた」

ウォルヴァートンがうなずく。「あのふたりはまだいがみあっている。ピカリングがホガースに決闘を申し込んだ。しかも、習わしに従って明け方まで待つ気もないようだ」

「決闘だと？」ルシアンは片方の眉をつりあげた。「それがぼくとなんの関係がある？」

「ふたりはきみの奥方を巡って争っている。レディ・ウィクリフの名誉を傷つけたと、互いをなじっているらしい。つまり、彼女のために決闘するということだ」

一刻も早く現場に駆けつけようとウォルヴァートンが二輪馬車を駆り、ふたりはロンドン郊外にある空き地を目指してノース通りを突っきった。

ルシアンは黙りこくっていた。胸のうちでさまざまな思いが交錯している。決闘をやめさせ、醜聞を食い止めるにはもう遅いかもしれないが、だからといってあきらめるわけにはいかない。

目的地が見えてくると、ルシアンは気が滅入《めい》った。これは本当に手遅れかもしれない。何台もの馬車が停まり、空き地沿いに大勢の人がいる。そのとき、ウィクリフ家の紋章つきの馬車が目に留まり、ルシアンは胃がよじれた。たった今着いたばかりらしく、馬車から女性が飛びだし、人だかりを目指して駆けていく。

くそっ、ブリンだ。

彼は体をこわばらせた。ブリンは見物人を押しのけて空き地に入り、決闘しようとしているふたりのあいだに飛び込んだ。その直後に銃声が聞こえた。

ルシアンの胸に恐怖が込みあげた。馬車が停まるのも待たず道に飛び降り、群衆に向かって突っ走った。どうなっているのか知るのが怖い。

人が倒れているらしく、見物人がとり囲んでいる。ルシアンは肩で人垣をかき分けながら前に進み、目にした光景に衝撃を受けて足を止めた。ブリンが男のそばに膝をつき、血に濡れた手を握りしめている。

一瞬、めまいがした。いつか見た悪夢とそっくりだ。ただし、その夢のなかでは死にかけているのは自分だった。

ルシアンは速まる鼓動をこらえながら、ふたりに近づいた。倒れているのはピカリングだったが、死んではいないらしい。医師と思われる年輩の男性が肩の傷を調べると、ピカリングの口からうめき声がもれた。

ピカリングは痛みに顔をゆがめながらブリンを見あげた。「レディ・ウィクリフ……」かすれた声でそう言うと、唇を噛んだ。

ブリンはピカリングの額にかかった髪を優しくかきあげた。「しいっ、しゃべってはだめよ。体力を消耗するわ」

安堵とともに嫉妬が込みあげ、ルシアンは歯を食いしばった。ブリンの首を絞めてやりたい気分だ。危険の真《ま》っ只中《ただなか》に飛び込んでいったことも、人を死ぬほど心配させたことも、ほかの男に優しい目を向けていることも気に入らない。その男が怪我をしていようが、そんなのは関係ない。

ルシアンが隣に立つと、気配を感じたのかブリンが顔をあげた。頬は涙に濡れ、目には苦悩の色が浮かんでいた。ルシアンは心臓をわしづかみにされたかのような胸の痛みを覚え、激しい嫉妬に襲われた。

ブリンはルシアンを見あげたまま、凍りついていた。だが、ピカリングがすぐに注意を引き戻した。

「あなたのほほえみを見るためなら、この一〇倍の痛みにだって耐えてみせます」

ブリンが涙をこらえてなにか言いかけたとき、医師がにべもなくさえぎった。「命に別状はないが、銃弾をとりださなくてはならないから連れていくぞ。みんな、さがってくれ」彼は身を乗りだしている見物人たちに向かって言った。

人の輪から少し離れたところに、ひとりの若者が立っていた。ピカリングの決闘相手だ。ブリンがふらふらと立ちあがると、ホガースがやってきて懇願口調で話しかけた。

「どうかお許しください。本気で撃つつもりはなかったのです。本当です」

ブリンは振り返り、涙に濡れた目でホガースをにらみつけた。「謝るべき相手はわたしではないでしょう！」

ホガースは一瞬、その勢いに気おされたものの、すぐに傷ついた顔になり、なにか言おうと口を開きかけた。だが、ブリンが先に言葉を続けた。「これ以上、こんなことを続けさせるわけにはいかないわ。もう、ふたりのどちらにも二度と会いません」

「レディ・ウィクリフ……」

「お願い、行ってちょうだい」

ホガースは打ちひしがれたようすを見せたが、ブリンが本気だと察したらしい。一歩、また一歩とあとずさりしたあと、しょんぼりと背を向け、よろめきながら立ち去った。

ブリンは涙をぬぐい、ピカリングが医師の馬車に乗せられるのを見守った。見物人たちはときおりルシアンをちらちらと見ながら、めいめいにその場を離れていった。

ブリンはごくりと唾をのみ、おそるおそるルシアンの顔を見あげ、気が重くなった。青い目が怖いくらいに鋭い光を放っている。

彼女は乱暴に腕をつかまれ、ウィクリフ家の紋章が入った馬車のほうへ連れていかれた。ウォルヴァートン侯爵が二輪馬車のそばで待っていたが、ルシアンはブリンと一緒に帰ると身振りで伝えた。

ルシアンはブリンを馬車に乗せ、自分も隣に座って乱暴にドアを閉めた。はらわたが煮え繰り返っているのだろう。やがて馬車が動きだした。

「どうしてここへ来たの？」ブリンは頬の涙をふきながら訊いた。

「どうしてだと？　妻を連れ戻しに来たんだ。ぼくにも訊かせてくれないか。あんなふうに決闘のさなかに飛び込むなんて、いったいどういうつもりだ？　死んでいたかもしれないんだぞ！」

「なにも考えられなくて……」

「ああ、そうらしいな！　だいたいなにを思ってここへ来た？　男ふたりがきみのために死んでいくのを見てほくそえむためか？」

「まさか！　ふたりを止めようと思ったのよ」

ルシアンの美しい青い目は怒りに満ちていた。冷静になろうとしているのか、彼はしばらく黙り込んだ。「少しは世間体を考えたらどうだ。せめてどこの家のものかわからない馬車にすればよかっただろう」

馬車に刻まれた紋章のことを言っているのだ。たしかにわたしが決闘の場に駆けつけたことは、すぐにロンドンじゅうの噂になるだろう。

ブリンは顔をそむけ、言葉をのみ込んだ。彼が怒るのはもっともだ。ふたりが決闘すると別の男性から聞かされたときは、思わず血の気が引いた。どちらにも怪我をさせるわけにはいかないと慌てて駆けつけたのだが、結局、間に合わなかった。ブリンは罪の意識に唇を噛んだ。

「さぞ満足だろうな」ルシアンが刺のある声で言った。「醜聞ばかり載せている新聞はここぞとばかりに書き立てるぞ。こんな大ニュースはない。なんといっても、ふたりの愚か者がぼくの妻を巡って決闘したんだからな」彼はブリンのほうへ手を伸ばし、窓のカーテンを閉めた。そして通行人の目を避けるように、反対側の窓も同様にした。

「そんなつもりはなかったの」

「ぼくが笑い物にならないかどうか心配だなんて、口が裂けても言ってくれるなよ」

ブリンは惨めな気持ちでかぶりを振った。ルシアンの顔に泥を塗ってしまったのだから、怒りをぶつけられてもしかたがない。わざとスキャンダルを引き起こしたわけではないが、呪いの怖さを知っていながら油断していたのはたしかだ。「ごめんなさい……」

「ごめんなさいですむ話じゃない。あの愚かな若者ふたりのどちらかが死んでいたかもしれないんだぞ」

「わかっているわ。わたしがいけなかったのよ。こうなるのは予想がついたはずなのに」

ルシアンは歯を食いしばった。「たとえぼくがきみの言葉を信じたとしても、謝ってすませられることじゃない」

返事がないと知ると、さらに口調がきつくなった。「こっちを見ろ、ブリン。いつまでもこんなことを続けられると思うな。いいかげんにしておかないと、ロンドンから追いだすぞ」ルシアンが悪態をついた。「きみをここへ連れてきたのは間違いだったのかもしれない」

ブリンは涙をこらえ、挑むように顎をあげた。「そもそも結婚なんてすべきじゃなかったのよ。わたしは何度もそう言ったのに、あなたは耳を貸そうとしなかった」

「今さらとり返しはつかないぞ。だからといって、きみのふしだらな行動を黙認するつもりはさらさらない」

「ふしだらな振る舞いなんてしていないわ」

「青二才の若造をたらし込んで、自分の尻を追いかけさせているじゃないか」

「それは呪いのせいよ」

「ぼくの目を盗んで色目を使っていると言われたほうが、まだ信じられる」ルシアンがブリンの上腕をきつくつかみ、自分のほうを向かせた。「いいか、ブリン。ぼくが欲しいのは自分に似ている子供だけだ」

その言葉の意味するところがわかり、ブリンはショックを受けてルシアンを凝視した。

「わたしは結婚の誓いを破ったりはしないわ」

「そうか？　まぬけな男を惑わせるなどというまねは二度としないと言えるのか？」

ルシアンの目が殺気立っているのを見て、ブリンは怖くなった。これまでにもルシアンを怒らせたことはあるが、ここまで激高し、自尊心と嫉妬心の塊になっている姿は見たことがない。だけど、彼は誤解している。わたしは浮気をするつもりも、夫をないがしろにする気もまったくない。

ブリンは心の痛みと怒りをこらえ、ルシアンをきっと見返した。

ふいに、それまでとは違う張りつめた空気が流れた。危うい欲望の兆しだ。

彼はわたしを求めている。ブリンはルシアンの鬼気迫る表情からそれを察した。意思に反し、ブリン自身もまたみぞおちのあたりに熱いものを感じた。

ふたりの視線がぶつかった。妻は挑みかかる目を、夫は本能に突き動かされた目をしている。彼がブリンの両肩をつかんだ。

「触らないで」ブリンは身を引こうとした。

青い目にさらに深い怒りの色が浮かんだ。「ぼくは夫だ」

これ以上挑発するのは危険だとわかっていたが、ブリンは自分を止められなかった。「だったらなに？」

ルシアンはぞっとするような暗い表情を浮かべ、ドレスのスカートをすばやくめくりあげた。

「スキャンダルは避けたいんじゃなかったの？」ブリンは皮肉を言った。

だがルシアンは険しい顔に暗い欲情をにじませ、彼女の腿のあいだに手を滑り込ませてきた。

急に息が浅くなり、ブリンは自分の体が反応しているのに驚いた。ほんの少し触れられただけで、彼を受け入れようと体が潤ってしまう。下腹部が熱くなり、胸の先がつんと立った。わたしの全身がルシアンを歓迎していることに彼も気づいたはずだ。

敏感な部分に触れられ、ブリンは声がもれそうになるのを我慢した。大胆な愛撫に体がほてり、ふたりのあいだでくすぶっていた感情がいっきに爆発する。

ルシアンがズボンの前を開けるのを見て、ブリンは息をのんだ。

今、ここで抱くつもりなのだと悟ったが、抵抗する気持ちはすでに失せていた。

彼の情熱的な視線にわれを忘れ、体を貫く快感に身が震え、興奮に血が騒ぐ。こうなるしかなかったのだと思うと怖くもあったが、期待もつのった。

体を引き寄せられて唇を重ねられたとき、互いの情熱がほとばしった。ふたりのあいだの葛藤は、情熱という炎に注がれる油でしかない。

ルシアンの指が体の奥へと進み、彼の舌が口のなかに分け入った。ブリンはすべてを忘れ、無我夢中でルシアンを求めた。

それはルシアンも同じだった。

激しい怒りは、今や燃え盛る炎に変わっていた。この熱い思いで彼女の硬い殻を打ち破り、たい。冷ややかに抵抗するブリンを熱く燃えあがらせてみたい。

ルシアンはためらう時間さえもどかしく、スカートをくしゃくしゃにしてたくしあげたまま、ブリンを自分の上にまたがらせ、ゆっくりと彼女の腰をおろさせていった。ブリンの体は滑らかにルシアンをのみ込んだ。

彼はブリンの唇をむさぼり、キスの味にいっそう燃えあがった。抵抗されるのを覚悟していたが、ブリンは身を焦がす激しいキスを返してきた。ルシアンはさらに情熱的にブリンの唇を求めた。

彼女の反応はけっして芝居ではない。熱いキスや、狂おしくしがみついてくる姿や、喉からもれるかすれた声でわかる。ふたりは互いを求めて舌を絡めた。ルシアンは腰を浮かせ、ブリンの震える体にわが身を深く押し入れた。熱に浮かされているのはどちらも同じだ。ブリンもまたなにかに突き動かされ、ルシアンにリズムを合わせている。

激情にルシアンは理性を奪われ、自制心を切り裂かれた。もうどうなろうとかまわない気分だ。ブリンも同様らしく、背中をのけぞらせて振り絞るような声をもらしている。絶頂感に顔を紅潮させ、唇をなかば開いている姿は熱く、美しく、そして悩ましげだ。一瞬のちに、ルシアンも絶頂を迎えた。

空気を求めて胸を上下させながら、ルシアンは徐々に正気に戻った。腕のなかではまだブリンがぐったりとしている。先ほど感じていた——いや、今も感じている——優しさと怒りと激しさがないまぜになった感情でルシアンの心は乱れていた。

自分を抑えきれず、あっさり達してしまったことを思うとショックを覚えた。何日も抑え込んできた欲求と、今日の事件で感じた嫉妬が原因だろう。ブリンは自分のものだと証明したかった……だが、今の行為はあまりに暴力的すぎた。彼女に激しい痛みを与え、二度と関係を持ちたくないと思わせた可能性もある。それを思うとぞっとした。ブリンが無事だと知ってとりあえずほっとしたが、かえって自責の念がわき起こった。どうして本能の赴くままに彼女を奪ってしまったのだろう。怒りがいつ欲望に変わったのかさえ思いだせない。くそっ。もっとましなやり方があっただろうに。ゆっくりとブリンの気持ちを高め、愛撫で悦ばせることもできたはずだ。

ルシアンは冷静になろうと、深く息を吸った。まだ彼女を求めて筋肉が痙攣している。こんなふうに情熱をほとばしらせてしまったことを、きっとブリンは激しく後悔するだろう。本当は後悔ではなく、満足を与えたいのに。

彼は優しい気持ちになり、ブリンの腿をなでながら頰にそっとキスをした。

そしてかすれた声でささやいた。「きみは魔女だな。美しくて魅力的な魔女だ」

だがどうやら、それは言ってはいけない言葉だったらしい。熱い体に冷や水でも浴びせられたかのようにブリンは身を震わせ、ルシアンの胸を押して体を離した。

もとの席に戻ったブリンは、震える手でスカートのしわを伸ばした。

「わたしは魔女じゃないわ」ぼそりと言った。魔女という言葉は大嫌いだ。生まれてからずっと、その悪評から逃れようと生きてきた。

「もちろん違う。単なる言葉のあやだよ。愛情表現のつもりだった」ルシアンが意外なほど穏やかな声で言った。

ブリンは絶望的な気分でルシアンを見た。忸怩《じくじ》たる思いやせつなさ、やりきれなさや戸惑いが胸のうちで渦巻いている。わたしのドレスはしわだらけだというのに、ルシアンの上等の上着にはしわひとつできていない。そして彼はわたしを魔女だと言った。

胸の痛みを押し隠し、ブリンは淡々と答えた。「あなたはわたしのふしだらな行動を黙認するつもりはないと言った。そうやって慎み深さを要求しておきながら、舌の根も乾かないうちにこんな振る舞いに及ぶなんて卑怯だわ」

「ふしだらな行動というのは相手が誰かによる」ルシアンが服装の乱れを直した。「ぼくは夫だ」

「そうね。だったらもう、こんな手荒な扱いはやめてもらえないかしら?」

ルシアンが不快そうに目を細めた。「手荒な扱いだと? あんな声を出しておきながら、本当はいやだったなどとは言わせないぞ」

ブリンは真っ赤になった。まさか自分があんな反応をするとは思ってもみなかったのだ。ルシアンはわたしをふしだらな女に変えてしまう。これではわたしも熱に浮かされた求愛者たちと同じだわ。ルシアンの手にかかると、激情であれ怒りであれ、激しい感情を引きださされてしまう。なんて絶望的な状況かしら。心を許さないと決めた誓いはどこへ行ってしまったの。

「あなたも〝愚かな若者ふたり〟となんら変わりがないのね」ブリンは冷たく言い放った。

ルシアンの表情が暗くなったのを見てブリンはひるみそうになり、射るようなまなざしから視線をそらした。禁断の愛を交わしたばかりなのに、今は軽蔑の目でわたしを見ている。

そう考えると涙が込みあげそうになった。

そのとき馬車が停まった。家に着いたのだろう。もう少し早く到着していたら、大変なことになるところだった。

従僕が来るのを待たずに馬車を降りようと、ブリンはドアに手をかけた。だが、ルシアンがその腕をつかんだ。

「どうしようもなくなれば、ぼくはきみを田舎の領地に追いやる。本気だぞ」

ブリンは歯を食いしばって涙をこらえた。彼の前では泣くものですか。

「好きにすれば？　息抜きができてちょうどいいわ」

それだけ言うと、ブリンは涙があふれる前に馬車を降りた。


玄関前の階段を駆けのぼっていくブリンのうしろ姿を見ながら、ルシアンは自分に悪態をついた。彼女の傷ついた顔を思いだすと良心が痛む。

また喧嘩になるだけだと思いながらも、あとを追わずにはいられなかった。

そっと寝室のドアをノックしたが返事がない。ドアを開け、目にした光景にどきりとした。

ブリンが暖炉の前で膝をつき、椅子に突っ伏してむせび泣いている。

ルシアンはその場に立ち尽くした。そんなに怒らせてしまったのだろうか？　うしろ手にドアを閉め、ブリンのそばへ寄った。

肩に手をかけると、ブリンはびくりとして泣くのをやめた。

恥ずかしいところを見られたとばかりに、大急ぎで涙をふいている。「なんの用？」声がかすれていた。

「泣いていたのはぼくのせいか？」

ブリンが顔をそむけた。「いいえ」そしてため息をついた。「ええ、そうよ。あの言葉が……」

「あの言葉？」

「魔女だと言ったことよ。昔から村の子供たちはわたしをそう呼んでいたわ。友達までもが……ジェイムズが死んだあと、友人たちがひそひそささやいているのを聞いてしまったの」

ルシアンは警戒心を解き、ポケットからハンカチをとりだしてブリンの隣にしゃがみ込んだ。「ジェイムズというのは？」そっと彼女の涙をふく。

「求婚者よ。わたしが殺したの」また目から涙があふれだし、ブリンは両手で顔を覆った。

ルシアンは以前、彼女から聞いた話を思いだした。「たしか海でおぼれて亡くなったと言っていなかったか？」

「そうよ」

「コーンウォールではよくある話だろう」

「そうね。でも、ジェイムズが死んだのはわたしが彼を好きになったからよ」

ブリンはまたもや嗚咽《おえつ》をもらした。ルシアンは胸がしめつけられた。海難事故は不可抗力だ。しかし、ブリンは自分のせいだと思っている。おそらく長いあいだ罪の意識に苦しんできたのだろう。

自分とブリンが似た者同士に思え、ルシアンは顔をゆがめた。罪の意識ならよく理解できる。なぜなら、ぼくはこの手で親友を殺したからだ。だが、ブリンの場合はいわれのないことで自分を責めている。

やめたほうがいいと思いながらも、思わず彼女に手が伸びた。ブリンに触れるのは危険だが、今は自己保身よりも彼女を慰めたい気持ちのほうが大きい。

ルシアンは椅子に背中をもたせかけ、ブリンの頭を自分の肩へ引き寄せた。ブリンが彼のこんな振る舞いを黙認するのは、気が動転している証拠だろう。

「彼の死はただの事故だと思うよ。厄災はどうしようもない」

「そう思えたらどんなにいいか」ブリンはしばらく黙り込んでいた。けれども口を開いたとき、声には不安がにじんでいた。「わたしは本当に魔女なのかもしれない……今日の決闘がいい証拠よ。あのふたりだって死んでいたかもしれないわ。わたしのせいで」

ブリンは震えていた。ルシアンは思わず彼女を抱き寄せた。「きみのせいじゃない。彼らが喧嘩をしたのはきみが美しいからだ。きみがいなくても、別の理由で決闘していただろう」

「でも、あなたはわたしのせいだと――」

「たしかにぼくはきみを責めた。だが、あれは怒っていたからだ。それに……心配もしていた。きみが決闘に割って入るなんてむちゃなまねをしたせいだよ」

ブリンは頭を離し、ルシアンの顔をまじまじと見つめた。「呪いをまったく信じていないのね」

ルシアンは笑顔を作った。「言っただろう？　ぼくは迷信深い男じゃないんだ」

「じゃあ、あなたがわたしの夢を見るのはどうして？　それに、わたしが見る夢は？」

たしかにブリンが登場する悪夢はよく見るし、それをどう説明したらいいのかはわからない。「きみも夢を見るのか？」

「ジェイムズが亡くなる前にも彼の夢を見たわ。そして今は……ときどきあなたの夢を見るの」

ブリンの姿があまりに弱々しくはかなげに見えたため、ルシアンはつい頬に手を伸ばした。

ブリンがさっと身を引いた。ルシアンの優しさに気づき、いけないと思ったらしい。目をそらして立ちあがり、互いの寝室をつなぐドアへ向かった。しばらくためらったあとにドアを開け、帰ってくれと言わんばかりに脇へどいて戸口を空けた。

「出ていってちょうだい」また冷ややかな口調に戻っている。

ルシアンはゆっくりと立ちあがり、ドアの前まで来たところで足を止めた。今の話を中途半端に終わらせたくない。「夢についてはなんらかの説明がつくと思う」

ブリンは首を傾け、悲しそうな顔をした。「そうかしら？　それならジャイルズは？」

ルシアンはどきりとした。「なんの話だ？」

「わたしの夢のなかで、あなたは彼と戦っていた。ふたりのあいだになにがあったか、わたしは知っているのよ」

ぼくがあいつを殺したところを見たというのか？

ルシアンは体の力を抜こうと努力した。「ぼくはときどきジャイルズの夢を見る。そのときに寝言でなにか口走ったかもしれない」

ブリンは短く笑った。「そうね。だったら、やっぱりわたしは魔女なのよ」

12

ルシアンは余興を少しも楽しめず、椅子のなかで身じろぎした。結婚して以来、ヘルファイア・リーグの集まりに参加するのはこれが初めてだ。今夜の出し物は、胸をあらわにした一〇人ばかりの〝女神たち〟による楽器の演奏だ。全員が申し訳程度に体を覆っただけの古代ギリシャ風の衣装を身につけ、乳首を紅で目立たせている。意外にも演奏はすばらしかったが、娼婦たちの魅力は妻の比ではなかった。ブリンはもっと乳房に張りがあり、脚は細くて長く、髪には輝くようなつやがあって生き生きとしたまなざしをしている。そしてなにより、魂が潑剌《はつらつ》としている……。

ルシアンはひそかに毒づいた。ここにはブリンを忘れるためにやってきたのだ。いらだちに駆られるためではない。

ブランデーのグラスを手にとって立ちあがり、客間のフレンチドアからテラスへ出た。ひんやりとした九月の夜気が秋の訪れを感じさせる。ほてった体に涼しさを感じながら、ルシアンは石造りの手すりにもたれかかった。頭のなかはブリンでいっぱいだ。

こんな結婚にするつもりはなかった。これでは誘惑と抵抗のダンスを延々と踊り続けているようなものだ。お互いが相手と闘い、自分と葛藤している。それに不可解な夢も気になった。どうしてふたりの夢が交錯しているのか説明がつかない。ロマの呪いが本当でもないかぎり……。

冗談じゃない。信じてもいない呪いなんかに悩まされてなるものか。

「こんなところにひとりで出てきて、いったいどうした?」背後からウォルヴァートンの声がした。「彼女たちが気に入らなかったのか?」

「いや、そういうわけじゃない」ルシアンは言葉を濁した。

「じゃあ、女性問題で悩んでいるな。奥方のことか?」

「まあ、そうだ」自嘲気味に答えた。

ウォルヴァートンがルシアンの隣に来た。「珍しいこともあるものだ。おまえが女性関係で悩んでいるのを見るのは初めてだ」

女性のことでは悩んだ経験がなかったのだから当然だ。ヨーロッパ各国の贅沢で華やかな宮廷に出入りし、たくさんの女性とつきあってきたが、これまでの女性たちはみなすぐになびいてきた。だが、ブリンは違う。「今までとは状況が異なるからな」

「結婚か」

ルシアンは口元をゆがめた。「そうだ。便宜上の結婚だったはずが、ちっとも便宜的ではなくなった。いやがる相手を無理やり花嫁にしたせいだ」

「だったら、いやがらない相手と楽しめばいい。愛人を囲うんだよ」

「おまえの忠告はいつもそれだ。新しい女性に乗り替えればすむと思っている」ルシアンはいらいらしてきた。

「たいていはそれでうまくいくぞ」ウォルヴァートンが淡々と言った。

ルシアンは首を振った。「愛人を探すつもりはないし、これ以上、噂の種になるのもごめんだ。そうでなくても、世間の連中はぼくの結婚生活が気になってしかたがないらしいからな」

ウォルヴァートンは脇腹を手すりにもたせかけ、暗い庭園を見渡した。「おれは結婚生活の専門家ではないからな。足かせをはめられてもいいと思ったことは一度しかない」

初めて聞く話に驚き、ルシアンは友人の顔に鋭い視線を向けた。「おまえが結婚を考えていたとは知らなかった」

ウォルヴァートンが肩をすくめた。「大昔の話だ。それに過去はせっせと葬ろうとしてきた」

「なにがあった?」

「愚かにも愛していると思い込んでしまったんだよ。求婚までしたあとで間違いに気づいた。純真だと思っていた女が、じつはそうでもなかったわけだ」ウォルヴァートンは険しい口調で言った。暗い記憶を振り払うようにそっけなく頭を振り、にやりとする。「だが、ほんの少しだが女性経験はある」少しどころではない。「レディの心をつかむ方法なら助言できるかもしれない」

その言い草がおかしく、ルシアンは思わず笑ってしまった。ウォルヴァートンという男はその気になれば石でも溶かすやつだ。「じゃあ、聞かせてくれ。どんな助言だ？」

「まずは奥方をもう少し思いやることだな。聞いたところによると、すいぶんかわいそうな目に遭わせているそうじゃないか。跡継ぎが欲しいからと言って急いで結婚を決めさせ、ロンドンまで送るのは使用人に任せて自分は姿を消し、社交界の狼どものなかに彼女をひとりほうり込んだ。そんなふうに扱っても、女性は喜んで従うと思っていたんだろう？　それがおまえの傲慢な点だ」

「そうかもしれない。傲慢だとはよく言われる」

「とにかく結婚直後にほうっておいたのはいただけない。騎士道精神に反する。それに賢いやり方とも言えない。そんなふうにぞんざいに扱っていたら、嫌われるのはあたり前だ」ウォルヴァートンが言葉を切った。「だいたい彼女の心をつかみたいと本気で思っているのか？　どうだ、真剣なのか？」興味津々なようすで言う。

筋金入りの独身貴族であるウォルヴァートンの口からそんな言葉が出たことに、ルシアンは驚いた。だが真剣なのかと訊かれても、どう答えていいかわからない。ベッドをともにする女性を追い求めたことはあるが、真剣に誰かを愛したことは一度もなかった。けれども、そういう相手と巡りあった友人をうらやましいとは感じた。アメリカ人の又従兄弟であるニコラス・サビーンは深い愛を見つけたし、友人のダミアン・シンクレアもまた自分の妻に惚れ込んでいる。

ルシアンは顔をしかめた。ブリンを愛せば地獄を見るだろう。そうでなくてもひと目見た瞬間から魅惑的な美しさの虜になり、時間が経つにつれ精神状態は悪化している。今では彼女がそばにいると激情を抑えることもままならない始末だ……。

ルシアンは毒づいた。ぼくはエメラルド色の目をした海の女神にがんじがらめにされている。信用していいのかどうかさえわからない相手なのに。ブリンは兄と共謀し、反逆罪の泥沼に膝までつかっている可能性がある。そんな女性に弱みを見せるわけにはいかない。だが……彼女の心をつかめるかもしれないと思うと心が躍る。

「正直に言ってわからない。そういうことを考えて結婚したわけじゃないからな。ただ、息子が欲しかっただけなんだ」

「どうせ計算ずくで結婚したんだろう。だがな、感情だけは計算どおりにいかないものだぞ」ウォルヴァートンがくっくっと笑いだした。「いったいおれはなにを言っているんだ。これじゃあまるで詩人だ。年をとって感傷的になったかな」

「おまえは年寄りだからな。なんといっても、ぼくより一歳も年上だ。こんな話をしていたら、朝が来るまでにふたりともよぼよぼになる」

ウォルヴァートンがにらんだ。「八つあたりするなよ」

「そう感じたのならすまない」

友人がルシアンの背中をぽんぽんと叩いた。「まあ、いい」そう言うとウォルヴァートンはけだるそうに両肘を手すりにのせ、真面目な声になった。「ひとつだけたしかなことがある。おまえがほうっておけば、ほかの連中が奥方をかまいに来るぞ」

「もう来ている」口が重くなった。「そこが問題なんだ。おまえももう気づいているだろう」

ルシアンはブランデーをあおった。「愚か者どもがブリンに熱をあげているんだ、呪いのせいで」

「呪い?」

「話さなかったか? 男たちがブリンを追いかけるのは、その昔、嫉妬でどうかしたロマが彼女の祖先に呪いをかけたせいなんだ。彼らがブリンの夢を見るのも呪いが原因らしい」

「おもしろい」ウォルヴァートンがにやりとした。

「妻を寝とられるかもしれないと思うと、ちっともおもしろくない」

「それがおまえの悩みか?」

ルシアンは表情をこわばらせた。「その心配はないと彼女は言っている」

「おまえは信じたのか?」

「おかしいだろうが、信じたよ。コーンウォールにいたころ、ブリンは男を刺激しないようひどく気を遣っていた。このぼくにさえだ。いや、ぼくにはとくに、だな。ロンドンへ来てからは、ほうっておかれた腹いせに色目を使っているのかと思っていた。でも、今は違うと感じている。明らかにぼくが初めての男だったし」

ウォルヴァートンは長いあいだ考え込んでいた。「そういう女性はルビーより貴重だ」

「たしかに。だが男という男が寄ってくるかと思うと、夫としてはなかなか心穏やかではいられない」

「だったら、おまえも寄っていけばいいじゃないか。正々堂々と勝負して彼女の心を勝ちとったらどうだ？」

「若造たちと決闘しろというのか？」

「そうじゃない。彼女をなびかせろと言っているんだ。ご自慢の魅力を使えよ。女性の心をつかみたかったら、とにかく甘い言葉をささやけばいい。おまえ、そういう手順をちゃんと踏んでいないだろう？」

「ほとんどしていない。とくに結婚してからは」

「それがいけない。正直言ってがっかりしたぞ、ルシアン。おまえはまともに口説きもせずに彼女と結婚して、そのあとはずっとひとりぼっちにしておいたのか？　よほど自尊心の欠落した女性じゃないかぎり、怒るのがあたり前だ。奥方がおまえとの結婚を後悔しているからといって、責められる立場か？」

たしかにそのとおりだ。言われてみれば、ずいぶん一方的にひどいことをしてきた。結婚を強要したくせに、優しくするどころか、のめり込むのが怖くて冷たくあしらった。独占欲のあまり嫉妬に駆られ、決闘の騒動のあとはふしだらな振る舞いをするなと言って怒鳴った。ブリンが傷ついて、ぼくを嫌うのも当然だ。それに確実な証拠もないのに、反逆罪に問われるような行為にかかわっているのではないかと疑っている……。

もはや弁解の余地もない。

「おまえの言うとおりだよ。うまくいかないのはぼくのせいだ」

今度はウォルヴァートンが驚いて眉をつりあげる番だった。「そんなにあっさり過ちを認めるのか？　名うての色男がどうした？　だが今さら悟っても、もう手遅れだな」

そうなのだろうか？　たしかにぼくたちの結婚生活は最初から波乱含みだったし、喧嘩ばかりで関係は悪化する一方だ。それどころかブリンが怒っているほうが都合がいいくらいに考えていて、怒りをあおりさえした。距離を置こうと決めていたからだ。だが今は、こんなによそよそしい関係になってしまったのをひどく後悔している。

それでも関係改善の糸口がないわけではない。ブリンが夫婦関係には応じてくれるからだ。そしてぼくは彼女から悦びを引きだせる。しかし、それだけでは不満だ……。ぼくはブリンから求められたい。信頼しあえる安定した関係を築きたいし、できれば友情をはぐくみたい。ブリンがなにを考えているのか、どう感じているのかを知りたいし、自分の意見や感情、希望や不安を分かちあえるようにもなりたい……。

ウォルヴァートンがじっとこちらを見ていた。「冗談だよ。おまえの魅力にいつまでも抵抗できる女性はいない」

「それはブリンをよく知らないから言えるんだ」

「そうかもしれないが、女性のことならよくわかっている。とにかくおまえはさっさと家に帰り、奥方に優しくすることだ。ふたりでどこか田舎へ旅行にでも行くといい。仕事にかまけてばかりでは水入らずの時間がとれないし、魅力を発揮する暇もないだろう」

ルシアンは首を振った。「今、ロンドンを離れるわけにはいかない」

「そうか？　イングランドを救うことと、今の惨めな人生から抜けだすことのどっちが大事だ？　だいたい夫婦の問題を抱えたままでは、たいして国の役に立てないぞ」

それは一理ある。ルシアンは顔をしかめた。今までぼくは国家を第一に考え、私生活より任務を優先させてきた。だがこの数週間は、このままではいけないと思いながらもブリンのことが気になり、集中力を欠いている。早く彼女との関係をなんとかしないと、仕事が手につかなくなりそうだ。

たしかにやり方を変えてみるのはいいかもしれない。ブリンに優しくするのだ。

彼女の心をつかむのは難しいだろう。これまでのいきさつを考えると、こちらが態度を変えてもブリンはぼくを拒む気がする。ロマの呪いをかたくななまでに信じているからなおさらだ。だがひと晩では無理としても、警戒させたり、泣かせたりしないように気をつけながら、少しずつ考え方を変えさせることはできるかもしれない。

昨夜、この腕のなかで泣いていた姿を思いだすと胸が痛む。なんとかして魔女などではないとわからせ、不安をとり除いてやりたい。今のよそよそしい関係はもう終わらせて、信頼しあえる間柄になれないだろうか。愛しあうとまではいかなくても、互いに好意を抱く夫婦になれたらそれでいい。

ルシアンはブランデーを飲み干した。裏目に出るかもしれないという気もする。だが、この数週間で初めて明るい気分になったのはたしかだ。

翌朝、ルシアンが朝食の間へ入ってきたのに気づき、ブリンは驚いた。いつもは彼女が起きだす前に出かけてしまうのだ。

愛想よく挨拶するルシアンの姿を、ブリンは飲みかけのホットチョコレートを手にしたまま呆然と見つめた。彼はサイドボードの料理を皿に盛ってコーヒーを受けとり、従僕をさがらせた。そしてブリンに向かってほほえみ、自分の席に座ると彼女が読んでいない新聞のなかから一紙を手にした。

ブリンは困惑した。

昨日の夜、ルシアンが遅い時刻に帰宅したのは知っている。ひとり寂しくベッドで寝返りを打ちながら、物音を聞いていたからだ。彼はブリンの寝室に来なかった。おそらく、どこかで遊んできたのだろう。ばかげているとは思うが、ルシアンがほかの女性の腕に抱かれている場面を想像すると心が痛む。

ブリンは愚かな考えを頭から払いのけ、急にぱさぱさになったように感じられるトーストをかじり、新聞の社説欄に意識を集中しようとした。

しばらく沈黙が続いた。やがてルシアンは新聞を閉じて朝食を食べはじめた。その直後に声をかけられ、ブリンはびくりとした。

「今朝は乗馬服じゃないんだね。公園には行かないのかい?」

わたしが毎朝レイヴンと乗馬に出かけていたのを知っているのだろう。だが驚いたのは、ルシアンがわたしのドレスを気に留めていたことだ。

「行かないわ」

「どうして？」

ブリンは用心深くルシアンを見た。「もう外出はしないと決めたの」

「それはまたなぜ？」

「そのほうが無難だからよ」

ルシアンが片方の眉をつりあげた。「ちょっとやりすぎじゃないのか？」

彼女はいたずらっぽい笑みを浮かべようとしたが、苦笑いになってしまった。「〝青二才の若造をたらし込んで、自分の尻を追いかけさせている〟と言ったのはあなたよ。そうならないためには、今後いっさい男性と顔を合わせないようにするしかないもの」

「それじゃあ息が詰まるだろう」

「そうね。ひとりで過ごすのは寂しいけれど、孤独には慣れているわ。それに誰も知りあいのいない田舎の領地へ追いやられるくらいなら、この家で静かにしているほうがましよ」

ルシアンが明るい顔でブリンを見た。「ひとりで過ごすことはない。シェークスピアは好きかい？」

ブリンは慎重に答えた。「ええ。でも、なぜ？」

「今夜、一緒に劇場へ行こう」

「一緒に？」

　ルシアンがにっこりした。「きみさえいやでなければ、ぜひ」

「どうしてそんなことを？」

「和解の申し出と思ってくれ」

　ブリンはしばらく考え込んだ。「どうして和解を申してるのか、理由がわからないわ」

「喧嘩ばかりしていても楽しくないからだよ、ブリン。もういがみあうのはよそう。一生、こんなふうに暮らしてはいけない」

　わたしも喧嘩は楽しくないし、それが高じて爆発するのもうんざりだ。馬車のなかでの愛の交歓は今でも苦い記憶だった。だがルシアンの身の安全を考えると、不仲でいるに越したことはない。

　ブリンが黙り込んでいると、ルシアンが力ない声で続けた。「結婚生活をいさかいの場にするつもりはなかったんだ。そのことは後悔している。本当だ」

　彼女は息をのんだ。まっすぐに見つめてくる視線から目をそらすことができない。彼のまなざしに、こんなにもわたしを引き寄せる力がなければよかったのに。

　ルシアンがさらに低い声になった。「ぼくはけっしていい夫ではなかった。だから、償いたいんだ」

　込みあげそうになる涙で声が詰まり、ブリンは答えられなかった。

　彼は小さくため息をついた。「じゃあ、せめて外では仲のいい夫婦を演じてくれないか。ぼくたちが一緒に外出して楽しそうにしている姿を見せつければ、スキャンダルが立ち消えになるのも早い」

「ええ……それがいいと思うわ」

ルシアンは立ちあがり、テーブルをまわってくるとブリンの手をとってキスをした。「では、今夜」

ブリンは体を震わせた。あたたかい唇の感触が全身に伝わる。

ルシアンの姿が見えなくなっても、ブリンはドアのほうへ目を向けていた。やがて、ため息がもれた。わたしも結婚生活がこんなふうになってしまったのは残念に思っている。ルシアンが言うように和解できたらどんなにいいだろう。だけど、ここで警戒を解くわけにはいかない。

後悔しているなんて言われると不安になる。優しくされたら抵抗できなくなってしまうからだ。

ルシアンによって解き放たれた感情を押し殺そうと、ブリンは頭を振った。どうして彼に対する気持ちはここまで複雑になってしまったのだろう。単純に嫌いでいられたら、ふたりの関係は安全だった。けれどもルシアンは憎しみではなく、恋慕の情を芽生えさせてしまった。

ドルリーレーン劇場のボックス席に入っていくウィクリフ夫妻の姿は注目の的だった。ブリンはわくわくしながらルシアンの隣に座った。一流の俳優による演劇を鑑賞できると思うと楽しみでしかたがない。南部のコーンウォールへ巡業に来る田舎一座は大根役者ばかりだったが、今夜は名演技を見ることができる。

しかし、ブリンの気持ちが明るい本当の理由は別にあった。ルシアンだ。今夜、彼はブリンとともに自宅で夕食をとり、思いやりのある夫の役を演じた。芝居なのはわかっている。それでもルシアンはいやいやしているようすは見せず、一緒に過ごす時間を心から楽しんでいるふりをしてくれた。本気でやりなおしたいと思っているらしい。

その変化には心を打たれたが、恐ろしく危険だとも感じた。ブリンは淡泊な態度を崩さず、なるべく彼の気を引かないよう努めた。印象的な赤毛はきっちりとまとめ、アイボリーにシルバーのオーバースカートを重ねた露出の少ないイヴニングドレスを選んだ。それでも一瞬、ルシアンの瞳の色が濃くなったところを見ると、その姿を美しいと感じたのだろう。

劇場に着いてからもルシアンの優しさは続いた。座席に座るなりブリンの手にキスをし、心から愛していると言わんばかりの表情で見つめてきた。ほかの客たちに見せつけるためだと承知してはいるが、そんなふうにされると心をくすぐられてしまう……。

ブリンははっとし、こんなことではいけないと自分を叱った。ルシアンは自分の魅力をよく知っている。ここで油断してはだめだ。

ふたりのボックス席には、ウィクリフ伯爵夫人と知りあいになろうとする客が次から次へとやってきた。ルシアンはふたりが初めて出会ったときを思い起こさせるとびきりの笑顔で対応し、遊び慣れている人らしく冗談を言った。そしてブリンが自分の妻だと主張するように、体温が伝わるほど近くに寄り添い、ずっと肩に腕をまわしていた。ブリンは妙にうれしくもあり、不安でもあった。開演直前になって訪れてくる人間がいなくなると、ルシアンはブリンの手を握った。

無関心を装い、他人行儀に振る舞おうと決めていたにもかかわらず、気づくとブリンはその手を離してほしくないと思っていた。こうしていると心が慰められる。第一幕のあいだ、ブリンはルシアンにばかり気持ちが向いていた。

もうひとつ気になることがあった。隣や下のボックス席から聞こえてくるひそひそ声だ。観客の多くは、オペラグラスを舞台ではなくブリンのほうへ向けていた。いつまでも結婚しようとしなかったウィクリフ伯爵の心をつかんだのはどんな女性かと、誰もが興味津々らしい。

けれどもいつしかブリンは芝居に目を奪われ、幕間《まくあい》になるとため息をもらした。

「目が輝いている。楽しんでくれたみたいだね」ルシアンが耳元でささやいた。

「ええ、すばらしかったわ。でも、ロンドンっ子は大げさに賞賛しないものなのね」

ルシアンがどきりとするほどすてきなほほえみを浮かべた。「そうかもしれない。けだるそうに振る舞うのが粋《いき》とされているから。だが、ぼくにはきみの正直さが新鮮だ」

「今夜は連れてきてくれてありがとう」ブリンは心から礼を述べた。

ルシアンが礼儀正しくお辞儀をした。「きみが喜んでくれればぼくもうれしいよ」

「あなたは楽しくなかったの？」

「そんなことはないが、もう何回も見に来ているからな。ロンドンで暮らしていると、どんな娯楽にも飽きてくる」

「シェークスピアのお芝居がつまらなくなるなんて信じられない。遊び慣れるというのがそうなることなら、あなたのような生き方はちっともうらやましくないわ」

ルシアンが黙って目をつぶったのを見て、ブリンはしまったと思った。余計なことを言ってせっかくの楽しい雰囲気を壊すつもりはなかったのに。

ボックス席にまた誰かが入ってきたのを見て、ブリンはほっとした。だがその客人が新聞で酷評されている著名な外務大臣と気づき、緊張を覚えた。どうやらカースルレー卿はルシアンと仲がいいらしい。ブリンには目もくれようとしないが、ルシアンとは親しそうに話をしている。それでもブリンは大臣の鋭い知性に感銘を受けた。

カースルレー卿もまたすぐにブリンの知識に感心する運びとなった。ウェリントン将軍のスペインでの戦いぶりに関してブリンが質問したからだ。ブリンは日ごろから新聞記事をよく読んでいた。カースルレー卿はウェリントン将軍の熱烈な支持者だったため、とたんに気さくな態度に変わり、ヴィトリアの戦いにおける同盟軍の勝利についてとうとうと語りだした。

「きみはなかなかの女性を奥方に選んだな、ウィクリフ」帰りがけにカースルレー卿が言った。「コーンウォールで出会ったというのが驚きだが。任務がいいきっかけになってよかった」

「ぼくもそう思っています」ルシアンは愛情に満ちた目をブリンに向けた。彼女は頬を紅潮させた。

「レディ・ウィクリフ、あなたもすばらしい男を見つけたものだ。彼はなかなかの切れ者だよ。イングランドが戦争に勝つまでは、もうしばらく外務省で借りていてもかまわないだろう? 彼がいないと仕事にならない。ナポレオンの侵攻を食い止めているのはウィクリフのような英雄たちなんだ」

「ぼくは英雄なんかじゃありませんよ」ルシアンがにこりともせずに言った。

「謙遜《けんそん》するものじゃない。マーチ伯爵が聞いたら怒るぞ。レディ・ウィクリフ、ウィクリフは先般、伯爵をフランスから救出したんだ。危険を冒しながらも、敵の眼前から同志をかっさらったわけだ。たまには冒険談をせがんでみるといい」

ブリンは片方の眉をつりあげた。「夫はその秘密をわたしに教えてくれませんでしたわ」

「口が堅いのは結構だ。なんでもぺらぺらしゃべっていると歴史の流れが変わる。しかも悪い方向にね。ウィクリフが黙っているなら、わたしも見習うとしよう。とにかく彼には感謝しているのだ。ウィクリフみたいな者があと一〇人ほどいてくれないかと思うよ」

ここまでの賞賛はそうそうあるものではないとブリンは思った。いったいルシアンの仕事は戦争にどこまでかかわっているのだろうか?

帰りの馬車のなか、ブリンはほんの少しだけ好奇心を満たすチャンスを見つけた。ルシアンは隣に座っていたが、表情はほとんどわからなかった。ランプに灯りが入っていないので、横顔が陰になっている。

ルシアンのようすをしばらくうかがったあと、カースルレー卿の賞賛を聞いてからずっと尋ねてみたいと思っていた質問を口にした。「外務省ではどんな仕事をしているの？」

「必要なことならなんでも」なんとも曖昧な返事だ。

「危険をかえりみずに行動しなければならないときもあるの？」

「そんなことはめったにない」

「外務大臣のお話とは違うわ。彼はあなたを英雄だと言っていたじゃない。レイヴンもそう思っているみたいよ」

「彼女はぼくをひいきしすぎだ」ルシアンがそっけない口調で言った。

「マーチ伯爵の救出は危険な仕事だったんでしょう？」

「義務を果たしたまでだよ」

ブリンは首を振った。「政府の仕事を義務だと考える貴族なんてめったにいないわ。だいいち仕事そのものをしない人がほとんどだもの。あなたはどうして外務省に入ろうと思ったの？」

暗闇のなかでルシアンがブリンのほうを向いた。「表向きの理由と真実のどちらを聞きたい？」

「真実がいいわ」

「ざっくばらんに言うなら、自堕落な生活にうんざりしたんだ」

ブリンがその言葉の意味を理解するのを待ち、ルシアンは先を続けた。「別に英雄的な決断でもなんでもない。ぼくは特権階級に生まれ育ち、若くして財産を相続した。両親はぼくが成人して間もないころ、外国旅行中に熱病で他界したんだ。ぼくには莫大な財産が遺されたが、どう使っていいのかわからなかった。だからカードや競馬などの賭博《とばく》に没頭した。そんな生き方をしていたものだから、ずっと……」

言葉を探しているのか、彼はしばらく黙り込んだ。「自分の人生にはなにかが欠けている気がしていたんだ。そのころはヨーロッパ情勢には興味もなかったし、よく知りもしなかった。ところが六年前、海軍にいた親友がフランスとの戦いで死亡してね。彼の死がきっかけで、人生には仕立屋をどこにするかとか、今夜はなにをして遊ぶか以外に考えるべき事柄があるはずだと気づいた」

その言葉には親友を亡くした悲しみや、自責の念が含まれているのが感じられた。

ルシアンはしみじみと言葉を続けた。「むなしい毎日を少しでも埋めようと、ぼくは外務省に入った。ところが仕事は予想以上のものをもたらしてくれたんだ。生まれて初めて、やりがいや目的意識を見つけた。仕事なら、たとえ危険を冒してもそれ以上のものが返ってくると知ったんだ」

ルシアンが打ち明け話をしてくれたことにブリンは驚いた。馬車のなかが暗いせいか、今朝の和解が理由なのかはわからないが、かなり個人的な心情を吐露してくれているのは間違いない。

ブリンは今の話をよく咀嚼《そしゃく》してみた。そして、ルシアンに謝らなければならないことに気づいた。ルシアンは命がけで他人を救うことのできる人なのに、わたしは彼のことを浪費家の遊び人だと思っていた。国のために危険な仕事をしていたのに、妻をほうっておいたと言って非難した。

それを思い起こすと、自分がちっぽけに感じられた。この数週間、なんてつまらないことで怒っていたのだろうと後悔の念に駆られる。

「そんなに重要な仕事をしているとは知らなかったわ」ブリンは静かに言った。

ルシアンが肩をすくめた。「言っていなかったから」

「結婚式の夜、わたしを置いていったのも仕事のせいだったの？」

薄暗いなか、ルシアンがブリンの目を見つめた。「そうだ。仕事でなければあんなことは絶対にしなかった」言葉がとぎれた。「もし理由を説明していたら、許してくれたかい？」

その口調の優しさにブリンは息をのんだ。親密さが増すのが危険なのはわかっているが、今は正直に答えたい。「今思いだしても、とても許せるような心境ではなかったけれど、仕事を優先すべきなのは理解したと思うわ」

ルシアンが力なく笑った。「ぼくにとってナポレオンを倒すのは、単なる仕事ではなくなっているんだ。情熱を傾けていると言ってもいい。多くの死んでいった友人や同胞たちを思うと、なにがなんでも戦争に勝たなくてはならない気になる。イングランドやヨーロッパ全土に対してこれだけの破壊活動を行ったナポレオンに、罰を受けさせたいんだ。やつを失脚させるためなら、ぼくはなんでもする。たとえ紳士にふさわしくない仕事だとしても」

「それはどんな仕事なの？」

ルシアンが体をこわばらせたのが目に見えたというより感覚でわかった。彼は急に相手が誰だか思いだしたとばかりに頭を振った。「レディの耳に入れる話じゃない」口調が厳しくなった。絶望的な気分が伝わってくる。

おそらくひどいことがいろいろあるのだろう。それでもブリンはすべてを聞かせてほしいと思った。生涯をともにすることになった、この驚くほど複雑な男性をもっとよく理解したい。

ブリンは黙り込み、今の思いがけない告白についてじっくり考えた。だが馬車がウィクリフ邸に到着したとき、ふとあることに気づき、今度はそちらが気になりはじめた。今夜は不安になるほど楽しかったが、このあとはどうなるのかしら？　つまり、またルシアンはわたしのベッドに来るようになるの？

緊張に速くなった鼓動をこらえながら、ルシアンに腕をとられて家に入り、サテンのケープを執事に渡した。ところが結婚式の夜と同じく、ルシアンに客人が来ていると知らされた。それが部下のバートンだと知り、ルシアンはちらりとブリンを見た。こんな遅い時間に訪ねてくるなど悪い知らせに違いなかった。「すまないが、失礼するよ」

ブリンは内心ほっとしながら、かすかにほほえんだ。「ええ」

ルシアンは大階段をあがるブリンのうしろ姿を目で追った。ほっそりとしてぴんと伸びた背中、優雅なアイボリーとシルバーのドレスの下でゆっくりと揺れる腰。今夜ほど来客が残念に感じられたことはない。

間の悪さを呪いながら、ルシアンは足早に書斎へ向かった。ドアを開けるとフィリップ・バートンが立ちあがった。

「お邪魔してすみません。捜査結果をお知りになりたいだろうと思ったものですから。最後に強奪された金貨がフランスに渡ったのは間違いありません。ブローニュの港から入っています」

ルシアンはののしりの言葉を吐いた。「その先は？」

「それがわからないのです。足取りはそこで途絶え、金貨は忽然《こつぜん》と消えてしまいました」

「馬車一台分の金貨がいったいどうやったら忽然と消えるんだ」ルシアンは皮肉を言った。

「そこで小分けにしたのかもしれませんね。いずれにしても、調べきれなかったことに変わりはありません。申し訳ないと思っています」

ルシアンは歯を食いしばって怒りをのみ込んだ。「きみが責任を感じることじゃない」

「おそらくキャリバンが運んだのだと思われます」

「目撃者がいるのか？」

「いいえ、今回はいません。どうされます？　ご自分でフランスへ捜査に行かれますか？」

ルシアンは躊躇《ちゆうちょ》した。キャリバンをつかまえに行きたいのはやまやまだが、今はどうしてもイングランドを離れたくない理由がある。関係修復をはかりはじめたばかりだというのに、ブリンをひとりで残していくのは本意でない。ここで金貨と犯人を追ってフランスへ潜入すれば、ブリンを口説けなくなる。どちらにしても金貨はすでにナポレオンの手に渡っている可能性が高いだろう。バートンを送る手もあるが、あのずる賢い犯人がまだぐずぐずしているとは思えない。

いや、キャリバンの正体につながる手がかりが残されているかもしれない。

「今回はぼくの代わりにきみが行ってくれ」

「ぼくが、ですか？」

「キャリバンにつながる数少ない手がかりだ。どんな些細な情報でも調べておきたい。だが、ぼくは今ロンドンを離れられないんだ」

若いバートンが黒い目を熱意で輝かせた。「承知しました。すぐに出発の準備にかかります」

その意気込みを見て、ルシアンはすかさず注意を与えた。「なにも出てこなくてもがっかりするな。行きづまる可能性は大いにあるぞ」

「わかっています。キャリバンは金貨の運搬を配下の者に任せ、自分はフランスへ行かなかった可能性もありますしね」バートンが暗い表情で顔をしかめた。「ぼくたちの鼻先で犯罪が行われているのかと思うと、まったく癪に障ります」

「たしかにそうだな。その件でちょっと考えがあるんだが……少し方向性を変えて、ここも捜査対象に入れようかと思っている」

おうと考えている」

「ロンドンの社交界だ。キャリバンが誰であってもおかしくない。わかっているのは金があり、おそらく爵位も持っていることだけだ。つまり秋の社交シーズンに合わせてロンドンへ来るかもしれない。じつは、ウォルヴァートンにキャリバンの正体を探る手伝いをしてもらおうと考えている」

「ことは?」

バートンがしかめっ面をした。「ウォルヴァートン卿がご友人なのは存じあげていますが、あの方が国のためにひと肌脱ごうとするでしょうか? どうせ彼にとって大事なのは……」

唐突に言葉を切り、言いすぎたとばかりに顔を赤くした。

「自分の楽しみだけだと?」ルシアンは言葉を継いだ。

「そうです。すみません、ぶしつけなことを言いました。でも、ウォルヴァートン卿はこのような大事な捜査を任せてもいいほど信用できるのですか?」

「あいつなら大丈夫だ。真面目には見えないが、社交界のどこにでも入り込めるし、誰とでもつきあいがある。少なくとも容疑者を絞る助けにはなってくれるはずだ。それに最初はおもしろ半分で引き受けるだろうが、そのうち目的意識を持つようになるかもしれない。あいつに欠けているのはその点だからな」

「そういうことなら彼の助けを借りるのもいいかもしれません」バートンがしぶしぶ同調した。

ルシアンはにやりとしそうになるのを我慢した。バートンはぼくの正攻法ではないやり方にときどき異議を唱える。だが、結果的にはぼくのやり方が功を奏するのを何度も見てきた。

彼はバートンを玄関まで送り、重苦しい気持ちを振り払えないままゆっくりと階段をあがった。強奪された金貨がフランスに渡ったという報告を聞いたせいで、その事件が起きたときに自分がなにをしていたかをまたもや思い知らされた。あのときはわが身の結婚にうつつを抜かして任務をなおざりにし、何人もの男たちを死なせてしまった。

ルシアンはクラヴァットをむしりとりながら部屋に入った。そしてブリンのことを思いだして、はたと足を止めた。互いの寝室をつなぐドアが少し開き、柔らかいランプの灯りがもれている。

彼を待っていたのか、驚いたことにブリンは着替えもせずに居間で本を読んでいた。

彼女が顔をあげ、ルシアンを見た。いつ見てもどきりとさせられる目だ。だが今はどういうわけかエメラルド色の瞳にいつもの輝きがなく、こちらを見ている表情もどこか心配そうだ。

「なにかよくないこと?」ブリンが弱々しく言った。

これはブリンとさらに親しくなるいい機会かもしれない。けれども本能的に、今はやめたほうがいい気がした。

もしここでぼくがどうして暗い気分なのか、あるいはなぜ明日からまた外出が続くのかを説明すれば、ブリンは理解と同情を示してくれるだろう。ほんのわずかではあるが、彼女の態度はすでに和らいでいる。だがグレイソンが金貨強奪に関与している可能性があるので、た。

ぼくはなにもしゃべるわけにいかない。敵に情報をもらせば致命的な結果になりかねなかった。

ブリン、きみはぼくの敵なのか？

いや、大事な点は隠したまま、彼女がなにをどれほど知っているか探ることはできるかもしれない。

「ああ、あまりよくないことだ」

ルシアンはブリンの前にある安楽椅子に腰をおろし、くつろいでいるふうを装って脚を伸ばした。「ある盗難品がフランスへ密輸されたんだ」

「密輸？」ブリンは説明を待つように、少しだけ眉をあげた。

「盗まれたのは普通の闇市場で取引される品物ではない。金貨だ。しかも、こっそりとフランスへ送られている」

「どうしてフランスなの？」ブリンは本当にわからないようすで眉をひそめた。興味深い。

「フランス軍が必要としているからだよ。フランスの紙幣は当分、紙くず同然だからね」おどけた笑みを浮かべようとしたが失敗した。「この事件はイングランドにとって二重の意味で痛手なんだよ。軍や同盟国を支援するための金貨が奪われることはそれだけでも致命的なのに、それが敵の手に渡るわけだからね」

ブリンは黙って考え込んでいた。

「この密輸組織はたちが悪いんだ。目的のためなら人殺しも辞さない」ルシアンはちらりとブリンを見た。「コーンウォールで生まれ育ったのなら、密貿易についてはよく見聞きしただろう?」

ブリンは目をつぶった。「少しよ。たいていの家は多かれ少なかれ手を染めていたわ。それが生活するすべだから」

「犯人グループや首謀者につながる手がかりがなくて困っているんだ。じつはきみのお兄さんなら、どう捜査すればいいか助言してくれるんじゃないかと思ってね」

「どうして兄さんが?」ブリンは警戒する声になった。

「なかなかのつわものに見えるからだよ。犯人逮捕に結びつく裏情報を知っていそうだ」ブリンの不安をほぐすように、ルシアンは少しほほえんでみせた。「コーンウォールの人々の暮らしを脅かすつもりはないよ、ブリン。ただ金貨をフランスに渡したくないだけだ。血なまぐさい戦争を終わらせるためには、なんとしても犯人を逮捕しなくてはならない」

ブリンの顔に困惑がよぎり、どこか落ち着きがなくなった。ルシアンは心が沈んだ。

「兄さんが役に立てるかどうかはわからないけれど、訊いてみるのはかまわないと思うわ」

ルシアンは作り笑いを浮かべた。望んでいた返事ではない。本当は兄が密貿易に関与しているわけがないと否定してほしかった。ルシアンは椅子から立ちあがり、ブリンのところへ行って額にキスをした。「ゆっくりおやすみ」

「もう行くの?」

「ここにいてほしいのかい?」

視線が絡みあった。ルシアンはじっとブリンの表情を見守った。ずいぶん経ったころ、彼女がその視線に耐えられないとばかりに顔をそむけた。

ルシアンは明るい調子で言った。「じゃあ、今夜は我慢していい子にしているよ」返事はなかった。ルシアンは手の甲でブリンの頰に触れた。「心配しなくてもいい。きみがその気になるまで待つつもりだ。無理強いはしないよ」

「どうするかはあなたの自由よ」

「そうなのか？」

おやすみと言われたことに驚きと名状しがたい失望を覚えながら、ブリンはルシアンが立ち去るのを見送った。

ルシアンがいなくなると、安堵の吐息がもれた。動揺しているのはなにも彼のせいだけではない。先ほどの話で気になることができたためだ。

兄が扱っている品物はワインとブランデーとシルクだけだとずっと思っていた。金貨を盗んで敵に渡すなどという恐ろしい犯罪にかかわっていると疑ったことは一度もない。ブリンは唇を嚙んだ。もしそんなことをしていたら気づいたはずだ。それほどの秘密をわたしに隠せるとは思えないが、ここ数週間の兄の行動はわからない。

先日、この家を訪ねてきたときの兄はどこかおかしかった。そういえば……ルシアンがどんな仕事をしているのか、諜報活動に携わっているのではないかとやけに気にしていた。先ほどのルシアンの口ぶりも奇妙だった。兄を疑っているのだろうか？

そのときあることに気づき、ブリンはぎくりとした。わたしはルシアンを甘く見ていた。彼はけっして英雄ごっこをしたがっている暇な貴族などではない。親しい友人たちを戦争で亡くし、惨劇を止めてみせると心に決め、命がけで戦っている人だ。その話を聞き、ルシアンへの尊敬は高まった。だが、不安が増したのも事実だ。たしかにルシアンはなかなかの切れ者だ。そして金貨を強奪した犯人の逮捕に必死になっている。彼が兄を疑っているのだとしたら……。

さらに別の点に思いが至り、ブリンはぞっとした。ルシアンは最初から兄を怪しんでいたのかもしれない。そもそもコーンウォールへ来たのはそれが理由なのだろうか？ わたしと結婚したのも兄に近づくため？ わたしは利用されただけなのだろうか？

そういえば、ほかにもまだ思いあたる節がある……。どうして兄はあそこまでルシアンのシールリングにこだわったのだろう？ ブリンははっとした。まさか本当に金貨強奪に関与しているのかしら？ わたしは知らないうちに犯罪の片棒を担いでしまったの？

そんなことは考えるだけでも恐ろしい。

ブリンは頭を振り、唇を引き結んだ。兄の言い分も聞かずに結論を出すわけにはいかない。だが、問いただしてみたいことがたくさんあるのも事実だ。明日の朝いちばんに手紙を書こう。

13

ふたりは剣の柄を奪いあいながら、長いあいだ互いをにらみつけていた。ついに男が叫び声をあげて身を翻し、ルシアンに体ごとぶつかった。ふたりはテーブルの上に倒れ、そこから床に落ちた。

ルシアンは息をはずませつつ脇へ転がり、急いで立ちあがった。手にはしっかりと剣の柄を握りしめて。男が床に倒れたまま、うめき声をあげた。胸から血があふれだしている。

ルシアンは剣を床に落とし、死の淵にいる男のそばに膝をつくと、そっと頭を抱えあげた。

「ジャイルズ……」ルシアンの表情は怒りに満ちていた。

「ルシアン、許してくれ……こうなってよかったんだ……どうか……」

最後の言葉が終わらないうちに、男は激しく咳き込み、大量の血を吐いた。

「死ぬな……」

かすれた叫び声で目が覚め、ブリンは体を起こした。心臓が激しく打っている。寝室は暗く、しんとしていた。

隣の部屋からまたくぐもったうめき声が聞こえたため、ブリンは慌てて蠟燭に火をともし、そっとルシアンの寝室へ入った。ルシアンは天蓋つきの大きなベッドに横たわり、激しく頭を振っていた。リンネルのシーツが腰までずり落ち、裸体があらわになっている。

ルシアンがまた苦しげな声をもらした。ブリンは胸がしめつけられ、彼の上にかがみ込んで腕に触れた。冷たい汗をかいている。

ふいにルシアンがかっと目を見開き、ブリンを凝視した。そして思いがけない強い力で手首をつかんだ。

ブリンは驚いて腕を引き抜こうとした。「起こしてごめんなさい……夢にうなされていたから」

ルシアンの目から徐々に殺気が消えていった。「またあの夢を見た……あいつを殺した夢だ……」

内容はすべて知っていたが、ブリンはあえて口にしなかった。以前、彼女がその夢を見たと言ったとき、ルシアンは信じてくれなかった。それに今、その話をして、また魔女のようだと思われるのもごめんだ。

ルシアンが体を震わせたのを見て、ブリンは声をかけた。「大丈夫?」

彼はゆっくりと上半身を起こして片肘をつき、手で顔をぬぐった。「ああ、大丈夫だ」

「じゃあ……」ブリンが立ち去ろうとすると、ルシアンが懇願した。

「お願いだ……行かないでくれ」

ブリンは迷った。髪はおろしたままだし、キャンブリック地のネグリジェは露出が多く、足は裸足だ。だがルシアンが夫婦関係を求めているわけでないのは、そのようすから明らかだ。彼女の体には目を向けず、ただ暗闇をにらみつけている。

ブリンはベッド脇のテーブルにそっと蠟燭を置いた。そばにとどまるのは危険だとわかっているが、彼が慰めを求めているなら、むげに断るわけにもいかない。

「どんな夢だったのか話してくれない？　シオドーもひところ悪夢に悩まされていたけれど、話すと少しは楽になっていたわ」

ルシアンは彼女の表情をじっとうかがっていたが、やがて横を向いた。「聞かなければよかったと思うようなひどい話だぞ」声は低くこわばっていた。

ブリンはできるだけ距離をとるよう努めながら、ベッドの端に腰をおろした。「それでも聞かせてほしいわ、ルシアン。ずいぶんあなたを苦しめている夢みたいだから」

長い沈黙のあと、ようやくルシアンが口を開いた。「ぼくは人を殺したことがある。相手は友人だと思っていた男だ」

「ジャイルズ？」ルシアンが鋭い視線を向けた。ブリンは嘘をついた。「うわ言でその名前を口走っていたわ」

ルシアンがブリンを凝視した。「そう、ジャイルズだ」かすれた声で言う。

ブリンは彼の絶望感を感じとった。「でも、平然と殺したわけではないんでしょう？」

「それは違う。彼は裏切り者だったんだ……」また沈黙が続いた。複雑な表情をしているのは、どこまでしゃべるか迷っているからだろう。

「なにがあったの？」ブリンは促した。

ルシアンがため息をついた。「数ヶ月前……マーチ卿を捜すためにフランスへ行ったとき……ぼくはジャイルズの裏切りに気づいた。彼はフランスに情報を売っていたんだ。こっちの諜報員の名前や身分を敵に教えていた。ぼくが問いつめると、ジャイルズは見逃してくれと言って泣きついてきた」

彼はつらそうな顔をした。「だがその裏切りのせいで部下が何人も死んだことを思うと、不問に付すわけにはいかなかった。追いつめられたジャイルズは剣を抜いてぼくに襲いかかってきた……それはなんとかかわしたが……結局、ぼくはその剣で彼を殺した」自分の両手を見おろす。「今でもそのとき手についた血が見えるんだ」消え入りそうな声で言った。

ルシアンは仰向けになって目をつぶった。苦悶に顔がゆがんでいる。ブリンは彼を慰めたかった。かいま見せてくれた心の闇と絶望を癒してあげたい。

おずおずと手を伸ばし、ルシアンのカールしたつややかな髪に触れた。するとふいに体を引き寄せられ、強く抱きしめられた。彼の心臓の響きが体に伝わってくる。

ブリンは抱きしめられたまま、長いあいだじっと身をこわばらせていた。相手が子供なら抱きしめ返して慰められるだろう。だが、今はとても母親のような気分にはなれない。彼のたくましい体のぬくもりに男性を感じ、息をするのさえ苦しいほどだ。起きあがりたかったが、ルシアンが慰めを必要としていると思うとそれもできない。ブリンはためらいがちに彼の体に腕をまわした。ルシアンが彼女の首筋に顔をうずめた。

ブリンはやむをえず、そのままでいた。心のなかでさまざまな感情が渦を巻いている。

「ぼくが怖くなったかい?」ルシアンがつぶやいた。

「いいえ……そんなことはないわ。しかたがなかったんでしょう?」ブリンはしっかりとした声で答えた。

「そうだな」そのひと言に、ブリンはルシアンの怒りを見た。「あのときのぼくに選択肢はなかった。そしてジャイルズもほかに選ぶ道はないと思い込んでいた。彼には人と違う性癖があって、それをばらすと脅迫されたんだ。ジャイルズはおのれの恥を隠すため、もっと重い犯罪に手を染めてしまった」

「反逆行為ね」

ルシアンは再びため息をもらした。「社交界の若者を食いものにしているやつがいるんだ。おそらく貴族だろう。金で買うか、弱みにつけ込むかして、若いやつらに国を裏切らせている。そいつにだけはなんとしても正義の裁きを受けさせてやるんだ……」

ルシアンがこぶしを握りしめたのが彼女の背中に伝わってきた。「ジャイルズの場合もそういうふうにして進退きわまったわけね」

「そうだ。最後はひざまずいて泣きながらぼくに懇願していた。そして油断していたぼくに襲いかかってきた。本当に殺す気だったのか、あるいは自分の苦しみを終わらせてほしかっただけなのかはわからない。ジャイルズの死後、ぼくは彼の罪を隠すと決めた。そんなことをしても慰めにはならないけれどね。道で追いはぎに襲われて死んだことにしたんだ。ほかに解決法がなかったかと考えると悔しくてたまらない」

「あなたのせいじゃないわ」

ルシアンがおかしくもなさそうに笑った。「頭ではわかっている。だが、潜在意識では納得していなくてね」言葉を切った。「ときどき自分が死ぬ夢を見ることもある」

「あなたが？」

彼は身震いをした。「両手がジャイルズの血で濡れていて、気がつくとそれが自分の血に変わっているんだ。そしてぼくは死にかけている。だが、ジャイルズを殺したんだからしかたがないと思っているんだ」

「ルシアン……どうしようもなかったのよ。自分を許さないとだめ」

「そんなことはさんざんやってみたよ」ルシアンがかすれるほど低い声で言った。「殺されかけた経験がこんなに深い傷になるとは思ってもみなかったよ。あれ以来、ぼくは変わった……自分もいつかは死ぬことに初めて気づいたんだと思う。でも、このままでは自分が生きた証をなにも残せずに死んでいくことになる。跡継ぎもいないままに」

ブリンはようやく納得がいった。「だからあれほど結婚したがっていたのね」

ルシアンは顔を引き、ブリンの目を見つめた。「そうだ。自分の人生が無駄ではなかった証拠を残したいんだ」

ブリンは動揺した。どうすればいいの。彼に対して優しい思いを感じてしまっている。下手に誘惑されるより、意外な弱さを見せられるほうが胸にこたえる。

「ルシアン……」ブリンは迷った。こんな親密な会話を続けていても大丈夫なの？ わたしにも悩みがあることを打ち明けてもいいものかしら？ ルシアンの気持ちはよくわかる。わたしも同じような恐れを抱いているからだ。呪いのせいで誰にも愛されず、ひとりで死んでいくのかと思うととても怖い。

ルシアンが腕の力を緩めて少し顔を離し、ブリンの胸にかかった髪を指先でもてあそんだ。

「ぼくが傲慢だったよ。息子を産んでくれと言えば、当然きみは同意するものと思っていたんだから。きみがぼくとの結婚をいやがった気持ちはわかる」

突然込みあげてきた感情に不安を覚え、ブリンは目をつぶった。「わたしを繁殖用の牝馬みたいにお金で買ったのは傲慢だったかもしれないけれど、あなたとの結婚をいやがった理由は子供のことじゃないわ。ただ結婚したくなかっただけ」

ルシアンがブリンの顔をまじまじと見た。「ぼくの子供を産むのは別にいやではないのかい？」

「ええ、それはかまわないの。そのわけは……身勝手なものだけど」

「どうして子供を産むのが身勝手になるんだ？」

ブリンは顔をそむけ、不安と闘った。こんな静かな夜は打ち明け話にふさわしい。蠟燭の灯りしかない暗闇にいると、胸のうちを開くのは容易だ。だがこんなふうにじっと見つめられながら、しみじみとした話をするのはとても危険だ。

「子供がいれば寂しさがまぎれるもの」

「寂しさ?」

「わたしはずっと寂しい人生を送ってきた。あなたにはわからないわ」

ルシアンはブリンの顎に手をかけ、自分のほうを向かせた。「寂しさならぼくにもわかるよ、ブリン」

「嘘よ」ブリンは眉をひそめた。「恵まれた人生を送ってきた人に寂しさがわかるというの? あなたにはたくさんお友達がいるじゃない」

「本当に親しい友人はわずかだ。ご機嫌取りはいくらでもいるが、心から信頼できる相手は片手ほどもいない。ずっと孤独を感じながら生きてきた」

ブリンは目を伏せた。「でも、わたしとは違うわ。あなたは愛する相手を自由に選べる。だけどわたしは男性のそばに行くことも、ほほえみかけることも、友人としておしゃべりをすることもできない。死なせてしまうのが怖いから」

ルシアンは手を伸ばし、彼女の頰にそっと触れた。その優しさにブリンは顔を曇らせた。心を通いあわせるのが耐えがたいほどつらい。この悩みを打ち明けたのはルシアンが初めてだ。家族にさえ話したことはなかった。呪いへの深い怒りや、愛する人を死なせてしまうかもしれない恐怖は、母親しか理解できないだろうと思っていたからだ。

「ブリン……」ルシアンがさらに低い声で言う。「きみはぼくにジャイルズのことで自分を許せと言ったね。きみも同じだよ。ジェイムズの死のことできみ自身を許さないと」

「それは話が別よ」

「そんなことはない。きみは自分の手で彼を殺したわけじゃないだろう? 彼が海でおぼれたのはきみのせいじゃないんだ」

ブリンはルシアンの顔を見つめたまま、激しく葛藤した。

「きみにとってこの結婚生活はけっして愉快ではなかったと思う。ぼくもきみとこんな関係でいるのはごめんだ。長いあいだきみをひとりにしておいたぼくがいけなかった。冷たいことをしたと思うよ……自分のことしか考えていなかった」ルシアンが低い声で笑った。「ぼくのほうがずっと身勝手だな」

ブリンはごくりと唾をのみ込み、かぶりを振った。「それは身勝手とは違うわ。あなたは息子が欲しかったんだから」

「それでももっときみの気持ちを考えるべきだったよ。ブリン、ひどい扱い方をして本当にすまなかった。ぼくはきみに幸せになってほしい。それが無理なら、せめて満足のいく人生を送ってほしいんだ」

彼の謝罪にブリンの心の壁はがらがらと崩れ落ちた。親指で下唇に触れられ、呼吸が乱れる。

「ぼくたちの結婚生活はお粗末な滑りだしだったが、まだ遅くはない。もう一度、最初からやりなおそう。わざわざよそよそしい関係でいることはない。喧嘩ばかりしているのではなく、本当の夫婦になろう。ぼくはちゃんとした夫になりたい」

ブリンは胸が張り裂けそうだった。「だめよ、あなたは呪いのことを忘れている。わたしたちは本当の夫婦にはなれない。わたしがあなたを好きになれば、あなたの命が危ないわ」

ルシアンが口元をゆがめた。「ぼくは呪いなんて信じていない」

「でも――」

ルシアンは黙ってというようにブリンの唇を指で押さえた。「危険があるのなら喜んで引き受けるよ。呪いがあろうがなかろうが、もうきみと言い争いたくない」

優しいほほえみを向けられ、ブリンは心がとろけそうになった。なんという美しい唇だろう。それにたくましい胸。上品で端整な顔立ちと、しなやかで屈強な肉体に惹かれる気持ちを抑えられない。そのうえこんなふうに優しくされたら、どうして抵抗できるだろう？

ブリンは自分の気持ちが危険なほどルシアンに傾いているのに気づいた。彼の優しくて弱い一面に魂が揺さぶられる。心を許してしまうのはあまりにたやすく、男性的な魅力に抗うのはひどく難しい。もう限界だ。だけどここで気を緩めてしまえば、どこまで落ちていくかわからない……。

ルシアンがブリンの唇に指をはわせた。「もうぼくを拒まないでほしい」

その指の感触が炎のごとく熱く感じられ、全身の感覚が痛いほど敏感になった。いっそ逃げだしてしまおうかと、ブリンは自分の寝室に続くドアへ目をやった。

それに気づいたのか、ルシアンが静かにため息をついた。「今すぐに決めなくてもいいよ。せかすつもりはないから」

ブリンはほっとし、部屋へ戻ろうと体を起こしかけた。だが、ルシアンが懇願の表情もあらわに彼女の腕に手をかけた。「お願いだ……行かないでくれ。今夜はここにいてほしい。もう悪い夢は見たくないんだ」

ブリンはどうしていいかわからず、絶望的な気分でルシアンに目をやった。とどまるのは危険だが、彼がまた悪夢を見てしまったら気の毒だ。

「襲ったりしないと約束するから」ルシアンは悲しげで自嘲気味の笑みをちらりと浮かべた。「同じベッドにいながら手を出せないのは地獄の苦しみだけどね」ブリンがまだ迷っていると、彼はかすれた声でささやいた。「一緒にいてくれ。今夜だけでいい。ぼくにはきみが必要なんだ」

せつない声に胸がつぶれそうになり、ブリンはもう一度身を横たえた。ルシアンが覆いかぶさるようにして蠟燭の火を消し、暗闇がふたりを包み込んだ。シーツを引きあげられたときは緊張したが、ルシアンにそっと体を押されると、ブリンはされるがままに背中を向けた。こわばった体に彼のぬくもりがあたたかく感じられる。どうか最後まで拒み続けられますように。

「いい気分だ」ルシアンがブリンの髪に鼻先をうずめた。

彼の体から力が抜け、やがて息遣いが穏やかで規則的になった。どうやら眠りに落ちたらしい。

ブリンの緊張が解けたのは、それからずいぶん経ってからだった。静寂に慰められ、暗闇に安らぎを覚えたが、それでも眠りはいっこうに訪れなかった。こうしてルシアンの腕に抱かれ、体温を感じながら寝息を聞いていると、やるせない思いが込みあげてくる。体を寄せあうことで心の葛藤は深まるばかりだ。

ルシアンの申し出はあまりに魅力的で胸をえぐられる。彼はよそよそしい関係を終わらせ、本当の夫婦になろうと言ってくれた。そうなればわたしの孤独は終わる。

でもその代償は？　ルシアンの命？　彼にもしものことがあったら、わたしは打ちのめされるだろう。悲しみや罪の意識に耐えられるとはとても思えない。すでにこんなに好きになっているのだから……。

ブリンは固く目を閉じた。これまではルシアンの高飛車な態度にことさら腹を立て、彼から無視されることにわざと傷つき、意識的に好きにならないよう努めてきた。すべてはルシアンを危険から守るためだ。けれど、結局はこうなってしまった。

なんという不条理だろう。本当の夫婦になろうという申し出を受けるかどうか、わたしには考えてみる権利さえない。心から望んでいるのに、呪われた人生はそれを許さない。わたしが求めているのは、けっして手に入れられない愛なのだから。

そうはいっても、この感情をどうやって消せというのだろう。今もこうしてルシアンの手が胸に伸びてくると、彼は眠っているというのに、わたしは体がうずいて声がもれそうになる。そしてルシアンのぬくもりやたくましさをもっと感じたいと望んでしまう。

ブリンはそっと体を離して寝返りを打ち、月明かりに照らされた夫の顔を眺めた。なんて美しい顔立ちだろう。うっすらと生えた無精ひげがかえって男らしい。できるものなら手を伸ばし、自分のものとはまったく違う感触の頬に触れたい。もっと体を寄せあい、情熱を解き放ち、彼の魅力におぼれてしまいたい……。

だがそんなことは絶対にしてはいけないのだと思うと、絶望感に身を引き裂かれそうになる。ルシアンの申し出は受け入れられない。この結婚は始まりと同じく最後もいさかいで終わるかもしれないが、喜んで甘んじよう。これ以上、彼への思いを深めるわけにはいかない。わたしにとって愛とはけっして実現しない夢なのだから。少なくとも精神的にはルシアンと距離を置かなくてはいけない。

物理的にも距離を置けたらどんなに楽だろう。もし別々に暮らせたら……。

ブリンはさまざまな思いを押し殺そうと、震えながら息を吸った。ルシアンはわたしが妊娠したら解放すると言った。彼に約束を守らせよう。それにはまず息子をもうけなくてはならない。跡継ぎさえできたら、ルシアンはわたしの好きにさせてくれるかもしれない。

そのときこそ約束を盾にルシアンから逃げるのだ。

もしわたしが差しだせる以上のものを彼が求めてきたら？　そうなったらなんとしてもルシアンを追い払うまでだ。彼の身を守るためには自分の感情などかまってはいられない。

新たな決意を胸に秘め、ブリンは目を閉じた。しばらくうとうとしたが、自分の寝室ではなく、隣に夫である男性が寝ているせいで、眠りは浅いままに終わった。

カーテンの隙間《すきま》から夜明けの光が差し込むころには、すっかり目が覚めていた。ブリンは横たわったまま、いけないと思いながらも、彫りの深い端整な顔立ちに見惚れていた。

ルシアンが目を覚ましたのも、まだ朝早い時刻だった。彼はふいに目を開け、驚いた顔でブリンを見た。やがて彼女だとわかると、ゆっくりと微笑を浮かべた。「そうやって守護天使よろしくぼくを見守っていてくれたのかい？」

彼の顔を見ていたのを知られた恥ずかしさからブリンは頬を赤らめ、体を起こして背を向けた。これから話さなくてはいけないことを思うと、まともに顔を見るのが難しい。

「一緒にいてくれてありがとう。おかげで楽しい夢を見られた」ルシアンが言った。

そんなふうに背中をなでられるとつらい。ブリンはシーツを胸元まで引きあげて膝を抱え、今から話すべき事柄に備えて身構えた。

「ゆうべ、あなたが言った申し出について考えてみたの」ブリンは低い声で切りだした。

一瞬、沈黙があった。「それで？」

「喧嘩をやめるのには賛成よ。でも……ふたりの関係は最初の取り決めどおりにしておきたいの。跡継ぎができたらわたしを解放すると約束してくれたわよね」

「ああ、そう言った。だが、そのときとはもう状況が違うと思うが？」ルシアンがブリンの背中を優しくなでた。

「いいえ、違わないわ」ブリンは振り返った。「わたしは結婚なんてしたくなかったし、その気持ちは今でも変わっていない」

ルシアンの顔に一瞬、落胆の色が走った。

「好きにすればいいとあなたは言ったでしょう？」

「そうだ」彼は淡々とした口調で言った。

「じゃあ、あなたとは割りきった関係でいさせて」

「呪いが怖いからか？」

「ええ」

つかの間、ルシアンはブリンの表情をうかがった。「妊娠するためには夫婦関係を再開させなくてはいけない」

「わかっているわ。妻の役目はきちんと果たすつもりよ。いつでもあなたに従うわ」

「従われても困る」彼は低い声で言った。「ぼくはきみに熱く燃えてほしいんだ。この前の馬車のなかみたいに」

ブリンは顔を赤らめた。「そこは我慢してもらうしかないわね」

「それではうまくいかないと思うな」

ブリンは問いかけるようにルシアンを見た。「どうして？」

「きみを無理やり従わせていると思うと、ぼくは自分に嫌悪を覚えるからだ」

「無理やりじゃないわ。わたしも妊娠を望んでいるもの」

「それだけではだめだよ、ブリン。きみはぼくに種馬になれと言っている。だが、気分が盛りあがらなくては種馬にもなれない。きみがしぶしぶ従っているといった態度では、ぼくの興味も失せてしまう」ルシアンがにやりとした。「ぼくがそんなふうでは妊娠もできないだろう？」

ブリンは彼の唇に視線を落とし、甘いキスを思いだした。「しぶしぶやっているという態度にはならないように気をつけるわ」

「口約束では信じられない」ブリンが顔をあげると、ルシアンはさらに続けた。「ぼくは無理強いはしないと言ったはずだ。だから、きみが主導権を握るしかない」

「主導権を握るってどういう意味？」

「夫婦関係を持ちたいときは、きみのほうからぼくを誘わなくてはいけないという意味だよ。きみがぼくをその気にさせるしかない」

想像するだけでも鼓動が速くなり、顔が赤くなった。「どうしていいかわからないわ」

「教えてあげるよ」ルシアンが言葉を切り、ブリンの顔をのぞき込んだ。「さっそく試してみるかい？」

彼女は目を丸くした。「今から？」

「善は急げだ」ルシアンはにっこり笑った。「妊娠する可能性を少しでも増やしたいだろう？」

ブリンは黙り込んだ。

「そうか。じゃあ、しかたがない」ルシアンがベッドから出ようとシーツをとった。「きみの好きにすればいい」

「待って！」ブリンはルシアンの目を見た。「どうすればいいのか教えて」

14

ルシアンは首を傾け、愉快そうな顔でブリンを見た。「ぼくが教えることはなにもないんじゃないか？　きみは海の女神だろう？　アフロディーテは視線ひとつで男を悩殺したと聞くぞ」

ブリンは自分が主導権を握ることに戸惑いを覚え、顔を赤らめた。生まれてこのかたずっと慎み深く生きてきたのに、そんなはしたないまねができるわけがない。

「まずはそのネグリジェを脱ぐというのはどうだい？　美しい女性の肢体に男はぐっとくるものだ」

結婚して何週間にもなるが、まだルシアンに全裸を見られたことはない。「こんなに明るいところで？」ブリンは抵抗した。

「まだ明け方だ。それに目的のためには昼も夜も愛しあったほうがいい」

ルシアンは渋っているブリンを促した。「ほら、新妻が恥じらってもいいのは最初だけだ。夫の気を引くためには大胆にならないと」

ブリンは勇気を振り絞り、ドレスを床に滑り落とした。ルシアンが胸を見つめているのにルシアンがつぶやき、胸から腿の合わせ目へと視線をおろしていく。

「次は……ぼくを楽しませてくれるんだろう？」

ブリンはルシアンの腰にかかったシーツにちらりと目をやった。「わたしが楽しませてあげなくても、すっかりその気になっているように見えるわ」

ルシアンが罪作りなほど魅惑的なほほえみを浮かべた。「この程度ではまだまだだな」そして脚でシーツをどけた。

ブリンはどきりとした。たくましくてしなやかな体は、すでに充分なほど高ぶっている。

ルシアンは仰向けになり、両手を首のうしろで組んだ。「さあ、どうぞ」

彼の堂々とした態度にもどぎまぎするが、自分の体がほてっているのも恥ずかしい。「手を貸してくれないの？」

「そんな気はないね。じっとしているから、みだらにぼくを悦ばせてくれ」

ブリンは顔を真っ赤にした。「そんな娼婦みたいな振る舞いはできないわ」

「夫のぼくになら、そういうことをしてもいいんだよ。恥ずかしがらなくていい。これは以前に見たことも触ったこともあるだろう？　きみはぼくを体のなかへ受け入れたんだ」

想像するだけでブリンは体の奥が震えた。だが、それでもまだ前に進めなかった。

「手本を見たいかい？」

「ええ」ブリンは小さな声で答えた。

「見ていてごらん」ルシアンは手を伸ばし、自分自身に触れた。そして、ゆっくりと愛撫の仕方を教えた。

「今度はきみの番だ。今と同じようなことをしてほしい。そっと触れるだけで充分だよ」

ブリンは深呼吸をして手を伸ばした。シルクのように滑らかな感触だ。「やっぱりどうしていいかわからないわ……」

「したいようにすればいい。すべてきみに任せるよ」

この優雅ですてきな男性はわたしの夫なのだ。わたしには触れる権利がある。それどころか触れるのは妻の義務だ。ブリンはもう一度手を伸ばした。

ルシアンの体が愛撫に反応するのを見て、ブリンは勝ち誇った気分になった。これならもう少し大胆になれるかもしれない。

「口を使ってごらん」

ブリンはかがみ込み、言われたとおりにした。

ルシアンが笑っているのかうめいているのかわからない声を絞りだした。「まあ、好きなだけいろいろ試してくれ」

ブリンが舌を使うと、ルシアンは熱い息をこぼして目を閉じた。彼の反応に勇気を得たブリンは、さらに舌と手を使って愛撫を続けた。ふいにルシアンがブリンの髪に手を差し入れ、体を離した。

「もうやめたほうがいいかもしれない。我慢できなくなりそうだ」声がかすれている。

ブリンはまた得意になった。ルシアンは冷めたふりをしているが、本当はそうではないらしい。だけど、それはわたしも同じだ。彼のそばに行きたくて肌がほてっている。ルシアンに引き寄せられると、ブリンは喜んで上になった。乳首を口に含まれたときは、みずから身を任せた。

彼女はルシアンの舌の感触に甘い声をもらし、背中を弓なりにそらした。

「きみが欲しい」

「ええ」体じゅうがうずいていた。腿のあいだが脈打ち、胸の先は深紅の蕾《つぼみ》のようにつんと立っている。

「おいで」

ルシアンはブリンの体を自分の肩の上に抱き寄せた。「もっと上だ」

低い声で命じられ、ブリンはぞくりと震えた。

ルシアンは頭を持ちあげて、彼女の茂みにキスをした。炎にも似た快感がブリンの体を貫く。

震える秘部を舌で責められ、ブリンは彼の髪をつかんだ。全身が焼けるように熱い。耐えがたいまでの喜悦に腰を引こうとしたが、ルシアンの手に止められた。この荒々しくぞくぞくする快楽から逃れさせる気はないらしい。

執拗な責め苦にブリンは苦悶の声をあげ、身をくねらせた。体じゅうが燃えあがる……。

突然、体がびくんと跳ねた。ブリンは背中をそらし、体を震わせながら爆発するような絶頂を迎えた。

体の痙攣が止まってもまだ、ブリンはすすり泣きの声をもらしていた。ブリンがルシアンの腕にしなだれかかろうとすると、彼は妻の体を持ちあげ、猛《たけ》り立つわが身の上におろした。またもや新たなすさまじい快感に貫かれ、ブリンは身をよじった。腰をおしつけ、深く彼を受け入れる。彼女の震える体を激しい衝撃の波が襲ったとき、ルシアンもようやく最後の瞬間を迎えた。

ブリンはあまりの恍惚感にめまいがし、乱れた髪を広げて夫の胸にくずおれた。ルシアンの荒い息遣いが耳元で聞こえる。

「初めてにしては上出来だが……」ルシアンがいたずらっぽい顔でささやいた。「でも、まだまだ努力する必要があるな」

けだるそうな声におかしみが含まれているのにブリンは気づいた。わたしを挑発しようとしているのだ。わかっていても、今は言い返すだけの気力がない。「わたしの努力が足りないんじゃないわ。教え方が下手なのよ」

「じゃあ、今度はほかの手を試してみるか」

ブリンは顔をあげた。「まだほかの方法があるの?」

ルシアンがにやりとした。「やり方はいくらでもある」

「今のはどこがいけなかったの?」

「いけなくはない。それどころか、とてもよかった。だけど同じことばかりで、飽きられてはいけないだろう？　ぼくがもっときみの要求に応えられるようになれば、妊娠の可能性はそれだけ高くなる。早く妊娠して、ぼくをお払い箱にしたいんだろう？」

ブリンはルシアンのどこまでも深く青い瞳を見つめた。彼がまた元気をとり戻しているのが体の奥に感じられる。「そうよ、それがわたしの望みよ」彼女は嘘をついた。

「それなら、なおさら……」ルシアンはブリンを引き寄せてキスをした。「さっそく次のレッスンにとりかかろう」

どうやらルシアンは本気で主導権を握る技法を教えようとしているらしく、それからは昼夜を問わず妻をベッドに誘った。

そして約束どおり、気分を高める方法や体の動かし方、愛撫の仕方や悦ばせ方を教え込んだ。ときにはあまりの過激さにブリンがひるむこともあったが、ルシアンは微笑でじらしながら誘導した。そしてブリンの体は、いつも最後には夫の愛撫に負けた。彼の妖《あや》しい魅力にはどうしても抗えない。ブリンはさまざまな技術を身につけた。

彼女は昔からなにもしなくても男性の心を惑わす力を持っていたが、ルシアンからいろいろ教わり、今は意図的に男性を高ぶらせられるようになっていた。その技巧は海千山千のルシアンにも通用するほどだった。

レッスンを始めてからわずか数日後には、ブリンはそれらの技を意のままに駆使できるまでになっていた。その日もブリンはルシアンに覆いかぶさり、裸の胸や筋肉質で平たい腹部に唇をはわせた。すでに屹立《きつりつ》している欲望の証を口に含むと、ルシアンは体を震わせた。そして数秒後には歯を食いしばり、うめき声をもらした。

「どうかしたの？」ブリンはとぼけた。

「わかっているくせに。きみの責め苦にじっと耐えているんだ」

自分がこの人を震えさせているのだと思うと優越感を覚える。ブリンは笑みを浮かべ、両手で彼の上半身をなでながら、敏感な先端に沿って舌をはわせた。「なにが責め苦なのかしら？」

ルシアンがふいに体を起こし、ブリンを仰向けにして押さえ込んだ。熱を帯びた暗い目には、意外にも真剣な表情が浮かんでいる。「そのとり澄ました態度がだよ。ぼくをこんなに燃えあがらせておきながら、自分は飄々《ひょうひょう》としている」彼はブリンの額にかかった髪をうしろへなでつけ、つらそうな顔になった。「きみは淡泊な態度を装って、情熱を表に出そうとしない。それがまた男をのぼせあがらせるんだ」

本当に淡泊な態度を装えているかどうかはさっぱり自信がなかったが、ブリンは作り笑いをつくろった。「満足でしょう？　これはあなたを熱くさせるレッスンだもの」

「くそっ。ああ、満足だとも」ルシアンが唇を重ねながらつぶやいた。

顔を見られなくてもすむように、ブリンはキスを受け入れた。ルシアンへの感情を必死に隠しているが、本当は淡々とした態度をとるのがとても難しくなっている。

ブリンにとってルシアンと愛を交わすことはもはや妻としての義務を超えていたし、単なる妊娠のための手段でもなくなっていた。ルシアンが欲しい。彼を燃えあがらせたい。ひとつになりたいと心から願い、ルシアンの愛撫が恋しくてしかたがない。

もしそんな気持ちを隠しおおせているとしたら、長年、男性に対して冷淡な態度をとり続けてきた年月のたまものだろう。だがそれでもルシアンに触れられれば、体じゅうを血が駆け巡り、熱い思いがわき起こる。悩ましげな表情をちらりと見せられただけで、気持ちが呼応してしまう。自分が彼にどんどん惹かれているのはわかっている。つまりそれは、地獄の板挟みに陥ることでもあった。


それから半月後、メレディスが夫のオードリー子爵と生まれたばかりの赤ん坊ルパートとともにロンドンへ出てきた。メレディスは妊娠のために社交界を遠ざかっていたが、秋のシーズンに合わせて戻ってきたのだ。ブリンは親友と再会し、また新たな板挟みに気づくはめになった。

メレディスは公爵令嬢ではあるが、お高く止まってはいなかった。ぽっちゃりした体型といい、よく笑う口元やカールした短い金髪といい、キューピッドにそっくりだ。見た目ばかりではなく、性格も明るくてかわいらしい。ブリンはさっそくメレディスを訪ね、あたたかい歓迎を受けた。ふたりは妊娠中の出来事についてあれこれおしゃべりをしたあと、昼寝をしている赤ん坊を見に行った。ルパートはすぐに目を覚まし、ぐずりだした。

「抱っこしてもいいかしら？」ブリンは訊いた。

か」

「もちろんよ。でも、ドレスによだれをこぼしたらごめんなさいね。わたしも何度汚された
ものよ」

「ちっともかまわないわ。シオドーも小さいころ、よくわたしのドレスによだれを垂らした
ブリンはむずかる赤ん坊を抱きあげ、優しく揺らしはじめた。出産で急逝した母親に代わり、こんなふうにシオドーを抱いていったいどれほどの時間を過ごしたかわからない。うれしいことにルパートはすぐに泣きやみ、機嫌がよくなった。

彼女はふと顔をしかめた。赤ん坊のかわいい顔を見ながらあやしていると、乳房が痛み、母性本能が込みあげてくる。シオドーに会いたくてたまらないせいだろうか？　それとも、ルシアンの子を妊娠することばかり考えているからだろうか？

「自分の姿を見てみたらいいわ。あなた、輝いているわよ」メレディスが静かに言った。

ブリンはほほえみながらルパートの小さな額にキスをした。「ずっと子供が欲しいと思っていたから」

「夫はいらなかったのに？」

「ええ、結婚はしたくなかった」

「だけど、今の暮らしには満足しているんでしょう？」

ブリンは答えなかった。

「早く話を聞きたくてうずうずしているのよ。ウィクリフ伯爵と結婚するという手紙をもら

ったときは本当にびっくりしたわ。彼が求婚したのは呪いのせいだとわかるけど、よくあなたが受けたなと思って。いったいどういういきさつで、女性たちの憧れの独身貴族と結婚することになったの？」

親友の鋭い質問にかかればどんなことも隠し通すのは無理だと悟り、ブリンはため息をのみ込んだ。「どうしようもなかったのよ。わが家の家計が火の車だったから。彼はシオドーの教育費を出してくれると言ったの」

「それであなたは今、幸せなの？　そのあたりが手紙からはさっぱりわからなかったわ」

「そうね……」ブリンは黙り込んだ。今はとても幸せだと感じている。それが怖かった。

「それなりに満足しているわ。でも、最初のうちは……惨めだった。喧嘩ばかりしていたのよ。お金で買われた結婚だし、ルシアンの態度は横柄だったし、わたしは刺のある発言ばかりしていたし。お互いに不愉快な思いばかりしていたわ」

「今はましになったわけ？」

ブリンは目をそらした。「おかげさまで、もう喧嘩はしていないわ。和解協定を結んだというところかしら」

「赤の他人同士が最初から完璧にうまくいくなんてことはないものよ。でも、夫婦生活はいやじゃないんでしょう？　上品で洗練された方だけど、本当はとても情熱的だと聞いているわよ。噂は本当？」

ブリンは自分の顔が赤くなるのがわかった。「ええ、本当よ」

「だから不安なのね？」メレディスが尋ねた。「あれだけすてきな人を好きにならないほうが難しいわ。女性の心をつかむのに苦労した経験なんてなさそうだもの。でも、愛してしまったら大変なことになるわよ」

「そうなの」ブリンはうなずいた。ルシアンに惹かれる気持ちを抑えるのが日々難しくなっている。とてつもなく強力な魔法にからめとられつつある気分だ。まさに恐れていた事態になりかけている。「それが怖いのよ」彼女は低い声で答えた。

メレディスが同情のまなざしを向けた。「それで、どうするつもりなの？」

「わからないわ。だけど、ルシアンを愛してしまうわけにはいかない。だから……彼と約束したの。わたしが赤ん坊を身ごもったら、別れて暮らすことになっているわ」

メレディスの顔が曇った。「別れて暮らすですって？　つまりあなたが子供を手放すということ？」

そこまでは考えていなかったことに気づき、ブリンは愕然とした。メレディスの言うとおりだ。あれほど息子を欲しがっているルシアンが、わたしに赤ん坊を育てさせてくれるとは思えない。

「それでもいいの？」メレディスが静かに訊いた。

ブリンは涙で喉が詰まった。「だめ、そんなのは耐えられない」

「さあさあ」メレディスが急に明るい口調になった。「今からくよくよ悩んでいてもしかたがないわ。そのときまでには呪いを解く方法が見つかるかもしれないし」

なにげない最後のひと言にはっとし、ブリンは虚空をにらんだ。もし呪いを解く方法があるとしたら?

「そうね」ブリンはその言葉にすがりつきそうになる自分が怖かった。

翌週、またひとつ心の壁が打ち砕かれそうになる出来事が起きた。朝食をとりに階下へおりようとしたとき、ブリンは上階で怒鳴り声がするのに気づいた。なんだろうと思いながら階段をあがり、声を頼りにメイドの居室となっている屋根裏部屋へ入ると、驚いたことにメグが膝をついて泣き崩れ、仁王立ちになったメイド長が毒づいていた。

女主人の姿を見るとふたりは黙った。だがすぐに、メグがまたわっと泣きだした。

「奥様、お願いです。どうかわたしを辞めさせないでください」

「お黙り!」ミセス・プールがさえぎった。

「いったいどうしたの?」ブリンは冷静に訊いた。

「この娘は妊娠しているんですよ」ミセス・プールはメイドの腹部を指さし、忌まわしそうに言い放った。「これをごらんくださいな」

たしかに薄いネグリジェの下では腹部が膨らみつつあり、寝乱れた粗末なベッドの脇に置かれたおまるにはつわりの跡が残っていた。

ブリンは驚きを押し隠した。優しくて気の弱いメグが、まさか結婚もせずに妊娠するなんて夢にも思わなかった。それにブリンは彼女の体調の変化にも気づかなかった。わが身のことで精いっぱいだったせいだろう。

ミセス・プールが説明を続けた。「部屋まで来てみたら、具合が悪いと言ってベッドでごろごろしていたんですよ。それで身重だと気づき、たった今、解雇したんです」

メグが懇願した。「お願いです、奥様。どうかわたしをここに――」

「お黙りなさい!」ミセス・プールがメイドの頬を張った。メグが叫び声をあげた。

怒りがわき起こり、ブリンはふたりのあいだに割って入った。「ミセス・プール、もういいわ!」

「一発くらいで許されるものじゃありません。こんなふしだらな娘にはもっと厳しいお仕置きが必要です」

ブリンはメイド長を見据えた。「もう一度手をあげたら、わたしがあなたを解雇するわ」

ミセス・プールが震えるメイドを指さした。「恥知らずのあばずれを雇っておくつもりはございません!」

「それはあなたが決めることではないでしょう」

ミセス・プールは怒りに打ち震えながら背筋を伸ばした。「召使いの雇用と解雇は執事とメイド長に権限があります」

「これまではそうだったかもしれない。でも、今はわたしが女主人よ」ブリンはメイドに視線を落とした。「立ちなさい、メグ。床に座っているのは体によくないわ」

メグは震えながら言われたとおりにし、この女主人なら助けてくれるかもしれないと思ったのかブリンの腕にしがみついた。「奥様、お願いです……今、ほうりだされたら、わたしはどうしていいか……」

「ほうりだしたりなんかしないから安心して」

ミセス・プールが反抗的な態度でふんと笑った。「この娘は相手の男が誰かさえ言わないんですよ。名前も知らない相手かもしれませんけどね」

メグは涙をこらえ、肩を怒らせた。「知っています。あなたには言いたくないだけです」

「まあ、なんて性悪な娘なの。どうせどこかの男をたらし込んで……」ミセス・プールが女主人の肩越しに戸口へ目をやり、はっとして口をつぐんだ。「だ、旦那様……」

ルシアンがおもしろそうに三人の女性を眺めていた。

ブリンは体をこわばらせた。屋敷の主人にうるさい思いをさせたばかりか、使用人の部屋までようすを見に来させたとあっては、三人とも責任を問われかねない。ルシアンの機嫌を損ねるのが怖いわけではなかった。ただ、メグをかばいたいだけだ。

若いメイドの重大な過ちに対して、ルシアンはどう反応するだろう。メイド長の言うとおり解雇すべきだと言うだろうか。それとも、遊び人として鳴らした彼のことだから寛容な態度を見せるだろうか。ルシアンの態度が読めない以上、わたしが事態を丸くおさめたほうがいい。ただし、メイド長が反論してくるのは間違いなかった。

「そこまでよ、ミセス・プール。さがりなさい」ブリンはメイド長がなにか言いだす前に先手を打った。

ミセス・プールは頑固に顎をあげた。「旦那様がなんとおっしゃるか、伺いたいですね」

「彼の手をわずらわせることはないわ」ブリンはルシアンに弱々しい笑みを見せた。「騒ぎを起こしてごめんなさい。これからは気をつけるわ」

ルシアンは片方の眉をつりあげ、長々とブリンの顔を見つめた。そして、酢を飲んだような顔で唇をすぼめているメイド長に視線を向けた。

「わかってもらえたと思うが、ミセス・プール、この家の女主人はレディ・ウィクリフだ。家のことはすべて彼女に任せてある」ルシアンが穏やかに告げた。

言外の意味を察し、ミセス・プールはすごすごと引きさがった。「もちろんでございますとも、旦那様」

ミセス・プールはぎこちなく向きを変え、メグにこっそり鋭い一瞥《いちべつ》をくれると、さっさと部屋を出ていった。

ルシアンが女主人としての権威を守ろうとしてくれたのにほっとし、ブリンは心からの感謝の笑みを浮かべた。これまでは夫婦仲がぎくしゃくしていたせいで、なかなか威厳を示せなかった。あれだけよそよそしくしていれば使用人も気づこうというものだ。

ルシアンはまだブリンを見ていた。「一緒に朝食をとろうと楽しみにしていたんだが？」

彼は明るい声で言った。

「すぐに下におりるわ。だけど、その前にちょっとだけメグと話をしたいの」

「わかった。ではあとで」

ルシアンが行ってしまうと、ブリンはメイドに視線を向け、ベッドに横たわるよう促した。

「ありがとうございます、奥様」メグはひどく顔色が悪かった。

「お医者様に来ていただいたほうがよさそうね」

「本当に大丈夫です。すぐによくなりますから。姉も妊娠中はこんな感じでしたし」

メグはベッドで丸くなった。ブリンは水差しなどが置かれた洗面台へ行き、タオルを水で濡らしながら、粗末なベッドが並んだ部屋を見まわした。冬は寒くて夏は暑く、とても快適とは言えない。メグにここで赤ん坊を産ませるわけにはいかなかった。ほかの召使いの悪い手本になることもあるが、そもそもこの部屋で赤ん坊を育てるのは無理だ。なにか方法を考えたほうがいいだろう。

ブリンはベッドへ戻り、汗のにじんだメグの額をふいてやった。しばらくすると吐き気がおさまったらしく、メグが目を開けた。

「奥様は本当にご親切な方です」

ブリンはほほえんだ。「なにがあったのか話してくれる?」

メグは目を伏せた。「流されてしまったわたしがいけないんです。ミセス・プールの言ったことは間違ってます。わたしから誘ったわけじゃありません。でもあんなにハンサムな人に言い寄られて、つい……」

「赤ちゃんの父親は誰なの?　これはあなたがひとりで抱え込む問題じゃないのよ」ブリンは優しく訊いた。

涙をこらえているのか、メグが下唇を震わせた。「言いたくありません。相手に迷惑をかけたくないから」

「ちゃんと状況がわからなければ、助けてあげられないわ」

「言ってもどうしようもないんです。どうせ彼はわたしと結婚するつもりはないんですから。でも……ジョンです、奥様。ジョン・ホッチキスといいます。広場の向こうにあるボナミー卿のお宅で従僕見習いをしています」

ブリンは少しためらったあと尋ねた。「彼はあなたが身ごもったのを知っているの？」

「はい」メグはまた目に涙をためた。

「だけど仕事をくびになるから結婚はできないって……それにたとえご主人様から許可をもらえたとしても、とても妻子を養うお金などないと言われました。結婚に縛られるのがいやなんだと思います」メグは両手で顔を覆った。「たった一回だったのに、まさか……」

妊娠するとは思わなかった、と言いたいのだろう。

「未婚の母になるなんて。母が生きていたら、きっと死ぬほど怒ったと思います。姉さんだって……わたしと縁を切るに決まってます」

「ほかに一緒に暮らせる肉親はいないの？」

「いません。あとは工場で働いている兄だけですから」

ブリンはメイドを慰めようと肩をなでた。「とにかくなにか方法を見つけましょう」

メグはふいに顔をあげると、ブリンの手を握りしめてそこへ必死に口づけをした。「奥様は天使のような方です」

ブリンは頬を紅潮させて立ちあがった。「とにかく少しやすみなさい。わたしは今後のことを考えるから」

彼女は執事に医師を呼ぶよう指示し、夫の待つ朝食の間へと入っていった。ルシアンが新聞から顔をあげた。刺すような青い瞳を目にし、ブリンはどきりとした。

ブリンがテーブルにつき、従僕がさがると、ルシアンが口を開いた。「もめごとは片づいたのかい？」

「ええ、とりあえずは」そこで話を切りあげることもできたが、ブリンはルシアンに感謝の意を伝えたいと思った。「さっきはかばってくれてありがとう。ミセス・プールはあまりわたしを立てようとはしてくれないから」

ルシアンが優雅に肩をすくめた。「たいしたことじゃない。きみは本当に女主人なんだから、この屋敷にいるあいだは好きに仕切ればいいんだ」

それとなく約束のことに触れているのだと気づき、ブリンはコーヒーカップに視線を落とした。

「なにか大きな問題でも？」

「わたしだけで解決できそうよ」

「話してみないか？　なにか力になれるかもしれない」

ブリンは探るようにルシアンをちらりと見た。信じてもいいのだろうか？　「あなたから僕見習いと仲よくなって、妊娠してしまったの。彼女を支えてあげたいのよ」
ブリンはため息をつき、賭《かけ》に出た。「メイドが広場の向こうにあるお屋敷で働いている従
「もちろん。それに家計もどうしようときみの自由だ。なぜそんなことを訊く?」
もらっているお小遣いは、なにに使ってもかまわないのかしら?」

「なるほど」ルシアンの表情から考えは読めなかった。

冷静に話をしようと思っていたが、気がつくとブリンは守りの態勢に入っていた。「ミセス・プールは解雇したがっているけれど、わたしは絶対に辞めさせない。たしかにメグのしたことは間違っている。だけど、それで女性のほうだけが苦しむなんておかしいわ。相手にだって責任はあるはずだもの。きっとメグはそそのかされたのよ。たとえそうではなかったとしても、女だけがつらい思いをして男性は知らん顔というのはどう考えても納得できないわ」

「ぼくもそれはおかしいと思うよ。反論する気はさらさらない」ルシアンが穏やかに答えた。

彼がおもしろそうな顔をしたのに気づき、ブリンはむっとした。「メグが苦しんでいることのどこがおかしいの?」

「メイドのことを考えていたんじゃない。きみの進歩的な男女平等の考えをほかの貴族が聞いたらどう思うだろうと想像していたんだ」

「あなたのお友達は頭が固くて偉そうにしている人ばかりだから、どうせ女は男性に仕えるためにこの世に生まれてきたと思うだけよ」

「まあ、落ち着け。ぼくたちが喧嘩をしても始まらない。ぼくはきみの情熱的な一面をすばらしいと思っているよ」

ブリンは顔を赤らめた。今のひと言で怒りはおさまった。むきにならなくても大丈夫なのかもしれない。

「男親のいない赤ん坊を産みたくなければ結婚すればすむ話だろう?」

「相手の男性がボナミー卿から解雇されてしまうから、それはできないとメグは言っているわ」

「ボナミーになら顔がきく。ふたりを一緒にさせてくれるよう、ぼくが話をつけておくよ。必要ならその従僕見習いを説得してもらえばいい」

「もしメグが結婚を望んでいないなら、無理強いするのはだめだわ。せめてメグには……」

わたしのような思いはしてほしくないと言いかけ、ブリンは口をつぐんだ。だがルシアンの目の表情からそれが伝わってしまったのを察し、唇を噛んだ。

もっと冷静にならなくてはいけない。「あなたは男性だし、身分も高いから理解するのが難しいかもしれないけれど、女性にとって結婚とは、ある意味、奴隷になるのと同じなの。夫から許されたこと以外はなんの権利もなく、夫の気まぐれに翻弄されるのがどういうことか、あなたにはわからないわ」

ルシアンが眉をつりあげた。「ぼくはそんなにひどい男だったかな?」

「いいえ……そこまでじゃないわ。でも夫にすがって生きていくしかないというのは、愉快なことではないの。考えてもみて。もしあなたが食べ物から着る物まですべてをわたしに養われているとしたら？　些細な……たとえば誰と友達になるかといったことまで、わたしに命令されるとしたら？　あるいはそれに従わないなら田舎へ追いやると脅されたら？」あなたがわたしを脅したように。どうやらルシアンは理解してくれたらしい。

「そんな人生はごめんこうむりたいな」

「そうでしょう？　だからメグも、本人が望まないなら結婚すべきじゃないのよ。彼女が恋をしているかどうかは怪しいし、相手の男性に至ってはなおさらだわ。彼は責任を負わされるのに腹を立てて、怒りの矛先をメグに向けるかもしれない。そんな相手と無理に結婚するくらいなら、ひとりのほうがましよ」

ルシアンが首を振った。「そうだろうか？　それでもひとりで子供を育てるよりはましかもしれない」

「そうかもしれないけれど、いずれにしろメグが決めるべきよ。わたしが彼女を援助するわ。少なくともどこか住むところは見つけてあげたいと思っているの」

「もっといい解決策がある。持参金をつけるのはどうだ？　そうすれば相手の男はこの結婚を重荷ではなく、幸運だと思うようになる」

ブリンは唇を引き結び、その方法について考えてみた。たしかにルシアンの言っていることは現実的だ。もし経済面の問題だけなら、持参金があればメグは幸せな結婚ができるだろう。そうすれば、ひとりで子供を育てる苦労を抱え込まずにすむ。

「たしかにいい方法かもしれない」ブリンはゆっくりと答えた。「だけど、まずはメグの気持ちを訊いてみたいわ」

「もちろんだ。話をしてみるといい。それから、どちらにしてもきみの小遣いを使うことはない。メイドの持参金くらいならぼくが出そう」

「メグのためにそこまでしてくれるの？」

「違う、きみのためだ」

ルシアンは黙り込んだブリンを見つめた。「ぼくはきみが思っているほどひどい男ではない」

「そんなふうに考えているわけじゃないわ」それどころか不安になるほどいい人だと思う。優しくされたら、彼に対して心を閉ざしているのがどんどん難しくなる。

ブリンはルシアンから顔をそむけた。メグの問題は解決できたかもしれないが、わたしの葛藤は深まるばかりだ。


メグの一件は、ブリンよりもルシアンに深い悩みをもたらした。朝食をとりながら交わした会話が、あとになって胸にこたえてきたのだ。ブリンがメグに自分で決めさせるべきだと熱く訴えるのを聞き、自分が大きな過ちを犯したのに気づいた。ぼくはブリンが抵抗するのもかまわず無理やり結婚して、彼女に選択肢を与えようとしなかった。

あのときのぼくはブリンを獲物と見なし、自分の欲得しか考えていなかった。いくら金を使っても、どんな手段を用いても、絶対に彼女を手に入れようと決めていた。

なんという横暴なやり方だったのかと今になって思う。そもそもぼくはブリンを見くびっていた。息子を産ませるのに適当な美しい女性ぐらいにしか思っていなかったのだ。だが、彼女の魅力はそれだけではすまない。兄弟をかばい、とりわけ末弟を守ろうとするだけなら驚きはしないが、使用人をあそこまで気にかけるとは……。

あれほど哀れみ深い心を持った人はそうそういるものではない。今まで交際したなかに美貌と家柄に恵まれた女性はいくらもいたし、知的で気概のある女性もいた。けれども、あんなふうに心根の優しい女性は見たことがない。

思いがけない一面を知り、ますますブリンがすばらしい女性に見えてきた。ベッドであれほど燃えあがらせてくれる相手に出会ったのは初めてだが、今、彼女に対して感じているのは欲望ではなく賞賛だ。日を追うごとにブリンを求める気持ちは深くなるばかりだ。

熱に浮かされたようにブリンの夢を見たあとも、彼女の隣で目覚めると言葉では言い尽くせない幸せを覚えた。あの燃える赤毛に顔をうずめ、ブリンのぬくもりと女らしい香りを感じていると、これまで経験したことがない満足感に包まれる。彼女みたいにするりとぼくの手から逃げていく女性は初めてだ。だからこそなおさら、どんなことをしても自分のもとに置きたいと願ってしまう。

子供ができれば別れがたい関係にはなるかもしれないが、ブリンが心からぼくの子を産みたい、結婚を維持したいと思ってくれなくては意味がない。ぼくは彼女の愛情を勝ちとりたいのだ。

ブリンの気持ちが自然に変わるのをただ待つのはつらい。一縷《いちる》の望みは、いつか彼女が呪いは迷信だと気づいてくれることだけだ。だが、その気配はまったく見られない。

ウォルヴァートンの言ったとおりだ。もっと水入らずの時間を設ければ、ブリンの心を開かせられるかもしれない。ロンドンの屋敷は使用人も客人も多いため、なかなかふたりきりになれる機会がなかった。田舎の屋敷へ行けばもっと親密な時間を楽しめるだろうが、いつまたキャリバンが動くかもしれないと思うとロンドンを離れる気にはなれない。

優秀なはずの部下たちは、まだ金貨の密輸組織に関する新たな手がかりをつかめずにいる。フィリップ・バートンは手ぶらでフランスから戻ってきた。

ウォルヴァートンがキャリバンの正体を探るのに手を貸してくれるのが、せめてもの救いだ。彼は最初、諜報員と聞いて笑っていたが、すぐにやりがいのある仕事だと感じたらしい。正体不明の危険な犯罪者を相手に知恵比べをするのは、ウォルヴァートンのような男にとっては究極のゲームなのだろう。

彼が捜査に加わってくれるのであれば、少しぐらいブリンとゆっくりしてもいい気がする。そう考えると、今は彼女の心をつかむのがいちばん大切なことに思えてきた。

15

ほっとしたことに、メグの悩みはすぐに解消された。充分な持参金があると知ると相手の男性は早々に求婚をしてきたし、彼の雇い主にはルシアンがあっさりと話をつけた。メグは事の成り行きに大喜びして、ブリンに赤ん坊の名づけ親になってほしいと頼んだ。気の進まない結婚ではなかったのだとわかり、ブリンは大いに満足した。

一方、ブリンの葛藤はなかなか解消されそうになかった。それからの数日というものルシアンへの思いはますますつのり、苦悩は深まるばかりだった。ルシアンが積極的に親密さを増そうとしているのは間違いない。いさかいに始まった結婚生活は今や夫に口説かれる日々に変わり、便宜上の結婚は今にも燃えあがりそうな熱い関係に発展しつつあった。

この人はベッドでは飽くことがないと、ブリンは何度も思い知らされた。普段の優雅さとは打って変わり、愛を交わすときはとても情熱的だ。だが、その抑えた野性味がブリンをいっそう熱くした。これほど使用人が多い屋敷にいながら、ルシアンは隙を見ては妻と睦まじくするひとときを作った。ブリンは彼に触れられると、警戒心も呪いの怖さもたちまち忘れた。

心を閉ざしているのが難しいと感じるのは、ルシアンの情熱的な一面に触れたときだけではなかった。彼の魅力やぬくもりや優しさを知ったときですらない。それはルシアンが彼女に純粋な興味を示し、好きなものや嫌いなもの、最近見た夢や、ふたりが出会う前の人生について尋ねてきたときだった。

ブリンはなるべく短く淡々と答えるように努めた。だがルシアンは粘り強く、本音を引きだそうとした。そのため、家族のことや、とりわけ末弟の話をするときは郷愁を隠しきれなかった。

「シオドーに会いたいだろう？」ある朝、ベッドで愛しあったあと、ルシアンが尋ねた。

ブリンはうなずいた。秋の社交シーズンが本格的に始まり、毎日忙しくはしていたが、シオドーのことはいつも頭を離れなかった。「ええ、とても」

「近いうちに会いに行くかい？」

ブリンは目を見開き、夫の肩から頭をもたげた。「ぜひ、そうさせて。シオドーも勉強の息抜きができて喜ぶと思うわ。あの子の手紙にはいつも楽しいことばかり書かれているけれど、きっと少しは里心がついていると思うの」

「じゃあ、喜んでエスコートするよ。来週にでもどうだい？」

「ええ、そうしましょう！」ブリンは体を起こした。「さっそく校長先生に手紙を書かないと」

ルシアンはせっかちな妻を見て笑った。だが約束は守り、翌週にはブリンと一緒にシオドドーに会いに学校へ行った。ハロー校はロンドンの北部にあり、馬車で行けばそれほど遠くはない。ふたりは丸一日シオドーを連れだし、エッピングの森でピクニックをしたり、学校のある町へ戻って細く曲がりくねった通りで買い物を楽しんだり、お茶を飲んだりした。ルシアンのもてなしぶりは見事だった。ブリンとシオドーが一日を楽しく過ごせるよう、あれこれとこまめに気を遣ってくれた。ふたりは楽しいひとときが終わってしまうのが残念でならなかった。シオドーは義兄を崇拝しているらしく、ルシアンの言葉に熱心に耳を傾け、ハロー校へ入学させてくれたことに一度ならず礼を述べた。

「ぼくに感謝する必要はない。みんな、きみのお姉さんのおかげだ」

シオドーは真面目な顔で姉を見た。「わかっています。姉の犠牲を無駄にしないために頑張るつもりです」

ルシアンが顔をしかめたのを見て、ブリンは慌てて話題を変えた。

そんなことはあったものの、シオドーと過ごした時間は結婚してからのちでいちばん楽しいひとときとなった。末弟が本当に学校生活を楽しんでいると知り、ブリンは久しぶりに心が明るくなった。

自宅へ戻ってきたときも、まだ気持ちは晴れやかだった。もうわたしは昔と違い孤独ではない。これほどかまってくれる夫がいるのに寂しいわけがなかった。それに以前より忙しくしている。今でもよくレイヴンと一緒に婚礼支度の買い物に出かけるし、秋の社交シーズンがたけなわとなったこの時期、ウィクリフ伯爵夫人ともなれば園遊会や舞踏会、夜会や音楽会など、大夜会から夕食会までひと晩で一〇通を超える招待状が届く。ルシアンはブリンが行きたいと言えばどのパーティにも同行してくれた。

「別に毎晩つきあってくれなくてもいいのよ」ある日、ブリンは招待状の束に目を通しながら言った。

ルシアンがほほえんだ。「喜んでエスコートさせてもらうよ。ロンドンの狼どもから妻を守るのは夫の務めだからね」

からかい口調だったが、ブリンはそれを聞いて呪いを思いだし、気持ちが沈んだ。彼女は話題を変えた。「あなたからいつものお楽しみを奪うのは申し訳ないわ」

「いつもの楽しみ？」

「ヘルファイア・リーグの集まりに参加したいんじゃないの？」

「こんなにぼくを満足させてくれる妻がいるのに、あんな退屈な集まりに行きたいわけがないだろう？」

男性特有の遊びが退屈だとは思えなかったが、ブリンはあえてなにも言わなかった。あまり認めたくはないものの、ルシアンが集まりから遠ざかってくれているのはうれしい。ヘルファイア・リーグに呼ばれるたぐいの女性たちとルシアンが楽しんでいるところなど想像したくないからだ。

それを言うなら、相手が誰であれ、ルシアンがほかの女性と一緒にいる場面を思い描くのは不愉快だ。ちょうどブリンが男性を魅了するように、ルシアンは女性の心を惹きつけた。

美しいレディがうっとりとルシアンを眺めているのを見ると、嫉妬で胸がえぐられそうになる。ルシアンは結婚前にはさんざん浮き名を流した人だ。気がつくとブリンは、このなかにその相手がいるのだろうかとパーティの客人たちに目を走らせていた。

ただし今のところルシアンはブリンにしか興味がなく、子供を作ることに専心しているらしい。

ハロー校を訪ねた日から一週間ほど経ったある日、ブリンは化粧台の前に座り、メグに髪を結ってもらっていた。今夜は家で夕食をすませたあと、舞踏会へ出かける予定だ。ふと人の気配を感じて振り向くと、ルシアンが居間から通じる戸口に立っていた。

ルシアンがそばにいるとブリンはいつも鼓動が重くなるが、彼が舞踏会へ行く準備をまったくしていないのに気づき、今度は鼓動が速くなった。ルシアンはブロケード地の深緑色のローブを着ている。その姿から察するに、明け方まで舞踏会で踊る以外のことを考えているようだ。なんてハンサムなのだろうと思い、ブリンは自分が息を詰めているのに気づいた。

ルシアンは軽くうなずいてメイドをさがらせた。その勝手な振る舞いにブリンはむっとした。

「まだ髪の支度が終わっていないわ」メグがいなくなると、ブリンはルシアンに抗議した。

「髪を結うのはあとでもできる。居間に夕食を運ばせた。料理が冷めないうちに一緒に食べよう」

けだるげな笑みを向けられると、ブリンのいらだちはあっという間に消えた。

ルシアンに手をとられ、隣の居間へとエスコートされた。おいしそうなにおいが鼻をくすぐる。暖炉には小さな火が入り、ふたりだけのために豪華な料理が並べられていた。鴨《かも》の蒸し煮、仔牛《こうし》の煮込み《ラグー》、トマトのゼリー寄せ、ポテトのオランデーズソース添え、アーティチョークの蕾、そしてデザートはジェノワーズ・ケーキとラズベリー・クリームだ。

ルシアンはみずからブリンに給仕し、食事が終わると椅子でくつろぎながら、ワイングラス越しにブリンを見た。彼の目がブリンの胸のあたりをさまよっているのがわかる。

あからさまな視線にブリンは顔を赤らめた。「そんなふうにじろじろ見ないでくれるかしら？　あなたに見つめられると、いつも襲われている気分になるわ」

「それはぼくがきみを見るたびに、襲いたい気分になるからだろう」

ブリンは暖炉の上に置かれた時計に目をやった。「そろそろ外出の支度をしたほうがいいんじゃないの？」

「まだ食べ足りない」

「これだけのご馳走《ちそう》をいただいたのに、このうえなにが欲しいの？」

「きみだよ。デザートと一緒にきみを味見したい。テーブルに寝かせたきみを食べたらどんな味だろうとずっと思っていた」

その場面を想像し、ブリンは体が熱くなった。「テーブルに？　冗談でしょう？」

ルシアンが罪作りなほほえみを浮かべた。「そう思うかい？」ブリンの手をとり、てのひらにキスをする。

「誰か来るかもしれないわ」ブリンの息が乱れた。

「そうだな。でも、ぼくには誰にも邪魔されずに妻を味わう権利がある」

ルシアンは立ちあがり、廊下へ続くドアの鍵《かぎ》をかけた。そしてラズベリー・クリームの入った銀のボウルひとつを残し、ほかのものをすべて暖炉の上の棚に移した。

「舞踏会に遅れるわ」ブリンは最後にもう一度、抵抗を試みた。

「少し遅れて行くくらいがちょうどいいんだ。それに、そのドレスは裸よりひどい」ルシアンは椅子に座っている彼女のそばに来た。

ブリンは眉をひそめた。翡翠色のハイウエストのドレスは優雅なデザインだが、イヴニングドレスとしてはおとなしい。「このドレスのどこがいけないの？」

「挑発的すぎる」ルシアンは体をかがめてブリンの髪に顔をうずめ、耳を見つけると鼻先でくすぐった。「そんな格好でパーティに行くなどもってのほかだ。だから、すぐに脱がせなくてはいけない」

ルシアンはドレスの胸元に手を滑り込ませ、胸の先をもてあそんだ。ブリンは思わず胸をそらし、あえぎ声をのみ込んだ。

「ルシアン……」

「なんだい？」ルシアンがブリンの耳に歯を立てながら答えた。

「こんなことをしてはいけないわ」

「いけないものか。それどころか妻の義務だ。最近はとんと怠っているようだが。今日は丸一日ぼくをその気にさせてくれなかった」

ブリンはうっとりしながらかすかに目を開けた。「たまにはあなたが奉仕してくれてもいいんじゃないかしら？」

「きみがそう言うなら喜んで」

背中のホックをはずされ、ブリンの鼓動が速まった。ルシアンは彼女を立ちあがらせて、高価なドレスを肩から床へ滑り落とした。そして手早くコルセットをはずし、シュミーズを頭から脱がせた。残るは長靴下とガーターと靴だけだ。

青白い裸の胸を見つめられ、ブリンは体の芯が熱くなった。ルシアンがローブの前をはだけ、妻の体を抱き寄せた。ブリンは目を閉じた。こうして腿に彼の情熱の証を感じていると、下腹部が熱く緊張する。

ルシアンはその場で彼女を奪おうとはせず、テーブルに座らせると髪からピンを抜いた。

「きみの髪は美しい……まるで炎みたいだ」ルシアンは指で髪をもてあそびながらささやくと、両手でブリンの顔を包み、すべてを求めるような激しいキスをした。

ブリンは頭がくらくらした。ゆっくりとテーブルに押し倒され、脚を開かせられる。彼の視線が全身をさまよい、手が体じゅうを滑った。ルシアンは手でブリンの胸を包み込み、硬くなった先端に軽く触れたあと体から離れた。

そして口元にかすかな笑みを浮かべてから指でラズベリー・クリームをすくい、ブリンのつんと立った乳首に塗りつけた。ルシアンの視線でほてった肌が、クリームの冷たさに震える。彼はもう一度クリームをすくうと、その指を妻の体にはわせ、おへそで円を描き、そのまま秘所へと滑りおろした。ブリンは全身を快感に貫かれ、歯を食いしばった。

ルシアンはローブを脱いで裸になると、ブリンの開かれた腿のあいだに入り、身をかがめて乳房のクリームをなめた。

その唇の感触に衝撃の波が体の芯まで走り、ブリンは甘い声をもらした。

「最高の味だ」ルシアンがささやき、両胸を手で包んだ。ざらざらした舌が腹部をはい、腿のあいだへとおりていく。

めくるめく感覚にブリンは身をこわばらせた。すべては彼のなすがままだ。ひとつひとつの舌の動きに全身が反応する。

ブリンは身をよじった。体が燃えるように熱く、狂おしいまでの悦びに包まれている。夫のつややかな髪に手を差し入れ、しがみつかんばかりに頭をつかんだ。

「お願い……」ブリンは頭を左右に振りながら懇願した。

「まだだ。もっときみを熱くしたい。やめてくれと哀願するまで悦ばせたいんだ」

「もうだめ……」ブリンは必死だった。彼が望むなら哀願でもなんでもする気だった。

ルシアンは顔をあげ、妻の姿を見た。乳房は愛撫の名残に濡れ、背中は彼を求めて弓なりにそらされ、悩ましいほどに燃えあがっている。ルシアンは体の奥から激しいうずきがわき起こるのを感じた。

「まだだめだ。きみが体を震わせ、ぼくを求めて泣き声をあげるようになったらひとつになろう。そのときは互いの境目がわからないくらい深くきみとつながりたい……」

その言葉にブリンの体がびくんと跳ねたが、それでもまだルシアンには足りないと感じられた。ブリンが全身を痙攣させ、身をくねらせるまでじらしたい。自分が感じている熱い苦しみを、彼女にも味わわせたい。

ルシアンは指をゆっくりとブリンの体に差し入れた。彼女が思わず腰を浮かせる姿に、我慢しきれない思いが込みあげる。敏感な部分を親指で愛撫すると、すすり泣きがもれた。

「ひどい人……」ブリンが荒い息を吐いた。「それじゃあ、いじめているだけだわ……」

「いじめたいんだ。きみがいつもぼくにするみたいに」ルシアンは妻の脚をさらに開かせ、腰を押さえた。

「ぼくを見ろ」ふたつの体が溶けあうのを確かめつつゆっくりと腰を沈めた。熱い感覚にのみ込まれ、いっきにのぼりつめそうになる。だが、鋼の精神で自分を抑えた。

ブリンが体を起こした。ルシアンの首に両腕をまわし、腰に脚を絡める。彼女の願いを感じとり、ルシアンはさらに深く身をうずめた。ブリンの喉から絞りだすような声がもれる。

もはや懇願されるまでもなかった。体の震えから彼女が限界にあるのがわかる。

「官能的できれいだ……」

「ルシアン、お願い……」

ルシアンは重く力強く動きを速めた。体がほてっている。けれども、もっとブリンを熱くあえがせたかった。

ブリンが身をそらしたのを見てルシアンは歯を食いしばった。彼女はなんと野性的な輝きに満ちているのだろう。首をのけぞらせ、荒い呼吸に胸を上下させて、絶頂の寸前まで駆けあがっていくのがわかる。

ルシアンは足を踏ん張り、最後にもう一度、奥深くまで情熱をぶつけた。

ブリンが叫び声をあげた。そのむせび泣きに、ルシアンは言い知れぬ喜びを覚えた。きわみに達した悦びのあえぎ声をキスでふさぐ。ブリンの体の奥が痙攣するのを感じながら、ルシアンはわが身を抑え、ラズベリーのように甘い唇をむさぼった。

やがて彼女の体の震えがおさまった。

長いひとときののち、ブリンは冷たく硬いテーブルにぐったりと横たわったまま、ようやくわれに返った。熱い体にひんやりとした空気が心地よく、全身が満足感に包まれている。

ふとルシアンの屹立したものがまだ体を満たしているのに気づいた。

「だめだったの？」ブリンは力なく尋ねた。

ルシアンは頼もしそうな表情で彼女を見おろした。「まだまだ夜は長い。もっと愛しあおう」

「舞踏会は？」ブリンは疲れ果てた笑みを浮かべた。

「行きたいかい？」

「いいえ、ちっとも」

それこそが聞きたいと願っていた言葉だった。ルシアンはそのままブリンを抱きあげてベッドへ運び、唇をむさぼりながら妻の体を横たえた。

夫の情熱によって徐々に崩れかけていたブリンの心の壁は、数日後ある出来事によってさらに崩壊することになった。その朝、レイヴンと乗馬に出かける予定だったブリンは、いってきますを言いにルシアンの書斎に立ち寄った。求められるままにキスをしようとかがみ込んだとき、緑色のサテンのリボンがかかった木製の箱を手渡された。

「これはなに？」

「結婚記念の贈り物だ。エメラルドのアクセサリーはあまり気に入らなかったみたいだから、これなら喜んでもらえるかと思って」

ブリンは手袋を机に置き、箱のふたを開けた。なかには古い羊皮紙が入っていた。「証文かしら。グウィンダー城？」

「当家が所有している不動産のひとつでウェールズにある城だ。海の水があたたかいから、ほぼ一年を通して泳げる。きみの名義に書き換えておいた」ルシアンは当惑しているブリンの顔をまじまじと見た。「あまりうれしくなさそうだね？」

ブリンは正直に答えるべきかどうか迷い、ため息をついた。「物で釣られてもうれしくないわ、ルシアン」

「物で釣る？」

「あなたは裕福な家に生まれ育ったから、なんでもお金で買えると考えている。でも、どんなに高価な贈り物をもらっても、それで心を差しだすことはできないの。忠誠心はお金では買えないのよ」

ルシアンの顔が暗く陰った。「きみの心が欲しいと思っていることは認める。この結婚に満足してくれたらいいと願っているのも事実だ。だが、城を贈った理由はそれとは別だ。きみは夫にすがって生きていくのは愉快じゃないと言った。だから自分名義の住まいがあれば、いくらかでも自立していると感じてもらえるのではと思ったんだ。跡継ぎが生まれたあと、もしまだぼくと別れて住みたいと思ったら、その城で好きに暮らせばいい」

ブリンはルシアンの顔をまじまじと見つめた。わたしはまたこの人を誤解していた。彼は高価な贈り物でわたしの心を買おうとしたのではなかった。将来の選択肢を与えてくれようとしたのだ。

ようやくブリンは口を開いた。「気を遣ってくれてありがとう」そして、ここしばらく心に引っかかっている事柄をどう尋ねようか、しばらく迷った。「もしわたしが義務を果たしたら、ウェールズの城でひとりで暮らしていいの？」

「出産はロンドンでしてほしい。こちらにはいい医者がいるからね。だがそのあとは、どこでも好きなところで暮らせばいいよ」

「子供は置いていかなくてはいけないのよね」

ルシアンはまっすぐ彼女を見たまま答えた。「ぼくに息子を手放すつもりはないよ、ブリン。もちろん最高の乳母を雇う」

「そうね」思わず声が沈んだ。ブリンは贈り物の証文に目を落とした。子供を残していかなくてはならないのかと思うと胸が痛む。本当にそんなことができるだろうか？　おなかを痛めたわが子を捨てられるとは到底思えない。

「もし生まれたのが女の子だったら？」

ルシアンは長いあいだ黙っていた。「跡継ぎが欲しいと言ったはずだ」

「ええ」ブリンは箱のふたを閉め、机に置いた。「贈り物をどうもありがとう」そしてまだなにか言いたげな寂しそうなほほえみを浮かべると、乗馬用の手袋をとり、黙って出ていった。

ルシアンは複雑な思いを抱えながら妻の背中を見送った。本当は今はそれほど息子に執着しているわけではない。娘でも充分に満足できる気がしていた。だが跡継ぎが欲しいということにしておけば、女の子が生まれた場合、まだ約束は果たされていないとブリンを引き留める口実になると思ったのだ。なんという身勝手な発想だろう。

城を贈ったのは、たしかに物で釣ろうとしたと言われてもしかたがない行為だ。意識していたかどうかは別として、ブリンの満足を金で買おうとしたことに変わりはない。自立しているとと感じられれば、彼女がみずから望んでぼくのそばにいてくれるのではないかと期待したのだが。

ああ、それをどれほど望んでいることか。こんなに必死になってなにかを願ったのは初めてだ。ルシアンは決意も新たに深く息を吸い込んだ。絶対にブリンの心をつかんでみせる。

愛は結婚の誓いよりも強くふたりを結びつけるはずだ。愛さえあれば……。

いつの間にか心のなかに滑り込んでいたその考えに、ルシアンははっとして凍りついた。愛だと？　この苦しい気持ちがそうなのか？　自分の存在を根底から覆しかねないほどブリンを求めてやまないこの感情が愛と呼ばれるものなのか？

ブリンのことで頭がいっぱいなのは間違いない。呪いのせいであろうとなかろうと、彼女の美しさに心がざわめき、彼女の情熱に体がうずく。これが愛なのか？

愛がどういうものかはわからないが、今のぼくはまさにその病に冒された男そのものだ。これまでふたりの友人が愛の病に苦しむ姿を見てきた。ダミアンもニコラスも思いがけないときに愛する女性と巡りあった。

ふたりがそれぞれ妻と仲睦まじく幸せに暮らしているのを見ると、心の底からうらやましいと思う。ぼくもブリンとそんな人生を送りたい。

ルシアンは固く目をつぶった。これが愛かどうかははっきりしないが、ブリンに対して熱い思いを抱いているのはたしかだ。そしてブリンにも同じ思いを感じてほしいとじれている。体の結びつきによって彼女をぼくに縛りつけ、激しい感情を彼女の魂に焼きつけたい。だが……。

ルシアンは目を開け、木製の箱を見おろした。贈り物をあまり喜ばなかったところを見ると、ブリンの心をつかむという最終目標はまだ遠いらしい。しかも、ふたりの相性はけっして悪いわけではないのだ。すべては、あのいまいましい迷信のせいだ。

「ブリン、どうかしたの?」ハイド・パークで乗馬を始めてすぐにレイヴンが尋ねた。

ブリンは暗い思いを頭から振り払い、申し訳なさそうに短く笑ってみせた。「ごめんなさい。今、なんて言ったの?」

「たいしたことじゃないわ。カーニバルに興味があるかどうか訊いただけ」レイヴンは木に釘で留められたポスターを指さした。ウェストミンスターで開催されるカーニバルの宣伝ポスターだ。

ブリンは馬を寄せ、どんな余興があるのか見てみた。ジャグリング、操り人形、綱渡り、ロマの占い……。最後に書かれた〝ロマの占い〟の文字が目に飛び込んできた。もしかすると、いつもコーンウォールに来るロマかもしれない。そういえば夏のこの時期はいつもロンドンへ行くと言っていた……。

ブリンはゆっくりと深く息を吸った。もしエスメラルダが来ていたら、なにか助言をしてもらえるかもしれない。ルシアンが出てくる暗い夢についても解釈を頼めるかもしれない。

ブリンが答える前に、レイヴンが小さくため息をついた。「でも、どうせわたしには関係ないわね。ハルフォード卿が行かせてくれるわけがないもの。将来の公爵夫人たるもの、あれもすべきでない、これもすべきでないと厳しい考えを持っているのよ。カーニバルが許容範囲に入っているとは思えないわ」いかにも残念そうに言ったあと、頭を振った。「でも、わたしの頼みを聞き入れて、今週末、気球に乗せてくれることになったからまあいいわ」彼女はにっこりして馬を駆けさせた。

ブリンは友人のあとを追いながら肩越しに振り返り、ポスターに書かれたカーニバルの日程と場所を確かめた。もし行けそうなら、エスメラルダがいないかどうか捜してみよう。ルシアンとの将来について、呪いの歴史を知る人物からの助言がどうしても欲しい。

呪いのことが頭からかたときも離れなかったが、ブリンは気をつけたほうがいいという良心の声を抑え込んだ。ところが数日後、呪いの恐ろしさをいやおうなく思い起こさせる事件が起きた。その日、ブリンはルシアンにエスコートされ、ハルフォード公爵が婚約者のために催す気球飛行の見物に出かけた。

ロンドンの町はずれにある空き地に着くと、色鮮やかな気球が数機、すでに待機しているのが見えた。見物客が注目するなか、ブリンはルシアンに手をとられて馬車を降りた。道を渡りかけたとき、ふいに蹄の音が近づいてくるのが聞こえた。ブリンが目をやると、数頭の馬をつけた馬車が制御を失ったらしく、彼女たちのほうへ突っ込んでくるのが見えた。フードを目深にかぶった御者が激しく鞭《むち》をふるう姿に目が釘づけになり、ブリンは体を硬直させた。

幸いにもルシアンがとっさにブリンの体を道ばたへ押しやり、自分もあとに続いた。その直後、馬車は轟音《ごうおん》をあげて通り過ぎていった。

ふたりは走り去る馬車を呆然と見つめた。

先にわれに返ったルシアンが低い声で毒づきながら立ちあがり、ブリンに手を貸した。

「大丈夫か?」そう言うと、彼女に怪我がないかどうか調べた。

ブリンは真っ青な顔でルシアンを見るとつぶやいた。「あなた、殺されるところだったのよ」

「ぼくだけじゃない。きみもだ」ルシアンは苦々しい思いで答えた。「だが、あれはわざとではないだろう。馬車の暴走はときどき見かける」

ブリンがその言葉を信じていないのは明らかだった。恐怖で顔がこわばっている。

正直なところ、ルシアンも本気でそう思っているわけではなかった。仕事柄、敵対する人間はいるので、自分を殺そうとするやからが出てきても不思議はない。だが、それが二〇〇年も前の呪いのせいだとはどうしても思えなかった。

ただし、それをブリンに納得させるのは、気球なしで空を飛ぶことに負けず劣らず至難の業になりそうだ。

16

馬車に轢《ひ》かれそうになった一件のあと、ブリンはまた呪いの恐怖に怯えるようになった。そして再び悪夢を見はじめた。両手を血に濡らした彼女が死にかけているルシアンを見おろしている夢だ。そのうえ、思いつめていたブリンにさらに追い打ちをかける出来事があった。妊娠が判明したのだ。

それに気づいたのはメイドのメグだった。朝の乗馬のために着替えているとき、ブリンはどういうわけか吐き気に襲われ、手で腹部を押さえた。メグはブリンをちらりと見ると、すぐにおまるをとってきた。

「奥様、座って膝のあいだに頭を入れるといいですよ。そう……そんなふうに」

ブリンは椅子に腰をおろして言われたとおりにしながら、なにが原因だろうと考えた。普段は病気ひとつしない健康な体だし、おなかを壊しそうなものを食べた覚えもない。ブリンは手で口を押さえ、メグの指示どおりにゆっくりと深呼吸をした。

「すぐによくなりますから」メグがブリンの額にそっと手をあてた。「おなかが大きくなれば、そういうのもなくなります。わたしも終わりました」

な確信もある。

「つわりですよ」

「えっ？」

ブリンははっとし、自分の腹部を見おろした。妊娠ですって？　ここにルシアンの子が宿っているの？　でも、最近のふたりの関係を考えれば当然だ。それに、どういうわけか奇妙な確信もある。

いっきに喜びが込みあげたが、すぐに絶望感に襲われた。これでますます悩みは深くなった。ルシアンは息子と引き換えに別々の人生を送ることを約束してくれた。だが、子供と別れるなんてとてもできない。

ブリンはこめかみに手を押しあてた。おそらく選択の余地はないのだろう。ルシアンの命を守るためには自分のことなど言っていられない。彼をこれ以上の危険にさらさないために、本来なら今すぐ家を出るべきなのだ。

「旦那様もお喜びになられるでしょうね」

ブリンは力なくうなずいた。子供ができたと知ったらルシアンは大喜びするだろう。だけど、そのあとは？　妊娠したと告げてしまえば、彼を避けるのは不可能になる。ルシアンはわたしに最高の医師団をつけ、なんとしても手元に引き留めようとするに違いない。わたしは毎日、彼の優しさに耐えなくてはならなくなる……。

そんなに長いあいだ、わたしは持ちこたえられるだろうか？　今だって、日々、ルシアンへの気持ちはつのるばかりだ。出産までの期間、心を閉ざし続けられるとは到底思えない。

ましてよそよそしい関係を保ったまま一生連れ添うなんて絶対に無理だ。やはり今すぐ彼のもとを去るべきだろう。手遅れにならないうちに……。その前に、自分がこれからどうするかを決めなくては。

「まだルシアンには話さないでおこうと思うの」ブリンは吐き気をこらえながらメグに言った。「本当に妊娠したとはっきりわかるまでは黙っておきたいわ。これはふたりだけの秘密にしてちょうだい」

「わかりました、奥様。おっしゃるとおりにいたします」

その夜もブリンは夫の寝室へ行った。ルシアンの子を身ごもった喜びと将来への不安で、心は千々に乱れている。ルシアンのキスは魂を奪われそうなほど優しかった。とめどなくあふれるせつない思いに心の壁を打ち砕かれ、ブリンは全身全霊で彼を迎え入れた。

ふたりは激しく互いを求めた。ルシアンはブリンの喉元に顔をうずめ、かすれた声で甘い言葉をささやきながら狂おしく妻の体を奪った。ブリンは荒々しいまでの絶頂にむせび泣きの声をあげた。それは魂からの叫びでもあった。これほど深く誰かと結びつくことができるとは思ってもいなかった。

ブリンはルシアンの腕のなかにぐったりと横たわった。ふたりともまだ息をはずませている。優しく肌をなでられ、てのひらに彼の力強い鼓動を感じながら、ブリンは胸が張り裂けそうになった。ふたりが分かちあった濃密な時間はとても言葉では言い表せない。ルシアンはわたしを燃えあがらせ、わたしのすべてを慈しみ、そして奪っていく。なんてわたしは無力なのだろう。ルシアンに抗うなどとてもできそうにない。これほど彼を求めているのだから。

たしかに子供は欲しいが、それだけではない。わたしはルシアンと本当の夫婦になりたいと望んでいる。ルシアンの愛が欲しい。そして、心から彼を愛したい……。

ブリンは強く目を閉じた。ああ、どうしたらいいのだろう。このままではルシアンの命を奪うことになってしまう。

翌朝、ブリンは化粧台の前に座り、母の形見のロケットを握りしめた。今朝も強い吐き気に見舞われた。妊娠しているのは間違いないだろう。そう思うとまた新たな不安が込みあげてくる。もし女の子だったら？　また呪いが次の世代に受け継がれてしまう。お願いだからどうか男の子でありますように。娘がわたしと同じ運命に苦しむのは耐えられない。

今になって母の気持ちがよくわかる。ブリンは、呪いの怖さを忘れてはいけないと母がくれたロケットに目を落とした。なかには伝説の祖先、〝赤毛のエリナー〟の肖像画が入っている。だが、ブリンはそこに母の顔を重ねあわせて見ていた。難産の果てに命尽きようとしていた顔だ。

〝絶対に心を許してはだめよ〟母は死の床で苦しそうに言った。〝約束してちょうだい、ブリン、けっして男の人を愛さないと。あなたが苦しむ結果になるだけよ〟大量出血で意識が朦朧《もうろう》としながらも、母はわたしの手にしっかりとロケットを握らせた。〝心が揺れそうになったら、これを見なさい。そして呪いのことを思いだすのよ〟

つらい記憶に涙が込みあげそうになった。母は愛という名の誘惑に屈し、結果として言い知れぬ悲しみを引き受けるはめになった。そして娘に、自分と同じ轍《てつ》は踏むなと言い残して死んでいった。母、グェンドリン・コールドウェルは、愛したい、愛されたいと願う苦しさを知り尽くしていたのだろう。

そしてわたしも同じ思いに苦しんでいる。

気がつくとブリンはロケットをきつく握りしめていた。あの日、わたしはけっして誰も愛さないと固く心に決めたのに、今、その誓いを破りかけている。このままではルシアンを愛してしまいそうで怖い。こんな気持ちでいるのは耐えられない。なんとかして早く終わりにしなければ。

ブリンは覚悟を決め、ロケットを宝石箱に押し込んだ。すぐにでもルシアンのもとを離れるしかない。あるいは呪いを……。

そこではたと手を止めた。呪いを解く方法はないのだろうか？　ブリンは、ロマの占いを宣伝したカーニバルのポスターを思いだした。エスメラルダはロンドンに来ているのかしら？　もしそうなら、なにか知恵を授けてもらえるかもしれない。

数年前、ブリンは求婚者の死を嘆き悲しみ、慰めを求めてエスメラルダのもとを訪ねた。できれば免罪符となる言葉のひとつも欲しいと思っていた。あのときは動揺が激しく、呪いを解く方法を尋ねる余裕がなかった。自分が不吉な夢を見たあとに求婚者が亡くなったため、かえって呪いの力を信じるようになり、運命を受け入れてしまったのだ。

だが、今はわらにもすがりたい気分だ。たとえ希望はわずかでも、ルシアンを危険にさらさずに一緒に暮らせる方法がないかどうか探してみるしかない。

ひとりでカーニバル会場をうろついているところを誰かに見られたら醜聞になるのは間違いないので、ブリンはよほどレイヴンに同行を頼もうかと思った。だが、未婚の女性を相手に夫婦関係や妊娠について話すのはためらわれた。それにレイヴンはルシアンとも親しく、そのため彼との友情を重んじ、妊娠のことをこっそり当人に話しかねない怖さもある。メレディスも頭に浮かんだが、子育てに一生懸命になっている幸せそうな彼女を、悩みごとに巻き込んではいけない気がした。そこで結局、メグだけを連れていくことにした。冒険好きの女性がメイドを伴ってそういう場へ出かけるのはままある話だ。

その秋の一日は空が曇り、気温も低かったため、幸いにもマントをはおっていても怪しまれる心配はなかった。ブリンは顔が見えないようフードを目深にかぶり、貸し馬車を拾って会場へ出かけた。

ウェストミンスターのカーニバルは、ブリンがコーンウォールで兄弟たちと遊びに行ったものとたいして変わりはなかった。ジャグリングや操り人形のショーがあり、オレンジやジンジャーブレッドやあたたかいミートパイの屋台が並び、サテン地のリボンや手袋や食事用のナイフを売る行商人がいる。

まだ時間が早いため客はそれほど多くはなかったが、ロマの占い師を見つけるのは意外に難しかった。ブリンは大道芸人や屋台を次々と通り過ぎ、ようやくいちばん奥にテントを見つけた。

色とりどりのスカートにスカーフや腕輪を身につけた若い娘たちがブリンに愛嬌を振りまき、お守りやドライ・ハーブはいらないかとすすめてきた。ブリンは占いをしてほしいのだと伝え、メグを残してテントに入った。

内部は薄暗く、手作りのオイルランプがひとつ、小さな金色の光を放っている。目が慣れてくると、絨毯に置かれた低いテーブルの向こうに座っている人物の顔が見えてきた。やはりエスメラルダだ。ブリンの鼓動が速くなった。

エスメラルダは髪が白く、歯はほとんどない。顔は浅黒くて、なめし革のような肌をしている。だが、黒い目は短剣のように鋭い光を放っていた。

「これは珍しい。玉の輿《こし》に乗られたと聞いております。なんでも伯爵夫人になられたとか」だみ声の老女はブリンを迎え入れた。

「ええ、マザー」ブリンはロマが年長者を呼ぶときの慣習に従った。「マザーはお元気?」

「おかげさまで。まあロマには世知辛い世の中ですが」エスメラルダはにやりとして、銀の指輪をはめた骨ばった手でテーブルの前に座るようすすめた。

　エスメラルダが手をとろうとしたのに気づき、ブリンは首を振った。「今日は手相を見てほしいのではなく、訊きたいことがあるの」深く息を吸い、小さな鞄《レティキュール》から金貨を数枚とりだしてテーブルに置いた。「わたしにはとても大切なことなのよ」

「また、夢を見るようになられたんですね？」エスメラルダは金貨にちらりと視線をやり、重々しく尋ねた。

「ええ」

「なるほど。それで、お訊きになりたいこととは？」

「その……もしわずかでも呪いを解く望みがあるなら、その方法を教えてもらえないかと思って」

「誰か心配な方がいらっしゃると見える」

「ええ……夫のことが」

　エスメラルダは金貨を一枚手にとり、残り少ない歯で噛んで本物かどうか確かめた。「簡単ではありませんよ。〝赤毛のエリナー〟の呪いは強力ですから」

「なにか方法はないのかしら？」

　ロマの老女は長いあいだ、ブリンの表情をじっとうかがっていたが、やがてうなずいた。

「ご主人を愛しておられる？」

「それは……わからないわ」ブリンは小さな声で答えた。その質問には向きあいたくない。

「彼を愛したら死なせることになってしまう。そんなのは考えるだけでも耐えられない」

「では、あなたはご主人のために死ぬ覚悟がありますかな？　自分の胸に訊いてごらんなさい」

「夫のために死ねるか？」

「そうです。ご自身を犠牲にできるほどご主人を愛しておられるのか。それが真実の愛というものでございましょう。ご主人のためにご自分の人生を捧げられるかどうかは、あなた自身しかわかりません」

ブリンは混乱した思いで瘦《や》せこけた老女の顔を見た。わたしはそこまでルシアンを愛せるだろうか？

ブリンはかぶりを振った。「呪いを解きたければ、彼のために死ねというの？」

エスメラルダが寂しそうに同情のまなざしを向けた。「そうはならないかもしれません」

「それ以上はわからないということ？」

「そうなりますかな。はっきりわかっていることしか申しあげられませんから。わたしに言えるのは、真実の愛のみが呪いに打ち勝てるということだけでございます」

それは矛盾しているとブリンはいらだちを覚えた。もしわたしがルシアンを愛せば、彼は死ぬはめになる。だが深く愛さなければ、やはり同じ運命をたどるなんて。

「元気をお出しください」エスメラルダがテーブル越しに腕を伸ばし、ブリンの手を握った。

「望みがないわけではありません」

「ありがとう、マザー」ブリンは弱々しくほほえんだ。

のろのろと立ちあがり、ぼんやりとしたままテントを出た。なにかしらの答えは手に入れたのかもしれない。ルシアンを死なせないためには、自分の命を犠牲にしなくてはならないとわかったのだから。でも……。

エスメラルダの謎《なぞ》めいた答えを信じてもいいのだろうか？　それにたとえそれが呪いを解く方法だとしても、はたしてわたしは自分を犠牲にできるだろうか？


家に帰り、メグと一緒に玄関を入ると、驚いたことにすでに帰宅していたルシアンが大階段をおりてきた。

メグが小走りに家の奥へ退いた。ルシアンはブリンの頬にキスをした。「おかえり。どこへ行ったんだろうと思っていたところだよ。楽しかったかい？」

ブリンは口ごもった。エスメラルダを訪ねたことは言いたくない。理由を訊かれるのが怖かった。もし深く追及されれば、ルシアンへの思いを認めなくてはいけない。それはとても危険だ。

「ええ、レイヴンと一緒に図書館へ行ってきたの」

ルシアンがおやというように目を細めた。「おかしいな。ついさっき、外務省からの帰りにレイヴンとばったり会ったが、今日の午前中はずっとおばにつきあわされるはめになったと嘆いていたぞ」

ブリンは思わず顔が赤らみかけた。「あら、わたしったら。間違えたわ、メレディスよ。メレディスと一緒に出かけていたの」

ルシアンはなにも持っていないブリンの手元に目をやった。「読みたい本は見つからなかったのかい？」

「そうなの」ブリンは必死に動揺を押し隠し、明るく笑った。「失礼して昼食のために着替えてくるわ」

ルシアンは妻の背中を見送った。あのうしろめたそうな目はなにかを隠している。どうやらブリンが嘘をついているのは間違いなさそうだ。

自室に戻りながら、ルシアンは思わずこぶしを握りしめた。結婚当初、ブリンはどこか怪しいと感じていたが、最近は夫婦仲もよくなり、それなりの誠実さを期待できるようになったと思っていた。しかし、ぼくは騙されていたらしい。

彼の顔つきが厳しくなった。以前はブリンが兄の犯罪に荷担しているのではないかと疑っていた。だがブリンを信じようと決め、新しい関係を築いてきたのだ。あれは結論を急ぎすぎたのだろうか？　問題は、嘘をつかれたのが今回が初めてかどうかだ。嘘に気づいたのが初めてでなければいいのだが。

ルシアンの困惑はそれだけにとどまらず、翌日さらに不安を覚える出来事が起きた。その朝、ルシアンはメグが妻の部屋からおまるを手に急いで出てくるところと行きあった。

「どうした？」

「たいしたことではございません、旦那様。奥様はつわりで少し気分が悪いだけでございます」

ルシアンは衝撃を受けた。「つわりだと？」

主人が驚いた顔をしているのに気づき、メグははっと手で口を覆った。「すみません、奥様から黙っているように言われていましたのに」

ルシアンは無理やりほほえんだ。「では、きみがしゃべったことは内緒にしておこう」

メイドが立ち去ったあとも、ルシアンは呆然と廊下に立ち尽くした。ぼくに子供ができたというのか？ たっての願いがようやく叶おうとしていると？

心のなかではさまざまな思いが渦巻いていた。驚きや誇らしさもあるが、これほど大事なことを黙っていたブリンへの怒りも感じる。なぜ話してくれなかったのだろう？ どうしてぼくは、わが子ができた話を他人から聞かされるはめになったのだ。ぼくがどれほど妊娠を望んでいるかは、ブリンもよく知っているはずなのに。

だが……なにか事情があるのかもしれない。メイドに黙っているよう言ったのは、自分の口から伝えたいと思ったからだという解釈もありうる。

ルシアンは疑念を脇へどけ、そっと妻の部屋をノックした。返事がなかったため、静かに寝室へ入った。ブリンは暖炉の前に座り、うわの空で炎を見つめていた。

その美しい横顔を見ていると、ルシアンは優しい気持ちに包まれた。子供は婚姻の誓いよりも強く夫婦を結びつける。これでブリンもぼくたちの結婚に前向きになってくれるかもしれない……。

ルシアンは深く息を吸った。やっとわかった。ぼくはこれほどまでも強くブリンに受け入れられたいと願っている。彼女が腹に宿る赤ん坊よりも大切な存在に感じられる。

「ブリン」ルシアンはささやいた。

ブリンがぎょっとしたように彼を見た。

「具合が悪いとメグから聞いたが？」

ブリンは顔を赤らめ、首を振った。「たいしたことじゃないわ」

ルシアンは冷や水を浴びせられた気がして、ブリンの顔色を探った。こんなに大切なことをまだ黙っているつもりなのか？　こちらから話すきっかけを作っているというのに？

ブリンが明らかに作り笑いとわかるほほえみを浮かべた。「もう大丈夫よ。ゆうべの料理のなにかが体に合わなかったのね」

ルシアンは激しい失望感に見舞われ、ふと別のおぞましい理由に思い至った。もしかするとブリンは妊娠したことを告げずに姿を消そうとしているのではないだろうか？　そうすれば子供をとりあげられずにすむからだ。別れて暮らすことになれば子供は引きとるとぼくは明言した。だからブリンは赤ん坊ができた事実を内緒にしたまま、ぼくのもとから去ろうとしているのではないか？

ルシアンは苦々しい思いでその可能性を否定した。ぼくにとって子供がどれほど大きな意ない。

味を持つかを彼女はよく知っている。そのうえで、そんなひどい行為に及ぶとはとても思え

だがそう思っても、疑念はますます深まるばかりだ。もしかすると、ぼくは彼女を許すための理由を探しているだけなのかもしれない。ブリンがどういう本性を隠し持った女性なのか、本当はなにもわかっていないのだ。

「それならよかった」ルシアンは納得したふりをしたが、内心は激しく動揺していた。

ブリンがぼくを騙しているのは間違いない。これほど大切なことを秘密にしようとするくらいなら、きっとほかにもなにか隠しているのだろう。それは犯罪に絡んだ事柄である可能性もある。

17

ルシアンは、あるフランス人の密偵に関する書類一式に目を通していたが、中身は少しも頭に入っていなかった。諜報員の仕事の大半は膨大な量の報告書の精読だ。不思議と一致する点、あるいは一致しない点、奇妙に繰り返される出来事などを拾いだし、糸口を見つけるためだ。だが、今日はその単調な仕事がつらかった。売国奴よりも妻のことが心に重くのしかかっていたからだ。

この一週間はブリンから距離を置こうと事務所で多くの時間を過ごした。しかし、それで悩みが消えたわけではなかった。妻の嘘にどう対応するかはまだ決めていない。彼女が今もなお妊娠を隠しているため、もともと不安定だった夫婦の信頼関係が揺らぎ、再び疑念がふつふつとわき起こっているのだ。

それに加え、最近はまた例の悪夢を見るようになっていた。瀕死の状態で横たわるぼくを、手を下した当人であろうブリンが見おろしている夢だ。イメージは日増しに強烈になっていた。たかが夢ひとつに重大な意味があるとは思えないが、それでも妻に対する不信感をあおっているのは事実だ。

ふと、人の気配に気づいて顔をあげると、フィリップ・バートンが戸口に立っていた。ルシアンは笑みを作り、部下に入るようすすめた。

いつもならすぐさま椅子に座るバートンが、今日はなぜかその場を動かず、唇を引き結んだ厳しい表情でシルクハットの縁をいじっている。

ようやくバートンが口を開いた。「ご期待に添えていないのを申し訳なく思っています。はっきり言われれば、いつでも辞める覚悟はできていますから」

バートンが惨めな思いをしていることは伝わってくるが、理由がわからない。ルシアンは尋ねるように片方の眉をつりあげた。「やぶからぼうになんの話だ。きみに失望させられたことはないと思うが？」

「でも、ぼくに金貨輸送の日程を変更したことを教えてくださいませんでした」

ルシアンは悪い予感に襲われた。ここしばらく情勢は落ち着いていた。静かすぎるほどだと言えるかもしれない。二度の輸送が行われたが、金貨は無事にヨーロッパ大陸の同盟国軍に渡り、反逆者キャリバンの動向は聞こえてこなかった。

「日程変更はしていない」ルシアンはゆっくりと答えた。「どういうことか説明してくれ」

バートンは一瞬、わけがわからないという顔をした。「ですが、書類には――」

「なんの書類だ？」ルシアンはたたみかけた。

「あなたが日程変更を承認した許可証です」

「そんな承認はしていない」

「なんてことだ……」バートンの顔が悲痛にゆがんだ。「では、また金貨が盗まれたのだと思われます。昨日、その許可証によって輸送が行われたのです」

怒りが込みあげ、ルシアンは椅子から立ちあがった。「その書類を見せてくれ」

金貨の輸送手順は単純だ。金貨はロンドンの造幣局で鋳造され、いったんイングランド銀行におさめられたあと、厳重な警備のもとヨーロッパ大陸へ送られ、三国同盟軍の軍資金となる。手順に間違いが起きたことはほとんどない。

銀行の支配人は金貨を犯人グループに渡してしまったらしいと知り、ルシアンに面会を求められてひどく狼狽した。「し、しかし……許可証は、ほ、本物に見えたんです」

「それを見せてくれ」

支配人は不安げになにやらつぶやき、部下に書類を持ってこさせた。ルシアンは険しい顔で内容に目を通した。

国家的安全対策のため、次回の金貨輸送の日程を変更する。きたる一〇月五日午前一〇時、こちらが派遣する当方職員に金貨をおさめた箱を引き渡されたし。

ウィクリフ伯爵ルシアン・トレメイン

ルシアンは胃がよじれる思いを味わいながら、バートンに許可証を見せた。もはや金貨が横取りされたことに疑いの余地はない。敵は一〇万ポンドに相当する三箱分の金貨を、血を一滴も見ることなくやすやすと盗んでいったのだ。いや、いずれ血は流れる。ルシアンは怒りで唇を引き結んだ。それだけの金貨があればナポレオン軍は数週間、われらが同盟軍の兵士を殺戮《さつりく》できるだろう。

「あなたの文字ではありませんね」バートンが絶望に満ちた声で静かに言った。

支配人は泣きそうな顔で手をもみあわせている。「たしかに奇妙な日程変更だとは思ったのですが、正式な許可証に見えましたし、あなたの印章も押してありましたから……」

ルシアンは書類を裏返し、封蠟を確かめた。たしかにウィクリフの印章が押されている。ふと胸騒ぎを覚えたが、それがはっきり形をなす前に支配人が謝罪の言葉を並べ立てはじめた。

ルシアンはぶっきらぼうに礼を述べ、支配人をさがらせた。

ふたりきりになるとバートンが訊いた。「キャリバンの仕業だと思われますか?」

「ほかに誰がいる? ただし、外務省に内通者がいるのは間違いない。だがきみとぼく以外で輸送日程を知っていたのはふたりだけだし、どちらも信用できる男だ」

「ほかに予定を知りえた人間がいますか? しかも、これほど正確な偽造ができるやつですよ」

ルシアンは眉をひそめた。「事務員になら可能だったかもしれない。輸送予定の写しを作ったのは誰だ?」

「事務員には作らせていません。あなたの指示があったあと、今回はぼくが自分で写したんです。原本も写しもまだぼくの引き出しに入っていますし、鍵もかけてありますよ」

「鍵はこじ開けられる。今まで写しを作っていた事務員は誰だ？」

「ジェンキンズです」バートンは愕然とした。

「つまりジェンキンズは、過去に強奪があった事件の輸送日程を知っていたんだな？」

「そういうことになります」

ルシアンはドアのほうを向いた。

「どこへ行かれるんですか？」

「裏切り者をとらえに行くんだ」


外務省諜報部で上級事務員として働くチャールズ・ジェンキンズの住所を調べ、彼の下宿に駆けつけたときはすでに夕方になっていた。ルシアンは先入観を持たずに尋問しようと考えていたが、相手がドアを開けた瞬間にクロだと確信した。ジェンキンズはルシアンの顔を見るなり逃げだしたのだ。

ルシアンは、ジェンキンズが上げ下げ窓を半分引きあげたところをつかまえた。ジェンキンズの体をこちらに向かせて壁に押しつけると、クラヴァットをつかんだ。

「客人に背を向けるのは失礼だと教わらなかったのか？」ルシアンは柔らかい口調のなかにもすごみをきかせた。

ジェンキンズは恐怖で顔をゆがめ、苦しそうな声を出した。「どうして……こんなことを……？」

「告白したいことがあるだろう？」

「告白……？　いったい……なんの……話か……」

ルシアンはクラヴァットをきつくねじりあげた。ジェンキンズは喉をかきむしりながらも、それ以上しゃべろうとしなかった。

「誰に雇われて文書を偽造した？」ルシアンはいらだち、癇癪《かんしゃく》を爆発させそうになった。

「なんの……文書です……？」

ずうずうしく言い逃れしようとする態度に怒りを覚えたルシアンは、ジェンキンズを窓際へ引っぱっていくと、三階下の暗い砂利道がよく見えるよう窓から顔を突きださせた。「ここから落ちたらずいぶんな高さだぞ」

ジェンキンズが泣きそうな声をあげた。

「おまえを雇ったのは誰だ？」

「しゃべったら殺されてしまう！」

「しゃべらなかったらどうなると思う？」

べそをかきながら首を振るばかりでなにも話そうとしないのを見てとると、ルシアンはジェンキンズのベルトをつかみ、体を押しやった。上半身に続き腰が窓の外へ押しだされ、腿が窓枠にのった。ルシアンはベルトを片足首に持ち替えた。

逆さづりにされたジェンキンズが悲鳴をあげた。「わかった！　知っていることは話します！」

もう一瞬待ってから、ルシアンは恐怖におののいている事務員を引っぱりあげた。ジェンキンズは震える脚で床に座り込み、喉を押さえて怯えた目でルシアンを見あげた。

ルシアンは冷静になろうと努め、ひと呼吸置いたあとジェンキンズに告げた。「正直に話したほうがいい。反逆罪で絞首刑にされたくなければ、ぼくの慈悲にすがるしかないことを忘れるな」

ジェンキンズはごくりと唾をのみ込み、黙ってうなずいた。

「金貨輸送の予定を敵に教えていたのはおまえか？」

「は、はい」

「国を裏切り、大勢の善良な同胞たちを死に追いやる行為に手を出したからには、それなりの理由があるんだろうな？」

ジェンキンズがつらそうに顔をゆがめた。「そんなつもりはなかったんです……ただ借金があって金に困っていただけで……それに母のこともあったし……言うとおりにしなかったら母を殺すと脅されました。でも誓って言いますが、金貨がフランス軍に渡るなんて知らなかったんです」

「知らなかっただと？」ルシアンは吐き捨てた。

「本当です！　ぼくはただ日程を教えろと言われただけです」

「だが最初の事件のとき、外務省ではあれほどの大騒ぎになったんだ。そのあとは自分がなにをしているかわかっていたはずだ」

ジェンキンズが恥じ入るようにうなだれた。「はい……だけど、どうしようもなかったんです。深く関与しすぎていましたから」

「なるほど。では、事件の首謀者は誰だ?」

ジェンキンズは真剣に訴えた。「知りません。ぼくはただ使われているだけですから。でも、一度だけ名前を聞いたことがあります。キャリバン卿と呼ばれていました。けれど、会ったことはありません」

「指示を出すためには、誰かおまえに接触した人間がいるはずだ」

「そういう相手はいました。ぼくに接触してきたのは……サー・ジャイルズ・フレインです」

その名前を聞き、ルシアンは心臓が止まりそうになった。幸いにも、バートンがここへ来て初めて口を開いた。「サー・ジャイルズはすでに何ヶ月か前に亡くなっている」

思わずルシアンは部下の目を見た。バートンはジャイルズが不名誉な最期を遂げた事実を知る数少ない人間のひとりだ。

ルシアンは自分の両手を見た。手が震えている。あの忌まわしい瞬間がかたときも頭から離れない。友人を殺したことをきっかけに、なにか暗くて本能的な感情が解き放たれてしまった。おのれのそういう醜さは、本当は目にしたくないと思う。だがキャリバンやその一味の犯罪を食い止めるためなら、もう一度人殺しをする覚悟はできている。

「都合のいいことばかり言うな。死人に口なしというわけか？　そんなたわごとを信じると思うのか？」

「証拠をお見せすることもできます」

「出してみろ」

ジェンキンズは用心深くルシアンに目をやりながらよろよろと立ちあがり、部屋の隅に置かれた机のほうへ行った。ルシアンは質素な部屋を見まわした。粗末なベッド、ひと組の机と椅子、小さなランプ、それに調理用の火鉢をしまった棚がひとつ。いくら報酬をもらったのかは知らないが、贅沢をしているようすはない。

ジェンキンズが机の向こう側で膝をつき、緩くなっている床板をはがした。革製の袋をとりだしてルシアンに差しだす。「ここに全部入っています。この一年間にサー・ジャイルズから受けとった、指示の書かれた紙です」

ルシアンはそれらの紙にすばやく目を通した。「サー・ジャイルズとのつながりを示す証拠にはならないな。許可証と同じく、これもおまえが偽造したのではないとどうしてわかる？」

「そんなことはしていません、本当です！　もらったお金もほとんど手をつけずにとってあります。一〇〇ポンドです。自分がなにをしているのかわかったら……使えなくなってしまって。サー・ジャイルズにはもうやりたくないと言ったんです。必死に頼みました……でも、聞き入れてもらえなかった……言われたとおりにしないと、キャリバン卿に母親を殺されるぞと脅されました」

　ジェンキンズは苦悩に満ちた顔になった。おそらく正直に話しているのだろう。ジャイルズならそれくらい言いかねない。

「連絡係が死んだあと、指示のやりとりはどうしていた？」

「玄関脇の植木鉢に指示の紙が入れられるようになりました。名前は書いてありませんし、置いていく人間も見ていません」

　ルシアンは長いあいだ、威嚇するように相手をにらみつけていた。ジェンキンズは怯えた顔をしたが、話を変えたりはしなかった。

「いいだろう。次に許可証について訊きたい。ぼくの筆跡をまねたのはおまえだな？」

「そうです。あなたが書いた通信文書を拝借して、何週間も練習しました」

「ぼくの印章はどうやって押した？」

「知りません。すでに印章の押してある封蠟をいくつか渡されたんです。貼《は》りなおすのは難しくありませんでした。煉瓦《れんが》を熱くしたものをあてて蠟を溶かし、刃の薄いナイフではがすだけでしたから」

「誰か勝手に印章を使ったやつがいるらしいですね」バートンが言った。

　シールリングはふたつあり、ひとつは事務所に、もうひとつは自宅の書斎に保管している。そこまで考えたとき、いつぞやブリンとグレイソンがふたりで書斎にいたのを思いだし、ルシアンは体をこわばらせた。翌朝はイヤリングをなくしたといってブリンがひとりで書斎にいた。

なんということだ……あのときも彼女は嘘をついていたのか？　グレイソンがシールリングを持ちだしたのなら驚きはない。だが、ブリンが？　彼女もこの犯罪に関係しているのか？

ルシアンは深く呼吸をした。そんなはずはないという思いに続き、もし事実ならブリンをかばわなければという思いが込みあげてきた。彼女は妻だ。ぼくの子を腹に宿している。それにぼくの心を奪った女性だ。ブリンか任務のどちらかを選ばなければならないとしたら、あまりにつらすぎる。

ルシアンは険しい顔になった。ブリンのことになると客観的に考えられないのは自覚しているが、妻がかかわっているかもしれないことをまだバートンには知られたくない。せめて先に確証をつかみたい。そのためには、ブリンから真実を聞きだすしかないだろう。ただ、グレイソンは別だ。今こうしているあいだも、金貨をフランスに密輸する準備を進めているかもしれない。

ルシアンは雑念を振り払い、震えている事務員に目を向けた。「国に対して犯した罪の重大さはわかっているな？　絞首刑ではなく投獄か流刑ですむようにとりはからってやるが、ぼくにできるのはそこまでだ」

「充分です……命を助けてもらえるだけでも感謝しています」ジェンキンズがかぼそい声で

答えた。

「逮捕の手続きはミスター・バートンに任せる。裁判まで勾留《こうりゅう》されるから、なにか持っていきたいものがあれば用意するといい」

「あ、ありがとうございます」

ジェンキンズが支度にかかると、ルシアンはバートンを脇に引っぱっていき、低い声でささやいた。「シールリングに近づけたであろう人間に心あたりがある。グレイソン・コールドウェルだ」

バートンが驚いた。「そんな。グレイソンは……」

「そうだ、妻の実の兄だ。もしグレイソンが犯人なら、横取りされた金貨はコーンウォールからフランスに送られる可能性が高い。やつの動きを見張っていれば、金貨をとり戻せるかもしれない。それが唯一の希望だな」

「そのようですね」

「腕のいいのを五、六人連れて、すぐにコーンウォールへ行ってくれ。こっそりグレイソンを監視するんだ。警戒されるようなまねはするなよ。見張っているのを悟られたくない。わかったな」

「承知しました。あなたもおいでになりますか?」

「すぐにあとを追いかけるつもりだが、その前にすることがある」ルシアンの顔が厳しくなった。「あとまわしにはできない」

すぐにでもブリンを問いただしたい衝動を抑えて感情を押し隠すには、相当な演技力が必要とされるだろう。本当は強引にでも真実をしゃべらせて、無関係だと言ってくれと懇願したいくらいだ。だが、ブリンは嘘がうまい。それを考えると、探りを入れて馬脚をあらわすかどうか反応を見るほうが賢明だ。あとは疑念が晴れる結果になるのを祈るしかない。

ルシアンは家に戻るとまっすぐ自室へ向かい、荷造りを始めた。第三者は交えたくなかったため、近侍は呼ばなかった。

ブリンがいるのは気配でわかった。ふたりの寝室をつなぐドアから入ってきたらしい。

「なにかあったの？　帰りが遅いから心配していたところなの」

「ああ、大変な事態になった」ルシアンはブリンをろくに見ずに簡潔に答えた。「また金貨が盗まれた」

ブリンが眉をひそめた。「またなの？」

ルシアンは荷造りの手を止め、妻の顔を見た。「これまでとは状況が違う。もっと深刻だ。敵はずうずうしくもぼくのシールリングを使って許可証を偽造し、金貨を引き渡させたんだ」

「シールリング？」ブリンの声が弱々しくなった。

ルシアンは無表情を装った。「そうだ。だからぼくは疑われてもしかたのない立場になった」

ブリンが喉元に手をあてた。「そんな、まさか……あなたが窃盗にかかわっているなんて誰も思うはずがないわ」

「そうかもしれない。だがぼくとしては、一刻も早く犯人を明らかにしなくてはならない」

告白するなら今だと水を向けたつもりだった。ルシアンは息を詰めて答えを待った。

ブリンは美しい顔を苦悩にゆがめ、一歩踏みだした。しかし明らかに気をとりなおしたとわかる表情に戻り、足を止めた。

「今夜のうちに発つの？」

ルシアンの心は沈んだ。むなしさに襲われる。「これといった手がかりはなにもないんだ。だから、とりあえずドーヴァーへ向かおうと思っている。そこからフランスに送られる公算が大きいからだ。捜査には何日かかかるだろう。すまないが、しばらく家を空けるよ」

「そう……わかったわ」

「ひとりでも大丈夫かい？」

「ええ」ブリンはかぼそい声で言った。「レイヴンの婚礼支度がまだまだ残っているから平気よ」

ルシアンは旅行鞄《かばん》のふたを閉じ、自分を抑える自信がなかったため妻の額に軽くキスをするだけで別れの挨拶に代えた。ブリンはなにかに気をとられているらしく、夫のようすがよそよそしいのにも気づかなければ、別れの挨拶を返そうともしなかった。

ルシアンがうしろにさがり、旅行鞄を手にしたとき、ブリンがふとわれに返った。

た。

「ルシアン、気をつけて……お願い」それは誠実な響きに聞こえた。

「わかった。きみも体を大事にするんだよ」

心が麻痺《まひ》したかのような寂しさを覚えながら、ルシアンは妻に背を向け、部屋を出ていった。

ブリンは激しい怒りと不安に包まれ、その場に立ち尽くした。この屋敷を訪ねてきたときの怪しい行動について詰問する手紙を送っても、グレイソンは一度も返事をよこさなかった。だが、もう間違いない。わたしは裏切られていたのだ。ブランデーの輸入許可証にルシアンの印章があると役人の目をごまかせると兄は言ったが、あれは嘘だったらしい。本当は政府から金を奪い、敵国に流す大罪に関与していたのだ。

そのうえ兄は、ルシアンまでも厳しい立場に追い込んだ。ああ、どうしたらいいの……。

ブリンは気が動転したまま自室に戻り、どうすべきか考えながら行ったり来たりしはじめた。

ルシアンはなんとしても犯人をつかまえる気でいる。ドーヴァーで金貨が見つからなければ、別の場所を捜そうとするだろう。もしかすると兄が怪しいという手がかりに行きあたるかもしれない……。

ルシアンがグレイソンと対峙している場面が頭に浮かび、ブリンはぞっとした。ルシアンが兄に情けをかけるとは思えない。彼は任務の遂行に執念を抱いている。兄は逮捕されて、おそらく死刑になるだろう……。いいえ、もし兄がジャイルズのように最後の抵抗を見せたら？　あの悪夢みたいに、死闘を繰り広げることになりかねない。今度、命運が尽きるのはルシアンかしら？　それとも兄なの？

ブリンは凍りついた。どちらかが死ぬと思うだけで恐怖が込みあげてくる。

兄を死刑にはさせたくない。売国行為にかかわっていれば罰を受けるのはやむをえないが、そうはいっても自分の兄、血を分けた肉親なのだ。できるものなら助けたい。でも、どうやって？

夫の慈悲にすがるのは無理だろう。どれほど懇願したところで、ルシアンがわたしのために名誉も任務もなげうって兄の助命に動くとは思えない。彼は国を裏切ったとなれば親友にでさえ命で償うことを求めたのだ。兄の罪を見逃すわけがない。

とにかく、まずは兄を止めることだ。わたしもルシアンと同じく、盗まれた金貨がフランス軍の手に渡るのは避けたいと思っている。

ああ、あのときもっと強く兄をいさめるべきだった。この後悔は一生引きずるだろう。兄が書斎に入り込むチャンスを与えてしまったのはわたしだ。たとえ夫の前で騒ぎを起こすはめになっても、シールリングを返してと厳しく迫るべきだった。そうすれば少なくとも印章が反逆罪に問われる行為に使われる事態は防げた。

こうしてはいられない。計画をあきらめ、金貨を返すよう兄を説得できたら……。

ブリンはぴたりと足を止めた。そうだわ、それしか方法はない。なんとしても説き伏せて、過ちを正させるのよ。

彼女は頭を振ると、すぐにベルの紐《ひも》を引いてメイドを呼び、執事には旅行用の馬車を用意するよう命じた。今すぐコーンウォールへ行かなくてはならない。ぐずぐずしている時間はなかった。

だが、目的地を使用人に知らせるのはまずいだろう。それがルシアンの耳に入れば、疑われるに決まっている。なにか別の行き先を考えなくてはいけない。そうだ、シオドーが病気だということにしよう。看病に行くと言えば筋は通る。わたしが家を空けたことをルシアンが知る前に、兄と決着をつけよう。

ブリンは新たな不安にまたぞっとした。本当のことに気づいたら、ルシアンはどんな反応を見せるだろう？　もし兄の説得に失敗したらどうなってしまうの？

せっぱつまった思いに襲われながら、ブリンはクローゼットから旅行用のドレスをとりだした。

屋敷から少し離れた暗い通りに紋章のない馬車を停め、ルシアンは自宅を見張っていた。心は石のように重たかったが、真実を追求せずにいられない。ブリンが犯罪に手を染めているのかどうかを見きわめるのだ。無実だと信じられたらどんなにいいだろう。

さほど待つまでもなくブリンが姿を見せ、玄関先の階段を駆けおりて待っていた馬車に乗り込んだ。ブリンを乗せた馬車が走りだすと、ルシアンは天井を叩いて御者にあとをつけるよう命じた。

メイフェアの暗い道を進みながら、ルシアンは固唾をのんで成り行きを見守った。ブリンの馬車はロンドン通りへ入り、南に向かった。もう間違いない。コーンウォールを目指しているのだ。

美しくて狡猾《こうかつ》な妻を殺伐とした感情が激しい怒りに変わり、ルシアンは歯を食いしばった。美しくて狡猾な妻も、そして自分も許せない。

ぼくはあのたぐいまれな美貌の虜になり、ベッドでの熱いひとときにわれを忘れ、彼女を愛してしまった。

息子が欲しいと思い、純粋な若い女性と結婚したつもりだったが、ブリンはぼくが思っているような相手ではなかったのだ。

ぼくは美しい裏切り者のことをなにも知らなかった。

18

コーンウォール

実家に到着したときには、すでに日が暮れかけていた。ロンドンからの長旅で疲れていたし、ドレスは汚れていたが、ブリンは真っ先に兄の姿を捜した。この三日間、胃に重くしこっている苦悩に早くけりをつけたかった。

グレイソンは書斎にいた。むっつりとした顔でちろちろと燃える暖炉の炎をにらんでいる。

ブリンが声をかけると、グレイソンはぎょっとした。「ブリン、どうしておまえがここにいるんだ？」彼は椅子から立ちあがった。「なにかあったのか？　もしかしてシオドーの身に……？」

「わたしの知るかぎり、シオドーは元気よ。でも、大変なことがあったのは間違いないわ」

ブリンは厳しい口調で言った。

グレイソンは黙って妹の顔を凝視していた。

ブリンがじっと見返すと、彼はワインを飲みすぎたときのように真っ赤な顔になった。

「ここへ来たのは、兄さんが祖国を裏切り、フランスの手先となるのを止めるためよ」

グレイソンは返事をせず、額に手をあてて椅子に座り込んだ。

ブリンは胸が痛み、力なく訊いた。「否定しないの？」お願いだから間違いであってほしい。冗談じゃないと言い返す言葉を聞きたい。

「否定はしない」グレイソンが弱々しい声で言った。

「そんな……」ブリンは部屋に入り、信じられない思いに愕然としながらソファに腰をおろした。「いったいどうして？」

グレイソンが口元をゆがめ、皮肉な笑みを浮かべた。「正直に言って、自分でもよくわからない。反逆者になるつもりなどなかった」

「なにがあったの？」

彼は重いため息をついた。「さもしい話だ。本当に聞きたいのか？」

「もちろんよ」ブリンの声はかすれていた。

グレイソンは気つけ薬だとばかりにワインをあおった。「一年ほど前のことだ。紳士風の男が接触してきて、ある密輸船から荷物を受けとって運んだら大金を渡すと言ったんだ。ちょうど金に困って途方に暮れていたころだよ。おまえも覚えているはずだ。あのころは悲惨だったからな。借金にまみれ、家を手放さなければならないのかと悩んでいた。返済できずに債務者監獄行きになるんじゃないかとびくびくしていたよ。そんなことになったら、おまえや弟たちはいったいどうなっていたと思う？」

当時のことはブリンもよく覚えていた。父の遺した借金の返済を迫る取り立てが厳しかったころだ。「だから怪しい話だとわかっていながら、それにのってしまったというの？」

「たしかに怪しんではいた。それでも中身のわからない荷物を密輸して法を犯すほうが、おまえたちを借金まみれの家に残して監獄へ行くよりましだと思ったんだ」

「その荷物は政府の金貨だったのね？」

「そうだ……だが、あのときは知らなかった。訊きもしなかったしな。でもあとになって、そのことでゆすられた。言うとおりにしなければ売国奴だとばらすと、やつらに脅されたんだ」

「やつらって？」

「密偵と密輸組織が結託したグループだよ。詳しいことは知らない。わかっているのは、社会的に地位の高いイングランド人が何人か含まれていることだけだ。そのうちのひとりは貴族だと思う」

「貴族ですって？　本当なの？」

「間違いない。やつらはそいつをキャリバン卿と呼んでいたからな。それに最初に接触してきた男は準男爵だった」

「〝だった〟ってどういう意味？」

「死んだんだ。犯罪絡みで殺されたに決まっている」グレイソンは苦渋に満ちた顔で短く笑った。「それで別の男が来るようになった。流暢《りゅうちょう》な英語をしゃべっていたし、ジャックと名乗っていたが、あれは間違いなくフランス人だな。おまえが結婚した直後にそのジャックという男が接触してきて、ウィクリフのシールリングを盗んでいくつか封蠟を作れと指示した。おれは断ったが、生き長らえたければ言うことを聞いたほうが身のためだと言われたよ」

「そんな言葉を信じたの？」

「もちろん信じたよ！」グレイソンが鋭い目で妹を見た。「極悪非道な連中なんだ。協力を断った漁師がいたんだが、やつらは見せしめにそいつの生皮をはいだんだぞ。かわいそうに丸二日間も苦しんで死んでいったよ。あんなふうになるなら縛り首のほうがまだましだ」

ブリンは震えながら息を吸った。「ルシアンの印章が偽造文書に使われて、そのせいでまた金貨が盗まれたことは知っているの？」

「そんなことになるんじゃないかとは思っていた」グレイソンは顔をゆがめ、苦悶ともとれる表情を浮かべた。「封蠟をなにに使うのかは聞かされていなかったが、どうせ悪事に利用するつもりなのはわかっていたよ」

「今、金貨がどこにあるのか知っている？」

「ここだよ。屋敷の下の洞窟にある。ゆうべ、金貨の入った箱が三箱運ばれてきたので、ほかの密輸品と一緒に隠しておいた。今夜、ジャックに引き渡す手はずになっている」

「兄さん」ブリンはかすれた声で説得を試みた。「それをフランスに引き渡してはだめ。ナポレオンの軍資金になるのよ。その金貨のせいで戦争が長引けば、多くの兵士が死ぬことになるのがわからないの？」

「どうしようもないんだ、ブリン。今さら抜けられない。深くかかわりすぎてしまった。おれだってなんとかしようと思ったよ。だがキャリバン卿とやらがいるかぎり、おれはがんじがらめだ」

「自分がなにをしているかわかっているの？　国を裏切っているのよ！」

「わかっている」グレイソンがまたワインをあおった。「おまえに言われなくても、おれだってさんざん自分をののしったよ。どうしようもない人間だと思う。本当はこんなことはしたくない。だけど、言われたとおりにしなければおれが殺される。それに、それだけではすまないかもしれない……」

「どういう意味？」

グレイソンは妹をじっと見つめた。その目には苦々しい思いがあふれていた。「やつらが殺すと言っているのはおれだけじゃない。封蠟を手渡したとき、これでおれは手を引かせてもらうと宣言したんだ。そうしたらジャックは、そんなことをすれば一家全員を皆殺しにしてやると言いやがった。シオドーも、おまえも、ほかの弟たちも……」

「シオドーもですって？」ブリンは末弟の名前に反応した。

「くそっ、シオドーもおまえもだ。だからおれは怯えている。先日はもっとはっきり脅されたよ。おまえ、ロンドンで馬車に轢かれそうになっただろう？　警告だとジャックに言われた」

ブリンは食い入るように兄の顔を見た。あの恐ろしい事故は窃盗団の仕業だというの？

呪いのせいでルシアンの身に危険が及んでいるのだと思い、まさか兄を脅迫している者たちに狙《ねら》われているとは考えてもみなかった。それにシオドーまで？　なんということかしら。

グレイソンは荒々しく言葉を続けた。「国はおれを絞首刑にしても家族まで殺しはしない。だが、キャリバンは違う。おれのせいでおまえたちを死なせるわけにはいかないんだ」

ブリンは改めてぞっとし、ごくりと唾をのみ込んで今の話を噛みしめた。

「なにか別の方法があるはずよ」ブリンは兄の顔をのぞき込みながら必死に訴えた。

グレイソンは暗い目で妹をにらんだ。「そんなものはないんだ！　おれがなにも考えなかったと思っているのか？」

「でも、このままでは兄さんが死刑になってしまう……」

グレイソンは肩をすくめ、ワイングラスに視線を落とした。「おれが縛り首より怖いと思っているのがなんだかわかるか？　実の兄が世間から売国奴と指さされているのを見て、シオドーがどう思うかだよ。だがそれでもあいつが殺されるくらいなら、おれが絞首刑になったほうがましだ」

ブリンは口に手をあて、涙をこらえた。本当になにかできることはないのだろうか？

「誰か……助けを求められる人はいないの？　ルシアンは？」

グレイソンが口元をゆがめた。「ああ、おれの反逆行為を知ったら、さぞ喜んで力になってくれるだろうよ」

「彼の慈悲にすがってみたら？」

「それでも監獄行きは免れない」

もしかしたら寛大な対応をしてくれるかもしれないと兄を説得したかったが、それがありえないのはわかっている。ルシアンが国を売った犯罪者に情けをかけるわけがない。

グレイソンは苦々しげにつけ加えた。「それに、たとえウィクリフに告白したところで、おまえたちに危険が及ばなくなるわけじゃない」

ブリンが返事に詰まっていると、グレイソンが険しい顔で彼女を見た。「はっきり言うと、おまえはここに来たことでおれの首を絞めている。おまえが実家に戻ったと知れば、ウィクリフは怪しいと思うはずだ」

「ルシアンはわたしがここを訪ねているとは知らないわ。盗まれた金貨を捜しにドーヴァーへ行っているもの」

「ウィクリフが関与してこないことを心から願っているよ」グレイソンはワインを飲み干した。「介入しようとすれば死ぬはめになる」

ブリンは心臓をわしづかみにされた気分になった。「どういう意味？　もしかして兄さんは……」

「おれはそんなことはしない。だが、キャリバンの手先であるジャックはわからない。やつらはウィクリフを最大の敵と見なしているんだ」

よほどショックを受けたように見えたのだろう。グレイソンが悲しげなまなざしでブリンを見た。

「ウィクリフを愛しているんだな？」それは質問ではなかった。

ブリンは責められるのが怖くて黙り込んだ。だが、もはやその事実を否定できない。ルシアンを死なせたくないのは、夫だからでも、おなかの子の父親だからでもなく、彼を愛しているからだ。

とうとう認めてしまった……。

「呪いを忘れたのか？」グレイソンが静かに尋ねる。

「忘れてなんかいないわ」ブリンはぼそりと答えた。ルシアンの身を守ろうと、これまで必死に心を閉ざし、自分の気持ちを否定し続けてきたのだ。だが、結局はこうなってしまった。

ブリンは鋭い痛みに胸をえぐられた。わたしの愛は相手を破滅させる。こうして認めてしまったということは、彼に死刑宣告をしたも同然なのだろうか？

そのときメイドが姿を見せ、お辞儀をした。「奥様、旦那様がお見えになりました」

「旦那様？」

「ウィクリフ卿でございます」

グレイソンがはじかれたように立ちあがり、愕然とした。ブリンの心臓は凍りついた。ルシアンが来ているというの？　ほんの三日前にドーヴァーへ向かった人が、どうしてここにいるの？　なぜ、わたしが実家にいるとわかったのだろう？　どうしてこんなに早くあとを追いかけてこられたの？

ブリンとグレイソンはショックを受け、互いの顔をまじまじと見つめた。

ようやくグレイソンが口を開いた。「客間に通してくれ。すぐに行く」メイドが行ってしまうと、彼は声をひそめて訊いた。「おれを疑っていると思うか？」

「そんなことは……わからないわ」

「金貨の話はひと言もしゃべるな。頼む。黙っていてくれ」

「兄さん――」

「なんとかしてウィクリフを引き留めておくんだ。二、三時間でいい。そうすればジャックに金貨を引き渡せる。暗くなってからとりに来ると言っていたが、ぐずぐずしていれば潮が引いて帰れなくなるから、それほど遅い時刻にはならないはずだ」

「兄さん、そんなことはできない――」

「おまえならできる。そうするしかないんだ。ウィクリフを死なせたくはないだろう？　ジャックはためらいなく彼を殺す。それに、おれも」

グレイソンはグラスを置き、妹に背を向けて大股で出ていった。

しばらくのち、ブリンは兄のあとを追った。荒波に容赦なくさらわれ、破滅へ向けて押し流されている気分だった。

ブリンは客間の戸口で立ち止まり、愛する人の顔を見つめた。ルシアンはグレイソンと挨拶を交わしていたが、気配に気づいたのかこちらに顔を向けた。ふたりの視線が絡まった。

急にブリンの鼓動が速くなった。ルシアンの表情は読めないが、こうして目を合わせていると、彼女の考えなどすべてお見通しのような気がしてくる。

絶望的な気分に陥ったが、なんとか不安と動揺を押し隠し、痛いほど激しく打っている心臓は無視した。ブリンは驚いたふりをして部屋のなかに入ると、夫に両手を差しだし、頬にキスを受けた。「ルシアン、どうしてここに？　ドーヴァーへ行ったと思っていたわ」

「そのつもりだった」ルシアンが冷静な声で言った。「だが宿場で馬を替えているとき、使いの者がぼくに追いついて、きみが兄弟の看病に出かけたと知らされたんだ。なぜ、今夜なんだろうといやな予感がした。ぼくは敵が多いから、誰かがきみを罠に陥れようとしているんじゃないかと思った。それですぐにハロー校へ向かったが、シオドーは元気だし、きみの姿はない。ぼくはますます不安になり、きみがここに来ていることを願って捜しに来たというわけだ」

「まあ、心配をかけてしまって本当にごめんなさい」ブリンは口ごもった。嘘をつかなければならないと思うと喉が詰まりそうになる。「話が誤って伝わったのね。病気の兄弟というのは兄さんのことだったの」

ルシアンが義理の兄に目をやった。ワインで顔が赤いのを除けば、グレイソンは至って健康そうに見えた。

「ぼくがブリンに来てくれと書き送ったんだ」グレイソンが慌てて話を継いだ。「死ぬかもしれないと思ったものでね。だが、どうやら腹を壊しただけだったらしい。ブリンが結婚したあとに雇った料理人の出した魚が体に合わなかったみたいだな。しかし、すっかりよくなったよ」

「それはよかった」ルシアンはそう答え、短くほほえんだ。

「長旅で疲れているだろうし、腹もすいているだろう。魚料理を別にすれば、うちの料理人の腕はなかなかだぞ」グレイソンの声に元気が出てきた。

「わたしもたった今着いたところなの。兄さんが大丈夫とわかったら、急におなかがぺこぺこになってきたわ」

「ロンドンと違って、ここでは夕食は六時半なんだが……」グレイソンが滑らかな口調で言った。「今夜は時間を遅らせるから、それまでふたりとも少し休むといい。召使いに部屋まで案内させよう。荷物も運ばせておくよ」

ブリンは夫と同じ寝室になるのは避けたいと思い、兄の指示を無視して、自分は昔から使っていた部屋を選んだ。ルシアンが泊まる部屋からは離れている。少し動揺が静まるまで、ふたりきりになるのはとても耐えられそうにない。ルシアンが異を唱えるかと思ったが、彼はあっさりと了承し、一時間後、夕食のために迎えに行くと言った。

ブリンは気持ちを落ち着かせる時間ができたのにほっとしながら、水を使って手や顔の汚れを洗いドレスを着替えた。夕食の時刻になり、ノックの音が聞こえたときには、少し気をとりなおしていた。

だが夫のよそよそしい態度に気づき、気持ちがくじけた。まるで結婚当初の喧嘩ばかりしていたころのようだ。

「誤解させてしまって申し訳ないと思っているわ」なんとかして機嫌をとろうと、ブリンは階段をおりながらもう一度謝った。

ルシアンは厳しい顔になっただけで、なにも答えなかった。

「わたしが実家に帰ってきたのを怒っているの？」

「きちんと予定を知らせてくれたらよかったのにと思っている。そうすれば、あんなに心配せずにすんだ。道中、どれほどきみの無事を祈ったか。それに任務も放棄せざるをえなかった」

「ごめんなさい」

「本当にそう思っているのか？」ルシアンが疑っているふうな口調で言った。

ブリンはおずおずと夫の顔を見た。だがルシアンはなにごともなかったように、グレイソンの待つ食堂へ妻とともに入っていった。

兄が愛想よくルシアンをもてなしてくれたため、夕食はそれほど苦痛ではなかった。また、料理も昔に比べてずいぶん豪勢になっていた。兎《うさぎ》のスープ、野生動物《ゲーム》の肉をパイ皮で包んだもの、蒸したヒラメのロブスター・ソースがけ、ゆでたカリフラワー、キジの胸肉とトリュフ、プラム・プディング、そしてデザートにはカスタードと温室栽培のイチゴが饗された。

けれどもブリンは動揺していたせいで、おいしい料理を楽しむ余裕もなかった。胃が重くしこり、なにを食べてもおがくずのようにしか感じられない。

夕食の終わりがけに、さらに緊張が高まる出来事があった。赤ワインを楽しむ男性ふたりを残して部屋に戻ろうとしたとき、兄が急に不吉なことを言いだしたのだ。

「申し訳ないが、今夜は出かけなくてはならない。どうしても断れない約束があるのでね」

ブリンは驚き、どこへ行くのかと問いただしたい気持ちを抑えて唇を引き結んだ。

ルシアンが答えた。「どうぞご心配なく。ぼくもブリンと水入らずで過ごしたいと思っていたところなんだ。会うのは久しぶりだからね。この三日間が永遠にも思えたよ」サファイア色の目を向けられ、ブリンはどきりとした。

「では、失礼して……」グレイソンが立ちあがった。「着替えたいので退席させてもらうよ。ブリン、ちょっといいかな。相談にのってほしいんだ」ブリンがけげんな顔で眉をひそめると、彼は顔を赤らめた。「じつはあれから、ミス・アクスブリッジとつきあうようになってね。今夜も彼女に会うんだ」

ミス・アクスブリッジは地元郷士の令嬢で、なかなか美しい女性だ。きっと嘘だろうとは思ったが、ブリンは夫にひと言声をかけたあと、兄について小さな灯りのともった図書室へ入った。

「これを持っていけ」グレイソンがポケットから小瓶をとりだし、妹の手に握らせた。「これでウィクリフを引き留めておくんだ」

「なんなの？」

「眠り薬だ。アヘンチンキみたいなものだよ。もう少し強いが。これをウィクリフのワインにまぜるんだ」

ブリンは毒薬を見るような目で小瓶を凝視した。「自分の夫に薬をのませろというの？そんなことはできるわけが――」

「やるんだ、ブリン。ウィクリフを死なせたくはないだろう？　それでシオドーも助かる。ほかの弟たちが……それにおれのことが心配なら、お願いだから言われたとおりにしてくれ」

ブリンは反射的に小瓶を握りしめた。グレイソンが図書室を出ていったあとも、彼女は体が凍りついて動けなかった。ブリンは固く目をつぶった。

どうしてこんなことになってしまったのだろう？　兄弟の命を守るためには、愛する人を裏切らなくてはいけないの？

19

ルシアンは食堂でワイングラスに目を落とし、妻が戻ってくるのを待っていた。いちばん恐れていた現実を見せられるはめになるのかと思うと怖い。やはりブリンはグレイソンと結託し、窃盗や反逆行為にかかわっているのだろうか？　ブリンがグレイソンにシールリングを使わせたのは間違いない。つまり、金貨を輸送する日程をキャリバンの一味が偽装するのに手を貸したということだ。彼女は密輸そのものにも関係しているのか？

裏切られていたと思うとわびしさが込みあげてくる。もちろん、怒りも覚えていた。どうしてぼくにこんな選択をさせるのだろう。これまで自分は名誉を重んじる人間だと思っていた。だがブリンが監獄行きになるか、最悪の場合は絞首刑もありうると考えると、もはやおのれの名誉などどうでもいいと思えてくる。

ブリンをそんな目には遭わせられない。逮捕させるわけにはいかないのだ。とりわけ今は、ぼくの子供がおなかのなかにいるのだ。

ルシアンの顔が険しくなった。ブリンが国を売り、子供の将来を台無しにしようとしていることに腹が立つ。それ以上に、ようやくふたりで見つけた幸せを平気で壊す気でいることに怒りがおさまらない。

ぼくはブリンを大切にしたいと思っていた。彼女を愛し、ともに生き、家族を作るのが夢だった。たしかにぼくが多くの過ちを犯したことは認めよう。ブリンの意思を無視して結婚を強要し、自分の空虚さを埋めるために息子を産めと命じたのだから。だが、それでもやりなおしたいと願い、そうできると信じていた。

いっとき、ブリンは心の空洞を埋めてくれた。短い期間だったが、彼女の腕のなかで至福のひとときを味わったのはたしかだ。けれども今は、果てしないむなしさを覚えるだけだ。怒りが毒のごとく体をむしばんでいる。

ルシアンはわが身の愚かしさに髪をかきむしった。ブリンを求めたぼくが愚かだった。あの妖しい魅力に惹かれ、燃えるような髪と生き生きとした魂の虜になり、彼女がすべてだと感じていた。きっと死ぬまでこの思いは変わらないだろう。だが、もう希望は抱いていなかった。

それでもブリンを守るしかない。この屋敷は部下たちに見張られている。グレイソンが外出すればフィリップ・バートンがこっそりあとをつけ、行き先が金貨の隠し場所かどうか確認するはずだ。

だから、ブリンを屋敷から出させるわけにはいかない。生まれてくる子供も守らなくてはならないからだ。だが生傷に触れるに等しい自傷的な行為とは思うが、彼女が出かけようとするかどうかは探りたかった。ブリンが本当に犯罪者なのか、どうしてもこの目で確かめずにいられない。そのため、今夜は彼女に主導権を握らせるつもりでいる。言うなれば、自分で自分の首を絞められるだけのロープを渡してみるわけだ。

それでももし裏切られているとわかったら？　すべてをぼくが引き受けるまでだ。どんな犠牲を払ってもブリンを守りたい。たとえ名誉をなげうっても。

ルシアンは鋭い胸の痛みに目を閉じた。心の傷では死なないはずだが、この苦しみは死に値する。いつの日かいくらかでもこの痛みが和らいでくれればと思うが、きっとそんなときは永遠に来ないのだろう。

ドレスにはポケットがないので、ブリンは眠り薬を胸の谷間に滑り込ませた。小瓶が冷たく、そして重く感じられる。夫のもとへ戻る足取りは重かった。

ルシアンはテーブルにもたれかかっていたが、妻が食堂に入ってきたのに気づくと顔をあげた。ブリンは必死の思いで笑みを顔に張りつけ、罪悪感を押し隠した。

手を差し伸べられるままにそばへ行き、体を引き寄せられて彼の膝に座った。

「兄が出かけてしまってごめんなさいね」ブリンは慎重にさりげない口調を装った。

「かまわないよ。ふたりだけで過ごせるのがうれしいくらいだ」言葉は優しいが、ルシアンの口調はどこか冷めていた。

「客間に戻りましょうか？」

「ふたりだけで過ごすなら、もっと別の場所がいい」

ルシアンが頭を傾け、鎖骨にキスをした。わたしを求めているのだ。そんなさりげない行為にも心をかき乱され、ブリンは固く目を閉じた。彼に触れられると、わたしはいつでも熱くなってしまう。

唇が胸のほうへおりてきたのに気づき、ブリンははっとした。この場で胸をあらわにされたら小瓶を隠し持っていることを知られてしまう。ブリンは夫の肩をそっと押し返した。

「ここではだめよ。使用人に見られてしまうわ」

「じゃあ、どこならいい？」

なんとかして薬をのませる方法を見つけなくてはならない。ルシアンのワイングラスはすでに空だ。「わたしの部屋に来る？」

「きみが招いてくれるとは思わなかったよ」ルシアンは妻の腰に手を滑らせ、膝からおろした。「先に行っていてくれ。すぐに追いかけるから」

夫があっさりと誘いに応じてくれたのにほっとし、ブリンは厨房へワインをとりに行った。初めて会う料理人は喜んで新しい樽《たる》を開け、ワインをいっぱいに入れたクリスタルのデカンターとグラスをふたつ用意してくれた。

ブリンは寝室へ入り、しっかりとドアを閉めると、サイドテーブルにトレイを置いた。そして胸の谷間から小瓶をとりだし、長いあいだためらった。絶望感や後悔の念で胸がえぐられるように痛むし、ルシアンの体は大丈夫だろうかという不安もある。

ブリンは深呼吸をし、小瓶のふたを開けた。どれくらい入れればいいのかさっぱりわからないが、少なくとも二、三時間は眠らせておける量でなければならない。苦渋の祈りを唱え、結局、六滴をグラスに落とした。

ドレスを脱ぎかけて、ネグリジェを持参していなかったのに気づいた。ブリンは寒さを感じてまたドレスに腕を通し、シルクの冷たい肌触りに身震いした。

そのまま椅子に座ってじっと待った。早くルシアンが来てくれればいいのにと思う。不安を抱えながらときを過ごすのは耐えられない。暖炉の炎が消えかけ、パチパチという音がした。心臓の音がどくどくと響いている。

こんなふうにルシアンを裏切るのは許されないことだ。だが、ほかにどうしようもない。ひどく悪い予感がした。彼の命が危険にさらされていると全身で感じた。もし犯人を逮捕しようとすれば、今夜、ルシアンは間違いなく死ぬことになるだろう。

それだけはなんとしても避けなくては。ルシアンを任務につかせないためなら誘惑もするし、薬も盛ろう。そして彼が眠り込んだら、方法は思いつかないけれどどうにかして兄を止めるのだ。ブリンは兄への情と夫への愛に引き裂かれ、窒息しそうな苦しさに頭を抱えた。

ようやくドアが開き、ブリンははっとして立ちあがった。ルシアンは着替えてこそいなかったが、上着とクラヴァットは身につけておらず、シャツの前をはだけていた。広い胸が見えている。

ブリンは息が止まりそうになった。しなやかな優雅さをたたえた男性的な姿を見ると、いまだになんてすてきな人だろうと思ってしまう。ルシアンはドアを閉めて、けだるそうに戸口に背中をもたせかけ、こちらを見た。表情からはなにを考えているのかうかがえなかった。

彼女は唾をのみ込み、勇気を奮い起こすと、衣ずれの音とともにドレスをはらりと床に落とし、一糸まとわぬ姿になった。ルシアンが息をのむ音が聞こえた。だが彼はブリンの体に視線をはわせながらも、どこか無理やり笑みを浮かべているふうに見える。「誘惑しているのか？」

ブリンは思わせぶりにほほえんでみせた。「ただのもてなしよ。来てくれてうれしいわ」

サファイア色の瞳と視線が絡みあったが、ルシアンはこちらに来ようとはしなかった。緊迫した瞬間は永遠にも思えた。やがて暖炉のほうからパチンという音がし、呪縛が解けた。

ブリンは軽く肩をすくめてみせ、マホガニーのサイドテーブルへ歩み寄った。ワインの入ったクリスタルのデカンターとグラスがふたつ、トレイに置いてある。ブリンはそれぞれのグラスにワインを注ぐと、寝室の反対側にいるルシアンに近づき、眠り薬の入っているほうを手渡した。

ルシアンは血の色をしたワインをいつまでも見つめていた。ブリンは夫がそれを飲むのをじっと待った。心臓が激しく打っている。なぜ彼はためらっているのだろう。

夫がワインをひと口飲んだのを確かめ、ブリンは思わずほっとした。そしてすぐに自分を叱った。しっかりしなければ不安を悟られてしまう。わたしはルシアンと違ってこういう策略に関してはずぶの素人だ。彼は多くの犯罪者と渡りあってきたし、機転がきく。心底愛しあいたいと思っているように自然に振る舞わなければ、すぐに疑われてしまうだろう。ルシアンは真剣な表情でこちらを見ている。かすかに体をこわばらせたかに見えた。いいえ、これからすることを思い、わたしが体を震わせたのだろうか？　じっと見据えられ、ブリンは目を合わせるのに耐えきれず、顔をそむけた。彼を裏切ろうとしている自分がいやでしかたない。

「ワインは気に入ったかしら？」ブリンは自分もワインを口にした。

「ああ。だがワインといえば、やはりフランスのものがいちばんだな」

ブリンははっとして顔をあげた。なぜルシアンはフランスという言葉を口にしたのだろう。わたしの背信行為に気づいているのだろうか？　それとも兄の密貿易のことを暗ににおわせているのだろうか？　性的な興味は顔に出ているが、ほかの感情はきれいに隠している。

ブリンは体を小刻みに震わせた。

「寒いのか？」ルシアンが訊いた。

「あたためてくれない？」

その誘い文句にルシアンが悩ましげな目をした。男性を魅了する呪われた力に、ブリンは生まれて初めて感謝した。夫をその気にさせて引き留めるため、利用できるものはなんでも利用するしかない。ルシアンがわたしの体に刺激を受けているのはたしかだ。けれど、どういうわけか手を伸ばしてこようとはしない。

「火を強くしたらどうだ？　ぼくはカーテンを閉めるから」

ルシアンは窓辺に寄った。ブリンはうなずいて暖炉へ行き、膝をついて火を大きくした。炎の熱が肌にあたたかい。これで冷えきった心もあたたまるならどんなにいいだろう。

ブリンは肩越しに振り向いた。ルシアンはカーテンを閉めると最後の窓へ移り、外の景色を見ながらワインを飲んでいる。眠り薬が効いてくるまで、どうやって彼の気をそらせばいいの?

ブリンは覚悟を決めて立ちあがり、背後からルシアンに近づいた。窓の外では寒々とした銀色の月が暗い水平線に低く輝き、流れの速い雲がかかっている。波が岩にあたって砕ける音が聞こえてくる。海は荒れているらしい。

裏切りに似つかわしい夜だった。

室内はあたたかく、そして静かだった。

「まだ怒っているの?」ブリンは夫の気を引こうと、そっとささやいた。

ルシアンがカーテンを閉めて振り返った。ブリンは思わずルシアンのグラスにちらりと目をやり、中身が三分の一ほどしか残っていないのを確かめた。ひとまず安堵したが、まだ芝居をやめるわけにはいかなかった。ルシアンが眠りに落ちるまでは続けるしかない。

ブリンは笑みを浮かべると、ルシアンのワインに指を入れ、その手を伸ばして彼の下唇をなぞった。

「どうしたら怒りをおさめてもらえるのかしら?」

「わかっているはずだ」

イヴニング用のズボンに目をやると、ルシアンの体は明らかに反応していた。一瞬、うれしさが込みあげ、ブリンは身を震わせた。たとえまだ怒っているとしても、彼がわたしを求めているのは間違いない。

さらに挑発しようと、ゆっくりとズボンのウエストから手を差し入れた。だがルシアンが反応しなかったので、彼の手からグラスをとりあげ、自分のグラスのそばに置いた。そしてルシアンのズボンのボタンをはずしはじめた。

ズボンの前を開け、猛り立ったものを目にしたときは、心臓が早鐘を打った。ブリンはなまめかしいほほえみを浮かべ、硬くなった部分に指を絡めながらひざまずいた。

彼女が見あげると、ルシアンは歯を食いしばっていた。まだ抵抗しようとしているのだろうが、体は正直だ。

手での愛撫を続けつつ、ブリンは顔を近づけた。そこにキスをすると、ルシアンが体を震わせた。唇に感じる感覚が官能的だ。

ブリンはじらすように舌を使った。彼の体が熱くなるのがわかる。今度はそれを口に含んだ。ルシアンは快感に体をこわばらせ、必死にこらえようとしている。

だが、高ぶりはますます増していった。わたしにこういう愛し方を教えたのはルシアンだ。悦びを教え、情熱の赴くままに振る舞うことを学ばせたのは彼なのだ。

ルシアンの体が震えはじめてもブリンは愛撫をやめず、軽く歯を立てて執拗に責め立てた。

やがてうめき声が聞こえた。

「苦痛なの？」

「ああ、苦しいよ」ルシアンがかすれた声で言った。

「やめましょうか？」

「いや、続けてくれ」

ルシアンがブリンの髪に両手を差し入れ、荒い息をもらした。ルシアンはいつも激しくわたしを求める。今はその欲望を容赦なく逆手にとるのだ。

彼はかすれた声で妻の名前を呼び、体を震わせた。肩をつかまれ、ブリンの興奮はいっきに増した。恍惚感に包まれ、体が震える。ルシアンを誘惑するつもりで始めたのに、今はわたしが彼を欲しくてしかたがない。顔を見あげると、ルシアンもわたしを求めているのが伝わってきた。

「ルシアン……」ブリンは夫の忍耐を打ち砕いた。

彼はブリンを立たせて抱きあげた。腰に脚を絡めてくる妻の唇を激しくむさぼる。そのままベッドへ運び、シルクのシーツにおろすと、彼を歓迎しているブリンの腿のあいだに身を入れた。そして一瞬、手を止めてブリンを見おろした。

揺れる蠟燭の灯りを受けた夫の顔を、このうえなく美しいとブリンは思った。だが彼の表情には欲望だけではなく、どこか翳りがあった。ルシアンは彼女の喉元に手をあて、じっとしている。ブリンはじれるあまり身をよじった。

「ルシアン……あなたが欲しい……」かすれた声で言う。

ルシアンが妻のなかに身を沈めた。

ブリンは喜んでルシアンを迎え入れ、しなやかな両脚を夫の腰に絡めてより深くいざなおうとした。彼の体をきつく抱きしめ、全身全霊で迎え入れる。

ふたりのあいだに燃えあがった炎はいまや劫火《ごうか》と化していた。ルシアンは激しく体を震わせ、うめき声をもらしながら絶頂に達した。それを受けてブリンもまた絶頂を迎えた。彼の体の下でなすすべもなく背中をそらし、果てしない快感の波に襲われながら至福の叫び声をあげ、苦悩の涙を流した。

自分が泣いているのに気づいたのは、すさまじい衝撃の波がようやく引いたあとだった。愛と苦悩が絡みあい、刃《やいば》の鋭さで心を傷つける。

荒々しい余韻のなか、ふたりは横たわったまま息をはずませていた。なんて激しく苦しい営みだったのだろう。

髪にキスをされ、ブリンの心は砕け散った。ルシアンが仰向けになると、ブリンはすがる思いで彼の体を抱きしめ、肩に顔をうずめて涙をこらえた。ああ、わたしはこの人を心から愛している。その愛がルシアンを死に追いやるかもしれないとは、なんという責め苦だろう。

そのまま長い時間、ブリンは後悔の念にさいなまれていた。彼を裏切らずにすめばどんなにいいことか。もっと距離を置けばよかった。いいえ、そもそも結婚なんてしなければ……。

ルシアンの呼吸が規則的になったのに気づき、ブリンは頭をあげて彼の顔をのぞき込んだ。眠り薬が効いてきたのか、ルシアンは目を閉じている。

「ルシアン？」小声で名前を呼んでみた。

もうしばらく待ったあと、ブリンは腕をほどき、少しうしろへ体を引いた。ルシアンは死人のように微動だにしない。だが、少なくとも生きているのはたしかだ。彼を死なせるわけにはいかない。

ブリンは涙をふいて深呼吸をすると、そっとベッドからおりた。今はルシアンのことを考えるときではない。それに、いつまでもここにいるわけにもいかなかった。兄がこれ以上犯罪にかかわるのを防ぎ、敵の陰謀を阻止しなくてはならない。

今からしようとすることは無謀かもしれないが、成功する可能性がないわけではない。金貨は屋敷の下の洞窟にあり、今夜、窃盗団の一味がとりに来ると兄は言った。兄がいなければ引き渡しは行われないだろうし、敵は金貨を見つけられないだろう。兄は発見されないように隠しているはずだ。

満潮時が過ぎるまで兄を引き留めておけば、今夜、金貨を持っていかれることはない。そうしたら明日の朝、兄の名前を出さないで当局に隠し場所を知らせればいい。そうすればルシアンは命の危険を冒さずに金貨を回収できるし、兄は恐喝してくる相手から逃れられる。

もちろん、兄とシオドーは身を隠すしかない。わたしも一緒に行くつもりだ。今夜、兄と一緒にここを発ってシオドーを迎えに行き、三人でどこかへ逃亡するのだ。

お願いだからこの計画がうまくいきますように。どうか兄を説得できますように。だが、ひと筋縄ではいかないことはわかっている。

ブリンは古いズボンにブーツ、あたたかい毛織りの上着という、密貿易を手伝っていたころ使っていた服に手早く着替えた。髪はまとめ、海の男たちがかぶるような帽子のなかに押し込んだ。最後にもう一度、眠っているルシアンの顔をじっと見つめると、ひとつを残してあとのランプをすべて消した。そしてそのランプを手に寝室をあとにした。

まっすぐ階下におりて書斎へ行き、銃を保管してある戸棚へと向かった。ランプを置き、戸棚から小さな木製の箱をとりだす。なかには二連式のピストルが二挺《ちょう》入っているはずだ。だが、箱のなかは空だった。兄が持ちだしたのだと悟り、不安を覚えた。戸棚の奥に古いピストルを一挺見つけた。震える手でとりだし、貴重な時間を費やして火薬を詰め、弾を装《そう》塡《てん》した。兄が昔、いざというときは度を越した求愛者から身を守れと、扱い方を教えてくれたのだ。ピストルを腰のベルトに差し込んで戸棚を閉めたとき、背後で聞き慣れた声がした。

ブリンは凍りついた。

「どうしてあたたかいベッドを抜けだして、そんな格好に着替えたのか教えてくれないか?」

20

夜のしじまにブリンがはっと息をのむ音が響いた。彼女が振り返ると、戸口にルシアンが立っていた。

「ルシアン」ブリンはかすれた声で言った。

「まだぼくの質問に答えていないぞ」ルシアンの表情は見たことがないほど冷たく厳しかった。

ブリンは恐怖に包まれ、口がきけなかった。

答えがないと見ると、ルシアンは部屋のなかに入ってきた。「あれは毒だったのか？　それともなにか別のものか？」恐ろしいほど冷静な口調だ。

「な、なんのことかわからないわ」

「嘘をつくな」ルシアンの声は殺気立っていた。「嘘はもうたくさんだ。ぼくのワインになにを入れた？」

ブリンはごくりと唾をのみ込んだ。「毒なんかじゃない」

「では、なんだ？」

ブリンは思わず一歩うしろにさがった。

「い、いただけだとブリンは気づいた。

「ただのだと？　つまりぼくに薬を盛ったわけか？」

「え、ええ」彼は飲むふりをしていただけだとブリンは気づいた。

ルシアンが険しい顔になった。「ぼくの思い違いであってくれと願っていた」彼はブリンの前まで来ると、怒りに満ちた表情で立ち止まった。

「愚かな話だ。きみの無実を祈っていたんだからな」

ランプの灯りを背にルシアンがさらに近づき、痛いほどの力でブリンの手首をつかむと、手を伸ばしてピストルを抜きとった。「悪いがきみを信用できない」

ブリンは力なく首を振り、必死に頭を働かせた。

「誤解だと？」ルシアンが鋭く笑った。「じゃあ、説明してみろ」

ブリンは腕を振りほどき、ふらふらと歩いていって椅子に座り込んだ。「あなたを守るためだったの。あなたを死なせたくなかったのよ」

「なるほど」ルシアンは表情を変えなかった。「そんな言葉は信じられないと言っても、きみは驚きもしないだろうね。本当はグレイソンの売国行為に荷担し、金貨を無事に密輸できるようぼくを引き留めておこうとしたんだからな」

「引き留めようとしたのは認めるわ。でも、それはあなたの身を守りたかったからよ。今夜あなたが介入すれば、彼らはあなたを殺すだろうと兄さんが言っていた。それだけはどうしても止めたかったの。あなたを……愛しているから」

ルシアンが身動きひとつしないのがブリンは怖かった。「嘘をつくなと言っただろう、ブリン」

「嘘じゃない。誓ってもいいわ。あなたを愛してしまわないように努力してきたけれど、結局だめだった」

「ぼくをなだめなければならなくなったら急に自分の気持ちに気づくなんて、なんとも都合のいい話だな」

ブリンは疲れを覚えて目をつぶった。「急に気づいたわけではないわ。ずいぶん前から気持ちは変わっていたのよ。お願い、信じて」

「信じてだと？　無理な相談だな。きみはあまりにも多くの嘘をつきすぎた」

ブリンはかぶりを振った。「嘘をついたとしたら、それはほかに選択の余地がなかったからよ」

「ふん」ルシアンが侮蔑に満ちた調子で鼻を鳴らした。

「理由も訊いてくれないの？」

「いいだろう。言い訳をしてみろ。まずは印章の件からだ。きみはぼくのシールリングをグレイソンに渡し、金貨を盗む手助けをした」

「違うわ！　兄さんがシールリングを持ちだしたのは事実だけれど、言うとおりにしないと殺すと脅されていたからなの」

「誰に？」

「密輸組織によ。極悪非道な人たちだと兄さんは言っていたわ。兄さんは知らないうちに巻き込まれてしまったの。父が遺した莫大な借金の返済を迫られて、お金が必要だったから。金貨だとは知らずにひそかに運んだら今度は恐喝されるようになって、殺すと脅されてあなたのシールリングに手を出したらしいわ」

「なぜぼくに話さなかった？」

「兄さんが逮捕されるかもしれないと思ったからよ。それにあなたが兄さんをつかまえようとして、どちらかが怪我をするのも怖かった。ジャイルズのことがあるし……」ルシアンが顔をゆがめたのを見て、ブリンは声を落とした。「兄さんをかばったのは認めるわ。だけど、あなたならわたしの気持ちをわかってくれるはずよ。あなたもジャイルズをかばったじゃない。そして彼の死を悼んだ。わたしは兄さんもあなたも死なせたくないの。シオドーも。犯人一味はシオドーも殺すと脅しているわ。わたしも標的にされている」

ルシアンは厳しい表情を崩さなかった。彼女の気持ちを理解する気がないのだろう。愛する人たちのあいだに立って、身が引き裂かれる思いがしてつらかったわ」

やりきれない思いにブリンの声は小さくなった。「どうしようもなかったの。愛する人た

ルシアンはなんの感想も述べなかった。「嘘はそれだけじゃない。二週間ほど前、きみは黙って外出したが、本当はレイヴンともメレディスとも一緒じゃなかった。それはどう説明する？」

「カーニバルの会場にいるロマの占い師を訪ねていたの。呪いを解く方法がないかどうか訊

きに行ったのよ。でも、そのことをあなたに話すわけにはいかなかった。わからない？　あなたにも、そして自分自身にも、愛していることを認めるわけにはいかなかったの」ブリンは涙声になった。「あなたを死なせるのが怖かったからよ」

「しかし、今は怖くないというわけか？」

「怖いわ！　でも、もう遅いの。この気持ちは止められない……」

ルシアンは不信に満ちた暗い目でじっと彼女を見ていた。「それで？　ロマは呪いを解く方法を教えてくれたのか？」

「彼女が言うには……わたしはあなたのために死ぬ覚悟をしなくてはならないそうよ」

ルシアンが口元をゆがめる。「きみがそんな気になるものか」

ブリンはいたたまれなくなって顔をそむけた。わたしがなにを言おうとルシアンは信じてくれないけれど、彼を責められはしない。わたしは信頼に値することをなにひとつしてこなかったのだから。してきたことといえば、ただ喧嘩をし、嘘をつき、薬を盛っただけだ。

絶望感に襲われ、涙が頬を伝った。ルシアンもそれに気づいたらしい。

「ぼくは涙ではごまかされない」

「わかっているわよ」ブリンはごしごし涙をぬぐった。

ルシアンは少しためらったあと、やり場のない口調で尋ねた。「妊娠のことはどうだ？　なぜ黙っていた？」

ブリンははっと顔をあげた。「どうせぼくにはわからないだろうと思っていたのか？」彼は氷のように冷たい鬼気迫る目をしている。「どうしてそんな大事なことを隠した？　黙って姿を消す気だったのか？　子供ができたことを教えもしないで、赤ん坊を奪うつもりだったのか？」

ブリンは反論できず、黙り込んだ。

自分を抑えようとしてか、ルシアンが歯を食いしばった。けれど激しい怒りに満ちた目に一瞬、絶望が宿ったことにブリンは気づいた。「きみが話してくれるのを待っていたんだ、ブリン。きみは……ぼくがどれほど息子を欲しがっているかよく知っていたはずだ」静かだが、むきだしの感情が込められた声を聞いていると胸が張り裂けそうになった。

ブリンはうなだれた。妊娠したことをルシアンに黙っていたのは間違いだったのかもしれない。妻の口から吉報を知り、妻とともに喜びを分かちあう幸せを彼から奪ってしまった。だけど……。「話すわけにはいかなかったのよ」

「なぜだ？」

ブリンが訴えるような目でルシアンを見た。「あなたが心配だったからよ！　妊娠したと知れば、あなたはわたしを手元に置こうとする。でもこれ以上そばにいたら、わたしはあなたを愛してしまうのがわかっていた。あなたを呪いの餌食にするわけにはいかなかったの」

エメラルド色の目から真実を読みとろうと、ルシアンは妻の美しい顔を凝視した。ブリンは本当にいまいましい呪いからぼくを守ろうとしたのだろうか？　それとも守りたいのは自分の立場だけか？

ルシアンは皮肉な笑みを浮かべた。「きっと今ならその秘密をすらすらしゃべるだろうと思っていたよ。売国奴の片割れだとばれてしまったからな」

ブリンは唇を嚙んだ。「どういう意味？」

「わかっているだろう？　こうなったからには身ごもっている事実を明らかにしたほうが有利だからだよ。腹に赤ん坊がいる犯罪者は絞首刑を免れる可能性がある。ああ、わかった、だからあんなに妊娠したがっていたのか？　重い刑罰が避けられない事態になったときのために？」

ブリンは顎をあげ、きつい目でルシアンをにらみつけた。「見さげ果てた嫌味ね。たとえ犯罪に手を染めていたとしても、刑罰を逃れるために妊娠したいなんて思わないわ。あなたが信じようが信じまいが、わたしは売国奴の片割れなんかじゃない。それに、あなたを死なせたくないと本気で思っている。たとえあなたを愛していなかったとしてもそれは同じよ。あなたに無事でいてほしいと、それだけをずっと願ってきたわ」

ルシアンは険しい顔で黙り込んだ。愛しているという言葉を信じられたらどんなにいいだろう。だが、それはできない。すでに何度も騙されているのだ。

彼の葛藤を見透かしたようにブリンが立ちあがり、すぐそばまで来て足を止めた。体温さえ伝わってくるほどの距離だ。男の格好をしているにもかかわらず、圧倒的な魅力を放っている。

ブリンに触れるまいと、ルシアンは両脇でこぶしを握りしめた。本当はブリンの肩を揺さぶって真実を語らせ、ふたりのあいだの欺瞞《ぎまん》や秘密や嘘をはぎとりたい。そして彼女を引き寄せて抱きしめたい……。

くそっ。薄暗いランプの灯りのなか、ブリンはじっと彼を見ていた。緑の瞳が水面のごとくちらちらと光っている。こうしていると彼女はとても誠実に見える。ブリンは国賊なのか、それとも兄をかばおうとしているだけなのか、どっちなんだ？

「わたしは身の潔白を証明できない。でもおなかの子にかけて誓うわ。すべて真実よ」

その言葉を聞いて、ルシアンの胸に怒りが込みあげた。ブリンはぼくのいちばんの弱点を利用して同情を買おうとしている。本当はぼくに逮捕され、英国政府に引き渡されてもしかたがない身なのに……。

ルシアンは心のなかで自分をののしった。だめだ。たとえ売国行為に荷担していたとしても、ブリンを監獄へ送ることはできない。彼女を傷つけるまねは絶対にしたくなかった。ブリンはぼくの妻、ぼくが愛した女性だ。今、この瞬間でさえ、ぼくはこれまでよりもさらに強く彼女を求めている。このせつない気持ちは一生消えてはくれないだろう。

シロだろうがクロだろうが関係ない。たとえ自分の名誉を犠牲にしても、ブリンに反逆罪の重い刑罰を負わせるわけにはいかない。

だが……任務のことも考える必要がある。これ以上の犯罪を未然に防ぎ、彼女の身も守るとなると、考えられる方法はただひとつだ……。

ルシアンは心を鬼にして彼女の目を見た。「きみはすでに国に相当な損害を与えた。もう

そんなまねをさせるわけにはいかないんだ、ブリン。グレイソンの件が片づいたら、きみをウェールズにやるつもりだ」

「ウェールズ？」

「当家の城へきみを送る。そこで出産するんだ。グレイソンと連絡はとれない。いわば自宅軟禁だと思ってくれ」

「軟禁？」

「そうだ、監視をつける。きみは逃げようとすれば逮捕される。グレイソンも同じだ。きみたちの企みもこれまでだよ」

「ルシアン、お願い――」

「聞きたくない」

背を向けて出ていこうとするルシアンを、ブリンが腕をつかんで引き留めた。「これからどうするつもり？」

「グレイソンが国の財産を敵に渡すのを阻止しに行く」

ブリンの顔に恐怖が走った。「だめよ、かかわってはいけないわ、ルシアン」

「だめだと？」

「そんなことをすれば殺されてしまう。お願いだから……」

ルシアンは悔しさに包まれた。ブリンが心配しているのはどうせぼくではなくグレイソンだ。身内思いの彼女が兄を守ろうとする気持ちは理解できた。それでも妻が自分よりも売国奴を選んだのかと思うと、いらだたしさが込みあげる。だがいくら懇願されたところで、グレイソンの逮捕を思いとどまるわけにはいかない。

彼の意志の固さを見てとったのか、ブリンが震えながら深いため息をついた。「いいわ、兄さんのところへ案内するわ」

ルシアンは鋭い視線をブリンに向けた。涙は止まり、顔には表情がなく、感情はいっさい読みとれない。「なんだと？」

「あなたはどこを捜せばいいかわかっていない。でも、わたしは知っているわ」

「きみの助けなどいらない。グレイソンには監視をつけてある。まだそんなに遠くへは行っていないはずだ」

「誰にも見られずに家を出る手段があるの。捜したければどこでも好きに捜せばいいけれど、兄さんを見つけるのは無理よ」

ルシアンは躊躇した。これもまたブリンの新たな嘘ではないのか？

「兄さんのいるところへ連れていってあげるわ。そこに金貨もあるはずよ。隠し場所はわかっているの」

ルシアンは目を細めた。「口で言え」

「だめよ」ブリンが首を振った。「わたしも一緒に行く」

「ぼくをどんなまぬけだと思っているんだ？　きみとグレイソンが用意した罠のところまで、のこのこついていくとでも思ったのか？」

ブリンは傷ついた顔をした。「罠なんか仕掛けていないわ」

「ここにいるんだ、ブリン。きみはぼくの妻で、ぼくの子を妊娠している。共犯であろうがなかろうが、きみを危険にさらすわけにはいかない」

「あなたの身も危険にさらしたくないのよ、ルシアン。どちらにしても兄さんはわたしを襲いはしないわ」

「だが、やつの仲間は違う。密輸組織が極悪非道だというのは本当の話だ。なんのためらいもなく、その美しい髪をきみの首に巻きつけて喉を絞めあげるだろう」

「そんなのはわかっている。なんのためにわたしがピストルを用意したと思っているの?」

ルシアンが言葉に詰まると、ブリンはさらに続けた。「わたしがなにをする気か知っているる? 自分で兄さんを止めるつもりだったの。あなたを巻き込まないためにね。どうせ信じてくれないだろうけど、それが真実よ」

嘘を聞き続けることに怒りを覚え、ルシアンはブリンの首に手をかけた。

ブリンは苦悩の表情で黙って彼を見つめている。

ルシアンは毒づいて手を離した。「待っていろ」

「ルシアン……」

懇願を無視し、ルシアンはブリンを残して書斎を出ると、ドアに鍵をかけた。そして大股で廊下を進み、玄関から外へ出た。

暗闇からフィリップ・バートンが姿を現した。「どうかしましたか?」

「グレイソンはどうした？　今夜、姿を見たか？」

「いいえ、彼は外出していませんが」

つまり通常の出入口からは外に出ていないわけだ。屋敷内の捜索も可能だが、おそらく見つからないだろう。今回にかぎってブリンの言葉に嘘はなかったと見える。きっと屋敷内のどこかに秘密の通路があるのだ。時間をかければ発見できるかもしれないが、それでは間に合わない。

バートンがルシアンの心を読んだかのように言った。「ご命令どおり、海岸は見張らせています」

「それでも敵は監視の目をくぐり抜けるかもしれない」

「どうしますか？」

どうすればいい？　もしブリンの言葉が本当なら、彼女についていけばグレイソンと金貨にたどりつく。

それからどうなる？　ブリンはぼくを罠にかけようとするだろうか？

だが選択の余地はなかった。金貨をフランスに渡すわけにはいかない。たとえ危険でも、今はブリンが出した条件をのむしかないだろう。

「そのまま監視を続けてくれ」ルシアンはきびすを返した。ブリンを信じれば命という代償を支払うはめになるかもしれないが、今はそれよりましな選択肢がなかった。

21

ブリンがランプを手に先を進み、ルシアンは自分のピストルを構えながらあとに続いた。思ったとおり秘密の通路があるらしい。ブリンは暗い厨房を抜け、地下のワイン貯蔵室におりた。ずらりと並んだ大樽のうしろへまわり、かがみ込んでオーク材の小さなドアを開けた。

「ここから海岸へ出られるんだな？」

「ええ。屋敷の下にいくつか洞窟があって、トンネルでつながっているの。海岸からの出入口は崖の裂け目で人目につかないわ」

「きみの一家には都合のいい洞窟だな」ルシアンは皮肉を言った。

ブリンは一瞥をくれたが、返事はしなかった。

ルシアンは彼女に続いてドアの向こうへ足を踏み入れた。岩盤を削って造った狭い階段が下方へと続いている。

ふたりは黙って階段をおりた。ブリンが手にしたランプの灯りが岩肌に揺らめき、ときおり赤や緑や紫の鉱石がちらちらと光った。階段をおりきると通路は平坦《へいたん》になったが、ルシアンは頭をぶつけないために身をかがめなくてはならなかった。

通路の先に洞窟があり、そこではルシアンも背中を伸ばせた。密輸品を隠しておくにはもってこいの場所だ。コーンウォールの海岸は密輸船がこっそり入り込める入り江や洞穴が多い。だが、品物の積み卸しはかなり大変なはずだ。禁制品はシルクやヴェルヴェット、レースなどの反物や、樽に入ったワイン、紅茶の葉などかさばるものが多い。どれもこれも長引く戦争のせいで高くなった税金を避けるために、密輸品としてこの国に入ってくる。

洞窟は足元が濡れて滑りやすくなっていた。岩肌からにじみだす地下水のせいで岩の表面がつるつるしている。ブリンが足を滑らせたのに気づき、ルシアンは思わず手を伸ばして転ばないよう支えた。そんななんでもない接触にもブリンが体をびくりとさせたため、ルシアンははっとして手を引っ込めた。

ブリンは洞窟を通り抜け、岩盤を削った別の通路に入った。ルシアンは周囲を見まわして来た道を頭に叩き込み、彼女のあとに続いた。ときを置かずに、波が岸壁で砕け散る音が遠くから聞こえてきた。

少し行くと別の洞窟が見えた。すでにランタンの用意が整い、灯りがともされている。ルシアンは黙ってブリンの肩に手を置き、足を止めさせた。五メートルほど先をグレイソンがせわしなく行ったり来たりしている。

ルシアンはブリンの脇を抜けて洞窟に入り、グレイソンの名前を呼んだ。グレイソンが振り向き、腰のピストルに手を伸ばした。そして銃口を向けられていることに気づき、凍りついた。

ルシアンは銃身でグレイソンのピストルを指し示した。「それを下に置け。ゆっくりだ」

一瞬、グレイソンはピストルの柄を握りしめたが、結局言われたとおりゆっくりと銃を抜き、足元の岩場に置いた。

そしてブリンに鋭い視線を向けた。「おまえが連れてきたんだな。身内を裏切って満足か？」

肩越しに振り返ったルシアンは、ブリンが苦悩の表情を浮かべたのを見た。

「裏切ったわけじゃない。どのみちルシアンはここを見つけたわ。それにわたしはひとりでも来るつもりだったの。兄さん、考えなおして。犯罪に荷担しなくても、なにか手はあるはずよ」

グレイソンが怒りに駆られた顔でこぶしを握りしめた。「言っただろう？　そんなものはどこにもないんだ」

「なんの芝居だ？」ルシアンは口を挟んだ。「泥棒同士の内輪もめか？　グレイソン、もっとブリンに感謝したほうがいい。彼女の助けがなかったらぼくのシールリングは盗めなかったんだからな」

グレイソンが怒りに満ちたまなざしをルシアンに向けた。「その件にブリンはまったくかかわっていない。ブリンに止められたのに、おれが勝手に持ちだしたんだ。そしてブリンに黙っているように言った」

「それで盗んだシールリングを使って、国家の敵が金貨を横取りする手助けをしたわけか」

グレイソンがうつむく。「そういうことになる。自慢にはならないな。だが、ブリンは責めないでやってくれ。あいつはなにもしていない」

ルシアンは片方の眉をつりあげた。グレイソンが妹をかばったとしても驚きはない。「反逆者のたわごとを信じられると思うか？」

「いやなら信じなくてもいい。とにかく悪いのはおれだ。あいつは今夜、おれに言われてあんたに薬を盛るまで、なにひとつ関与していなかった」

ルシアンは口元をゆがめた。「薬を盛ったのも許してやってくれと言いたいのか？」

「あんたをキャリバンの手先から守るためにやったんだ。ブリンに感謝したほうがいいのはあんたのほうだよ」

グレイソンがブリンと同じ話をするのを聞き、奇妙な安堵感がルシアンの胸に広がった。もしかするとブリンは本当に無実なのかもしれない。

「ブリンをどうするかはあとで考える。今はあなたのことが問題だ。ぼくと一緒におとなしく屋敷へ戻ってほしい」

グレイソンはがくりと肩を落とした。「断る」彼は静かな声で言った。

「抵抗すれば状況は悪くなるばかりだぞ」

グレイソンが苦々しい笑みを浮かべる。「これ以上どう悪くなるというんだ？　連れていきたければおれを殺せ。反逆者としてつるし首になるより、銃で撃たれたほうがましだ」

ブリンが息をのんだ。グレイソンがルシアンの銃口に向かってうなずいた。「さあ、撃て。

逮捕に応じる気はない」

彼女は前に進みでた。手にしたランプの灯りが洞窟の壁に大きく揺れている。「ルシアン、やめて。兄さんは破れかぶれになっているの。借金を返して家族を守ろうとしただけなのよ。お願い……兄さんからも言って」

「ブリン、屋敷へ戻れ」ルシアンが命じた。

「いやよ。兄さんを撃たせるわけにはいかないわ」

「ブリン」グレイソンが静かに言った。「銃で死ぬほうがずっと楽だ。そうすれば家族に汚名を着せずにすむし、おまえたちの身も安全になる。おれさえいなくなれば、キャリバンがおまえやシオドーの命を狙うこともなくなるだろう」

ルシアンは戸惑いを覚えた。本来なら軽蔑すべき相手なのに、どういうわけか敬意を感じはじめていた。グレイソンは死ぬ覚悟を決めているのだ。その目に表れた忸怩たる思いや、惨めさや、静かなあきらめが、決意の固さをはっきりと物語っている。

ルシアンは顔をゆがめた。これと同じ絶望的な表情を見せた男をもうひとり知っている。ジャイルズ――ぼくがこの手でとどめを刺した友人だ。

つらい記憶がよみがえり、一瞬、ルシアンの心は過去へ飛んだ。反逆行為に手を染めた友人を、ぼくは殺すしかなかった。だが、その不公平さをどれほど呪ったことか。本当に責められるべきは、根は正直で善良な男たちを悪の道に引きずり込んだキャリバンなのだ。グレイソンも恐喝によってキャリバンの餌食にされたのだろう。

ルシアンは自分のピストルに目を落とした。同じことを繰り返す気か？　グレイソンを死に追いやってもいいのか？　今ここで逮捕を強行するのは、彼を殺すに等しい。ジャイルズと同様、グレイソンも生きてつかまる気はないのだから。

ブリンも同じように考えたのか、目に涙をためてふたりのあいだに割って入った。「ルシアン、兄さんを撃たないで……お願い……」

「ブリン、どいていろ」グレイソンが妹を制した。

ブリンが嗚咽をこらえた。胸を引き裂かれるような苦悶が伝わってくる。ルシアンは心を決め、グレイソンに視線を戻した。「金貨はどこに隠した？」

グレイソンは洞窟の奥を顎で示した。「そこの浅瀬に沈めてある。持っていけ。もうおれには必要ない」

「ここでフランス側と接触する手はずになっているんだな？」

「そうだ。ジャックという名の男だ。潮が引く前に落ちあう計画になっている。もうとっくに来てもいいころだ」

「監視の目をすり抜けられずにいるに違いない。海岸には多くの部下を配置したからな」

「だが、ジャックは頭の切れる男だ。なにか方法を見つけだして、絶対に来るはずだ」グレイソンはルシアンのピストルに視線を向けた。「さっさとおれを始末して、ブリンを連れていってくれ。ジャックはもう何度もブリンを殺すと脅している。ぐずぐずしていれば危険が増すだけだ」

ルシアンは顔をこわばらせた。「冷酷にあなたを撃てというのか？」

「あんたがいやなら、おれが自分でやるよ。そのピストルを持たせてくれればの話だが。嘘はつかないと名誉にかけて誓う」グレイソンが苦々しげに笑った。「今さらこんなことを言っても信じてはもらえないな。これでも昔は名誉を重んじる男だったんだ」

彼の言うとおりなのだろうとルシアンは思った。自決を覚悟しているのがその証拠だ。

「いや、ただ待てばいいだけの話かもしれない」グレイソンが話を続けた。「金貨を渡さないとなれば、ジャックは迷わずおれを殺すだろう。そのピストルを置いていってくれ。やつを道連れにすると約束する」

「仲間を裏切ってもかまわないと言っているのか？」

「かまわないどころじゃない。ジャックは仲間なんかじゃないんだ。おれの家族を殺すと脅した悪党だ」グレイソンが苦渋に顔をゆがめる。「おれがなぜやつらの言いなりになったと思う？　あんな脅迫がなければ国を裏切ったりしなかった。だが、人間のこういう弱さはあんたにはわからないだろうな。名誉を捨ててもいいと思うほど誰かを大切に思ったことはないんだろう。あんたがおれの立場なら、もっと毅然とした態度をとっていたと思うよ」

ルシアンは自問自答した。はたしてそうだろうか？　たしかにぼくなら敵と戦っただろう。財力にものを言わせ、政治力を駆使したはずだ。だが、グレイソンには経済力も政府とのつながりもない。それに戦ったところで、ブリンの命が危ないのに変わりはない……。

ルシアンはかぶりを振った。いや、嘘だ。ブリンのためならぼくも名誉を捨てていた。彼女を守るためならなんでもしたはずだ。

それなのにグレイソンよりましな人間だと言えるのか？

そのときブリンが一歩ルシアンに近寄った。言葉こそなかったが、緑の目にたたえられた懇願の表情が悲痛な心を訴えていた。ここでぼくがグレイソンを撃てば、ブリンはぼくを憎むに違いない。

ルシアンは知恵を絞りながらゆっくりと言った。「グレイソン、ブリンの言うとおり、なにかほかに方法があるはずだ。彼女のためにも、あなたに交換条件を申してでたい」

「交換条件？」

ルシアンはちらりとブリンに目をやった。彼女は希望を抑え込むように口に手をあてている。「ぼくはキャリバンをとらえたい。そのために力を貸してもらえないだろうか？」

グレイソンの目から期待の色が消えた。「いくらでも力を貸したいが、おれでは役に立てない。キャリバンに会ったことはないんだ」

「あなたはキャリバンの手下と面識があるし、やつの手口も知っている」

「だが、それでもおれの悩みは解決しない。家族の命が危ないのは同じだ。妹や弟たちの身に危険が及ぶくらいなら、自分が死んだほうがましだ。いくらあんたでも、キャリバンからおれの家族を守ることはできない。だけどおれが死ねば、少なくとも家族は無事だ」

「あなたを死なせることはできる……」ルシアンは必死に方法を考えた。

「やめて！」ブリンが怯えた声をあげた。

ブリンのほうを向いて説明しようとしたとき、かすかな足音が聞こえた。ルシアンははっとしてそちらに視線を走らせた。

岩陰からひとりの男が現れた。黒装束に身を包み、撃鉄を起こした二挺の銃をこちらへ向けている。一挺はグレイソンを、もう一挺はブリンを狙っていた。

「きみにはがっかりさせられたよ、サー・グレイソン。ぼくと取引していたはずじゃなかったのか」かすかにフランス訛《なま》りがあった。

グレイソンが冷笑を浮かべた。「ジャック、おまえみたいなやつを裏切ったところで良心の呵責は覚えないな」

「ぼくの名前はもっとフランス風の発音にしてもらいたいな。それじゃあ、あまりに下品だ」ジャックがルシアンに顔を向けた。「ウィクリフ卿だな」静かな口調で満足そうに言う。

「ぼくを知っているらしいな」ルシアンは油断して不意を突かれた自分を心のなかでののしった。

「そうだ。きみはぼくを知らないが」ジャックが黒い目で冷ややかにルシアンを見た。「つい先日、キャリバン卿がきみの首にたいそうな賞金をかけた。きみは目の上のこぶなのさ」

「致命的なこぶじゃないのが残念だ」ルシアンは皮肉な笑みを浮かべた。「なるほど。おまえの意気地のない雇い主は、国家を売る商売だけではなく暗殺業も始めたわけか」

「キャリバン卿は意気地なしではない」

「だが、汚い仕事は子分に押しつけている」

「ぼくのことを言っているのか？　もちろんぼくは喜んできみを殺し、賞金を手に入れるつもりだ。ついでに金貨もいただいていく」ジャックがブリンに向けた銃口を振った。「彼女がきみの妻か？」

ルシアンは心のなかで激しく毒づき、動揺を押し隠して必死に考えを巡らせた。ぼくは死ぬはめになりそうだが、うまくすればブリンは助けられるかもしれない。

けれど、どう見ても不利な状況だった。ルシアンとジャックは銃口を向けあっていて、そのあいだにブリンが立っている。ルシアンが急に動けば彼女が撃たれるかもしれない。それにジャックはいらだちはじめているようだ。

「ピストルをおろしてくれないか？」ジャックが言った。

ルシアンは冷静を装いながら首を振った。「唯一の武器を手放せというのか？　ムッシュー、それは無理な相談だ。ぼくは今のままのほうがいい。二挺の銃で一度に三人は狙えないからな」

「だが、レディ・ウィクリフは確実に撃てる。それからきみたちを片づけよう」

「彼女を行かせたら、ピストルをおろしてもいい」

ジャックの気を引こうと、ルシアンはゆっくり前に進んだ。しかし、ジャックが鋭い声で命じた。「動くな！」

ルシアンは立ち止まり、チャンスがあればすばやく動いてブリンを背後に引き入れようと前方に体重をかけた。

「ピストルをおろせと言ったんだ」ジャックが繰り返す。

「妻を行かせろ。そうすれば言うことを聞く」

ジャックが冷ややかな笑みを浮かべた。「ぼくをなめているのか?」

その言葉に答えかけたとき、グレイソンの動きが視界の隅に入った。落ちているピストルを拾おうとしているらしい。

一瞬の出来事だった。ジャックが銃口の向きを変えて発砲し、グレイソンが脇腹を押さえた。洞窟のなかに轟音が反響する。グレイソンが倒れるのを見てブリンが悲鳴をあげた。ルシアンは凍りついた。

そしてまばたきする間もないうちに、ジャックがルシアンに銃口を戻し、ブリンが飛びだすのと同時に二発目の銃声が響いた。

ルシアンは心臓が止まったかと思った。ブリンがジャックに向けて思いきりランプを投げつけ、ルシアンをかばうように銃口の前に身を投げだした。ランプは空中で割れ、ブリンが地面に倒れた。転んだだけなのか撃たれたのかはわからない。

恐怖と怒りが込みあげ、ルシアンはジャックに狙いをつけて発砲した。だが相手がすばやく身をかわしたため、弾は岩肌にあたり、砕けた小石が飛び散った。

残響のなか、ルシアンは獣のごとき怒声をあげ、全体重をかけてジャックの腿に飛びかかった。

ジャックは骨が折れかねないほどの衝撃を受け、よろめいてうしろに倒れた。二挺の銃が音をたてて転がる。

ルシアンは敵の虚をついて馬乗りになり、とことん叩きのめす勢いでジャックにこぶしを食らわせた。ジャックが痛みに叫び声をあげても容赦はしなかった。

激しい攻撃に耐えかねたジャックが両手で身をかばった隙に、ルシアンはどうしてもブリンのようすを確かめずにはいられなくなり、肩越しに振り返った。ブリンが体を起こそうとしている。とにかく大怪我をしたのではないとわかり、どっと安堵が込みあげた。

だが、その一瞬が手痛い結果を生んだ。ルシアンはこめかみに一撃を食らい、目の上が切れ、痛みで視界が暗くなった。

ルシアンは毒づき、相手の連打をかわしながら目に入った血をぬぐった。その直後、首をつかまれ、喉を絞められた。ルシアンは一発反撃し、敵の手を振り払おうと脇へ転がった。

ふたりのうしろでブリンはよろよろと膝をつき、朦朧とした頭をはっきりさせようとしていた。腕を撃たれた激痛で息が荒い。しかし大事なのは、ルシアンに銃弾があたらなかったことだ。緊張が解け、体から力が抜けた。だが、ほっとしたのもつかの間だった。

ルシアンはジャックと死闘を繰り広げ、グレイソンは血の気の失せた顔で仰向けに倒れて脇腹を押さえている。ブリンは嗚咽をこらえた。少なくとも兄は生きているが、夫には助けが必要だ。

必死にあたりを見まわし、数メートル先にグレイソンのピストルが転がっているのを見つけた。ブリンは頭を振って意識をはっきりさせ、ふらふらと立ちあがると、よろめきながらピストルをとりに行った。そして両手でしっかりと握りしめた。

だが、撃てなかった。ふたりがとっ組みあっているため、ルシアンに弾があたりそうで怖かったのだ。足元からうめき声が聞こえ、ブリンはグレイソンを見おろした。

「銃で撃たれるのが……これほど痛いとは……知らなかった」

しかし、その声も殴りあう男たちの声にかき消された。ルシアンが鋭く毒づく声が響き、ブリンはぞっとした。ふたりは横になったまま互いをつかんでいたが、ひとりの手にはナイフが握られていた。

刃がきらめいた。ジャックが腕をあげ、ナイフを振りおろす。ルシアンは身を引き、両手でジャックの手首をつかんだ。

ジャックがルシアンの手を振りほどいたのを見て、ブリンは息が止まりそうになった。ジャックは腕を引き、ナイフを突き立てようとしている。

ブリンはピストルを構えながらふたりに近づいた。そのときルシアンが横に転がり、ジャックから逃れた。ジャックはあえぎながら立ちあがって、海岸へと通じるトンネルへ逃走した。ルシアンもふらつきながら立ち、ジャックのあとを追った。

ブリンは足を踏みだしかけたが、怪我をしているグレイソンが気になり、肩越しに振り向いた。

「行け……おれは大丈夫だ……ウィクリフを助けろ」

彼女はふたりが姿を消した方角に向かって走りだした。暗いトンネルに入ると脚が震え、鼓動が速まった。

すぐには暗闇に目が慣れなくてなにも見えなかったが、遠くから足音が聞こえたため、壁を伝いながら必死に前へ進んだ。

出口近くまでたどりついたときには息が切れ、不安で胸が押しつぶされそうになっていた。かすかに外の明かりが見える。ブリンは鋭角になっている角を曲がり、崖の裂け目を抜けて海岸に出た。

嵐が近づいているのか空は暗かった。弱々しい銀色の月明かりが雲を照らし、肌寒い潮風が吹いている。大急ぎで左右を見渡したが、ごつごつとした岩が見えるばかりで人影はなく、波の音と自分の荒い息遣いのほかはなにも聞こえなかった。

ブリンはぜいぜいと呼吸をしながら肩越しに崖を見あげ、ふたりの人影に気づいてどきりとした。崖沿いの坂道を逃げるジャックをルシアンが追っている。ふたりの苦しそうな息遣いが聞こえてきそうだ。

ルシアンが追いつき、よろめきながらごつごつした道にジャックを押し倒した。

ふたりはすぐに立ちあがった。ジャックが逃げるのをやめ、振り向いてナイフを振りかざす。ルシアンはあとずさりした拍子に足を滑らせて、細い道で転びそうになった。岩壁にもたれかかって体を支える姿を見て、ブリンは叫び声をあげそうになった。

速まる鼓動をなだめながら、震える手でピストルを握りしめ、フランス人に狙いをつけた。どうすればいいの。ふたりの距離が近すぎる……。

だが、選択の余地はなかった。ジャックがまたもやナイフを振りかざし、ルシアンに襲いかかったのだ。ブリンは祈りながら引き金を引いた。

銃声が炸裂《さくれつ》し、どちらかの男の叫び声が聞こえた。ジャックがルシアンに向かって突っ込んでいく。衝撃で、ルシアンがバランスを崩した。

永遠とも思える一瞬、ふたりはもみあった。そして拷問に感じられるほどゆっくりと、崖から落ちていった。

ふたりが岩だらけの海岸へと転がり落ちていくさまを、ブリンは息もできずに見つめていた。

22

悪夢が現実になった。ルシアンはうつろな意識のなかでそう思った。暗闇を背に燃える赤毛を肩に垂らしたブリンが、ぼくの血で手を濡らし、こちらを見おろしている……。

ぼくは死にかけているのだろうか？　そういえば頭に鈍痛があり、全身が痛い。

固く目をつぶってからもう一度開くと、ブリンはまだそこにいた。膝をついて泣きながら、探るようにぼくの顔に触れている。かすれた声でなにか言っているが、かなり動揺しているらしい。「ルシアン、お願い……死なないで。ああ、神様、お願いですから……」

ブリンが半狂乱になって顔を寄せてきた。ぼくのことを本当に心配しているふうに見える。本当に愛しているように……。

一瞬、期待に胸が躍った。ルシアンは顔をしかめて周囲を見まわした。ジャックは仰向けに転がっていた。首がありえない角度に曲がっている。

まだ頭はぼうっとしているが、ふいに状況がのみ込めた。悪夢が現実になったわけではなく、自分は死にかけてなどいない。命運尽きたのは敵であり、ぼくは助かったのだ。

ブリンがはっとし、嗚咽をのみ込んでルシアンを凝視した。薄明かりのなか、彼女の目に恐怖と希望の光が宿ったのが見えた。頬には涙が伝っている。

「ルシアン？」ブリンの声は震えていた。

ルシアンは手を伸ばし、ブリンの顔にかかる乱れた髪を払った。帽子は落としてきたらしい。かすかな月明かりを受け、豊かな髪が暗い炎のごとく輝いている。

「大丈夫だ……」ルシアンは弱々しく答えた。

ブリンが喜びの嗚咽をもらし、反射的に彼のシャツをつかんだ。「撃たれていないの？」

「銃弾はジャックにあたった……」ルシアンは衝動的にブリンを引き寄せ、熱く唇を求めた。彼女のぬくもりを感じ、生きている喜びを分かちあいたい。

一瞬、ブリンは彼の行動の唐突さに驚き、戸惑っていたが、やがて同じ激しさでキスを返してきた。泣きながら笑っている。深い安堵と喜びを感じているのが伝わってきた。

ルシアンは唇をむさぼりながら、きつく妻の体を抱きしめた。ブリンが痛そうに小さく悲鳴をあげた。二の腕をつかまれたせいらしい。

ルシアンは手を離し、暗闇のなかでブリンの上腕を探った。上着の袖が破れ、血で濡れている。ルシアンはぎょっとした。

「怪我をしているのか？」彼は問いつめるように言った。

ブリンは自分の腕を見おろし、驚いたようすで答えた。「そうみたいね」

洞窟での出来事を思いだして、ルシアンは顔をこわばらせた。ブリンはランプを投げて銃口の向きをそらし、ぼくをかばって銃弾の前に飛びだした。なんてことだ。死んでいたかもしれないのに……。

またひとつ、ふいに事実がのみ込めた。夢のなかでブリンの両手についていたのはぼくの血だった。だが、現実は違う。怪我をしたのはブリンのほうだ。ぼくを殺そうとするどころか、ジャックがナイフを振りあげたときには銃で撃ち、二度も命を助けてくれた。

感謝の念が込みあげ、ブリンを失っていたかもしれないと思うと恐怖に背筋が寒くなった。ぼくは彼女をひどく誤解していた。

「たいした傷じゃないの」ルシアンが怖い顔をしているのを見て、ブリンが言った。しかし、彼は安心できなかった。

「本当に？　ほかに痛いところはないか？」ルシアンはブリンの腹部に手をあてた。「赤ん坊は？」

ブリンがおなかを守るように自分の手を重ねた。「なんともないと思うわ」

ルシアンはようやく少しばかりほっとした。

「あなたも出血しているわ」ブリンは心配そうにルシアンの目の上の傷を調べた。彼は顔をしかめた。「ほかに怪我はしていないの？」

用心深く手足を動かしてみた。大丈夫そうだ。「打ち身だけだよ」ルシアンはそろそろと体を起こし、痛みにうめき声をもらした。

ブリンが身震いした。「ああ、ルシアン……呪いが現実になったのかと思ったわ。あなたが死んでしまったのではないかと怖かった」

ルシアンも同じことを考えていた。「そうはならなかったんだよ、ブリン」

「立てる?」ブリンはジャックの遺体に目をやり、また身を震わせた。「お医者様を呼ぶわ。あなたも怪我をしているし、それに……」グレイソンのことを思いだしたらしく、はっと息をのんだ。「兄さんが重傷なの。見に行かないと」

ルシアンがなにか答える前に、誰かが崖沿いの坂道をおりてくる足音が聞こえた。フィリップ・バートンを始めとする部下たちだろう。

ルシアンは心のなかでののしった。もう少しブリンと一緒にいたかったのだが。話したいことや訊きたいことがたくさんある。これでしばらくふたりきりになる機会はないだろう。まだ捜査は残っているし、グレイソンをどうするかも考えなくてはならない。

彼は顔をしかめて妻の体をそっと離し、決然と立ちあがった。


ブリンはそれからの数時間を不安な思いで過ごした。とりあえず目の前の危機は去ったが、彼女とグレイソンが今後どうなるのかはまだわからない。

部下たちが寄ってくると、ルシアンは妻と義兄のために医師を呼ぶよう指示を出し、そのあとはよそよそしい態度を通した。危険な状況が一段落したらブリンの犯罪を思いだしたと言わんばかりの振る舞いだった。

兄が心配だと言うと、ブリンは洞窟へ戻るのを許された。ただしルシアンの部下がつき添うことになった。ルシアンの意図を察し、心が沈んだ。グレイソンとふたりきりにはさせられないと考えているのだ。これは自宅軟禁の始まりだろうか？

部下のフィリップ・バートンと小声で話しているルシアンを残し、ブリンは洞窟に向かった。おそらく密輸組織の船を拿捕《だほ》し、ジャックの遺体を片づけて金貨を回収するよう命じているのだろう。崖の下まで来たとき、ルシアンが一度だけ振り向いた。ブリンは崖の裂け目に身を滑り込ませ、グレイソンのもとへ急いだ。

グレイソンは先ほどと同じ場所に横たわっていた。顔色は悪く痛みに苦しんでいるが、意識はある。ブリンはそばに膝をつき、グレイソンの上着の前を開いてみた。シャツが真っ赤に染まっている。ブリンはぞっとし、シャツを引き裂いた。撃たれたのは右の脇の下方だ。彼女がそっと傷口を調べると、グレイソンは顔をゆがめた。

「弾は貫通しているわ」ブリンはほっとした。「でも、あばら骨は折れているでしょうね」

グレイソンの額に手をあててみると熱かった。「痛みはどう？」

「ひどいものだ」グレイソンがブリンの顔をのぞき込んだ。「ウィクリフは大丈夫だったのか？」

「ええ、無事よ。ジャックは死んだわ」ブリンは身震いをした。

「ざまあみろ」グレイソンが苦々しげに言い放った。

ブリンはあたりを見まわした。「こんなところに寝かせておくわけにはいかない。ベッドへ運ばないと」

背後にいたルシアンの部下のひとりが口を挟んだ。「申し訳ないのですが、ウィクリフ卿から命令を受けています。サー・グレイソンが少しでも楽になるようにお世話はいたしますが、ここから動かすことはできません。もうすぐおふたりのために医師も来ます」

ブリンは表情をこわばらせた。こんな場所に寝かせておくとは、なんて非情なのだろう。

「部屋へ運んでも拘束はできるはずよ。逃げられる体調ではないわ」

奇妙にも、部下はきょとんとした。「拘束しろとは言われておりません。ただ使用人の目に触れないようにと」

「ブリン」グレイソンがかぼそい声で言った。「おれならここでかまわない。あんまり動きたい気分じゃないからな」

言い争っても無駄だと悟り、ブリンは口をつぐんだ。たしかにこの傷では歩けそうにないし、ましてや階段をのぼるのはどう考えても無理だろう。運んでもらうだけでも苦痛を感じるはずだ。それにわたしひとりでは動かせない。

「だったら毛布くらいはもらえないかしら？　冷たい岩場は怪我人にはよくないわ」

「かしこまりました。すぐにとってまいります」部下は丁重に答えた。

ブリンは上着を脱いでグレイソンの体にかけ、不安を抱えながらじっと待った。毛布はすぐに届けられた。

間もなく医師らしき男性も到着した。診察鞄を持っている。だが、ブリンの知らない顔だった。つまり、この土地の者ではないということだ。おそらく今回の任務には危険が伴うと判断し、ルシアンが同行させたのだろう。

医師はグレイソンの怪我を診察したあと、銃弾は貫通しているし肺に損傷はないが、肋骨《ろっこつ》を複雑骨折していると告げた。ブリンがランプをかざす横で、医師は鞄から添え木をとりだし、傷口にたっぷりと消毒剤の粉をかけて胸に包帯を巻いた。

「この程度ですんで幸運でしたよ。ですがこれだけひどい骨折だと、完治するまでに数ヶ月はかかるでしょう」医師はグレイソンに毛布をかけ、つらそうな表情を見せた。「申し訳ないのですが、今は鎮痛剤を少量しかさしあげられないのです。ウィクリフ卿がお話ししたいとかで、意識をはっきりさせておくように言われているものですから」

ブリンは胃に冷たいしこりを感じた。診断結果には安心できたが、兄が反逆罪に問われているのに変わりはない。ルシアンの無事は心からうれしいと思うものの、わたしの裏切り行為のせいで、彼とのあいだには修復不可能な溝ができてしまったのかもしれない。

医師はブリンの腕にも包帯を巻き、帰っていった。腕の傷はずきずきし始めている。ブリンはグレイソンの隣に黙って座り、金貨の入った箱が浅瀬から引きあげられて運ばれていくのを見ていた。

作業にあたっている男性たちはけっしてブリンに目を向けようとしなかった。事件に驚いているだろうし、上司の妻が男性の格好をしているのにもびっくりしているだろうが、礼儀正しくそれを押し隠している。ブリンにはそれを気にする気力さえ残っていなかった。ここ数日の緊張で疲れきり、気持ちが沈み、兄が受ける刑罰のことで頭がいっぱいになっていた。

だがルシアンが入ってくると、またもや神経がぴりぴりした。

目の上の傷はきれいに血がふきとられているが、顔には疲れが出ていた。

ルシアンはちらりと妻に目をやり、すぐさまグレイソンに視線を向けた。「グレイソン、大事な話がある」

「わかっている」グレイソンの声はかすれていた。

「さっきはぼくにこのまま殺してほしいと言っていたが、まだ気は変わっていないか?」

グレイソンが皮肉な笑みを浮かべた。「いや……横になっているあいだに考えなおした。やはり死にたくはないな」

ブリンはグレイソンの手を握った。慰めたいのか慰められたいのかは、自分でもよくわからなかった。

「おれは逮捕されるのか?」

「それに近い話だ」

「ということは、監獄に送られるんだな?」

「いや」ルシアンがまっすぐにグレイソンの顔を見た。「捜査に協力するなら、投獄はされない。キャリバンはいまだ正体不明のままのさばっている。ジャックが死んで、捜査は振り出しに戻ってしまった。今夜はまだ捜索を続けるが、たいした成果は得られないだろう。密輸組織の船は拿捕した。これから乗員を尋問するんだが、キャリバンについてはなにも知らされていない公算が大きい。結局のところ、あなたがいちばんの手づるなんだ」

「さっきも言ったとおり、できる協力ならいくらでもするが、家族の命を危険にさらしたくない」

「その点については同感だ。だから、あなたにはしばらく姿を消してもらいたい」

「姿を消す？」

「身を隠すという意味だ。ブリンや弟さんたちの身の安全を守るには、それしか方法はない。あなたの言ったとおり、あなたが死ねばキャリバンは脅迫をやめる。だから死んだことにしてほしいんだ。海で溺死《できし》して、遺体はあがらなかったという筋書きにしようと思っている」

「そんな話を誰が信じる？」

「疑う根拠はなにもない。ぼくはあなたを雇っていたことにするつもりだ。つまりあなたは英国政府から依頼を受けて密輸組織に近づき、敵の懐に飛び込もうとしていた」ルシアンは言葉を切った。「それが嘘である証拠はどこにもない」

「おれのためにそこまでしてくれるのか？」グレイソンの声はかすれていた。

ルシアンが不可解な表情でブリンをちらりと見た。「あなたはぼくの任務に協力し、ブリンを守ろうとしただけだ。あなたが行方不明になれば、キャリバンはもはやブリンや弟さんたちを脅かしはしない。やつが逮捕された暁には、あなたはまたここへ戻ってくればいい。キャリバンはなかなか抜け目がないから、逮捕には何ヶ月もかかるかもしれないが。まあ、そのあいだにゆっくり怪我を治せばいいだろう。しばらくベッドから動けないと医者は言っていた」

ブリンは安堵の息をもらした。ああ、これで兄は監獄へ行かずにすむ。ブリンは目に涙をため、兄の手を強く握りしめた。

グレイソンは思いつめたように黙り込んでいた。ブリンはルシアンに訊いた。「弟たちにはなんて言えばいいの？　兄さんが死んだと聞いたら悲嘆に暮れるわ」

「弟さんたちがちゃんと演技できるなら、とくにシオドーは、本当のことを話してもかまわない。ただし、キャリバンを騙せるくらい深く悲しんでいるふりをしてもらわないと困るけれどね」

「シオドーならゲームだと思って喜んで話にのるだろうな。ほかの三人は問題ない」グレイソンが答えた。

「溺死なら、少なくともひとつの問題は避けられる。遺体があがらなければすぐには爵位や財産の相続についてどうこうしなくても怪しまれないから、あなたが戻ってきたときに面倒な法的手続きをとる必要がない」ルシアンが説明した。

「兄さんはどこへ身を隠すの？」

「スコットランドへ行ってもらおうと思っている。ぼくはハイランドに城を持っている。そこなら安全だ。ファルマスに船を停泊させてあるから、スコットランドまで送ろう」ルシアンがグレイソンに視線を戻した。「部下のフィリップ・バートンを同行させるので、船のなかでキャリバンについて知っていることをすべて話してほしい。申し出に同意してもらえるなら、ただちに担架をここへ運ばせる」

「そんなにすぐに？」ブリンは訊いた。

「今がいい機会なんだ。時間を置けば、それだけつじつまを合わせるのが難しくなる。怪我をしている姿を使用人に見られれば、海で行方不明になったという筋書きが成立しない」

ブリンはようやく理解した。「だから兄さんをここへ引き留めておいたのね？」

「そういうことだ。グレイソン、協力してくれるか？」

グレイソンがブリンの顔を見た。彼女は涙で声が詰まり、黙ってうなずいた。ルシアンは兄が刑罰を受けなくてもすむように配慮してくれた。なんという寛大な処置だろう。ブリンはルシアンの目を見つめ返した。

「本当にありがとう」心は感謝の気持ちでいっぱいだった。

それはグレイソンも同じだ。「心から恩に着るよ。おれにはもったいないほどの好条件だ。こうなったらなんでも協力させてもらう」

ルシアンがグレイソンをじろりとにらんだ。「最初からぼくに相談してくれればよかったんだ。今度、ブリンを犯罪に巻き込んだら、そのときは容赦しない」

グレイソンがつらそうな笑みを浮かべる。「ああ、それでかまわない」

「話は終わりだ……ぼくはまだ片づけなくてはいけない仕事があるのでもう行くが、ブリンと別れの挨拶をしたいだろうから、しばらく人払いをしておく」ルシアンがブリンを見た。彼の表情からはなにを考えているのか読めなかった。「あとで話がある」

「ええ」ブリンはつぶやいた。

「自分の部屋で待っていてくれ。体が空いたら行く」

「わかったわ」

ブリンは涙をこらえ、唇を嚙みしめてルシアンの背中を見送った。彼が急に冷たくなった理由をどう解釈していいのかわからない。

グレイソンが見ているのに気づき、ブリンは目頭をぬぐった。「ルシアンが兄さんの罪を見逃してくれたなんて信じられない」なんとかしてほほえもうと努めた。

「すべてはおまえのためだよ、ブリン。ウィクリフがおまえを大切に思っている証拠だ」

ブリンにはそうは思えず、唇を嚙んだ。「今にして思えば、初めから彼に全部打ち明けていたらよかったのよ。そうすればこんなにびくびくする必要もなかった。兄さんがもっと早くわたしに悩みを話してくれていれば……」

「つらい思いをさせてすまなかった」グレイソンが静かに謝った。

「いいのよ」ブリンは腰をかがめ、傷に触らないよう気をつけながらそっとグレイソンを抱きしめた。「でも次に危険に巻き込まれたのにひとりで背負い込もうとしたら、そのときはわたしが兄さんを始末してあげるわ」

ブリンは自室の窓辺に立ち、ルシアンが来るのを待っていた。いよいよわたしの運命も決まる……。

グレイソンとの別れは安堵と寂しさが入りまじったほろ苦いものになった。担架で運ばれる姿を見送りつつ、兄はやりなおす機会を与えられて幸せだと思った。

わたしに二度目のチャンスはあるのだろうか？

ブリンは暗闇を見据えながら震えていた。嵐は過ぎ去ったらしく、空にはもやがかかっている。弱い月明かりが海面を銀色に染め、冷たく輝く鏡のように見せていた。

ブリンの心も寒々としていた。むなしさと胸の痛みを覚える。あんなことをしたのだから、彼に憎まれてもしかたがない。

ブリンは暖炉の火をかき立てることで気を紛らせた。背後でドアが開き、静かに閉まる音が聞こえ、彼女は凍りついた。息もできないまま振り返り、ルシアンと向きあった。

彼はドアの近くに立っていた。表情には翳りがある。夕食のあと、ブリンが眠り薬をのませようとしたときと同じ表情だ。

あれがまだ数時間前の出来事とはとても信じられない。

ルシアンが口を開いた。「腕はどうだい？」

「少し痛むけれど、たいしたことはないわ。本当よ、それほどの傷じゃないもの」

疑わしそうに目を細めながら、ルシアンは灯りのほうへ進んだ。「銃弾の傷がたいしたことがないとは思えない。ぼくの前に飛びだすなんて愚かなまねがよくもできたものだ」

「どういたしまして」ブリンは皮肉を返した。

ルシアンが不安を覚えるほど静かな声で言った。「死んでいたかもしれないんだぞ」

彼がそれを悲しんでいるのかどうかは伝わってこなかった。「あなたにとってはどうでもいいことなんでしょうね」

「そんなわけがないだろう」しばらく黙り込んだのち、ルシアンは言葉を継いだ。「きみのおなかにはぼくの子がいるんだ。そのことは考えなかったのか？」

ブリンは腹部に手をあてた。「そんなの、考えている余裕がなかったわ」

射るような視線を向けながらルシアンが近づいてくる。「赤ん坊を危険にさらしているのがわからなかったのか？」

「ええ、ジャックがあなたを撃つつもりだと察して、それを止めることで頭がいっぱいだったから」

ルシアンが少し離れたところで立ち止まった。表情がこわばり、たくましくて優雅な体が緊張しているのが見てとれる。

ブリンは惨めな気分で彼の姿を見ていた。ルシアンがどれほど子供を大事に思っているかは知っている。でも、わたしのことだってちょっとは気遣ってくれてもいいのに。きっとわたしの行為がいまだに許せないんだわ。

「ごめんなさい」ブリンは情けない思いで謝罪の言葉を口にした。

驚いたことに、ルシアンが手を伸ばしてきて彼女の頬に触れた。「違う、謝らなければいけないのはぼくのほうだ。誤解していてすまなかった。きみはぼくの命を助けてくれた」唇の端を親指でなでられ、ブリンは息をのんだ。「怖かった……」彼はささやいた。「きみが銃弾の前に飛びだしたときは、恐怖で死ぬかと思ったよ」

ブリンはわきあがる希望に口をきくことさえできず、黙ってルシアンの顔を見ていた。

「ぼくの悪夢は間違っていた……夢のなかのきみは死にかけているぼくを見おろしていた。

ぼくを殺したがっていたんだ。だがこうして命をかけてぼくを守ろうとしてくれた人が、ぼくの死を望むわけがない」

「その夢は間違いよ。わたしはあなたが死なないでいてくれることだけを願ってきた」ブリンの目に涙が込みあげた。「たしかにわたしはあなたを裏切ったわ。でも、あなたを守りたかったからなの。許してもらえないかもしれないけれど……それが真実よ」

「今ならぼくにもわかる。疑ったりしてすまなかった、ブリン。頭でものを考えるのではなく、もっと自分の心に正直になるべきだったよ」

ブリンのなかにせつない希望がわきおこった。「心に？」

ルシアンがブリンの手をとり、自分の左胸にあてさせた。「ブリン、愛している。もうずっと前から。ただ認めるのを拒んできただけだ」

ブリンは言葉もなく、ただルシアンの顔を見つめた。そして倒れ込むように彼の腕のなかに飛び込み、肩に顔をうずめた。嗚咽が込みあげてくる。「憎まれていると思っていたわ……」

「まさか。きみを憎んだことなんて一度もない」ルシアンはブリンの背中に腕をまわして抱きしめた。「最悪の状況を覚悟したときでさえそうだった……お願いだから泣かないでくれ」

ブリンの体は震えていた。愛と絶望が交錯しているのだろう。

「きみを愛すまいと努めてきた。きみへの気持ちは単なる執着心だと思い込もうとした。でも、もっと早く自分の気持ちに気づくべきだったんだ」

ブリンが激しく背中を震わせた。「あなたに憎まれているのかと思うと本当につらかった……」

ルシアンは体を離し、涙でまつげを濡らしているブリンの顔を見つめた。赤い髪が美しく輝いている。ルシアンはそっと彼女の顔に触れた。「きみに対してありとあらゆる感情を抱いてきた。熱く求めたこともあるし、ひどく恐れたことも、激しい怒りを覚えたこともある。だが、きみを憎いと思ったことは一度もない」

ブリンは体を震わせながらも笑みを浮かべた。「怒らせたのはたしかね。あなたが激怒するような振る舞いばかりしてきたもの」

「それでもぼくは、出会ったときからきみを愛していたんだと思う」

ブリンがゆっくりと首を振った。「呪いのせいよ」

「違う」ルシアンはきっぱりと否定した。「容姿に惹かれたのは呪いが理由かもしれないが、愛《いと》しく思ったのは呪いの力なんかじゃない。ありのままのきみを好きになったんだ。きみといるとぼくは満たされた気持ちになる。魂の欠けている部分をきみが埋めてくれると感じるんだ」

「そこまで言ってもらえるなんて……」

ルシアンは深く息を吸い込み、勇気を奮い起こした。「ブリン、たしかにぼくたちの結婚は便宜的なものだった。赤ん坊が生まれたら、ぼくと別れて暮らしたがっているのも知っている。でも、どうか考えなおしてくれないか？　ぼくは本当の夫婦になりたい。きみに愛されたいし、尊敬も得たいと思う。堂々ときみの夫だと名乗りたいんだ」

ブリンが表情を和らげた。「もう愛しているわ、ルシアン。書斎で言った言葉は本心よ。あなたを愛している。呪いのことがあるから、それを認めるのが怖かっただけ。お願い、信じてちょうだい」

「信じないわけがないだろう？」ルシアンはかすれた声で言った。「身を挺《てい》してぼくをかばってくれたのがなによりの証明だ……」危うくブリンを死なせるところだったのを思いだし、ルシアンは心の底からぞっとした。爵位も財産もあり、金や身分で手に入る特権はすべて持っているが、いちばん大切な人の命はそんなものには替えがたい。きっとブリンも同じ気持ちだろう。ぼくのためにわが身を犠牲にしかけたほどなのだから。

ルシアンはブリンの言葉を思いだして眉根を寄せた。「カーニバルに来ていたロマはなんて言っていたんだったかな？　ぼくのために死ぬ覚悟をしなくてはならないと言ったんじゃなかったかい？」

「ええ、それぐらい深く愛さなくてはならないと」

「ロマの言葉が本当なら、もう呪いは解けているはずだ」

ブリンが大きく目を見開く。「たしかにそうかもしれない」

ルシアンは彼女の目を見つめた。「じゃあ、もう別れて暮らすのはあきらめてくれるかい？」

「本気で望んでいたわけじゃないわ。あなたを守るためにはそうするしかないと思っていただけよ」

「ぼくを守りたいと思ってくれているなら、ずっとそばにいてほしい。きみと離れるのは身を切られるよりつらいんだ」

「わたしはどこへも行かないわ。あなたなしでは生きられないもの。今になってやっとわかった」

静かにほほえむ優しい目に心を打たれ、ルシアンの鼓動が跳ねあがった。

ルシアンはもう一度ブリンをしっかりと抱きしめ、深い安堵に包まれながら彼女の髪に唇を押しあてた。ようやくわかった。ぼくはこんなにも必死にブリンの心を、そしてかけがえのない愛を求めていたのだ。

ブリンはルシアンのぬくもりに包まれ、たくましい肌に身を任せていた。こうしていると不安が消えていく。ルシアンのために命をかけたことによって、呪いは本当に解けたのかもしれない。もしそうなら、これからは全身全霊で彼を思うことができる。

「愛しているわ」ブリンはもう一度、その言葉を嚙みしめた。

ルシアンがふと顔をあげた。穏やかな目で彼女を見つめ、静かな声で尋ねる。「そう言ってもらえる理由がわからないんだ。ぼくはきみに愛されるようなことをなにもしていない」

「そんなことはないわ。シオドーのためにしてくれたことひとつをとっても充分な理由になる。それに兄さんのことも……あなたの心遣いには心から感謝しているの。わたしのしてきたことを許してくれる？」

「きみがぼくを許してくれるなら」ルシアンは自嘲気味に笑った。「ぼくはひどい男だったよ……身勝手で傲慢で自分のことしか考えていなかった。ぼくの魅力をもってすればきみを従わせるのは簡単だと思っていたんだ。そして子供が欲しいという理由で、強引に妊娠させようとした……もっときみを大切にするべきだったよ。ぼくこそ許してもらわなくてはならないことばかりだ」

「だけど――」

彼はブリンの唇を指でふさいだ。「過去を悔いるのはやめよう。ぼくたちには未来がある」

ルシアンは再び妻を抱擁した。ブリンもまた夫を抱きしめ、ひとときの幸せに浸った。ふたりは長いあいだ抱きあっていた。やがてルシアンが静かに訊いた。

「ブリン、ぼくと一緒にどこかへ行かないか？」

「行くって、どこへ？」

「ウェールズの城はどうだい？　結婚記念に贈った城だよ」

ブリンは顔をあげ、真意を確かめようと明るい口調を装った。「わたしが二度と犯罪に荷担しないように、やっぱり幽閉するつもり？」

「まさか。そうじゃない、もっときみを知りたいんだ。ぼくのこともわかってほしい。ぼくたちには互いを理解し、信頼を築くための時間が必要だ。ロンドンを離れれば、その時間を作れる。そこからぼくたちの新しい生活を始めよう」

「でも、仕事はどうするの？　まだキャリバンを逮捕していないわ」

「犯罪者を追いかけるより、きみとの関係を大切にしたいと思うようになったんだ。キャリバンもしばらくはおとなしくしているだろう。今夜の事件で打撃を受け、態勢を立てなおさなくてはいけないはずだ。それになにも一生ウェールズで暮らすわけじゃない。ほんの二、三週間、遊びに行くだけだ」

「新しい生活……いい響きだわ」

夫が悩ましい目をしたのを見て、ブリンは息をのんだ。

ルシアンが顔を傾け、約束のしるしだとばかりにキスをした。唇が触れあった瞬間、ふたりは互いを求めて激しく燃えあがった。

ルシアンは自分が震えているのに気づいた。彼女が欲しくてたまらなかった。この気持ちは呪いとはなんの関係もない。

ブリンと新たな関係を築くのだ。今度こそ妻の愛を勝ち得てみせる。ルシアンは厳かにそう誓った。彼女にふさわしい男になってみせる。ぼくの心と魂を虜にした女神の心をつかむまであきらめるものか。

エピローグ

ウェールズ、グウィンダー、一八一三年一〇月

太陽熱であたためられた潮だまりでのびのびと泳ぐブリンの姿を、ルシアンは微笑を浮かべながら見ていた。結婚記念に妻へ贈ったウェールズの城へ来てから、もう二週間になる。

グウィンダーは水晶洞窟や誰も来ない入り江が多くあり、不思議な魅力にあふれていた。だが、ルシアンは今までその美しさを味わったことがなかった。自然の妙と海流の影響により、ウェールズの北端《は》ながらイングランド南部と変わらないくらい気候が穏やかなため、あちこちで子羊が草を食み、珍しい蝶《ちょう》が飛んでいる。一〇月だというのに今日は陽光が燦々と差し、かすかな海風が吹いていてとても気持ちのいい陽気だ。

ふたりは初めて城の周囲を散策した日に見つけた、浜辺が砂に覆われた入り江へ来ていた。潮だまりの海水は太陽の熱で水温があがっているが、ルシアンが泳ごうと思うほどのあたたかさではない。だがブリンにとってはその冷たさもまた楽しいらしい。本当に海の女神のようだとルシアンは思った。

ブリンは彼の心そのものであり、魂の一部だ。もう別れて暮らすなど考えられない。この二週間で望みどおりの人生の門出を送ることができた。一度は互いを失いかけた経験から、今はともに過ごす時間がとても貴重に思える。こちらへ来て以来心から愛しあうふたりはすばらしい時間を過ごしていた。考えを分かちあい、秘密を打ち明け、熱いキスを交わし、いつなんどきでも愛しあった。

ブリンへの思いの強さにはわれながら驚くばかりだ。まさかこれほど愛という感情に圧倒され、恋しい思いに心震えるときが来るとは思わなかった。ブリンはぼくの心に火をつけ、息をのむほど情熱的に求めに応じてくれる。魂と魂が結びついた伴侶なのだ。

ルシアンの物思いをさえぎるようにブリンが呼んだ。「ルシアン、あなたもいらっしゃいよ」からかい口調で言う。

彼は笑みを浮かべた。シャツを脱いでズボンだけになってはいるが、自分にはこれくらいがちょうどいい。「冷たい海で泳ぐなんて酔狂なまねはしたくないね。きみは鳥肌が立っているんじゃないか？」

「じゃあ、あたためてくれないと」

砂浜越しにきらきらと輝く緑の瞳と目が合い、愛おしさが込みあげた。「ここへ来たらあたためてあげるよ」

ブリンが海からあがった。燃えるような赤毛が乳房に垂れかかり、海の泡がふくらはぎにまつわりついている。息が詰まりそうなほど美しい姿だ。

ルシアンは立ちあがり、なまめかしい体の曲線を堪能しながらブリンに近寄った。彼女に触れたくて手が熱を持っている。

両手をブリンの腰にまわし、裸の胸を引き寄せた。「初めて出会ったときを思いだすよ。あのときはきみが幻に見えた……」緑色の澄んだ海に似た瞳を見ていると、声がかすれてくる。「きみは今も幻の女性だ。きみのこういう生き生きとした悩ましい姿をよく夢に見るよ……そして、ああ、ぼくの妻なんだと思うんだ」

ルシアンの優しい笑みは官能的で魅力的だった。「わたしは幻じゃないわ」ブリンは両腕を彼の首にまわした。「生身の人間よ。でも、今はつららになってしまいそう。あたためてくれると言ったでしょう？　あなた、夫として怠慢よ」

ルシアンがにやりとした。「その分、さんざんじらされる罰を受けた」

彼はブリンを抱きあげて砂浜に敷いた毛布まで運び、タオルで丁寧に彼女の体をふいた。そしてしゃがみ込むとその姿を目で味わった。熱いまなざしを向けられ、ブリンは体がほてった。愛撫を求めて胸が敏感になり、体の奥がうずいている。

ルシアンが体を傾け、舌先でブリンの唇の感触を楽しむようにしながら両手で彼女の体をあたためてくれた。ルシアンのあたたかいてのひらが、ブリンの冷えた体には炎のごとく感じられた。彼の手が胸を包み込み、先端を探る……。

ルシアンの唇が手とともに喉から胸へとおりていった。ブリンはゆっくりと息を吸い込み、悦びに体を震わせた。手足に力が入らず、砂が背中にあたたかい。乳首を口に含まれて舌でなぞられ、思わず毛布を握りしめた。

だが、それで終わりではなかった。ルシアンは熱い舌を乳房にはわせ、さらにブリンの快感をあおった。声がもれるのをこらえながら彼女はかぶりを振った。

ルシアンが満足そうにささやいた。「きみの胸は潮の味がする。ほかのところがどんな味か楽しみだ」

甘い声にうっとりしながら、ブリンはされるがままになっていた。ルシアンの手がゆっくりと脇腹からくるぶしまで滑りおり、脚の内側をのぼっていく。ルシアンは腿で手を止め、ほほえみを浮かべて妻を愛《め》でた。その視線にじらされて、ブリンの体に火がついた。

ルシアンがなにをしようとしているのかがわかると、ブリンの肌はかっと熱くなり、神経が敏感になった。ルシアンはブリンの腿を開かせ、合わせ目にキスをした。

「恥知らずだわ」そう言いながらも、体はさらなる愛撫を求めていた。

「誰のせいだと思っている？　きみなら悪魔でも誘惑しそうだ」

ルシアンがブリンの両脚を自分の肩にかけさせ、身をかがめた。ブリンの体はさらに熱を帯びた。潤った部分を執拗に責められて、絶頂の際まで押しあげられていく。

ブリンはルシアンの豊かな髪に指を入れ、解放を求めて頭をつかんだ。だが寸前でルシアンが顔を離した。激しい飢餓感にブリンは体を震わせた。

「ルシアン……」彼女は警告と懇願を込めて名前を呼んだ。

ルシアンが顔をあげた。満足げな目が悩ましいものに変わる。「わかっているよ」

そう言うと手早くズボンを脱ぎ、しなやかな身のこなしでブリンに覆いかぶさった。

ブリンはルシアンを求めて背中を弓なりにそらした。下腹部に彼の情熱を感じながら、たくましい体に覆われている感覚がこのうえなく心地よい。屹立したものが体の奥深くに分け入ってきた。ひとつになった喜びに、ブリンはすすり泣きの声をもらした。

「あなたとこうしていられて幸せよ」彼女はかすれた声で告げた。「ルシアン、愛しているわ」

ふたりの視線が絡まった。「ぼくもだよ、ブリン。きみはぼくのものだ」

「あなたはわたしのものよ」

そのひと言でルシアンの悠々とした態度は崩れ去った。穏やかさはどこかへ吹き飛び、情熱がほとばしる。ブリンはルシアンの腰に両脚を絡め、喜んで受け入れた。ふたりは動きを速めながら、激しく互いの気持ちをぶつけあった。

至福の瞬間が爆発し、ブリンは体を痙攣させた。悲鳴と荒い息がまじりあう。ルシアンがわが身を解放し、睦みごとの激しさに震えながらブリンの上に崩れ落ちた。

早鐘のように鳴る鼓動とともに悦びの潮が引いていくまで、ふたりはひとつに溶けあっていた。嵐にも似たひとときが過ぎ去ると、ルシアンはブリンの隣に横たわり、手足を絡めたままでいる自分と彼女の体に毛布をかけた。

満足感にぐったりしたままブリンはルシアンの肩に頬をのせ、たくましい胸に手を置いた。

「体はあたたまったかい？」ルシアンがブリンの髪をなでながら訊いた。

「ええ」ブリンは柔らかいため息をこぼした。ルシアンは、愛されているとわたしに感じさせてくれる。彼の情熱は呪いの影響ではないと今ならわかる。ルシアンの目を見るたびに、心臓の鼓動を聞くたびに、気持ちが痛いほど伝わってきた。

ルシアンが手を伸ばしてきて、ブリンの腹部を慈しむようになでた。ここでふたりの子供が静かに成長していると思うと、ブリンの顔に思わずほほえみが浮かんだ。これ以上の幸せがあるだろうか？　わたしは夫の子を宿している。兄はスコットランドにおり、身の安全を保証されている。先日来た手紙によれば、怪我は順調に回復しているそうだ。シオドーにはひそかに二四時間態勢の警護がつけられた。ほかの三人の弟たちも兄の行方不明に関して上手に芝居をしているらしい。

だが、まだ解決していない問題もある。そのことを考え、ブリンは顔を曇らせた。このすばらしい休暇を終わらせるのは残念だが、ルシアンはもうすぐロンドンへ戻らなくてはならないだろう。レイヴンの挙式が近い事情もあるが、なによりまだキャリバンがつかまっていない。今ごろ彼はきっと次の計画を練っているはずだ。

それに、じきにルシアンは任務に戻りたくてうずうずしてくるだろう。このごろは夫に対して勘が働くようになっていた。キャリバンを逮捕できなかったことで、ルシアンはすでに良心の呵責を感じはじめている気がする。だが、彼が危険に向きあうのかと思うとブリンの心は沈んだ。

「ロンドンに帰る必要がないなら、どんなにいいかと思うわ。キャリバンはあなたを亡き者にしたがっている。あなたがまた危険な目に遭うのかと思うと怖いの」

ルシアンは返事を躊躇した。「充分な安全策を講じるつもりだ。ぼくだけではなく、きみにも。心配しなくても、きみには昼夜を通して警護をつける。大切な人を失いたくはないからね」

「わたしもあなたを失いたくないのよ」

ルシアンは横たわったまま体を離した。驚いたことに、サファイア色の目にはかすかな笑みが浮かんでいた。「ぼくのほうこそ、きみがロンドンに戻るのが心配だ。またぞろ言い寄ってくる男たちを追い払わないといけない。きみを誰かと共有するのはごめんだからな」

嫉妬をにおわせた口調にブリンは思わず笑った。「呪いは解けたのだから、もう男性たちに追いまわされる心配はないと思うけれど？」

ルシアンが顔をしかめる。「呪いがなくても、きみは男を惹きつけると思うな。ぼくがその筆頭だ。きっと死ぬまできみのご機嫌をとり続けるはめになる」

彼が死にかけたことを思いだし、ブリンの顔から笑みが消えた。「お願いだから、そんなことは言わないで」

ルシアンの表情は明るかった。「心配するな。ぼくはいつまでも長生きして、きみに山ほど子供を産んでもらうつもりでいるから」

ブリンは片方の眉をつりあげた。「山ほどですって？　わたしの希望は訊いてくれないつもりなのね。なんて傲慢な旦那様かしら」

「そうだな、きみがこれから四、五〇年ばかり行儀よくして、ぼくの言いなりになってくれたら、少しは希望を聞いてやってもいいかな」

彼女は笑いながらルシアンの首に両腕をまわした。「言いなりになる妻がよかったの？じゃあ、わたしを選んだのは間違いだったわね」

ルシアンが急に真面目な顔になり、ブリンの目をじっと見つめた。「間違いじゃない。きみは完璧な花嫁だ。ぼくは運命の相手に巡りあえたと思っているよ。きみをひと目見た瞬間からわかっていた気がする。ぼくたちは結ばれる定めだったんだ」

ブリンは表情を和らげた。心が穏やかになる。「それ以上の幸せはないわ」

ルシアンがブリンの唇に触れた。「長いあいだ、ぼくは人生になにかが欠けていると感じていた。それがなんだったのかようやくわかったよ。きみだ。あのころはまだ、きみに出会えていなかった。きみはぼくの心の渇きを癒してくれたんだ」

ブリンは目に涙をため、夫の美しい顔を眺めた。愛おしさに胸がせつなくなる。「愛しているわ、ルシアン」彼もわたしの心の隙間を埋めてくれた。

ルシアンが仰向けになり、ブリンの頭を肩に引き寄せた。ブリンは満足感に包まれながら、ため息をこぼして目を閉じた。手足がぬくもって重く感じられる。ブリンは眠りに落ちた。

足の下の砂があたたかい。わたしは浜辺に立ち、胸がいっぱいになって波打ち際で戯れる家族を見ている。夫と子供たちは鬼ごっこをしているらしい。濃い茶色の髪に青い目をしたルシアン似の男の子と、わたしと同じ燃えるような赤毛のかわいらしい女の子がふたりいる。

申しあわせたように三人はいっせいに父親を追いかけはじめ、大はしゃぎしながら水をかけた。ルシアンは怒った顔を作ってうなってみせ、反撃に出た。きゃあきゃあ騒ぐふたりの娘を両脇に抱え、今度は息子を追いかけはじめる……。

ブリンはぱっと目を覚まし、このうえなく安らかな気分に包まれた。顔をあげてルシアンの顔をのぞき込む。彼も同じ夢を見ているのだろうか？

ルシアンが徐々に眠りから覚めた。深い青の目にはなにかを理解したうれしげな色が浮かんでいる。

「男の子がひとり」ブリンは言った。

「女の子がふたり」ルシアンが感動のこもった声で答えた。

「本当にそうなるのかしら」

ルシアンがゆっくりと笑みを浮かべた。「ぜひそうなってほしいものだ。今の夢が現実になるようぼくは精いっぱい努力するよ」

ブリンがほほえみ返すと、ルシアンは彼女の口元に視線を落とし、青い目に悩ましい表情を浮かべた。「今のが予知夢かどうかは断言できないが……」彼が顔を近づけてくる。「一生きみを大切にするということは断言できる」

「それがいちばんうれしいわ」ブリンは胸がいっぱいになり、顔をあげて熱いキスを求めた。

訳者あとがき

おなじみヒストリカル・ロマンスの流行作家ニコール・ジョーダンによる〝危険な香りの男たち〟シリーズの第三弾、諜報員の男性と呪われた女性のせつない物語をご紹介しましょう。今回のヒーローは、第二弾で主人公の又従兄弟として登場したウィクリフ伯爵ルシアン・トレメインです。

ときは一八一三年、イングランドはナポレオン戦争（一八〇三－一八一五）の真っ最中でした。ルシアンは伯爵という恵まれた身分でありながらも、有閑貴族の放蕩生活をやめ、外務省の諜報部を率いる重責を担っています。仕事柄、危険に遭遇することが多く、死を身近に感じているため、自分が生きた証である子供が欲しいと強く願っていました。ある日、仕事でイングランドの南端の地方を訪れたルシアンは、海の女神かと見まごう女性に出会い、なんとしても結婚しようと心に決めます。その相手がヒロインのブリン・コールドウェルでした。

ところがブリンは呪われた女性でした。およそ二〇〇年前、祖先のひとりがロマの恋人を奪ったせいで恨みを買い、その子孫として生まれた女性たちはみな、男性を惹きつけて惑わせる力を持つが、相手を愛せば死に至らしめてしまうという呪いを背負うはめになったのです。かつてブリンが恋をした男性は海難事故で亡くなっていました。しかしながらルシアンは彼女の経済的困窮を利用し、金にものを言わせて結婚を迫ります。家族を貧困から救うため、ブリンは求婚を受けるしかありませんでした。ただし、けっしてルシアンを愛さないと心に誓って……。心を許せば、呪いの力によって夫が死ぬことになってしまうからです。

ルシアンの命を守るため、いくつもの嘘をつくしかなかったブリン。そして妻に心を奪われながらも不信感をつのらせるルシアン。ふたりは惹かれあい、傷つけあいながら運命の波に翻弄されていきますが……。

ニコール・ジョーダンの略歴は二作目のあとがきに書きましたので今回は割愛しますが、この作品でも彼女は読者の期待を裏切ることなく、濃密な男女の物語を描きだしてくれました。ホットなシリーズなので官能的であるのは間違いないのですが、それをしのぐ筋運びの多彩さや感情表現の豊かさが彼女の作品にはあります。さすがストーリー・テラーのニコール・ジョーダン。今回は本当は相手を愛しているのに、それを自分で認めることができないやるせなさが切々とつづられています。

ちなみに個人的な意見で恐縮ですが、ヒーローの好みを言わせていただけば、一作目の優雅で貴族然としたダミアンも、二作目の刃のようなニコラスもすてきだったのですが、訳者はこの三作目のルシアンにいちばん心惹かれました。頭が切れて情けを知っており、そしてなんとも言えない翳りがあります。一見、落ち着いて冷静に見えますが、じつは心にトラウマを抱え、熱い思いを秘めている男性です。今回はアクション・シーンもあり、それも見どころ、いや読みどころのひとつとなっています。

本作品では一作目、二作目でおなじみのクルーン伯爵が祖父の爵位を継承し、ウォルヴァートン侯爵となって登場してなかなか渋い味を出しています。じつはつらい過去があったことなどがちらりと語られ、とても興味をそそられます。二作目に登場したレイヴンはヒロインの頼もしい友人になります。シリーズを通して読んでくださっている読者の方々には、そのあたりも楽しんでいただけるのではないかと思います。

シリーズ三作目となる愛の物語を、どうぞ読者の皆様が心ゆくまで堪能してくださいますように。

二〇一〇年九月

ライムブックス

とこしえの愛《あい》はカノン

著　者　ニコール・ジョーダン
訳　者　水野《みずの》凜《りん》

2010年10月20日　初版第一刷発行

発行人　成瀬雅人
発行所　株式会社原書房
〒160-0022東京都新宿区新宿1-25-13
電話・代表03-3354-0685　http://www.harashobo.co.jp
振替・00150-6-151594
ブックデザイン　川島進（スタジオ・ギブ）
印刷所　中央精版印刷株式会社

落丁・乱丁本はお取り替えいたします。
定価は、カバーに表示してあります。
 ISBN978-4-562-04394-1　Printed in Japan